텔레마코스의 모험 1

책 세 상 문 고

세 계 문 학

0 3 9

텔레마코스의
모험 1

Télémaque

프랑수아 드 페늘롱 지음
김중현 · 최병곤 옮김

책세상

일러두기

1. 이 책은 프랑수아 드 페늘롱François de Fénelon의 *Télémaque*를 완역한 것으로, 잔리디 고레Jeanne-Lydie Goré가 서문을 쓰고 편집한 *Les Aventures de Télémaque* (Garnier-Flammarion, 1968)를 텍스트로 삼았다.

2. 그리스 · 로마 신화에 등장하는 여러 신과 영웅의 이름 및 지명의 한글 표기는 피에르 그리말, 《그리스 로마 신화 사전》, 최애리 외 옮김(열린책들, 2003)을 따랐다.

3. 로마 신과 그리스 신의 이름을 혼용한 것은 원서를 따른 것이다.

4. 주는 모두 옮긴이의 것이다.

5. 맞춤법과 외래어 표기는 1989년 3월 1일부터 시행된 〈한글 맞춤법 규정〉과 《문교부 편수 자료》, 《표준국어대사전》(국립국어연구원, 1999)을 따랐다.

차
례

제1장

텔레마코스는 멘토르로 변신한 미네르바 여신[1]에게 이끌려 폭풍우가 내리치는 칼립소[2]의 섬에 떨어진다. 오디세우스가 떠난 것을 몹시 애석해하던 칼립소는 그 영웅의 아들을 아주 친절하게 맞이한다. 곧 그를 열렬히 사랑하게 된 그 요정은 만일 텔레마코스가 자신의 곁에 있어준다면 그를 불사신으로 만들어주겠다고 제안한다. 텔레마코스는 그의 모험에 대해 이야기해달라고 조르는 칼립소에게 못 이겨, 필로스[3]와 스파르타[4]를 여행했던 일과 시칠리아 해변에서 난파되었던 일, 앙키세스의 넋에 제물로 바쳐질 뻔했던 일, 멘토르와 함께 마침 외적의 침입을 받고 있던 그 나라의 왕 아케스테스를 구해주었던 일, 그리고 그 왕이 멘토르와 자신이 함께 고국으로 돌아갈 수 있도록 페니키아 배 한 척을 주면서 감사했던 일 등에 대해 그녀에게 이야기해준다.

칼립소 요정은 오디세우스가 떠난 뒤 마음을 진정시키지

못했다. 너무 고통스러운 나머지 자신이 죽을 수 없는 것이 불행이라고 느꼈다. 그녀의 동굴에서는 더 이상 노랫소리가 흘러나오지 않았다. 시녀 요정들은 감히 그녀에게 말도 걸지 못했다. 그녀는 종종 봄이 영원히 이어지며 화려한 꽃으로 가득 찬 섬의 잔디밭 위를 홀로 산책하곤 했다. 하지만 지금은 그 아름다운 풍경조차 그녀의 고통을 달래주기는커녕 오히려 떠난 오디세우스에 대한 추억만 더욱 서글프게 환기시키고 그가 옆에 있을 때 자신이 얼마나 행복했는지 생각나게 할 뿐이었다. 그녀는 수시로 바닷가에 홀로 멍하니 서서 하염없이 눈물만 흘리고, 오디세우스를 태운 배가 파도를 가르며 멀리 사라져간 쪽을 한없이 바라보곤 했다.

그러던 어느 날 그녀는 우연히 그리 오래전에 난파된 것 같지 않은 배 한 척의 잔해들을 발견했다. 노잡이들의 긴 의자와 노, 키, 돛대 그리고 바닷가에 둥둥 떠다니는 동아줄 등이 산산조각이 난 채 모래밭 여기저기에 흩어져 있었다. 그녀는 잠시 후 그곳에서 얼마 떨어지지 않은 곳에서 다시 사람 둘을 발견했다. 그중 한 사람은 나이가 들어 보였고 다른 한 사람은 젊었는데, 젊은 쪽은 오디세우스를 닮은 모습이었다. 키는 딱 오디세우스만 했고 위엄 있는 발걸음과 온화하면서 당당한 모습 또한 그녀가 그토록 그리워하던 오디세우스를 닮아 있었다. 그녀는 그 젊은이가 바로 그 영웅의 아들 텔레마코스임을 알 수 있었다. 그렇지만 신과 요정들이 사람들과 달리 멀리서도 사람을 식별할 수 있는 탁월한 능력을 가지고 있음에도 불구하고 그녀는 텔레마코스와 함께 있는 그 위엄 있는 사람이 누구인지 알 수 없었다. 상급 신들은 원하면 얼마든지 하급 신들에게 모든 것을 숨길 수 있기 때문이었다. 멘토르로 변신해서 텔레마코스와 함께 다니는 미네르바 여신은 칼립소에게 자신의 모습을 내보이고 싶지 않았다.

하지만 칼립소는 오디세우스와 꼭 닮은 아들을 자신의 섬으로 데려다준 그 난파가 반갑기만 했다. 그녀는 그에게 다가가 그가 누구인지 모르는 척하면서 위협을 가했다.

"내 섬에 들어오다니, 대단히 무모하군요. 보세요, 젊은 이방인! 내 왕국에 들어온 사람치고 무사히 살아서 돌아간 사람은 단 한 사람도 없어요."

그녀는 위협적인 말 속에 마음속 기쁨을 감춰보려고 했다. 그렇지만 그 기쁨은 이미 그녀의 얼굴에 드러나 있었다.

텔레마코스는 그녀에게 이렇게 대답했다.

"오, 당신을 본 사람이면 누구든 당신을 신으로 생각할 수밖에 없을 것 같은데, 아무튼 당신이 사람이든 신이든 아버지를 찾다가 폭풍우에 떠밀리고 배가 바위섬에 부딪혀 산산조각이 난 아들의 불행에 무심하지는 않으시겠지요?"

"찾고 있는 아버님은 어떤 분이죠?" 여신이 다시 물었다.

"오디세우스라는 분입니다." 텔레마코스가 대답했다. "그 지독한 트로이아[5]를 십 년 동안 공략한 끝에 함락한 왕들 중 한 분이시죠. 그리스와 아시아 전 지역에 명성을 날리셨고요. 물론 전투에서 그분이 보여주신 용맹 때문이기도 하지만, 그보다 지혜로운 조언들로 더욱 유명하셨던 분입니다. 하지만 지금은 광대무변(廣大無邊)의 바다를 표류하면서 아주 위험한 온갖 암초 사이를 편력하고 계십니다. 조국을 목전에 두고 멀리 사라져버리신 것 같습니다. 저의 어머님 페넬로페[6]와 저는 아버님을 다시 뵐 수 있으리라는 희망을 잃었습니다. 그렇지만 아버님이 겪으셨을 위험을 무릅쓰면서 그분을 찾아다니고 있습니다. 글쎄요, 헛수고일지도 모릅니다. 지금쯤 바다 속 깊은 곳에 수장되어 계실지도 모르니까요. 우리의 불행을 동정해주시기를 부탁드립니다. 오! 여신이시여, 혹시 제 아버님의 소식을 알고 계신다면 부디 이 아들에게 말씀해주세요."

아주 활기찬 한 청년의 대단히 사려 깊고 유창한 말솜씨에 감동을 받은 칼립소는 넋을 잃은 채 그를 바라보았다. 한동안 말문을 잃고 그를 바라보던 그녀가 마침내 그에게 말했다.

"텔레마코스, 아버님 소식을 말해줄게요. 이야기가 길어요. 그러니 한동안 모든 것을 잊고 여기서 휴식을 취하도록 해요. 자, 내 집으로 가요. 그대를 아들처럼 생각하겠어요. 외로운 나에게 위안이 되어주겠지요. 원하면 내가 그대를 행복하게 해주겠어요."

텔레마코스는 요정들에 둘러싸인 그 여신을 따라갔다. 그녀는 마치 숲 속의 나무들 가운데 우뚝 솟은 웅장한 한 그루의 떡갈나무처럼, 요정들 사이에서 머리 하나 크기만큼 불룩 솟아 있었다. 그는 그녀의 화사한 아름다움과 찰랑거리는 드레스의 화려한 주홍빛, 아무렇게나 묶었는데도 아주 우아한 머리카락 그리고 눈에서 내비치는 광채와 그 강렬함을 완화시켜주는 온화한 태도에 감탄했다. 멘토르는 고개를 숙인 채 조용히 텔레마코스를 따라갔다.

일행은 칼립소의 동굴 앞에 다다랐다. 텔레마코스는 전원풍의 소박한 정경에 순식간에 매료되었다. 그곳에는 금, 은, 동의 치장도 없었다. 커다란 원기둥이나 대리석, 조각도 눈에 띄지 않았다. 동굴은 바위 안과 연결되어 있었으며, 둥근 천장은 조약돌과 조개껍질로 장식되어 있었다. 벽은 전체가 낭창낭창한 어린 포도나무 줄기로 뒤덮여 있었고, 동굴 바깥의 뜨거운 태양열에도 불구하고 안쪽에는 기분 좋게 산들바람이 불어 감미로운 신선함이 맴돌고 있었다. 맨드라미와 제비꽃이 풍성하게 핀 초원 위를 졸졸거리며 흐르는 샘물은 곳곳에 수정처럼 맑고 투명한 못을 이루고 있었다. 동굴 주변에서는 갖가지 꽃들이 푸른 초원을 수놓고 있었다. 목초지 저편에서는 황금 사과나무로 빽빽이 둘러싸인 숲이 눈에 들어왔다. 일년 내내 피고 지기를 반복하는 그 황금 사과나무 꽃들은 아주 감미로운 향기를 내뿜고 있었다. 숲은 마치 아름다운 초원에 왕관을 씌워놓은 듯한 모양이었으며, 햇빛이 스며들 수 없을 만큼 울창했다. 동굴 주변 초원에서는 새들의 노랫소리와 시냇물 흐르는 소리밖에 들리지 않았으며, 바위산 꼭대기에서 진한 물거품을 내뿜으며 쏟아져 내린 시냇물이 초원을 가로지르고 있었다.

칼립소의 동굴은 바다가 내려다보이는 언덕 비탈진 곳에

자리 잡고 있었다. 바다는 유리처럼 투명하고 잔잔했지만 가끔씩 미친 듯 으르렁거리면서 산더미만 한 파도로 해안 암벽을 내리치곤 했다. 해안 가까이에서는 강이 하나 보였는데, 그 가운데에는 꽃핀 보리수나무와 구름 위까지 멋지게 뻗은 커다란 포플러나무들로 에워싸인 섬들이 몇 개 떠 있었다. 그 작은 섬들을 감고 흐르는 여러 지류는 마치 들판에서 즐겁게 놀이를 즐기고 있는 것같이 보였다. 어떤 지류가 투명하고 빠른 물결을 이루는가 하면, 어떤 지류는 잔잔하고 평화롭게 흐르고 있었다. 또 어떤 지류는 완만하게 굽이쳐 흐르고 있었는데, 그 모습이 마치 수원(水源)으로 되돌아가기 싫어서 그 매혹적인 섬들 주위를 맴돌고 있는 것처럼 보였다. 멀리 구름 속에 묻힌 구릉과 산들이 이루는 지평선의 신비스러운 모습은 좋은 눈요깃거리를 제공해주었다. 가까이 보이는 산들은 물결 모양으로 늘어진 푸른 포도나무로 덮여 있었다. 주홍빛보다 더 선명한 포도송이는 잎사귀 아래 제 모습을 감출 수 없을 만큼 굵었고, 포도나무는 그 열매의 무게에 힘겨워하고 있었다. 이 밖에도 무화과나무, 올리브나무, 석류나무를 비롯한 온갖 나무들이 서로 어울려 웅장한 정원을 이루면서 들녘을 뒤덮고 있었다.

칼립소는 텔레마코스에게 자연의 그 아름다움을 보여준 뒤 이렇게 말했다.

"먼저 좀 쉬어요. 젖은 옷은 갈아입고……. 그 뒤 우리 다시 만나요. 그대가 깜짝 놀랄 만한 얘기를 해드리지요."

말이 끝나자마자 그녀는 그와 멘토르를 자신이 거처하는 동굴 옆 가장 은밀한 한 외딴 방으로 들여보냈다. 따라 들어온 요정들이 서양삼나무로 불을 밝히자 동굴 속에 아주 그윽한 향기가 퍼지기 시작했다. 그녀들은 두 손님에게 갈아입을 옷을 건네준 뒤 물러갔다.

텔레마코스는 눈보다도 더 하얀 고급 모직 속옷과 금실로 수놓은 화려한 주홍빛 드레스를 받아 들면서 젊은 청년들이 으레 그렇듯 기뻐 어쩔 줄 몰라 했다.

이를 바라보던 멘토르가 근엄한 어조로 말했다.

"텔레마코스, 오디세우스의 아들이 그런 것에 마음을 빼앗겨서야 되겠니? 너는 그저 자나 깨나 네 아버지의 명성을 지키는 일과, 너를 힘들게 하는 역경을 극복하는 일에만 신경을 써야 해. 예로부터 여자처럼 치장이나 좋아하는 청년치고 지혜로운 사람 없고, 명성을 얻은 사람도 없단다. 명성은 고난을 극복하고 향락을 경멸할 줄 아는 사람만이 얻을 수 있는 것이야."

텔레마코스가 한숨을 쉬며 대답했다.

"신들께서 저를 안일함과 향락에 빠지게 하시느니 차라리 죽게 해주시기를! 명심하겠습니다. 오디세우스의 아들은 절대 무기력하고 비겁하고 나약한 삶에 빠지지 않을 것입니다. 그런데 선생님과 제가 난파당한 뒤 이렇게 좋은 것들을 가득 안겨주는, 여신인지 사람인지 모를 저 분을 만나게 해주신 하늘에 얼마나 감사한지 모르겠어요."

멘토르가 말을 이었다. "경계해라. 너에게 화를 가져올지도 모르니까. 네 배를 산산조각 내버린 암초보다 그녀의 감언이 설과 음흉한 친절을 더 경계해야 해. 난파와 죽음이 차라리 미덕을 좀먹는 쾌락보다 덜 끔찍하기 때문이란다. 그녀가 네게 무슨 말을 하든지 절대 믿지 마라. 젊은이들은 자만에 빠지는 경향이 많아. 자기 자신을 너무 믿어. 아직 미숙한데도 모든 것을 할 수 있고 두려워할 게 아무것도 없다고 생각하지. 그리고 조심성 없이 경솔하게 잘 믿어. 칼립소의 달콤하고 듣기 좋은 말에 현혹되지 마라. 그런 말들은 꽃 속으로 기어드는 뱀 같으니까. 감추어진 독을 조심해. 너 스스로를 경계하면서 항상 내 조언을 기다려라."

그들은 다시 자신들을 기다리고 있는 칼립소에게 갔다. 흰 옷을 입고 머리를 땋은 요정들이 우선, 간단하지만 정갈하고 맛깔스러운 식사를 내왔다. 고기는 그녀들이 망을 놓아 잡은 새와 활사냥으로 잡은 짐승들이었다. 커다란 은 항아리에 담겨 있던, 신주(神酒)보다 더 감미로운 포도주가 꽃 장식된 찻잔에 채워졌다. 요정들은 사시사철 나는 지상의 온갖 과일이 담긴 바구니를 가져왔다. 동시에 네 명의 어린 요정이 노래를 부르기 시작했다. 그 요정들은 먼저 거인들과 싸운 신들의 전쟁을 노래했다. 이어 유피테르[7]와 세멜레의 사랑, 박코스[8]의 탄생, 그의 스승인 늙은 실레노스의 교육, 아탈란테[9]와 히포메네스의 달리기 시합 등에 관해 노래하고, 마지막으로 트로이아 전쟁에 대해 노래했다. 그 마지막 노래는 오디세우스가 치른 전투와 그의 지혜를 극찬하는 내용을 담고 있었다. 상급 요정인 레우코토가 칠현금을 타면서 아주 감미로운 목소리로 노래할 때, 아버지의 이름이 노랫말 가운데 흘러나오자 텔레마코스의 두 뺨에는 눈물이 흘러내렸다. 눈물은 그의 아름다움을 한층 더 빛내주었다. 그가 더 이상 식사를 하지 못하고 괴로워하는 것을 본 칼립소는 요정들에게 신호를 보냈다. 그러자 요정들은 곧 켄타우로스[10]와 라피타이 족의 전쟁과, 에우리디케[11]를 다시 밝은 세상으로 데려오려 지옥으로 내려가는 오르페우스[12]를 노래했다.

식사가 끝나자 칼립소는 텔레마코스를 잡으며 이렇게 말했다.

"위대한 오디세우스의 아들, 보세요. 내가 얼마나 호의를 가지고 그대를 대접하는지 알겠지요. 나는 불사신이에요. 이 섬에 들어오는 인간은 누구든지 그 무모함에 벌을 받지 않을 수 없어요. 내가 그대를 좋아하니 망정이지, 안 그랬으면 그대는 이 섬 해안에 난파된 것만으로도 충분히 나의 분노를 샀을 거예요. 그대의 아버지도 그대만큼 운이 좋았어요. 그렇지만 슬프게도 그 행운을 소유할 줄 몰랐지요. 나는 그 사람을 이 섬에 오랫동안 붙잡아두었어요. 그 사람이 원하기만 하면 불사신이 되어 이곳에서 나와 함께 살 수 있었어요. 하지만 초라한 자신의 나라로 돌아가고 싶은 맹목적인 집착 때문에 그 모든 특권을 거절했지요. 그 사람은 이타케[13]로 돌아가려다 모든 것을 놓쳤어요. 결국 돌아가지도 못할 거면서 말이에요. 그 사람은 나를 떠나고 싶어 했어요. 결국 떠나고 말았지요. 하지만 나는 폭풍우가 내려치게 하여 그 사람에게 복수했어요. 그 사람이 탄 배는 바람의 노리개가 되어 파도 속으로 가라앉아 버렸지요. 내가 얼마나 끔찍한 본때를 보여주었는지 잊지 말아요. 그 사람은 이제 끝났어요. 더 이상 아무것도 기대하지 말아요. 다시는 그대의 아버지를 볼 수 없을 뿐만 아니라 그 사람과 더불어 이타케 섬을 통치할 수도 없을 거예요. 아버지를 잃었다는 사실은 그만 잊어요. 여기에서 나와 함께 살아요. 그대를 행복하게 해주려 마음 먹은 신이 여기 이렇게 있잖아요. 그녀가 건네주는 왕국도 소유하게 될 거예요."

이어 칼립소는 오디세우스가 자기 곁에서 얼마나 행복했었는지 알려주려고 장황하게 이야기를 늘어놓았다. 그녀는 외눈박이 거인 폴리페모스[14]의 동굴과 라이스트리고네스 족[15]의 왕 안티파테스의 궁정에서 그가 겪은 모험을 이야기해주었다. 또 헬리오스[16]의 딸 키르케 요정[17]의 섬에서 겪은 일과, 스킬레[18]와 카립디스[19]에게 당한 위협도 빼먹지 않고 말해주었다. 그녀는 오디세우스가 자기 곁을 떠났을 때 넵투누스[20]가 그에게 내리친 폭풍우에 대해서도 말해주었다. 그렇지만 그가 그 폭풍우로 죽었다고 생각하게 하려고 그가 파이아케스 족[21]의 섬에 도착한 사실은 숨겼다.

텔레마코스는 처음에는 칼립소의 호의에 아주 쉽게 빠져들었지만 이내 그녀의 계교를, 그리고 멘토르가 조금 전 해준 조언이 얼마나 현명했는지를 깨닫게 되었다. 그래서 그는 몇 마디로만 짧게 답변했다.

"오, 여신이여! 저의 괴로움을 너그럽게 이해해주세요. 지금 저의 마음은 온통 슬픔으로 가득합니다. 나중에 기운을 차리면 당신이 제안하신 행복을 받아들일 수 있을지도 모르겠습니다. 그러니 지금은 제가 아버님을 여읜 슬픔에 잠겨 있게 내버려두세요. 그분이 저의 이런 애도를 받아 마땅한 분이시라는 것은 저보다 당신이 더 잘 아실 거예요."

칼립소는 일단은 더 이상 그에게 치근거리지 않았다. 심지어 그녀는 그의 괴로움을 이해하고 오디세우스를 불쌍히 여기는 척하기까지 했다. 그녀는 어떻게 해야 그의 마음을 감동시킬 수 있는지 더 알아보려고 그가 어떻게 난파되었으며, 그 해안에 닿을 때까지 어떤 일을 겪었는지 물었다.

"제가 한 고생 말씀이세요? 이야기하자면 너무 길어요." 그가 대답했다.

"괜찮아요." 그녀가 말했다. "듣고 싶어요. 어서 이야기해봐요."

그녀는 그를 계속 다그쳤다. 더 이상 버틸 수 없어 그는 결국 이렇게 이야기를 시작했다.

"저는 트로이아를 함락하고 돌아온 왕들께 제 아버님의 소식을 여쭤보려 이타케를 떠났습니다. 제 어머님의 구혼자들은 제가 떠나는 것을 보고 놀랐습니다. 그들이 믿을 수 없는 사람들이라는 것을 알기에 저는 제가 떠난다는 사실을 숨기려 애썼습니다. 필로스에서 만나게 된 네스토르도, 스파르타에서 저를 환대해준 메넬라오스도 아버님의 생사를 몰랐습니다. 아버님의 생사를 확인하지 못한 채 불안에 지친 저는 시칠리아로 갈 결심을 했습니다. 아버님께서 풍랑에 휩쓸려 그 섬으로 가셨다는 말을 들은 적이 있었기 때문입니다. 그러나 여기 제 옆에 계시는 존경하는 멘토르 선생님께서 경솔한 짓이라며 그 결심에 반대하셨습니다. 선생님께서는 사람을 잡아먹는 흉악한 키클로페스 족22)과 그 섬 연안에 있던 아이네이아스23) 그리고 트로이아 인의 함대에 대해 말씀해주셨습니다. 선생님께서 말씀하시길, 트로이아 인들은 그리스 인이라면 모두 치를 떤다더군요. 그러니 오디세우스의 아들을 잡으면 그의 피를 신나게 뿌리고 다닐 것은 불 보듯 뻔한 일이라는 말씀이었죠. 그러면서 선생님께서는 저보고 이타케로 돌아가라고 말씀하셨어요. 아버님은 신들의 사랑을 받으시니까 저와 거의 비슷하게 이타케에 도착하실 거라면서요. 그리고 설령 신들께서 아버님께 조국으로 돌아갈 기회를 영영 주지 않으시더라도, 아버님의 원수를 갚고 어머님을 구한 뒤, 만백성에게 저의 지혜를 보여 제가 아버님처럼 통치에 능한 왕임을 그리스 천하에 보여주라고 말씀하셨습니다.

　모두 옳은 말씀이었지만 저는 그 말씀을 귀담아들을 만큼 신중하지 못했어요. 저는 제 감정의 소리에만 귀 기울였습니다. 멘토르 선생님께서는 저의 경솔한 여행에 동행하실 정도로 저를 사랑하세요. 그분의 조언을 무시하고 출발한 여행이었는데도 말이에요. 그렇게 신들께서는 저로 하여금 실수를 저지르게 해 저의 자만을 바로잡는 데 도움을 주셨습니다."

텔레마코스가 이렇게 말하는 사이 칼립소는 멘토르를 바라보곤 했다. 그런데 그녀는 깜짝 놀라지 않을 수 없었다. 그에게서 어떤 신성(神性)이 발산되는 듯했기 때문이다. 그녀는 그때부터 불안을 떨칠 수 없었다. 그리하여 그녀는 그 낯선 사람에 대해 잔뜩 두려움과 경계심이 일었다. 그녀는 상대방이 자신의 불안을 알아차릴까 두려웠다.

"계속해요." 그녀는 텔레마코스에게 말했다. "아주 재미있어요."

그러자 텔레마코스는 이야기를 계속했다.

"시칠리아로 가는 한동안은 날씨가 좋았습니다. 그런데 마침내 검은 구름이 하늘을 시커멓게 물들이기 시작했습니다. 우리는 캄캄한 어둠 속에 묻혀버렸습니다. 번갯불 사이로 우리처럼 위험에 처한 다른 선박들을 발견할 수 있었는데, 우리는 곧 그것이 아이네이아스의 함대임을 알 수 있었습니다. 그 배들은 해안의 암벽만큼이나 경계해야 할 대상이었습니다. 그런데 젊음의 무분별한 격정이 제게서 주의 깊은 관찰력을 앗아갔습니다. 그리하여 그 정체를 알아차렸을 때는 이미 너무 때가 늦었습니다. 멘토르 선생님께서는 그 위험한 상황에 직면해서도 단호함과 대담성을 잃지 않으셨을 뿐 아니라 오히려 평상시보다 더 명랑한 모습을 보이셨어요. 제게 용기를 주신 것도 선생님이셨어요. 선생님께서 제게 어떤 불굴의 힘을 불어넣어주시는 것 같았어요. 키잡이가 동요했지만 선생님께서는 침착하게 필요한 명령을 내리셨습니다. 저는 선생님께 이렇게 말씀드렸습니다.

'선생님, 왜 제가 선생님 말씀을 듣지 않았지요? 앞 일에 대한 통찰력도 없고 과거의 경험도 없으면서, 그렇다고 현재를 신중하게 살피는 조심성이 있는 것도 아니면서 잔뜩 자만심에 차 행동했다가 이런 어리석은 일을 저지른 것 같아요. 이 거친 풍랑에서 무사히 살아난다면 저는 제게 가장 위험한 적이 저 자신임을 깨닫고 저 자신에게 경계심을 갖겠어요. 제가 언제고 믿을 분은 선생님뿐이세요.'

멘토르 선생님은 웃으시면서 제게 이렇게 말씀하셨어요.

'난 네가 저지른 실수에 대해 질책하지 않을 거다. 너 자신이 그 실수를 깨닫고 교훈으로 삼아 이후로 욕심을 자제하면 그것으로 충분하니까. 그러나 위험이 사라지면 다시 자만심이 생겨나게 마련이지. 어쨌든 지금은 용기를 갖고 이겨내야 해. 위험에 뛰어들기 전에는 미리 예상하고 두려워할 필요가 있단다. 하지만 일단 위험에 직면하면 그것을 무시하는 수밖에 없어. 그러니 오디세우스의 아들답게 행동하렴. 너를 위협하는 어떠한 불행 앞에서도 여유를 가져야 해.'

현명하신 멘토르 선생님의 용기와 온화함은 저를 매료시켰습니다. 그분이 얼마나 능숙한 솜씨로 트로이아 인들에게서 우리를 구해주셨는지 생각하면 정말 놀라워요. 하늘이 맑게 개자 트로이아 인들은 금세 우리가 누군지 알아차렸습니다. 선생님께서는 풍랑으로 멀리 떠밀려가 있던 그들의 배 가운데 우리 것과 아주 비슷한 모양의 배 한 척의 선미가 몇 개의 화관으로 장식되어 있는 것을 발견하셨어요. 선생님께서는 서둘러 우리 배의 선미를 그 화관과 아주 닮은 화관들로 장식하셨습니다. 손수 트로이아 인들의 것과 똑같은 색의 작은 끈으로 화관을 묶으셨어요. 그런 뒤 노잡이들에게 바짝 머리를 숙이게 하여 적에게 잘 발견되지 않게 하셨습니다. 우리는 그 상태로 트로이아 함대 사이에서 항해했습니다. 그들은 우리를 보면서 마치 잃었던 동료를 다시 만난 것처럼 환호했습니다. 우리는 맹렬한 파도 때문에 꽤 오랫동안 그들과 나란히 항해를 해야 했습니다. 얼마 뒤 우리는 간신히 좀 후미로 처질수 있었습니다. 세찬 바람이 그들을 아프리카 쪽으로 몰아가는 동안, 우리는 혼신의 힘을 다해 노를 저어 마침내 시칠리아 연안에 이르렀습니다.

그래요, 우리는 정말 그곳에 이르렀어요. 그런데 우리가 힘겹게 따돌린 그 함대만큼이나 불길한 상대를 또 만나게 되었습니다. 그리스 인들의 적인, 또 다른 트로이아 인들을 시칠리아 해안에서 만나게 된 거예요. 그곳은 트로이아 출신의 늙은 아케스테스가 통치하고 있었어요. 해안에 이르자 그곳 주민들은 우리를 자신들을 공격하러 온 사람이나 자신들의 영토를 점령하러 온 이방인들로 여기고 우리 배에 불을 질렀습니다. 동시에 그들은 우리 측 노잡이들을 모두 목을 잘라 살해하고, 멘토르 선생님과 저만 산 채로 아케스테스에게 데려갔습니다. 우리가 왜 왔으며 어디에서 왔는지 심문하기 위해서였어요. 우리는 등 뒤로 손이 묶인 채 아케스테스 앞으로 끌려갔습니다. 우리는 죽음이 단지 좀 늦춰졌을 뿐이었습니다. 조사 결과 우리가 그리스 사람임이 드러날 경우 그 잔혹한 국민에게 우리의 처형을 구경거리로 제공하기 위해서였습니다.

우리는 먼저 아케스테스에게 끌려갔습니다. 황금 왕홀을 들고 있는 그는 백성들의 죄를 판결하여 멋진 제물을 준비하곤 했습니다. 그는 준엄한 목소리로 우리가 어디에서 왔으며 여행 목적이 무엇인지 물었습니다. 멘토르 선생님은 그 질문에 이렇게 서둘러 답변하셨어요.

'우리는 헤스페리아[24] 연안에서 오는 중입니다. 우리 나라는 거기에서 멀지 않습니다.'

그렇게 선생님께서는 우리가 그리스 사람이라는 말을 피하셨습니다. 그러자 아케스테스는 선생님의 말씀에 더 이상 귀기울이지 않았습니다. 그는 우리가 의도를 숨기려는 이방인이라고 여기고 우리를 근처 숲으로 데려가라고 명령했습니다. 그리하여 우리는 그곳에서 그의 가축을 관리하는 사람들 밑에서 노예로 일해야 했습니다.

제게는 그 상황이 죽음보다 더 가혹하게 느껴졌습니다. 저는 이렇게 외쳤어요. '오, 왕이시여! 우리를 이토록 비인간적으로 취급할 바에야 차라리 죽여주세요. 저는 이타케의 왕 오디세우스의 아들이란 말입니다. 아버지를 찾아다니고 있어요. 제 아버지를 찾지도 못하고 조국으로 돌아가지도 못한 채이렇게 노예가 되니 차라리 죽고 싶어요. 더 이상 견딜 수

없어요.'

제가 이렇게 고함을 치자 이내 모두가 흥분하며 트로이아를 함락한, 책략에 능한 그 비열한 오디세우스의 자식을 처형해야 한다고 목소리를 높였습니다. 그러자 아케스테스는 저를 불러 이렇게 말했습니다.

'오, 오디세우스의 아들이여! 네 아버지가 그 칠흑 같은 코키토스 강[25]으로 몰아넣은 수많은 트로이아 인들의 망령에게 네 피를 바치지 않을 수 없구나. 너와 너와 함께 온 사람을 사형에 처하노라.'

그러자 무리 가운데 한 늙은이가 우리를 앙키세스[26]의 묘지에 제물로 바칠 것을 제안하면서 왕에게 이렇게 말했습니다.

'저들의 피가 앙키세스의 망령을 기쁘게 해드릴 것입니다. 이런 제물을 바친 것을 알면 아이네이아스께서도 그분이 이 세상에서 가장 소중히 여겼던 것을 폐하께서 얼마나 애지중지하시는지 알고 감동하실 것입니다.'

모두가 그 제안에 박수를 보냈습니다. 그 상황에서 우리는, 우리가 제물로 바쳐지리라는 것 외에는 아무것도 생각지 못했습니다. 어느새 우리는 앙키세스의 묘지로 끌려가 있었습니다. 사람들은 제단을 두 개 세운 뒤 성화를 피웠습니다. 우리의 목을 칠 양날 검이 눈앞에 놓여 있었습니다. 그들은 우리에게 화관을 씌웠습니다. 우리의 생명에 대한 연민은 전혀 찾아볼 수 없었습니다. 이제 끝장이구나 싶었는데, 그때 멘토르 선생님께서 왕에게 조용히 무언가를 물어보시더니 이렇게 말

쏨하셨습니다.

'오, 아케스테스 왕이시여! 트로이아 인들에게 아무 해를 끼치지 않은 저 젊은 텔레마코스의 불행에 일말의 동정심도 느끼지 않으실 수는 있습니다. 그렇지만 최소한 자신의 이익에 관련된 문제는 좀 신경을 쓰셨으면 합니다. 제가 여러 징조와 신들의 심중을 헤아려본 바에 따르면, 삼 일 내로 이 나라는 외적의 침입을 받을 것 같습니다. 적은 산꼭대기에서 쏟아져 내리는 급류처럼 이 도시를 집어삼키고 나라 전체를 유린할 것입니다. 서둘러 대비하십시오. 백성들을 무장시키십시오. 한시도 지체하지 마시고 농촌에 사는 부유한 백성들을 성 안으로 이주시키십시오. 만약 제 예견이 들어맞지 않으면 삼 일 뒤 우리를 제물로 바치는 것은 왕의 자유입니다. 하지만 예견이 들어맞으면 잡혀 있는 이 두 사람을 살려주셔야 한다는 것, 기억해주십시오.'

아케스테스는 선생님의 말씀에 놀랐습니다. 멘토르 선생님께서 다른 어떤 사람도 보여준 적이 없는 확신을 가지고 말씀하셨기 때문이지요. 왕은 선생님께 이렇게 대답했습니다.

'오, 이방인이여! 신들이 당신에게 행운의 선물을 주시지 않은 대신, 예지를 주신 것 같소. 어떤 행운보다도 더 가치 있는 예지를.'

동시에 그는 희생물 봉헌을 뒤로 미루고 멘토르 선생님께서 예언을 통해 경고하신 그 침략에 신속하게 대비하도록 명령했습니다. 두려움에 떠는 여인들, 허리가 굽은 노인들, 눈물 흘리며 우는 어린아이들이 사방에서 성곽 안으로 몰려오는 모습이 보였어요. 황소와 양들이 기름진 목초지를 버려두고 떼 지어 몰려들었지만 그것들을 가두어둘 우리가 충분하지 않았습니다. 가는 곳마다 서로 밀쳐대며 내지르는 어수선한 비명 소리에 사람들은 서로의 말을 알아듣지 못했습니다. 그 동요 가운데서 모르는 사람들은 서로 친구가 되었지만 어디로 가는지도 모르고 떠밀리며 달렸습니다. 그렇지만 소위 똑똑하다고 자부하는 도시의 고위 관리들은 멘토르 선생님을 자기 목숨을 구하려 거짓 예언이나 하는 사기꾼으로 치부했습니다.

셋째 날이 다 지나가기 전, 그런 확신으로 가득 차 있던 그들은 앞산 기슭에서 먼지 회오리가 이는 것을 목격했습니다. 그것이 무수한 병력의 적군이라는 것을 그들은 곧 알아볼 수 있었습니다. 그 적군은 아주 잔혹한 히메라[27] 인들이었습니다. 만년설로 덮여 겨울만 계속되는 네브로데스 산악 지대와 아크라타스 산꼭대기에 사는 종족들이 연합하여 침입한 것이었어요. 멘토르 선생님의 사려 깊은 예언을 무시한 사람들은 노예와 가축을 모두 잃었습니다. 왕은 멘토르 선생님께 이렇게 말했습니다.

'나는 당신이 그리스 사람이라는 사실을 잊겠소. 적이 이렇게 좋은 친구가 되었으니 말이오. 신들이 우리를 구하라고 당신을 보내셨소. 당신의 조언뿐 아니라 능력도 기대되오. 어서 우리를 구해주시오.'

멘토르 선생님의 눈에서는 최고로 용맹한 군인들조차도 두려워할 대담성이 엿보였습니다. 선생님께서는 방패와 투구, 검 그리고 창으로 무장하셨습니다. 그런 뒤 아케스테스 왕의 군대를 정렬시켜 대형을 지은 뒤 선두에 서서 적진을 향해 진군하셨습니다. 아케스테스도 용기가 대단한 사람이었지만 이미 연로한 탓에 멀리 떨어져서 선생님을 따라갈 수밖에 없었습니다. 저는 선생님 곁을 바짝 따랐습니다. 그렇지만 저는 선생님의 용맹에 견줄 수 없었습니다. 전투할 때 입는 선생님의 갑옷은 불멸의 방패 같았습니다. 선생님께서 지나시는 곳마다 무수한 병사들이 이슬처럼 스러졌습니다. 배고픔을 견디지 못한 누미디아의 사자가 힘없는 양 떼를 공격하여 양들을 게걸스럽게 먹어치우듯, 선생님께서는 가차 없이 공격하여 적을 쓰러뜨리셨습니다. 마치 피바다 속을 헤엄치시는 것 같았습니다. 적장들은 부하를 구하기는커녕 선생님의 맹렬한 공격에 두려워 떨며 줄행랑을 쳤습니다.

기습적인 공격으로 그 도시를 점령하리라 기대했던 야만인들은 불시의 공격에 당황하여 어쩔 줄 몰라 했습니다. 아케스테스의 군인들은 멘토르 선생님의 솔선수범과 명령에 고무되어 자신들도 믿기 어려울 만큼 사기가 충천했습니다. 저는 창으로 적국의 왕자를 찔러 쓰러뜨렸습니다. 그는 제 또래였지만 저보다 컸습니다. 키클로페스 족 같은 거인 종족과 한 핏줄이었기 때문입니다. 그는 저 같은 작고 약한 적을 무시했습니다. 그러나 저는 그의 엄청난 힘과 거칠고 난폭한 공격에 당황하지 않고 그의 가슴을 깊게 찔렀습니다. 그는 입으로 시커먼 피를 철철 쏟아내며 숨을 거두었습니다. 그는 저를 가볍게 박살 낼 수 있으리라 생각했던 것 같습니다. 그가 넘어질 때 무기가 서로 부딪히면서 내는 소리가 먼 산까지 울려 퍼졌습니다. 저는 제가 죽인 그 적국 왕자에게서 노획한 무기를 가지고 아케스테스에게 돌아왔습니다. 적군을 혼비백산케 한 멘토르 선생님께서는 패잔병들을 숲 속으로 몰아내셨습니다.

　기대 이상의 큰 승리를 거둠에 따라 멘토르 선생님께서는 신의 극진한 사랑을 받는 인간으로, 신의 계시를 받은 인간으로 추앙받았습니다. 아케스테스는 크게 고마워하며 아이네이아스의 함대가 다시 시칠리아에 나타나지 않을까 걱정된다고 말했습니다. 그는 우리에게 돌아가는 데 필요한 배 한 척과 많은 선물을 주면서, 자신이 우려하는 모든 불행을 피하려면 빨리 떠나는 게 좋겠다고 재촉했습니다. 그렇지만 왕은 자신의 백성을 키잡이와 노잡이로 딸려 보내지는 않았습니다. 그들이 그리스 연안에서 혹시 위험에 처하지 않을까 걱정스러웠기 때문입니다. 그는 대신 페니키아 상인 몇 명을 데려가라고 했습니다. 그들은 세상의 모든 종족과 교역을 하기 때문에 아무것도 두려워할 게 없었기 때문입니다. 그 상인들은 우리를 이타케까지 데려다준 뒤 다시 배를 아케스테스에게 가져다주기로 되어 있었습니다. 하지만 인간의 운명을 지배하는 신들께서는 우리에게 또 다른 위험을 준비하고 계셨습니다."

제2장

텔레마코스의 이야기는 계속 이어진다. 그가 탄 티로스[28]인의 배는 세소스트리스[29] 파라오의 군함에 나포되어 풍요와 경이로움 그리고 예지의 땅, 이집트로 끌려간다. 텔레마코스와 멘토르는 세소스트리스 파라오 앞에 소환된다. 파라오는 메토피스라는 관리로 하여금 두 사람을 취조케 한다. 이 관리의 명령에 따라 멘토르는 에티오피아 인들에게 팔려가고, 텔레마코스는 오아시스 사막에서 가축을 치는 처지로 전락한다. 아폴론의 신관 테르모시리스가 신의 품성을 본받는 법을 가르쳐주면서 유배형의 가혹함을 달래준다. 테살리아의 왕 아드메토스의 가축을 돌보던 그 신관은 목동들의 거친 품성을 교화하면서 실총의 괴로움을 달래고 있었다. 얼마 후 세소스트리스는 텔레마코스가 오아시스 사막에서 모든 일을 놀라울 만큼 성실하게 잘 해낸다는 보고를 받는다. 그리하여 세소스트리스는 텔레마코스를 다시 곁으로 불러 그의 무고를 인정하고 이타케로 돌려보내줄 것을 약속한다. 하지만 왕이 사망하는 바람에 텔레마코스는 다시 새로운 불행 속으로 빠져든다. 텔레마코스는 바닷가 망루에 유폐된다. 그는 이곳에서 이집트의 또 다른 왕 보코리스가, 페니키아 인들의 도움을 받아 자신에게 반란을 일으킨 신하들과 싸우다가 죽는 모습을 목격한다.

"티로스 인들은 유례없는 오만함으로 이집트의 세소스트리스 대왕을 자극했습니다. 무역으로 얻은 부와, 바다로 둘러싸인 지정학적 위치 덕택에 얻은 난공불락의 국력이 그 도시 국민을 거만하게 만들었습니다. 마침내 세소스트리스는 그들을 정복한 뒤 공물을 부과했습니다. 그러나 그들은 공물 납부를 거절했습니다. 그 정복에서 돌아오는 세소스트리스를 위해 거창한 향연이 벌어졌습니다. 티로스 인들은, 향락이 무르익을 무렵 세소스트리스를 살해하려는 음모를 꾸민 동생에게 군대를 지원했습니다. 수없이 많은 왕국을 정복한 세소스트리스는 티로스 인들의 오만함을 꺾기 위해 모든 해상에서 그들의 교역을 방해하기로 결심했습니다. 그의 군함은 사방으로 페니키아 인들을 따라다니며 그들의 교역을 방해했습니다. 아케스테스 왕을 떠나 시칠리아의 산이 더 이상 시야에 들어오지 않을 무렵 우리는 한 이집트 함대를 발견했습니다. 항구와 육지가 마치 우리 뒤로 달아나 구름 속으로 사라지는 것 같았습니다. 마침내 이집트 군함들이 우리 쪽으로 다가왔습니다. 그것들은 마치 바다 위에 떠 있는 도시 같았습니다. 페니키아 인들은 함대를 피해 도망하려 했으나 이미 때가 늦었습니다. 군함들의 돛은 우리 것보다 훨씬 좋았습니다. 바람이 그들에게 유리하게 불었을 뿐 아니라 그들은 노잡이도 우리보다 훨씬 많았습니다. 신속하게 우리에게 접근한 그들은 우리 배를 나포하여 이집트로 끌고 갔습니다.

저는 그들에게 우리는 페니키아 인이 아니라고 항변했으나 소용이 없었습니다. 그들은 도무지 제 말을 듣지 않았습니다. 그들은 우리를 페니키아 인들이 잡아다 파는 노예처럼 취급했습니다. 그들은 그러한 노획물이 가져다주는 이익에만 골몰했어요. 어느새 나일 강물과 섞여 부옇게 변한 바닷물이 눈에 들어왔습니다. 이집트 해안은 거의 바다 높이로 보였습니다. 우리는 곧 노No라는 도시 가까이에 있는 파로스 섬[30])에 다다랐습니다. 우리는 그곳에서 다시 나일 강을 따라 멤피스까지 올라갔습니다.

비록 포로 신세의 괴로움이 우리를 모든 즐거움에 무감각하게 만들었지만 수많은 수로로 관개되는, 정원처럼 비옥한 이집트 땅을 바라보면서는 매료되지 않을 수 없었습니다. 양쪽 강기슭으로 눈을 돌릴 때마다 부유한 모습의 도시, 쾌적하게 자리한 시골의 가옥, 휴경하지 않아도 해마다 황금빛 오곡으로 뒤덮이는 토양, 가축이 가득한 목초지, 대지의 품이 선물하는 과일의 풍성함에 짓눌린 듯한 농부들, 플루트와 갈피리를 연이어 불어대면서 주변을 온통 메아리로 가득 메우는 목동 등이 시야에 들어왔습니다. 그 풍경을 보면서 멘토르 선생님께서는 이렇게 말씀하셨어요.

'지혜로운 왕이 다스리는 국민은 저렇게도 행복하단다. 그들은 풍족하게 살면서 자신들에게 저 모든 행운을 가져다주는 사람을 사랑한단다. 오, 텔레마코스! 너도 저처럼 네 국민을 잘 다스려 기쁨을 가져다주어야 한다. 신들께서 네게 네 아버지의 왕국을 물려받을 기회를 주신다면 말이다. 백성들을 네 자식처럼 사랑해라. 그들에게 사랑받는 기쁨을 누려보아라. 그들이 평화와 환희를 느낄 때, 그것이 풍요를 가져다주는 훌륭한 왕 덕분임을 항상 기억하게 해라. 어떻게 하면 백성들이 자신을 두려워할까, 어떻게 하면 백성들을 괴롭혀 더 복종하게 만들까에 골몰하는 왕들은 인류의 재앙이란다. 백성들이 그런 왕들을 두려워하는 것은 그 왕들이 그러기를 원하기 때문이야. 그렇지만 그 왕들은 미움과 증오만 살 뿐이란다. 그런데 그들은, 백성들이 그들을 두려워하는 것보다 훨씬 더 백성들을 두려워한단다.'

저는 멘토르 선생님께 이렇게 대꾸했습니다.

'선생님, 나라를 다스릴 때 요구되는 원칙들을 생각할 때가 아닌 것 같습니다. 우리에게는 더 이상 이타케가 없잖아요. 저는 제 나라도 어머님도 더 이상 보지 못할 것 같아요. 그렇지만 아버님은 돌아오실지 모르겠네요. 영광을 가득 안고 말이에요. 하지만 아버님은 아들을 만나는 기쁨을 누리지 못하실 거예요. 당연히 저 또한 나라를 다스리는 법을 배우기 위해 아버님의 말씀에 귀 기울이는 기쁨을 갖지 못할 거고요. 이제 죽는 일밖에는 다른 어떤 일도 우리에게 허락되지 않을 거예요,

신들께서 저희에게 일말의 동정심도 보이지 않으시는군요.'

그렇게 말하면서 저도 모르게 흘러나온 깊은 한숨으로 말이 끊겼습니다. 그런데 멘토르 선생님께서는 불행한 일이 일어나기 전까지는 두려워하며 대비하시지만 일단 일이 일어난 뒤에는 더 이상 두려워하지 않으시는 분입니다. 선생님께서 제게 소리치셨습니다.

'현명한 오디세우스의 아들답지 않게 도대체 그게 무슨 소리냐! 그까짓 불행에 무릎을 꿇다니! 넌 언젠가 이타케 섬과 어머니를 다시 볼 수 있을 거야. 네가 얼굴도 모르는 영예로운 네 아버지도 보게 될 거다. 네 아버지는 어떠한 역경도 극복하는 불굴의 의지를 가진 사람이란다. 너보다 훨씬 더 험난한 역경들을 겪었던 네 아버지께 용기를 잃지 않는 법을 배워라. 거센 풍랑에 어디로 휩쓸려 갔는지 모르지만 만일 네 아버지가 너의 이런 모습을 본다면, 또 네가 아버지의 인내도, 용기도 본받지 못했다는 걸 알게 된다면 수치심에 몹시 괴로워할 거다. 네 아버지에게는 그것이, 자신이 오랫동안 겪은 다른 어떤 불행보다도 더 고통스러운 일일 거다.'

말을 마치시면서 멘토르 선생님께서는 저에게 2만 2,000개의 도시가 건설되어 있는 이집트의 드넓은 땅 위의 풍요와 환희를 눈여겨보라고 하셨습니다. 선생님께서는 또, 도시의 훌륭한 치안과, 부유한 자보다는 가난한 자를 더 배려하는 정의, 순종·노동·검소·예술·문예 등에 친숙하게 하는 훌륭한 교육 그리고 모든 엄격한 종교 의식 등에 감탄하셨습니다. 아울러 아버지들이 자녀에게 가르치는 신에 대한 경외심, 인간에 대한 신뢰, 명예에 대한 욕구, 공평성 등에도 놀라움을 금치 못하셨습니다. 선생님께서는 그 훌륭한 질서를 침이 마르도록 칭찬하셨습니다.

'지혜로운 왕이 다스리는 백성들은 저렇게 행복하단다. 그런데 그 많은 백성에게 행복을 가져다주고, 선행을 베푸는 데서 자신의 행복을 찾는 왕은 훨씬 더 행복하지. 백성들은 그에게 복종할 것이고 그는 백성들의 진심을 얻게 되지. 백성들은 왕을 내쫓으려 하기는커녕 왕을 잃지 않을까 노심초사하며 그를 위해서 목숨까지 바칠 거야.'

저는 멘토르 선생님의 말씀을 이해했으며, 그 현명하신 분의 말씀에 제 마음속 깊은 곳에서 용기가 다시 샘솟는 것을 느꼈습니다. 풍요롭고 아름다운 도시 멤피스에 도착하자마자 시장은 우리에게 테바이로 가서 세소스트리스 왕에게 출두하라고 명령했습니다. 티로스 인들에게 매우 화가 나 있는 왕이 우리를 직접 조사하고 싶어 했던 것입니다. 우리는 대왕이 사는 곳, 성문이 백 개나 된다는 그 유명한 테바이로 가려고 나일 강을 따라 올라갔습니다. 그 도시는 그리스에서 가장 번영을 누리고 있는 도시들보다도 더 크고, 인구도 더 많은 것 같았습니다. 거리의 청결, 치수, 목욕 시설, 예술과 문화, 공공치안 등 모든 분야에서 치세가 완벽했습니다. 광장들은 분수전과 오벨리스크들로 꾸며져 있었습니다. 신전은 대리석으로 건축되어 있었는데, 수수하지만 웅장한 건축 양식이었습니다. 궁정은 그 자체가 큰 도시 같았습니다. 도시 전체가 대리석 원주, 피라미드, 오벨리스크, 거대한 조각, 순금 및 순은으로 만든 가구로 가득 차 있었습니다.

우리를 끌고 간 사람들은 왕에게 우리를 페니키아 선박에서 나포했다고 보고했습니다. 왕은 매일 몇 시간씩 시간을 정해놓고, 불만을 토로하거나 조언하는 신하들의 말을 하나도 빠트리지 않고 경청했습니다. 그는 누구도 무시하거나 매정하게 거절하지 않았습니다. 그는 오로지 자신이 자식처럼 사랑하는 만백성의 행복을 위해 존재하는 왕이라고 생각했습니다. 그는 이방인들을 친절하게 대접하고 그들과 대화를 나누고 싶어 했습니다. 이민족의 미풍양속과 예의범절을 앎으로써 뭔가 유익한 것을 얻을 수 있다고 항상 생각했기 때문입니다. 우리를 불러들인 것 역시 왕의 그런 호기심 때문이었습니다. 황금 왕홀을 든 그는 상아 왕좌 위에 앉아 있었습니다. 그는 이미 늙었지만 친절했으며 온화함과 위엄이 서려 있었습니다. 그는 항상 관대함과 현명함으로 백성들의 잘못과 분규를 재판했고, 백성들은 그런 그에게 사심 없이 존경을 표했습니다. 그는 낮에는 그렇게 열심히 나랏일을 처리하거나 공정한 판결을 내리고, 밤에는 식자들의 조언을 귀담아듣거나 정직한 사람들과 대화를 나누면서 휴식을 취했습니다. 그는 그런 사람들을 잘 가려내어 가깝게 지낼 줄 알았습니다. 그의 생애에서 그가 비난받을 만한 일이라고는 자신이 정복한 왕들에게 자신의 호사를 너무 과시했다는 것과, 신하 가운데 한 명을 신뢰했다는 것뿐입니다. 그 이야기는 뒤에 가서 해드릴게요.

그는 젊은데도 뭔가로 괴로워하고 있는 제 모습에 마음이 흔들렸습니다. 그는 제 조국이 어디인지, 제 이름이 무엇인지 물었습니다. 우리는 그의 입에서 흘러나오는 지혜로운 말에 놀랐습니다. 저는 이렇게 대답했습니다.

'오, 대왕이시여! 대왕께서도 십 년 동안 계속되면서 그리스 전역에 그토록 큰 대가를 치르게 한 트로이아 전쟁을 모르진 않으시겠지요. 제 아버지 오디세우스는 그 도시를 함락한 주요 왕들 가운데 한 분이셨습니다. 그런 분이 지금 자신의 왕국인 이타케로 돌아오지 못하고 바다를 떠돌고 계세요. 저는 아버님을 찾아다니고 있는 중입니다. 그런데 불행하게도 저도 그분처럼 이렇게 잡혀 오게 되었네요. 저를 제 나라로 돌려보내주세요. 부디 선처를 내리시어 한 자식이 그토록 선한 그의 아버지와 함께 사는 기쁨을 맛볼 수 있도록 해주세요!'

세소스트리스는 계속해서 저를 동정 어린 시선으로 바라보았습니다. 그렇지만 제 말이 진실인지 아닌지 알고 싶었던 그는 우리를 한 관리에게 돌려보내서, 배를 나포한 사람들에게서 우리가 정말 그리스 인인지 아니면 페니키아 인인지를 알아내 보고하도록 지시했습니다. 왕은 이렇게 말했습니다.

'만일 이 사람들이 페니키아 인이면 우리의 적이니 두 배로 벌을 주도록 하라. 비열한 거짓말로 우리를 속이려 했으니 당연한 대가다. 반대로 만일 이 사람들이 그리스 인이면 융숭히 대접하라. 배 한 척을 주어 본국으로 돌아가도록 선처하라. 그것은 내가 그리스를 좋아하기 때문이다. 과거에 몇몇 이집트 인들이 그 나라에 법을 전해주었지. 나는 헤라클레스[31]의 무용담과 아킬레우스[32]의 영광을 알고 있어. 그 불행한 오디세우스의 지혜에 대한 이야기를 듣고 크게 감탄했지. 불운에 처한 유덕한 사람을 구하는 일은 내 즐거움 가운데 하나야.'

진실하고 너그러운 세소스트리스와 정반대로 우리의 조사를 위임받은 관리는 타락하고 교활한 사람이었습니다. 메토피스라는 그 사람은 우리를 심문해서 무슨 비밀이 있는지 알아내려 애썼습니다. 그렇지만 멘토르 선생님께서 아주 지혜롭게 답변을 하시자 혐오와 의심의 눈초리로 선생님을 바라보았습니다. 악인들은 선인을 보면 신경이 날카로워지기 때문입니다. 그는 선생님과 저를 격리했습니다. 그 뒤로 멘토르 선생님께서 어떻게 되셨는지 전혀 알 수 없었습니다.

이별은 제게 청천벽력과 같았습니다. 메토피스는 우리를 따로따로 심문해서 각기 다른 이야기를 끌어낼 수 있기를 바랐습니다. 무엇보다 그는 감언이설로 제 마음을 사로잡으면 멘토르 선생님께서 감추고 계실지 모를 진실을 자백하게 할 수 있으리라 생각했습니다. 요컨대 그는 선의에서 진실을 알아보려 하지 않았습니다. 그는 우리를 자신의 노예로 만들기 위해 왕에게 우리가 페니키아 인이라고 보고할 구실을 찾으려 했던 것입니다. 우리가 무고하고 왕이 지혜로웠음에도 그는 결국 왕을 속일 수 있었습니다.

맙소사! 왕들은 얼마나 위험에 처하기 쉬운지! 가장 현명한 왕들조차 자주 속습니다. 그들 주위에는 교활하고 사리사욕에 밝은 사람들이 많습니다. 선한 사람들은 왕에게서 멀리 떨어져 있습니다. 왜냐하면 그들은 왕의 비위를 맞추지도, 아첨하지도 않기 때문입니다. 선한 사람들은 왕이 자신을 찾아주기를 기대하지만 왕은 그들을 거의 찾지 않습니다. 반대로 악인들은 뻔뻔스럽고 위선적이며, 비위를 맞추면서 교묘하게 끼어들어 왕의 마음을 사로잡습니다. 그들은 감추는 데 능란하며, 통치자의 강한 집착을 만족시키기 위해서라면 명예와 양심까지 깡그리 버리고 어떤 짓이든 할 태세가 되어 있습니다. 악인들의 그러한 계교에 빠지는 왕은 얼마나 불행하겠습니까! 아첨을 물리치지 못하면, 그리고 과감하게 진실을 말하는 사람을 좋아하지 않으면 그에게는 더 이상 가망이 없습니다. 이것이 제가 역경 속에서 얻은 교훈입니다. 저는 멘토르 선생님께 들은 말씀을 하나하나 상기해보았습니다.

결국 메토피스는 저를 그의 노예들과 함께 오아시스 사막의 고산 지대로 보내버렸습니다. 그의 엄청난 가축 떼를 돌보게 하기 위해서였습니다.”

그때 칼립소가 텔레마코스의 말을 끊으면서 이렇게 말했다.

“저런! 그래서 어떻게 했어요? 시칠리아에서는 노예가 되느니 차라리 죽는 편이 더 낫다고 생각했잖아요?”

텔레마코스가 대답했다.

“제 불행은 갈수록 더 커졌습니다. 저는 이제 노예 생활과 죽음 중 하나를 선택할 수 있는 하찮은 위안조차 가질 수 없었습니다. 어쩔 수 없이 저는 다시 노예가 되어 온갖 운명의 가혹함을 견뎌야 했습니다. 제게는 더 이상 아무런 희망도 남아 있지 않았습니다. 저는 자유의 몸이 되기 위해 노력해야 했음에도 불구하고 말 한마디 꺼낼 수 없었습니다. 아주 후에 저는 멘토르 선생님께서 에티오피아 사람들에게 팔려 그곳으로 끌려갔다는 소식을 들었습니다.

마침내 저는 그 끔찍한 사막에 다다랐습니다. 벌판은 불타듯 뜨거운 모래밭이었습니다. 하지만 산꼭대기는 만년설로 뒤덮여 영원한 겨울이 이어졌습니다. 가축의 먹이라고는 오로지 가파른 산중턱 바위들 사이의 목초뿐이었습니다. 계곡은 너무 깊어 햇빛이 스며들지 못했습니다.

그곳에서 저는 그 지역의 산세만큼이나 거친 목동들밖에는 만나지 못했습니다. 저녁이면 제 운명을 한탄해야 했습니다. 낮에는 최고참 노예의 잔혹한 폭력을 피하려 가축 떼를 열심히 돌봐야 했습니다. 부티스라는 그 노예는 끊임없이 다른 노예들을 닦달했습니다. 자유를 얻으려면 주인에게 잘 보여야 했기 때문입니다.

그러던 어느 날 저는 기절하고 말았습니다. 고통과 아픔을 더 이상 견디지 못하고 가축도 잊은 채 한 동굴 옆 풀밭 위에 기절하여 죽음을 기다려야 했습니다.

어렴풋이 산 전체가 흔들리는 것 같은 느낌이 들었습니다. 떡갈나무와 소나무들이 산꼭대기에서 미끄러져 내려오는 것 같았습니다. 그때 뜻밖에도 동굴 안에서 큰 목소리로 이런 말이 들려왔습니다.

'오디세우스의 아들아, 너는 네 아버지처럼 참고 견뎌 위대한 사람이 되어야 한다. 편안한 삶만 사는 왕들은 훌륭하게 될 자격이 없어. 안일한 삶은 그들을 타락시키기 쉽고, 오만은 그들을 안하무인으로 만들기 십상이란다. 역경을 극복하고 그것을 망각하지 않는다면 너는 큰 행복을 얻을 거야! 이타케로 돌아갈 수도 있을 거야. 네 영광은 하늘을 찌를 것이다. 네 백성의 왕이 될 때 지금을 기억해라. 그들처럼 힘없고 가난했으며 고통스러웠다는 사실을 말이야. 그들의 고통을 덜어주는 일을 기쁨으로 삼아라. 네 백성을 사랑해라. 아첨을 멀리해라. 격정을 억제하기 위해 절제하고 과감하지 않으면 너는 절대로 훌륭해질 수 없다는 점을 명심해라.'

신의 말씀은 제 마음속에 깊이 와 닿았으며 제게 환희와 용기를 다시금 불러일으켰습니다. 신과 유한한 존재가 교통할 때 머리칼이 쭈뼛거리고 피가 멎는 듯한 그 공포는 전혀 느낄 수 없었습니다. 저는 가만히 몸을 일으켜 무릎을 꿇고 팔을 높이 들어 미네르바 신을 경배했습니다. 저는 그 신탁을 그분이 주셨을 것으로 생각했습니다. 저 자신이 마치 새로 태어난 것 같았습니다. 지혜가 제 정신을 밝혀주었습니다. 제 모든 격정을 잠재우고 젊음의 혈기를 멈추게 하는 부드러운 힘을 느꼈습니다. 그래서 저는 사막의 모든 목동들에게 사랑을 받았으며, 저의 온화함과 인내, 면밀함이 마침내 그 냉혹한 부티스의 마음마저 누그러뜨렸습니다. 부티스는 다른 노예들을 관리하는 권한을 가진 자로, 처음에는 저를 괴롭히려 했습니다.

속박과 고독이 야기하는 비통함을 좀 더 잘 이겨내기 위해 저는 책을 찾았습니다. 정신의 양식이 되어 저를 지탱해줄 수 있는 어떤 가르침이 없어서 몹시 갑갑하던 차였습니다. 저는 이렇게 생각했습니다.

'격렬한 쾌락을 혐오하고 고결한 삶의 평화로운 기쁨에 만족할 줄 아는 사람은 얼마나 행복할까! 배움으로써 즐거워하고, 배움으로써 정신을 수양하는 사람은 얼마나 행복할까! 역경이 그를 어디에 데려다놓든지 그는 자신과 나눌 이야깃거리를 끊임없이 찾을 수 있을 텐데! 또 독서로 시간을 보낼 줄 아는 사람은 설령 안락하고 편안한 생활을 하더라도 떨쳐내기 힘든 권태를 알지 못할 거야! 독서를 좋아하여 읽을거리가 항상 곁에 있는 사람은 얼마나 행복할까! 나처럼 독서의 권리를 빼앗기지 않은 사람은 얼마나 다행일까!'

이런 생각들로 머릿속이 어지럽던 어느 날, 저는 어두컴컴한 숲 속으로 들어갔습니다. 그런데 뜻밖에도 그곳에서 책을 한 권 들고 있는 노인을 만났습니다. 그 노인은 얼굴에 주름이 잡히고 머리가 훤히 벗어진데다가, 흰 수염을 허리께까지 길게 늘어뜨리고 있었습니다. 체구는 크고 위엄이 있었으며, 아직도 안색은 홍조를 띠고 생기가 있었습니다. 눈초리는 예리했고 목소리는 부드러웠습니다. 말은 간결하고 다정했습니다. 저는 이제까지 그처럼 위엄 있는 노인을 본 적이 없었습니다. 그 노인은 테르모시리스라는 아폴론의 신관으로, 이집트의 왕들이 지어놓은 대리석 신전에서 신을 모시고 있었습니다. 그가 들고 있던 책은 신들의 영광을 찬양하는 찬가 모음집이었습니다. 그는 저를 친절하게 맞아주었고, 우리는 함께 이야기를 나누었습니다. 그 노인이 예전에 일어난 일들을 아주 재미있게 이야기해주어서 마치 그 일들이 눈앞에서 생생하게 일어나고 있는 것 같았습니다. 간결한 말솜씨 덕분에 전혀 지루하지도 않았습니다. 그 노인은 인간의 생각과 의도하는 바를 간파해내는 깊이 있는 지혜로 앞날을 예언했습니다. 그 노인은 아주 사려 깊었지만 쾌활하고 너그러웠습니다. 제아무리 명랑하고 쾌활한 청년이라도 그 노인만큼 멋있지는 않았을 것입니다. 그렇게 늙었는데도 말이지요. 그래서 그 노인은, 미덕을 존중하고 온화한 젊은이들만 좋아했습니다.

그 노인은 곧 저를 다정하게 안아주었으며, 저를 위로하려고 책을 몇 권 주었습니다. 그는 저를 '여보게, 젊은이'라고 불렀습니다. 저는 수시로 그 노인에게 말했습니다.

'영부(靈父)님, 멘토르 선생님을 빼앗아간 신들께서 제게 다시 동정을 베풀어주셨어요. 영부님 같은 분을 보내주셨으니 말이에요.'

오르페우스와 리노스[33]를 닮은 그 노인은 신의 계시를 받고 있는 것이 분명했습니다. 그 노인은 제게 자신이 지은 시를 읊어주었으며 뮤즈들이 좋아하는 몇몇 뛰어난 시인들의 시도 주었습니다. 그 노인이 눈부시게 빛나는 흰색 예복을 입고 상앗빛 칠현금을 손에 들면 호랑이 · 사자 · 곰 들이 살랑거리며 그의 발을 핥아대곤 했습니다. 숲 속에 있던 사티로스들은 그 노인 곁으로 다가와 춤을 추었고, 나무들마저 감동하는 것 같았습니다. 그러니 당신이라면 그 노인의 감미로운 악기 소리에 매료된 바위들이 감동하여 산꼭대기에서 내려오는 듯하다고 생각하지 않으시겠어요? 그 노인은 신들의 위대함과 영웅들의 덕행, 그리고 쾌락보다 영광을 추구하는 사람들의 지혜로움만 노래했습니다.

그 노인은 수시로 제게 용기를 잃지만 않으면 신들이 오디세우스와 그의 아들을 저버리지 않을 것이라고 말해주곤 했습니다. 그 노인은 아폴론을 예로 들면서 목동들이 뮤즈들과 친하게 지내도록 가르쳐야 한다고 저를 설득하기도 했습니다. 그 노인은 또 이런 이야기도 했습니다.

'아폴론은 유피테르가 벼락으로 청명한 날을 흐리게 만드는 것을 보고 화가 났어. 그래서 그는 벼락을 만들어주는 키클로페스 족에게 보복하려고 그들을 활로 쏘아 죽여버렸다네. 에트나 산[34]은 즉각 소용돌이치며 토해내던 불길을 멈추었지. 대지의 깊은 동굴과 바다의 심연을 울부짖게 하는, 모루를 두드리는 무시무시한 망치 소리도 더 이상 들리지 않았지. 키클로페스 족이 더 이상 윤을 내지 못하게 된 철과 청동은 녹이 슬기 시작했어. 불카누스[35]는 노발대발하며 이글거리는 가마에서 뛰쳐나와 서둘러 올림포스 산으로 올라갔지. 그는 시커먼 먼지를 뒤집어쓴 채 땀을 흘리며, 신들이 모여 있는 곳에 이르렀어. 그리고 신랄하게 불평을 터트렸지. 유피테르는 아폴론[36)]에게 화를 내면서 그를 하늘에서 땅으로 쫓아버렸어. 그의 빈 수레는 스스로 일정하게 움직이면서 인간에게 규칙적인 계절의 변화와 낮과 밤을 만들어주었어. 그렇지만 빛을 모두 잃은 아폴론은 목동이 되어 아드메토스 왕[37)]의 가축을 보살펴야 했다네. 그가 플루트를 연주하면 목동들이 모두 작은 느릅나무 밑 맑은 샘물터로 모여들어 그의 연주를 듣곤 했어. 그 당시 그들의 삶은 거칠고 난폭했어. 양을 쳐 양털을 깎고 젖을 짜 치즈를 만드는 일밖에는 몰랐지. 평원 전체가 끔찍한 사막 같았어.

아폴론은 곧 모든 목동들에게 그들의 삶을 유쾌하게 만들어줄 수 있는 예술을 가르쳐주었다네. 그는 봄을 장식하는 꽃과 그 향기 그리고 봄의 발밑에서 피어나는 녹음을 노래했어. 그는 또 산들바람이 불어 시원하고 상쾌한 여름밤, 이슬이 대지의 갈증을 풀어주는 감미로운 여름밤도 노래했지. 그리고 가을이 농부의 노고에 보답해준 황금빛 과일들을 노래하고, 쾌활한 젊은이들이 따뜻하게 불을 지펴놓고 춤을 추는 겨울의 즐거움도 노래했다네. 마지막으로 그는 산을 뒤덮고 있는 어두컴컴한 숲과, 굽이굽이 아름다운 강이 흐르는 초원에서 즐기고 있는 듯 보이는 깊은 골짜기를 그려냈네. 얼마 지나지 않아 플루트를 불 수 있게 된 목동들은 왕보다도 더 행복해 보였다네. 그들의 오두막집은 황금 궁정들과는 전혀 다르게, 순수하고 정결한 쾌락으로 넘쳐나게 되었지. 어디를 가든 연주 소리와 웃음소리, 우아함이 순결한 양치기 소녀들을 따라다

넜다네. 매일 축제였어. 새들의 지저귐과 나뭇가지 사이에서
노는 산들바람의 부드러운 숨소리, 바위에서 졸졸대며 흐르는
맑은 물소리 그리고 아폴론을 따르는 목동들에게 영감을 주
는 뮤즈들의 노랫소리만 들렸다네. 아폴론은 그들에게 경주
에서 상을 휩쓰는 법과 화살로 사슴 잡는 법을 가르쳐주었어.
신들마저 목동들에게 질투할 정도였지. 목동들의 삶이 자신들
이 누리는 온갖 영광보다 더 감미롭게 보였으니까. 그래서 그
들은 아폴론을 올림포스 산으로 다시 불러들였다네.

　여보게, 젊은이! 이 이야기는 자네에게 많은 것을 깨우쳐줄
것이네. 지금 자네가 바로 아폴론과 같은 상황에 처해 있기 때
문이야. 이 미개지를 개척하게. 그래서 사막에 꽃이 피게 만들
게. 모든 목동에게 조화와 화합의 매력이 무엇인지 가르쳐주
게. 거칠고 사나운 마음을 순화시키게. 그들에게 아름다운 미
덕을 보여주게. 고독 속에서 아무도 빼앗을 수 없는 순결한 환
희를 즐기는 것이 얼마나 감미로운지 스스로 깨닫게 해주게.
여보게, 젊은이! 언젠가 자네가 왕위에 오른 뒤 고통스러운
어려움과 근심거리가 자네 곁을 떠나지 않게 되면 지금의 이
전원 생활이 그리워질 것이네.'

　말을 마친 테르모시리스는 제게 플루트를 하나 주었습니
다. 그 악기는 너무도 아름다운 소리로 온 산에 메아리쳐, 순
식간에 모든 목동이 우리 주위로 모여들게 했습니다. 제 목소
리는 숭고한 화음을 지니게 되었습니다. 저는 감동하여 마치
저 자신이 아닌 것 같았고, 자연이 꾸며놓은 전원의 아름다움

을 노래했습니다. 우리는 낮 시간 전부와 밤의 일부를 함께 노래하며 보냈습니다. 목동들은 하나같이 자신들의 오두막집과 가축을 까맣게 잊은 채 제 곁에 꼼짝 않고 앉아 저의 가르침에 귀 기울였습니다. 그 사막은 더 이상 거친 미개지가 아닌 듯 보였습니다. 모두들 즐겁고 명랑해졌습니다. 거주민의 예의 바름과 공손함이 대지를 순화시키는 것 같았어요.

우리는 테르모시리스가 신관으로 있는 아폴론 신전에 모여 공손히 희생 제물을 바쳤습니다. 목동들은 신의 영광을 드높이기 위해 월계관을 바쳤지요. 여자 목동들은 손에는 화환을 들고 머리에는 제물을 담은 바구니를 이고 춤추듯 즐겁게 신전으로 모여들었습니다. 우리는 희생 제물을 바친 뒤 전원에서 향연을 즐겼습니다. 가장 맛있는 음식은 우리가 손수 짠 청결한 염소젖과 양젖, 직접 딴 대추야자 열매와 무화과나무 열매, 포도 같은 신선한 과일이었습니다. 잔디밭이 곧 의자였고, 잎이 무성한 나무는 궁정의 호화로운 장식보다 더 쾌적한 그늘을 만들어주었습니다.

그런데 제가 목동들 사이에서 유명해진 결정적 계기는, 어느 날 굶주린 사자 한 마리가 제 가축에게 달려든 사건이었습니다. 그 맹수를 처음 발견했을 때 그놈은 이미 제 가축을 끔찍하게 유린하고 있었습니다. 당시 제가 가진 것이라고는 양치기의 지팡이밖에 없었어요. 그렇지만 저는 대담하게 그 사자를 향해 돌진했습니다. 그놈은 갈기를 치켜들고 사나운 이빨과 발톱을 드러내면서 비쩍 마른 아가리를 쩍 벌리고 으르렁거렸습니다. 벌건 두 눈은 피와 불이 가득 고인 것 같았습니다. 놈은 긴 꼬리로 자기 옆구리를 후려쳤습니다. 저는 사정없이 달려들어 놈을 쓰러뜨렸습니다. 입고 있던 이집트 목동의 작은 뜨개 작업복 덕분에 놈에게 물어뜯기는 것은 면할 수 있었습니다. 놈은 세 번이나 다시 일어났고 저는 그때마다 놈을 다시 넘어뜨렸습니다. 놈의 울부짖는 소리에 온 숲이 떠나갈 듯 쩌렁거렸습니다. 마침내 제 두 팔이 놈의 목을 졸랐습니다. 저의 승리를 목격한 목동들은 그 큰 사자의 가죽을 벗겨 옷을 해 입을 것을 권했습니다.

저의 무용담과 목동들의 아름다운 변화에 대한 소문이 이집트 전체에 퍼져 세소스트리스 왕의 귀에까지 들어갔습니다. 그는 페니키아 인이라고 생각했던 두 포로 가운데 하나가 인간이 거의 살 수 없는 황량한 사막에 황금기를 이루어주었다는 사실을 알게 되었습니다. 그는 저를 보고 싶어 했습니다. 그 역시 뮤즈를 좋아하고, 인간에게 교훈을 줄 수 있는 모든 것에 감동을 받는 사람이었기 때문입니다. 마침내 그가 저를 불렀습니다. 그는 제 말에 기꺼이 귀 기울였습니다. 메토피스가 탐욕 때문에 자신을 속였다는 것을 알게 된 왕은 그를 종신형에 처하고 그가 부당하게 얻은 재산을 모두 몰수해버렸습니다. 그는 제게 이렇게 말했습니다.

'다른 사람보다 높은 자리에 있는 사람들은 얼마나 불행한지 모른다네! 그들은 자신의 눈으로 진실을 보기가 힘들어. 명령을 내려도 그들을 둘러싸고 있는 사람들 때문에 명령이

제대로 하달되지 않을 때가 많다네. 사람들은 그들을 속이는 일에만 골몰하지. 앞에서는 열심히 일하는 듯 보이지만 뒤로는 자신의 야망을 감추고 있다네. 그들은 왕을 사랑하는 척하지만 사실은 왕이 수여하는 재산만 사랑할 뿐이야. 그들은 왕을 별로 좋아하지 않으면서도 그의 총애를 얻으려 아첨하기도 하고 배반하기도 한다네.'

그 뒤로 세소스트리스 왕은 저를 따뜻한 우정으로 대해주었고, 제가 여러 청혼자들에게 시달리는 어머님을 구할 수 있게 배 몇 척과 군대를 주어 저를 이타케로 돌려보낼 것을 결심했습니다. 배는 이미 준비되어 있었고, 우리는 출발 날만 기다렸습니다. 저는 그처럼 불운이 뜻하지 않게 행운으로 탈바꿈하는 것에 감탄했습니다. 그 경험은 제가, 고난에 처해 계실 아버님도 언젠가는 꼭 돌아오실 거라는 희망을 가질 수 있게 해주었습니다. 또한 멘토르 선생님께서 에티오피아든 어디든 미지의 어떤 나라에 끌려가셨더라도 그분을 다시 뵐 수 있으리라는 생각이 들었습니다. 그런데 제가 선생님 소식을 알아보기 위해 출발을 조금 늦추고 있는 사이 세소스트리스 왕이 갑자기 사망했습니다. 고령으로 인한 그의 죽음은 저를 또 다른 불행 속으로 곤두박질치게 만들었습니다.

나라 전체가 왕의 죽음으로 비탄에 빠졌습니다. 온 백성이 자신들의 가장 좋은 친구이자 보호자이자 아버지를 잃었다고 생각했습니다. 노인들은 하늘을 향해 손을 들어 올리며 큰 소리로 신들께 이렇게 말했습니다.

'이집트에는 이제껏 이토록 선한 왕이 있은 적이 없습니다. 앞으로도 그와 같은 왕은 없을 것입니다. 오, 신들이시여! 우리에게서 그를 데려가시려거든 아예 보내지도 마셨어야 했습니다. 왜 우리가 저 위대한 세소스트리스보다 더 오래 살아야 합니까?'

젊은 사람들은 또 이렇게 말했습니다.

'이집트의 희망이 사라졌어. 우리 아버지들은 그토록 훌륭한 왕의 치하에서 평안하게 사셨는데 우리에게는 그 왕을 잃은 상실감밖에 남지 않았구나.'

왕의 가신들은 밤낮없이 슬픔에 잠겼습니다. 장례가 치러지는 사십 일 동안 방방곡곡에서 백성들이 줄을 지어 모여들었습니다. 모두가 세소스트리스의 시신을 한 번이라도 더 보고 싶어 했습니다. 그의 모습을 마음속 깊이 간직하려 했던 것입니다. 많은 사람이 왕과 함께 묻히고 싶어 했습니다.

왕을 잃은 아픔을 더 크게 만든 것은 왕자 보코리스였습니다. 그는 이방인들에게 매정하고 학문에 관심이 없을 뿐만 아니라 덕망 있는 사람들을 존중하지 않고 명예에 대한 소망도 없는 사람이었기 때문입니다. 아버지의 위대함은 아들의 통치자로서의 부적격함을 더욱 크게 드러나게 만들었습니다. 그는 나태와 당돌한 자만심 속에서 자랐습니다. 그에게 백성들은 전혀 가치 없는 존재들이었습니다. 그는 오로지 자신을 위해 백성들이 존재해야 하고, 자신은 그들과 다른 존재라고 생각했던 것입니다. 그는 오로지 자신의 욕망을 충족하는 일,

부왕이 그토록 정성을 들여 이룩한 많은 값진 공적을 무너뜨리는 일, 백성을 괴롭히는 일, 가난한 자들의 피를 빨아먹는 일에만 몰두할 뿐이었습니다. 그는 아버지의 신뢰를 얻고 살아온 여러 지혜로운 원로들을 멀리하고 멸시했습니다. 그 대신 주변에 몰려든 무분별한 젊은이들의 아첨 어린 조언을 따랐습니다. 그는 왕이 아니라 괴물 같은 끔찍한 인간이었습니다. 이집트 국민 전체가 고통으로 신음했습니다. 이집트 인들은 자신들에게 그토록 소중한 세소스트리스라는 이름으로 그 아들의 잔인하고 비정한 행위를 견뎌냈지만, 결국 그의 아들은 파멸을 초래하고 말았습니다. 왕위에 오를 자격이 없는 왕은 통치 기간이 짧을 수밖에 없었습니다.

그는 저에게서 이타케로 돌아갈 희망을 빼앗았습니다. 저는 펠루즈 항구 근처 해안의 한 망루에 억류되었습니다. 세소스트리스 왕이 죽지 않았다면 저는 그곳에서 배를 탔겠지요. 메토피스는 교활하게 감옥에서 빠져나와 새 왕 곁에 다시 자리를 잡고 저를 그 망루에 감금했습니다. 저 때문에 실총한 데 대해 보복을 한 것입니다. 저는 밤낮없이 깊은 슬픔 속에서 지내야 했습니다. 테르모시리스가 제게 했던 예언과 그 오두막집에서 들은 이야기 등이 모두 한낱 백일몽인 것 같았습니다. 저는 견딜 수 없는 고통의 나락으로 추락했습니다. 파도는 제가 갇힌 망루의 발치를 부숴버리려는 듯 부딪쳤습니다. 저는, 격심한 풍랑에 요동치면서 망루가 세워진 바위에 부딪쳐 산산조각이 날 것처럼 보이는 위험스러운 배들을 응시하곤 했습니다. 저는 난파될 위험에 처한 그 사람들을 동정하기보다 오히려 그들의 죽음을 부러워했습니다. 저는 이렇게 혼잣말을 하곤 했습니다. '저 사람들은 삶의 불행을 끝내거나 아니면 고국에 도착하겠지. 그런데 나는 그 어느 쪽도 기대할 수 없구나.'

그렇게 헛된 회한 속에서 하루하루를 소진하고 있던 어느 날, 저는 마치 숲처럼 빽빽이 늘어선 한 무리의 돛대를 발견했습니다. 바다가 온통 돛대와 그 끝에서 펄럭이는 깃발들로 뒤덮였습니다. 저어대는 수많은 노로 인해 바다의 물결이 거품으로 부글거렸습니다. 사방에서 어수선한 외침이 들려왔습니다. 해변에는 이집트 병사들이 정렬해 있었습니다. 일부는 잔뜩 겁에 질려 있었고, 일부는 접근하는 그 선단에 과감하게 맞서려는 것처럼 보였습니다. 저는 한눈에 그 외국 선박들 사이에 페니키아 인과 키프로스[38] 인들의 배가 섞여 있음을 알아차렸습니다. 그동안 역경을 겪으면서 쌓은 항해술 덕분이었죠. 이집트 군대가 그들을 사이에 두고 나뉘어 있는 것처럼 보였습니다. 저는 몰지각한 보코리스 왕의 폭정이 내란을 초래했다고 믿어 의심치 않았습니다. 저는 망루 위에서 피비린내 나는 전투를 지켜보았습니다. 다른 나라에 군사적 도움을 요청한 이집트 인들은 지원군들이 하선하는 것을 도와 왕을 옹립하는 이집트 인들을 공격했습니다. 자신을 따르라며 신하들을 독려하는 왕의 모습이 보였습니다. 그는 마치 마르스 신[39] 같았습니다. 으스러진 시체 더미 사이로 흐르는 피가 시냇물을 이루었습니다. 왕의 전차 바퀴는 거품이 이는 검붉은 피로 물들었습니다. 균형 잡힌 건강한 용모를 지녔지만 거만한 젊은 왕의 눈에는 광기와 절망이 서려 있었습니다. 그는 멋지지만 거친 한 마리 말 같았습니다. 그의 용기는 그를 폭주하게 만들었지만 부족한 지혜가 그 용기의 가치를 떨어뜨렸습니다. 그는 실수를 시정할 줄도, 정확한 명령을 내릴 줄도 몰랐으며, 위협이 되는 상황을 예측할 줄도, 가장 필요한 사람들을 아낄 줄도 몰랐습니다. 재능이 모자라서가 아닙니다. 그에게는 용기 못지않게 지식도 있었습니다. 그렇지만 그는 역경을 통해 배운 적이 없었습니다. 그의 선생들이 그의 선량한 천성을 아첨으로 망쳤습니다. 그는 권력과 행복에 도취되어 살았습니다. 그는 격렬한 욕망을 채우는 것이 먼저라고 생각했습니다. 그는 자신에 대한 아주 경미한 저항에도 격분했습니다. 그는 더 이상 이성적인 사고를 할 수 없었습니다. 마치 광란에 빠진 사람 같았습니다. 광포한 오만이 그를 사나운 짐승처럼 만들었습니다. 그에게서 선량한 천성과 올바른 판단력이 순식간에 사라져버렸습니다. 결국 그의 가장 충성스러운 신하들마저 그에게서 도망치기에 이르렀습니다. 그는 자신의 욕망을 부추기며 자신을 즐겁게 해주는 사람만 좋아했습니다. 그처럼 그는 항상 자신의 진정한 이익과 전적으로 배치되는 쪽의 편을 듦으로써, 덕망 높은 사람이 자신의 광적인 행동을 증오하도록 만들었던 것입니다.

용기가 있어서 꽤 오랫동안 여러 적과 대치할 수 있었지만 결국 그는 제압당하고 말았습니다. 저는 그가 죽어가는 것을 목격했습니다. 페니키아 병사의 투창이 그의 가슴을 관통했습니다. 말 몇 마리가 끄는 전차에서 굴러떨어진 그는 고삐를 놓치고 말발굽에 짓밟히고 말았습니다. 그것을 본 한 키프로스 병사가 그의 목을 내리쳐 자르더니 마치 개선이나 한 듯 잘린 머리를 들어 올려 의기양양한 자기편 군인들에게 보여주었습니다.

저는 그 모습을 영원히 잊지 못할 것입니다. 피로 흥건히 뒤덮인 머리, 감긴 두 눈, 창백하고 보기 흉한 얼굴, 뭔가 하던 말을 마저 다 끝내고 싶은 듯 반쯤 벌어진 입, 죽었음에도 다가시지 않은 그 거만하고 위협적인 태도……. 그 모습은 죽을 때까지 제 기억에서 지워지지 않을 것입니다. 그토록 불길한 사건을 거울 삼아, 만약 언젠가 신들이 제게 왕위를 허락하신다면, 저는 왕은 권력을 사리에 어긋나지 않게 행사하는 한에서만 통솔할 자격이 있고 행복할 수 있다는 사실을 명심할 것입니다. 정말, 백성을 행복하게 해주어야 할 위치에 있는 사람이 오히려 주인 행세만 하면서 백성을 괴롭힌다면 얼마나 불행한 일이겠습니까!"

제3장

텔레마코스의 이야기는 계속된다. 보코리스의 후계자는 페니키아 포로들을 모두 돌려보낸다. 텔레마코스는 그 포로들과 함께 티로스 함대를 지휘하는 나르발의 배로 호송된다. 배를 타고 가는 중에 나르발은 페니키아 인들의 강인함과, 의심 많고 냉혹한 피그말리온 치하의 비극적인 노예 상태에 관해 이야기해준다. 잠깐 동안 티로스에 억류된 텔레마코스는 대도시의 풍요로움과 번영을 주의 깊게 관찰한다. 나르발은 그에게 이 도시가 어떻게 그처럼 번영하게 되었는지 말해준다. 텔레마코스가 키프로스로 향하는 배에 오르려는 순간 그가 이방인임을 안 피그말리온이 그를 체포하려 한다. 그 폭군의 정부 아스타르베가, 경거망동으로 피그말리온의 분노를 산 한 청년을 텔레마코스 대신 처형하도록 손을 써 그를 구해준다. 마침내 텔레마코스는 키프로스를 거쳐 그의 나라 이타케로 돌아가기 위해 배에 오른다.

텔
레
마
코
스
이
모
험

1

칼립소는 텔레마코스의 사려 깊은 말에 귀 기울이며 감탄했다. 특히 젊은 혈기로 멘토르의 말에 순종하지 않아 실수를 저지른 것까지 솔직히 말하는 것을 보고 그에게 완전히 매료되고 말았다. 용의주도하고 현명하며 절도 있는 인간으로 거듭나기 위해 스스로 지난날의 잘못을 참회하고 그것을 유익한 교훈으로 삼는 왕자에게서 그녀는 놀라운 고결함과 기품을 발견했다. 그녀는 다시 이렇게 말했다.

"계속해요, 사랑스러운 텔레마코스. 어떻게 이집트에서 탈출했는지, 헤어져서 그토록 마음 아팠던 멘토르 선생을 어디에서 다시 만나게 되었는지, 아주 궁금하군요."

텔레마코스는 이야기를 계속했다.

"아주 성실하고 왕에게 아주 충성스럽던 이집트 인들은 약소국 국민으로 전락했으며, 왕까지 죽자 승자에게 항복하지 않을 수 없었습니다. 이어 테르무티스라는 사람이 왕위에 오르게 되었습니다. 페니키아 인들은 새 왕과 동맹을 맺은 뒤 키프로스 군대와 함께 철수했습니다. 왕은 페니키아의 포로를 모두 석방했습니다. 저도 그 틈에 끼게 되었습니다. 망루에서 풀려난 저는 다른 포로들과 함께 배에 올랐습니다. 새로운 희망이 제 마음속에 다시 샘솟기 시작했습니다. 순풍이 우리의 항해를 순조롭게 해주었습니다. 노잡이들은 거품 이는 파도를 갈랐습니다. 넓은 바다는 배로 뒤덮였고 군인들은 환호성을 질러댔습니다. 이집트 해변이 점점 멀어졌습니다. 구릉과 산이 점점 평평해지더니 어느덧 하늘과 바다만 보였습니다.

떠오르는 태양은 마치 바다에서 눈부신 불빛을 뿜어내고 있는 것 같았습니다. 햇빛이 아직 수평선상에 아득히 보이는 산 꼭대기를 황금빛으로 물들이고 있었습니다. 진한 쪽빛 하늘은 우리에게 순조로운 항해를 약속하고 있었습니다.

사람들이 저를 페니키아 인으로 생각하고 그곳으로 돌려보내고 있었지만 실제로 페니키아 인들 가운데 저를 알아보는 사람은 한 사람도 없었습니다. 제가 탄 배를 지휘하던 나르발은 저에게 이름과 고향을 물었습니다.

'자넨 페니키아 어디에서 왔는가?'

'저는 페니키아 사람이 아닙니다. 페니키아 배를 타고 있다가 이집트 인들에게 붙잡혔습니다. 그리고 오랫동안 페니키아 인으로 오해를 받아 갇혀 있었습니다. 제가 그렇게 오랫동안 고통을 겪은 것도, 또 이렇게 풀려난 것도 모두 제가 페니키아 인으로 오해를 받은 데서 비롯되었어요.'

'그래? 그럼 어느 나라에서 왔는데?'

나르발이 다시 물었습니다. 그러자 저는 이렇게 말했습니다.

'저는 그리스 이타케의 왕 오디세우스의 아들 텔레마코스입니다. 제 아버님은 트로이아를 함락한 왕으로 유명하지요. 하지만 신들께서 아버님이 조국으로 돌아가는 것을 허락지 않으셨습니다. 저는 제 아버님을 찾아 여러 나라를 돌아다녔습니다. 불운은 저마저 놓아두지 않았습니다. 당신은 지금 가족의 품으로 돌아가 아버지를 만나는 행복만을 열망하는 불행한 한 인간을 보고 계십니다.'

나르발은 놀라서 저를 바라보았습니다. 그는 제게서 보통 사람들에게서는 찾아볼 수 없는, 하늘에서 온 선물인, 알 수 없는 어떤 훌륭한 자질을 발견한 눈치였습니다. 그는 진지하고 너그러운 성격을 지니고 있었습니다. 그는 저의 불행에 마음 아파하면서, 신들께서 저를 큰 위험에서 구하라는 계시를 내리셨다고 자신 있게 말했습니다. 그러면서 이렇게 덧붙였습니다.

　'텔레마코스, 나는 자네의 말을 추호도 의심하지 않네. 아니, 자네 얼굴에 새겨진 고뇌와 진실성이 의심을 할 수 없게 만들지. 내가 모시는 신들께서 자네를 사랑하신다는 것과, 내가 자네를 아들처럼 사랑하기를 원하신다는 걸 실감하네. 자네에게 유익한 조언을 하나 해줄 테니, 비밀을 지켜주게.'

　저는 그에게 이렇게 답했습니다.

　'걱정 마세요. 아무에게도 말하지 않겠어요. 비록 제가 아주 젊지만 이미 오래전부터 무슨 일이 있어도 저와 다른 사람의 비밀을 말하지 않는 것이 습관화되었습니다.'

　그러자 그가 제게 이렇게 말했습니다.

　'아직 젊은데 어떻게 그런 습관을 가지게 되었는가? 그것은 사려 깊은 행위의 기본이네. 그것이 없으면 모든 재능이 무용지물일세. 어떻게 그런 미덕을 지니게 되었는지 궁금하군.'

　저는 그에게 이렇게 말했습니다.

　'사람들에게서 들은 이야기인데, 제 아버지는 트로이아로 떠나시기 전 저를 무릎 위에 앉혀놓고 다정하게 안아주시면서 이렇게 말씀하셨답니다. 물론 당시에는 제가 이해하지 못했겠지요. 아들아, 내가 너를 다시 볼 수 있게 신들께서 나를 보호해주셨으면 좋겠구나. 아트로포스[40]의 가위가 너의 생명줄이 다 완성되었을 때 그것을 끊어주면 좋으련만. 그렇지만 만일 네가 타락하거나 진리를 외면한다면, 농부가 실수로 이제 막 피기 시작한 아름다운 꽃을 낫으로 잘라버리듯 내 적들이 네 어머니와 내 신하들의 면전에서 너의 생명줄을 끊어버리는 편이 차라리 더 낫겠구나!

그분은 말을 계속했습니다.

친구들이여, 내 소중한 아들을 그대들에게 맡기고 떠나오. 잘 보살펴주시오. 그대들이 나를 사랑한다면 이 아이에게 독이 되는 아첨 따위는 하지 마시오. 이 아이에게 극기를 가르쳐주시오. 아직 어린 관목에 불과하니 순종케 하여 바로잡아주시오. 특히 성실하고 공평하고 정의롭고 자비로우며 비밀을 지킬 줄 아는 인간이 되게 하는 것도 잊지 마시오. 거짓말을 하는 사람은 누구든 인간으로서 자격이 없으며 비밀을 지킬 줄 모르는 사람은 누구든 다른 이를 다스릴 자격이 없소. 제가 아버님의 말씀을 이렇게 생생하게 전해드릴 수 있는 것은, 사람들이 정말로 성심껏 반복하여 말해준 덕택에 그것이 제 마음속 깊이 새겨졌기 때문입니다. 저는 이 말씀을 수시로 되뇌곤 합니다. 제 아버님의 친구분들은 일찍부터 신경을 써서 제게 비밀을 지키는 훈련을 시키셨습니다. 저는 아직 연약한 어린애에 불과했습니다. 그런데도 그분들은 어머님을 괴롭히는 가당치 않은 많은 구혼자들을 보며 느끼는 괴로움을 모두 제게 털어놓으셨습니다. 그분들은 그때부터 그렇게 저를 사려 깊고 신뢰할 수 있는 사람으로 여기셨습니다. 그분들은 큰 나랏일이 있으면 저와 비밀리에 대화를 나누곤 하셨습니다. 어머님의 구혼자들을 따돌리기 위해 결정한 사항도 모두 제게 알려주셨습니다. 저는 그분들이 보여주시는 신뢰에 크게 만족했습니다. 저는 이미 저 자신이 어른이라고 생각하고 있었습니다. 저는 결코 그분들의 신뢰를 악용한 적이 없습니다. 조금이라도 비밀이라고 판단되는 말은 단 한 마디도 입 밖에 내지 않았습니다. 구혼자들은, 중요한 사실을 보거나 들었을지 모를 아이에게서 뭔가를 캐내려 노력했습니다. 제가 들은 이야기를 털어놓기를 바라면서 말이죠. 그러나 저는 아주 능란하게 대처했습니다. 그들에게 거짓말을 하지 않으면서, 동시에 제가 말해서는 안 되는 것을 절대로 털어놓지 않았어요.'

나르발은 다시 제게 이렇게 말했습니다.

'텔레마코스, 자네는 페니키아 인들이 얼마나 강한지 알 걸세. 엄청나게 많은 군함들로 모든 이웃 국가를 두려움에 떨게 하지. 또 페니키아 인들은 지브롤터 해협까지 확장한 상권 덕택에, 최고의 번영을 누리는 나라의 백성들을 능가하는 부(富)도 축적하게 되었다네. 세소스트리스 대왕은 해로를 통해서는 도저히 페니키아 인들을 정복하지 못하자 모든 동방 국가를 정복한 무기를 사용하여 육로를 통한 정복을 시도했다네. 무척 힘든 전쟁이었지. 그는 조공을 강요했지만 우리는 오랫동안 거부했어. 페니키아 인들은 아주 부유하고 강해서 예속의 굴레를 용납하지 않았어. 우리는 곧 다시 자유를 되찾았네. 세소스트리스가 죽었지만 전쟁이 끝났다고 마음을 놓을 수 없었네. 사실 우리는 그의 힘보다 지혜를 훨씬 더 두려워했거든. 그런데 그의 치하에서 구축된 힘이, 지혜라고는 전혀 없는 그의 아들의 손에 이양되자 우리는 더 이상 두려워할 필요가 없다는 결론을 내리게 되었네. 과연 그들은 무기를 들고 다시 우리를 침입하기는커녕 오히려 그 부도덕하고 난폭한 왕에게서 자신들을 해방시켜달라고 우리에게 도움을 청하는 처지가 되었지. 우리는 그들을 해방시켜주었다네. 자유와 풍요를 향유하는 우리에게 그 일은 얼마나 영광스러웠는지 모르네! 그런데 다른 나라 사람들을 해방시키는 동안 우리 스스로가 노예가 되었어. 오, 텔레마코스! 우리 왕 피그말리온[41]의 잔인한 손아귀에 떨어지지 않게 조심하게. 그는 잔악한 손에 여동생 디도의 남편 시카르바스의 피를 묻힌 인물이라네. 디도는 공포와 복수심으로 가득 차 배 몇 척을 끌고 티로스를 도망쳐 나왔지. 유덕하고 자유를 사랑하는 사람들 대부분이 그녀를 따랐네. 그녀는 아프리카 연안에 카르타고라는 훌륭한 도시를 세웠어. 피그말리온은 부에 대한 채울 수 없는 갈증에 시달리다가 점차 자기 백성들에게 역겹게 행동하는 가증스러운 존재가 되어갔다네. 티로스에서는 재산이 많은 것이 죄라네. 탐욕은 그를 의심 많고 잔인하게 만들었네. 그는 부자들을 박해하고 가난한 자들을 두려워하지. 티로스에서는 덕이 있는 사람은 더 큰 죄인이라네. 왜냐하면 피그말리온은 덕이 있는 사람들은 자신의 부당함과 야비한 행동을 참지 못할 것이라고 생각하기 때문일세. 덕이 있는 사람은 그를 비난하지. 그가 덕이 있는 사람에게 예민한 반응을 보이며 신경질을 내는 것도 그 때문일세. 그는 모든 것이 두렵고 불안하네. 자신의 그림자마저 두려워할 정도지. 그는 밤에도 낮에도 잠을 못 이루지. 신들은 그를 안절부절못하게 하기 위해 그가 아직 갖지 못한 보물들로 그를 괴롭힌다네. 행복을 위해 그가 추구하는 대상이 정반대로 그의 행복을 방해할 뿐이야. 그는 주고서 금세 후회하고 잃지 않을까 항상 두려워하지. 그리고 얻으려 하면서 괴로워한다네. 그는 거의 밖으로 나오지 않아. 궁정 속에서 혼자 우울하게 의기소침해서 지낸다네. 친구들조차 그에게 다가가지 못해. 혹시 그에게 무슨 의심이나 사지 않을까 두려워서야. 무시무시한 근위대가 항상 창과 칼을 빼 들고 그의 방 주위를 철통같이 지킨다네. 여섯 개씩 빗장이 쳐진 철문을 단 삼십 개의 방이 그가 칩거하는 곳이야. 방들은 서로 연결되어 있어. 그가 그 방 가운데 어느 방에서 잠을 자는지는 아무도 모르지만, 그가 목을 베여 죽음을 당할까 두려워서 한방에서 이틀을 자지 않는다는 것만은 확실하다네. 그는 달콤한 기쁨도, 그보다 훨씬 더 달콤한 우정도 모른다네. 기쁨을 느껴보라는 조언을 듣지만, 그럴수록 그는 자신에게서 기쁨이 달아나 가슴속에 들어오기를 거부하는 것을 느낀다네. 쑥 들어간 눈은 사납고 냉혹한 안광을 뿜어내며 끊임없이 어딘가를 헤매고 있지. 그는 아주 작은 소리에도 예민하다네. 혹시 군중이 봉기한 건 아닐까 해서야. 그는 창백하고 초췌해. 주름 잡힌 얼굴에는 불길한 불안이 새겨져 있고, 그는 말없이 한숨만 내쉰다네. 그의 가슴 깊은 곳에서 탄식이 새어 나오고 그는 오장육부를 찢는 듯한 회한을 감추지 못하지. 그는 어떤 산해진미를 먹어도 전혀 맛을 느끼지 못해. 그의 자녀들 또한 그에게 희망은커녕 두려움만 준다네. 그는 자기 아이들을 가장 위험한 적으로 생각하는 거야. 그는 한순간도 안심하지 못한다네. 두려운 사람을 모두 처치해야 후련해하지. 그는 언젠가, 그의 신뢰를 얻지만 그의 잔혹성밖에 보지 못하는 한 미치광이에게 살해되고 말 걸세! 머지않아 그만큼 의심 많은 그의 신하가 그 괴물로부터 세상을 해방시켜줄 것이네. 그렇지만 신을 두려워하는 나는 어떤 희생을 치르더라도 신들께서 내게 보내주신 왕에게 충성할 것이네. 그의 목숨을 빼앗느니, 아니 더 정확히 말해 그를 방어하는 일을 소홀히 하느니 차라리 그의 손에 죽는 편이 낫겠네. 오, 텔레마코스! 그에게 말하지 말게. 자네가 오디세우스의 아들이라는 사실을 말이야. 그는 자네를 인질로 삼고 있다가 자네 아버지가 돌아오면 엄청난 몸값을 요구할지도 몰라. 그는 분명 자네를 감옥에 가둘 거야.'

티로스에 도착했을 때 저는 나르발의 조언을 따랐습니다. 그가 말해준 것이 모두 사실이라는 것도 확인했습니다. 저는 한 인간이 어떻게 그렇게 피그말리온처럼 불행해질 수 있는지 이해할 수 없었습니다. 너무 끔찍하고 생경한 상황에 놀란 저는 이렇게 혼잣말을 했습니다.

'행복해지려 무던히도 궁리한 사람이구나. 그는 부와 절대 권력으로 행복해질 수 있다고 생각했던 거야. 그래서 그는 자기가 원하는 것은 모두 소유했어. 그런데 바로 그 부와 권력으로 인해 결국 그는 불행해졌어. 만일 그가 목동이라면 전에 내가 그랬던 것처럼 행복할 텐데. 전원의 순결한 쾌락을 향유하고 후회도 없을 텐데. 칼도, 독극물도 두려워하지 않을 것이고, 사람을 좋아하고 사람에게 사랑받을 텐데. 감히 손대지도 못하는, 모래만큼 쓸모없는 부를 탐하지도 않을 텐데. 대지에 널린 과일들을 자유롭게 따 먹으며 자신이 정말로 원하는 일만 할 텐데. 그 사람은 자신이 원하는 것은 무엇이든 다 할 수 있는 것처럼 보이지. 하지만 어림도 없는 소리. 그렇지 못해. 그는 자신의 맹렬한 욕망에 따라 행동하는 것뿐이야. 그는 항상 자신의 탐욕과 공포, 의심 등에 휩싸여 살아. 그는 다른 모든 사람의 주인인 것처럼 보이지만 자기 자신의 주인조차 되지 못해. 그가 맹렬한 욕망을 갖는 만큼 자신의 주인과 사형집행자를 확보하는 셈이기 때문이야.'

저는 피그말리온을 직접 보지는 못했지만 그를 그렇게 이해했습니다. 아무도 그를 직접 보지 못했기에, 저는 밤낮 가리지 않고 근위대에 둘러싸여 있는 첨탑을 두려운 마음으로 바라볼 뿐이었습니다. 왕이 자신의 보물과 함께 마치 감옥에 갇힌 것처럼 칩거하는 그 첨탑을 말입니다. 저는 직접 볼 수 없는 그 왕과 세소스트리스 대왕을 비교해보았습니다. 그토록 온화하고 친절하고 친근하며 이방인들과 대화를 나누는 것에 큰 호기심을 가진 왕, 사람들의 말을 듣고 그들의 마음속에 감추어진 진실을 끌어내는 데 세심한 주의를 기울일 줄 아는 왕 말입니다. 저는 이렇게 말하곤 했습니다.

'세소스트리스는 아무것도 두려워하지 않았고 그가 두려워할 게 아무것도 없었어. 그는 자신의 아이들에게 하듯 모든 백성들 앞에 스스럼없이 자신을 드러냈어. 반면에 피그말리온은 모두를 두려워해. 아니 두려워할 수밖에 없어. 그 냉혹한 왕은 항상 불길한 죽음에 직면해 있어. 근위대에 둘러싸여 아무도 접근하지 못하는 자신의 궁정에서조차 말이야. 반대로 선한 왕 세소스트리스는 군중들 한가운데에서도 안전했지. 자기 집에서 가족들 가운데 있는 선량한 아버지처럼 말이야.'

피그말리온은 두 나라 사이의 동맹 관계 때문에 자신의 백성들을 도와주러 온 키프로스 군인들을 다시 돌려보내도록 명령했습니다. 나르발은 그 명령을 제게 자유를 찾아줄 기회로 삼았습니다. 그는 저로 하여금 키프로스 군인들 틈에서 열병식을 치르게 했습니다. 피그말리온 왕은 아주 작은 것에도 아주 의심이 많았기 때문입니다. 너무 유순하고 태만한 왕들의 결점은, 교활하고 타락한 자신의 총신(寵臣)에게 맹목적인 신뢰를 보낸다는 것입니다. 그런데 피그말리온 왕의 결점은 정반대로 가장 정직한 신하들마저 의심한다는 것이었습니다. 그는 정직하게 행동하고 올바르고 가식 없는 사람을 식별할 줄 몰랐습니다. 그렇다 보니 당연히 그의 주변에는 선한 사람들이 전혀 없었습니다. 그런 사람들은 그토록 타락한 왕을 찾지 않기 때문입니다. 게다가 그는, 사람들은 예외 없이 가면을 쓰고 있다고 생각했습니다. 왕위에 오르고 난 뒤 그를 보필하는 신하들에게서 너무도 많은 위선을 보아왔기 때문입니다. 미덕이라는 포장 속에 숨겨진 끔찍한 악인 동시에 배신 행위인 위선 말입니다. 그는 인간 세상에는 진정한 미덕이란 없다고 생각했습니다. 그래서 모든 인간을 거의 비슷하게 바라보았습니다. 위선적이고 타락한 인간을 보고 나서 그보다 나은 인간은 없다고 판단해, 이제 그렇지 않은 사람을 찾아보려는 노력조차 거의 하지 않았던 것입니다. 그의 눈에는 선한 사람들이 공공연히 악을 행하는 사람들보다 더 나쁘게 보였습니다. 왜냐하면 그들 역시 악인 못지않게 악한 위선적인 인간이라고 생각했기 때문입니다.

저의 이야기로 다시 돌아와서, 저는 그렇게 해서 키프로스인들 틈에 섞이게 되었고, 그 왕의 뿌리 깊은 불신도 피할 수 있었습니다. 나르발은 제가 발각되지 않을까 두려움에 떨었습니다. 들키면 그의 목숨과 제 목숨이 모두 위태로웠기 때문입니다. 그는 아주 초조하게 우리의 출발을 기다렸습니다. 하지만 맞바람은 아주 오랫동안 우리를 티로스에 묶어놓았습니다.

저는 그곳에 머무는 동안 제가 아는 모든 나라에서 명성이 자자한 페니키아 인들의 풍속을 알게 되었습니다. 바다 가운데 있는 섬에 세워진 그 큰 도시의 번영에 감탄하지 않을 수 없었습니다. 인접한 해안은 아주 매력적이었습니다. 비옥한 땅과 그곳에서 생산되는 과일들, 다닥다닥 붙어 있는 수많은 도시와 마을들 그리고 포근한 기후 등 모든 것이 마음에 들었습니다. 기후가 그렇게 포근한 것은, 남쪽에서 불어오는 뜨거운 바람을 산이 막아주고 서늘한 북풍이 바다 쪽에서 불어오기 때문입니다. 그 도시는 레바논 산 앞쪽에 있었는데, 그 산은 구름을 뚫고 올라와 하늘과 맞닿을 듯 높고 산꼭대기는 영원히 녹지 않는 만년빙으로 뒤덮여 있었습니다. 눈덩이들로 가득한 강물이 산꼭대기를 에워싸고 있는 바위산 끝에서 급류처럼 흘러내렸습니다. 바위산 밑으로는 아주 오래된 서양삼나무 숲이 넓게 펼쳐져 있는데, 높이 치솟은 빽빽한 나무들은 그것들이 뿌리내린 땅만큼이나 오래된 것처럼 보였습니다. 숲 발치 아래쪽 산비탈에는 비옥한 방목장이 있는데, 신선한 목초지에서 황소와 암양들이 새끼들과 함께 풀을 뜯고 있었습니다. 군데군데 맑은 물이 흐르는 개울은 사방으로 물을 대주고 있었습니다. 방목장 밑으로는 봄가을이면 꽃과 열매로 가득한, 정원 같은 산기슭이 보였습니다. 모든 것을 말려 태워버릴 듯한 악취 풍기는 남풍도, 혹독한 북풍도 그 정원의 대단한 아름다움을 앗아가지 못했습니다.

티로스는 바로 그 아름다운 해안 가까이, 바다 한가운데 떠 있는 섬에 건설된 도시입니다. 그 큰 도시는 바닷물 속에서 수영하는 것 같기도 하고 바다의 여왕 같기도 합니다. 세계 곳곳에서 상인들이 그곳으로 모여들었습니다. 그 도시의 주민은 세상에서 가장 유명한 상인들입니다. 그 도시에 들어서면 우선 특별한 국민들의 도시가 아닌 여느 보통 국민들의 평범한 도시라는 것과, 그들의 상업 중심지라는 인상을 받습니다. 바다 쪽으로 쭉 뻗은 두 개의 큰 방파제가 보이는데, 그것들은 마치 두 팔을 벌린 것처럼 바람이 들어오지 못하게 넓은 항구를 감싸고 있습니다. 항구에는 돛대가 숲을 이루고 있는데, 배가 너무 많아 바다가 잘 보이지 않을 정도입니다. 시민들은 모두 상업에 전념하고 있습니다. 이미 엄청난 부를 축적했지만 재산을 늘리는 데 필요한 일이면 무엇이든 마다하지 않았습니다. 어디를 가든 이집트산 고급 아마포와 이중 염색된 아주 화려한 주홍빛 티로스 옷감을 볼 수 있습니다. 이중 염색은 아주 선명하고 강렬하며 비바람에 거의 변색되지 않습니다. 그곳 사람들은 고급 모직물을 이중으로 염색하고 금은사로 수를 놓아 장식했습니다. 페니키아 인들은 가데스 만[42]에 이르기까지 광활한 해양을 누비며 거의 모든 나라의 국민과 교역했습니다. 그들은 홍해를 따라 긴 항해를 했고, 그 길을 통해 금과 향료 그리고 여러 희귀 동물을 찾아 미지의 섬으로 떠났습니다.

모든 것이 역동적인 그 큰 도시의 찬란한 풍경은 제 눈을 황홀하게 했습니다. 그곳에는 빈둥거리며 호기심이나 채우는 사람은 하나도 없었습니다. 그곳 주민들은 사람들이 모여 있는 곳이나 기웃거리며 뭔가 재미있는 이야깃거리가 없나 궁금해하거나 항구에 들어오는 외국인이나 구경하러 다니는 그리스 인들과는 전혀 달랐습니다. 그곳 주민들은 배에서 짐을 부려 옮기거나 물건을 사고파는 일로 정신이 없었으며, 가게를 정리하고 나라 밖 상인들과 거래 장부를 작성하는 일에 눈코 뜰 새 없이 바빴습니다. 여자들은 쉼 없이 모직을 짜고 자수 도안을 하고 화려하고 값비싼 직물을 정리했습니다. 저는 나르발에게 물었습니다.

'페니키아 인들이 교역의 달인이 된 비결은 무엇입니까? 그들이 이렇게 부자가 된 비결은 어디에 있습니까?'

그는 제게 이렇게 대답했습니다. '자네가 보다시피, 티로스는 항해에 유리한 지리적 조건을 갖추고 있네. 영광스럽게도 항해술은 우리나라에서 발명한 것이네. 전해 내려오는 말에 따르면, 티로스 인들은 그리스가 그렇게 자랑하는 티피스[43]와 아르고 선(船)[44]의 영웅들이 풍미하던 시대보다 훨씬 이전에 바다를 정복했네. 나는 그들이 세계 최초로 폭풍우를 무릅쓰고 보잘것없는 배에 몸을 싣고 용감하게 해심을 측정했으며, 이집트와 바빌로니아의 과학을 이용하여 지구에서 멀리 떨어져 있는 천체를 관찰했다고 믿네. 그리하여 마침내 바다가 갈라놓은 많은 나라를 서로 연결시켰지. 티로스 인들은 근면하고 인내심이 많으며 부지런하네. 또한 정직하고 검소하며 절약하는 습성이 몸에 배어 있지. 치안 유지에도 만전을 기하고 있으며 국민들은 완벽한 화합을 이루고 있어. 국민들은 더할 나위 없이 의연하고 성실하고 충직하고 신실하며 모든 이방인에게 친절하다네. 바로 그 모든 것이 그들에게 바다의 제국을 이루게 하고, 그토록 유익한 교역을 꽃피우게 한 원동력이라네. 만일 그들이 분열과 질투에 사로잡힌다면, 만일 그들이 환락과 무위도식에 매몰되어버리거나, 지도자들이 직무에 태만하고 절약을 하찮게 여기거나, 예술과 기술 공예가 무시되거나, 또한 그들이 이방인들에게 불친절하거나 상업 규정을 조금이라도 어기거나 생산을 게을리하거나 각종 상품에 완벽을 기하는 데 필요한 노력을 소홀히 한다면, 자네가 감탄하는 그 국력은 곧 쇠퇴하고 말 걸세.'

'그러면 이타케에 이와 같은 교역을 정착시킬 수 있는 좋은 방법을 말씀해주세요.'

제가 청하자 그는 이렇게 대답했습니다.

'이곳처럼 해보게. 외국인에게 친절하게 잘 대하게. 항구를 안전하고 편리하게 만들고 외국인이 자유롭게 교역을 하도록 하게. 탐욕과 오만에 현혹되지 않게 조심해야 하네. 많이 얻을 수 있는 가장 좋은 방법은, 지나치게 얻으려 하지 말고 적절하게 잃을 줄도 아는 것이라네. 이방인들에게 사랑받게. 그들의 관습도 허용하게. 그들을 오만하게 대하여 시기심을 사지 않도록 조심하게. 무역 규정을 자주 개정하지 말고, 간결하고 쉽게 만들게. 자네 국민들이 그 무역 규정을 어기지 않게 하게. 사기뿐만 아니라 태만과 사치도 엄하게 다스리게. 그 일련의 악덕은 상거래를 하는 인간을 파멸로 몰고 가는 동시에 거래 자체도 망칠 수 있기 때문이네. 무엇보다 자네 계획대로 몰아가려 상거래를 통제하는 우를 범하지 않도록 하게. 방해가 될 수 있으니 왕은 상거래에 관여하지 않도록 하며, 모든 이득은 그것을 위해 노력하는 백성에게 돌아가게 해야 하네. 그렇지 않으면 그들의 의욕을 꺾을 것이네. 왕은 나라 안으로 유입되는 부만으로도 충분히 재정을 확보할 수 있을 걸세. 상거래는 흐르는 물과 같아서 그 방향을 바꾸려 하면 말라버리고 말 것이네. 자네 나라에 이방인을 끌어들이려면 이윤과 편리를 미끼로 던져야 하네. 만일 자네가 그들의 상거래를 불안하게 하거나 그들의 이득을 감소시키려 하면 그들은 서서히 철수하여 다시는 오지 않을 것이네. 자네가 잠깐 방심하는 사이에 다른 나라가 그들을 끌어들여 상업 활동을 하게 할 테니까 말일세. 그런데 언젠가부터 티로스의 영광이 빛을 잃었네. 친애하는 텔레마코스, 만일 자네가 피그말리온의 치세 이전의 영광을 보았다면 지금보다 훨씬 더 놀랐을 거야! 지금 자네가 본 것은 쇠퇴의 징조가 보이는 과거 영광의 슬픈 잔재에 불과하네. 오, 불행한 티로스! 너는 누구의 손아귀에 들어갔느냐! 예전에는 지구 곳곳에서 사람들이 네게로 달려왔지. 피그말리온은 이방인뿐만 아니라 심지어 자신의 백성들까지 모두를 두려워하고 있다네. 예전처럼 누구에게나 자유롭게 문호를 개방하기는커녕 입항하는 배의 수와 국적, 배에 탄 사람들의 이름과 거래 품목, 상품 가격, 심지어는 그들의 체류 기간까지 모두 알려고 한다네. 그는 더 심한 짓까지 하지. 사기를 쳐서 상인들을 덮친 뒤 물건을 압수하기도 한다네. 그는 가장 부유하게 보이는 상인들을 들볶는다네. 온갖 구실을 붙여 그들에게서 세금을 징수하지. 그는 자신이 직접 상거래에 개입하려고 한다네. 모두가 혹시 그와 부딪히지 않을까 두려워하네. 그렇다 보니 당연히 상거래는 활기를 잃었고, 이방인들은 예전에는 그토록 기꺼이 찾아오던 티로스를 점차 잊어가고 있다네. 만일 피그말리온이 자신의 행태를 바꾸지 않으면 우리의 영광과 강성함은 우리보다 더 훌륭한 치세의 나라로 완전히 넘어가버릴 걸세.'

저는 다시 나르발에게 어떻게 티로스 인들이 그렇게 강력한 해상권을 갖게 되었는지 물었습니다. 나라를 다스리는 데 필요한 모든 것을 낱낱이 알고 싶었기 때문입니다. 그는 제게 이렇게 답해주었습니다.

'우리는 배 만드는 데 필요한 나무를 공급해주는 레바논 산의 숲을 가지고 있다네. 그래서 그 숲을 정성스럽게 돌보고 있어. 그 숲의 나무는 공공의 필요에 의해서만 자른다네. 그뿐 아니라 우리는 선박을 건조하는 데 필요한 유능한 장인들도 많이 확보하고 있지.'

저는 그에게 물었습니다. '어떻게 그 많은 장인들을 확보하셨습니까?'

그는 제게 이렇게 답해주었습니다.

'국가가 조금씩 키웠지. 뛰어난 기술에 합당한 보상을 해주면 그 분야 최고의 장인들을 많이 확보할 수 있다네. 그 점은 의심의 여지가 없는 일이지. 재능과 지혜를 갖춘 뛰어난 사람들이 큰 보상이 주어지는 기술 공예에 전념하기 때문이야. 이곳에서는 기술 공예와 항해에 유용한 기술을 습득한 사람을 우대한다네. 훌륭한 기하학자와 천문학자도 크게 존경을 받는다네. 실력 있는 키잡이는 큰돈을 벌지. 유능한 목수가 무시당하는 것은 있을 수도 없는 일이야. 보수가 좋을 뿐 아니라 대우도 잘 받는다네. 능숙한 노잡이들에게도 그에 걸맞은 확실한 보수가 보장된다네. 그들은 잘 먹고살며 아플 경우 극진한 간호를 받지. 그들이 항해를 떠날 때는 남아 있는 사람들이 그들의 처자를 잘 보살펴준다네. 그들이 난파를 당하면 그들의 가족은 보상을 받지. 그들은 적정 기간 일하면 집으로 돌아와 쉴 수 있어. 그래서 필요한 만큼 언제나 노잡이를 구할 수 있다네. 아버지는 아들이 그와 같이 좋은 직업을 가지는 것에 매우 만족한다네. 아주 어릴 때부터 아버지는 아들에게 노 젓는 법과 로프 당기는 법, 풍랑을 다루는 법을 가르치지. 그처럼, 더 나은 보수를 이용하면 항해에 필요한 사람들을 손쉽게 조달할 수 있다네. 절대로 힘만으로는 그렇게 할 수 없어. 아랫사람을 복종시키는 것만으로는 충분하지 않아. 그들의 마음을 사고 그들이 하는 일에 자부심을 갖도록 해야 한다네.'

이야기를 마친 뒤, 나르발은 저를 가게와 무기 만드는 곳, 배 만드는 곳 등으로 데리고 다니면서 구경시켜주었습니다. 저는 하찮은 것까지 자세히 물어보며 알게 된 것을 모두 적어두었습니다. 유익한 지식을 잊어버리지 않게 말이에요.

그렇지만 피그말리온을 잘 아는 나르발은 한편으로는 제가 빨리 출발하기를 초조하게 기다렸습니다. 혹시 제가 도시 곳곳을 밤낮없이 돌아다니며 훔쳐보는 염탐꾼에게 발각되지나 않을까 두려웠던 거죠. 그러나 바람은 계속 우리를 그곳에 묶어두었습니다. 호기심에서 항구를 구경하며 상인들에게 이것저것을 물어보고 있는데, 피그말리온의 한 관리가 우리에게 다가오는 것이 보였습니다. 그는 나르발에게 이렇게 말했습니다.

'왕께서 조금 전 당신과 함께 이집트에서 돌아온 한 장교에게서 당신이 키프로스 인이 아닌 외국인 한 명을 데려왔다는 보고를 받으셨소. 왕께서는 그를 체포하여 그가 어느 나라 사람인지 확실히 보고하기를 바라시오. 당신은 목숨을 걸고 그 사실을 확인해야 할 것이오.'

그때 저는 거의 새 배나 다름없는 한 선박의 균형미를 가까이에서 관찰하느라 그들에게서 좀 떨어져 있었습니다. 그 배는 전체적으로 너무도 완벽한 균형을 이루고 있었습니다. 사람들 말에 따르면, 이제까지 그 항구에서 본 배 가운데 가장 훌륭한 범선이었습니다. 저는 그 배를 설계한 장인에게 이것저것 묻고 있었습니다.

나르발은 공포에 떨며 이렇게 대답했습니다.

'알겠습니다. 키프로스 출신의 그 이방인을 찾아보겠습니다.'

관리가 사라지자 그는 제게 달려와 위험을 알리면서 이렇게 말했습니다.

'내가 이럴 줄 알았어. 우린 이제 끝장이야. 밤낮없이 불신의 괴로움에 시달리는 왕이 자네를 의심하고 있네. 자네를 체포하라는 명령을 내렸어. 내가 자네를 그의 손아귀에 넘겨주지 않으면 나를 죽일 걸세. 어떻게 하면 좋겠는가? 오, 신들이시여! 이 위기에서 벗어날 수 있도록 우리에게 지혜를 주소서. 텔레마코스, 자네를 궁정으로 데려가야겠네. 자네는 아마투스 시[45]에 사는 키프로스 인으로, 베누스 신상을 조각하는 조각가의 아들이라고 말하게. 나는 나대로 예전부터 자네 아버지를 알고 있다고 진술하겠네. 아마도 왕은 더 이상 깊이 파고들지 않고 자네를 풀어줄 걸세. 그 방법 외에 자네와 내 목숨을 구할 수 있는 방법은 없을 듯하네.'

저는 나르발에게 이렇게 대답했습니다.

'운명이 저버린 이 불행한 자를 그냥 내버려두세요. 저는 죽을 각오가 되어 있어요. 당신에게 너무 신세를 져서 더 이상 제 불행에 당신을 연루시키고 싶지 않아요. 저는 거짓말을 못합니다. 키프로스 인이 아닌데 키프로스 인이라고 말할 수는 없어요. 신들께서는 제가 정직하다는 걸 알고 계세요. 제가 목숨을 부지하느냐는 전적으로 그분들에게 달려 있어요. 물론 그분들이 원하신다면 말이에요. 그러니 저는 거짓말을 해서 목숨을 구하고 싶진 않아요.'

나르발은 저에게 이렇게 대답했습니다.

'텔레마코스, 그런 거짓말은 전혀 죄가 되지 않는다네. 신들께서도 그것을 비난하실 수 없을 거야. 그런 거짓말은 아무에게도 해를 끼치지 않거든. 단지 무고한 두 생명을 구해줄 뿐

이야. 왕이 큰 죄를 짓지 않게 막아주기 위해 그를 속이는 것
뿐이야. 자네는 지나치게 정직에 집착하네. 신에 대한 두려움
도 너무 커.'

저는 그에게 대답했어요. '거짓말은 어디까지나 거짓말일
뿐입니다. 신들이 보는 앞에서 인간은 오로지 진실만 말해야
합니다. 어떠한 거짓말도 해서는 안 됩니다. 진실을 모욕하는
일은 신을 모욕하는 일인 동시에, 자기 자신을 모욕하는 일입
니다. 왜냐하면 자신의 양심을 속이고 말하는 것이기 때문입
니다. 그 제안은 당신과 제게 합당하지 않으니 더 이상 말하지
마세요. 신들께서 우리에게 동정을 베풀어주고 싶으시면 우
리를 구하는 것쯤 아주 쉬운 일이에요. 반대로 신들께서 우리
를 죽게 내버려두고 싶으시다면 우리는 그저 죽음으로써 진
실의 희생물이 되는 수밖에 없지요. 그렇게 되면 우리는 구차
하게 목숨을 연명하느니 흠 없는 미덕을 택한 귀감으로 남을
테지요. 저는 불행한 것치고 이미 너무 오래 살았어요. 오, 존
경하는 나르발! 다만 제게 한 가지 걸리는 것은 당신이에요.
불행한 한 외국인에 대한 우정 때문에 이렇게 수난을 겪고 계
시니 말이에요!'

우리는 오랫동안 그런 식의 다툼을 계속했습니다. 그때 한
남자가 헐떡이며 우리 쪽으로 달려오는 것이 보였습니다. 그
는 아스타르베가 보낸, 왕의 관리였습니다. 아스타르베는 여
신처럼 아름다웠어요. 그녀는 미모와 지력을 겸비한 여인이
었습니다. 또 명랑하고 아첨을 잘하며 간사했어요. 그녀는 기

만에 이용하는 매력과, 사이렌들처럼 아주 교활하고 냉혹한 마음을 지녔어요. 그렇지만 대단한 계교로 자신의 비뚤어진 마음을 감출 줄 알았지요. 그녀는 자신의 아름다움과 재기 그리고 감미로운 목소리와 칠현금의 화음으로 피그말리온의 마음을 사로잡았습니다. 피그말리온은 그녀를 향한 사랑에 눈이 멀어 아내 토파 왕비를 버렸습니다. 그는 야심에 찬 아스타르베의 온갖 욕망을 채워주는 일에만 골몰했습니다. 그 여인에 대한 사랑은 그의 혐오스러운 탐욕만큼이나 그에게 치명적이었습니다. 그렇지만 그가 그토록 그녀를 사랑했음에도 그녀는 그에 대해 오로지 경멸과 혐오감만을 갖고 있었습니다. 그러나 그녀는 자신의 그 감정을 감추고 오로지 왕을 위해서만 살려는 척 행동했습니다. 그를 그렇게 혐오하면서도 말입니다.

티로스에는 말라콘이라는 한 리디아[46] 청년이 있었습니다. 그는 아주 미남이었지만 여리고 연약하며 쾌락에 빠져 살았습니다. 그는 자신의 가녀린 용모를 가꾸는 일, 어깨 위로 찰랑거리는 금발을 빗질하는 일, 향수를 뿌리는 일, 옷 주름을 깔끔하게 펴는 일, 칠현금으로 자신의 사랑을 노래하는 일 등에만 신경을 썼습니다. 아스타르베는 그 청년을 보자마자 불타는 사랑을 하게 되었습니다. 그렇지만 그 청년은 그녀에게 무관심했습니다. 다른 여자를 사랑하고 있었기 때문이기도 하지만 그보다 왕의 무서운 질투의 대상이 되는 것이 두려웠던 것입니다. 아스타르베는 자기가 무시당하는 것을 알고 원한을 품기 시작했습니다. 절망에 빠진 그녀는 말라콘을, 왕이 찾고 있는 외국인, 즉 저로 둔갑시킬 결심을 했습니다. 과연 피그말리온은 그녀의 말을 믿었습니다. 그녀는 왕에게 잘못을 깨닫게 해줄 수 있을 만한 신하를 모두 매수했습니다. 왕은 덕망이 있는 사람을 좋아하지 않을뿐더러 그런 사람을 구별해낼 능력도 없었습니다. 그래서 왕 주변에는 부당하고 살생을 즐기며 그의 명령을 충실히 이행할 각오가 된, 기만적이고 탐욕스러운 사람들밖에 없었습니다. 그들은 아스타르베의 권력을 두려워했습니다. 그리하여 왕의 전적인 신임을 얻고 있는 그 오만한 여인의 비위를 거스르지 않으려고 그녀를 도와 함께 왕을 속였습니다. 그 도시 사람들이면 누구나 말라콘이 크레테[47] 인인 것을 알고 있는데도 나르발이 이집트에서 데려온 외국인으로 둔갑시킨 것입니다. 그렇게 해서 그는 곧 감옥으로 보내졌습니다.

아스타르베는 나르발이 왕에게 자신의 기만을 폭로할까 두려워 그에게 발 빠르게 관리 한 명을 보냈습니다. 그는 나르발에게 그녀의 말을 전했습니다.

'아스타르베께서는 당신이 그 외국인 문제에 대해 함구하기를 바라시오. 그러면 당신에 대해 왕께서 흡족히 여기도록 잘 손을 쓰겠다고 하셨소. 그사이에 당신은 서둘러 그 청년을 키프로스 인들과 함께 배에 태우시오. 이 도시에서 더 이상 그의 모습이 보이지 않게 말이오.'

나르발은 자신과 제 목숨을 구할 수 있는 것에 크게 기뻐하며 입을 다물겠다고 약속했습니다. 그 관리는 관리대로 일이 잘 처리된 것에 흡족해하며 아스타르베에게 돌아가 그 약속을 보고했습니다.

나르발과 저는, 진실을 보상해주시고 미덕을 위해 모든 것을 바치는 자에게 그토록 세심하게 배려하시는 신들의 호의에 감동했습니다. 우리는 탐욕과 향락에 몰두하는 왕을 생각하며 혐오감을 억누르지 못했습니다. 누구에게 속지 않을까 지나치게 걱정하는 왕은 속아 마땅하며, 또 거의 그렇게 되고 맙니다. 그런 왕은 선한 사람을 믿지 못하니, 당연히 간악한 인간에게 빠질 수밖에 없습니다. 자기 혼자만 나랏일이 어떻게 돌아가는지 모릅니다. 피그말리온을 보십시오. 그는 파렴치한 한 여인의 노리개에 불과했습니다. 그렇지만 신들께서는 악인의 거짓말을 역이용하여 선한 사람을 구해주십니다. 거짓말을 하느니 차라리 자기 목숨을 내놓는 그런 선한 사람들을 말입니다.

우리는 이윽고 바람의 방향이 바뀐 것을 알았습니다. 키프로스로 떠날 수 있게 된 것입니다. 나르발은 기뻐하며 이렇게 큰 소리로 말했습니다.

'신들께서 의중을 드러내고 계신 거야. 그분들은 자네를 안전하게 지켜주고 싶어 하시네. 사랑하는 텔레마코스, 이 냉혹하고 저주받은 땅을 속히 떠나게! 나도 자네와 함께 아주 먼 나라로 떠날 수 있다면 행복하련만! 자네와 생사를 함께할 수 있으면 얼마나 좋겠나! 하지만 가혹한 운명이 나를 이 불행한

나라에 옭아매고 있네. 이 나라에서 견디며 살아야지. 폐허가
된 이 나라에 묻힐 수밖에 없을 거야. 그렇지만 무슨 상관인
가. 내가 항상 진실을 가까이 하고 정의를 사랑한다면 말일세.
사랑하는 텔레마코스, 자네의 손을 잡고 인도해주시는 신들
께 기도드리겠네. 그분들이 가진 것 가운데 가장 귀중한 선물
을 자네에게 내려주시도록 말일세. 그 귀중한 선물은 당연히
죽을 때까지 순수하고 흠 없이 지켜야 하는 미덕이겠지. 이타
케로 돌아가 자네 어머님을 따뜻하게 위로해드리게. 못된 구
혼자들로부터 구해드리게. 자네의 지혜로운 아버님을 뵙고
안아드릴 수 있기를 비네. 그분 또한 자랑스러운 아들을 만나
실 수 있기를 비네. 자네가 행복할 때 이 불행한 나르발도 한
번쯤 기억해주게나. 나를 잊지 말게.'

　그의 말에 저는 너무 눈물이 나 아무 대답도 하지 못했습니
다. 깊은 한숨이 제 말문을 막아버렸습니다. 우리는 말없이 포
옹을 나누었습니다. 그는 저를 배까지 배웅해주었습니다. 이
윽고 배가 출발했습니다. 우리는 서로의 모습이 보이지 않을
때까지 서로에게서 눈을 떼지 못했습니다."

제4장

칼립소는 텔레마코스의 이야기를 잠시 중단시키고 그를 쉬게 한다. 멘
토르는 텔레마코스가 자신이 겪은 모험을 털어놓은 것에 대해 꾸중하
지만 이왕 시작한 것이니 끝까지 마치라고 말한다. 멘토르의 말에 따라
텔레마코스는 자신의 이야기를 계속한다. 그는 티로스에서 키프로스로
가는 도중에 베누스[48])와 큐피드[49])가 자신을 쾌락으로 이끄는 꿈을 꾸
는데, 이번에도 역시 미네르바가 나타나 그를 보호해준다. 멘토르는 그
에게 키프로스 섬을 떠나라고 권고한다. 잠에서 깨어난 텔레마코스는
포도주에 취한 키프로스 인들이 맹렬한 폭풍우 앞에서 곤경에 처한 것
을 목격한다. 그가 키를 잡지 않았더라면 배는 조난당했을 것이다. 마
침내 그들은 그 섬에 도착한다. 섬 주민들의 향락적인 풍속과 베누스에
게 바치는 제사, 그리고 이러한 모습들이 텔레마코스의 마음에 불러일
으키는 불길한 느낌 등에 대한 묘사가 이어진다. 그때 갑자기 그의 머
릿속에 떠오른 멘토르의 지혜로운 조언이 그를 아주 큰 위험에서 구해

텔
레
마
코
스
이
모
험
1

79

준다. 멘토르를 노예로 산 시리아 인 하사엘은 미노스[50]의 법을 공부하러 크레테 섬으로 가는 도중에 폭풍을 만나 어쩔 수 없이 키프로스 섬에 기항한다. 그는 텔레마코스에게 그의 스승을 돌려준 뒤 그들과 함께 크레테 섬으로 향한다. 섬으로 가는 도중, 암피트리테[51]가 바다 말들이 끄는 전차를 타고 가는 멋진 광경도 보게 된다.

미동도 하지 않고 텔레마코스의 모험담을 즐거이 듣고 있던 칼립소가 그에게 이야기를 멈추라더니 잠시 쉬라고 말했다.

"피곤해 보여요. 그만 좀 자도록 해요. 조금도 걱정할 필요 없어요. 모두가 그대에게 호의적이니까. 그러니 기쁨을 누려요. 그대에게 충분히 주어질 평화와 신들의 선물들을 만끽해요. 내일 아우로라[52] 여신이 장밋빛 손가락으로 동쪽의 황금문을 열어젖힐 때, 태양의 말들이 파도를 헤치고 나와 불꽃을 내뿜으며 별을 모두 쫓아버릴 때 그대의 지난 불행을 다시 이야기해줘요. 사랑하는 텔레마코스, 그대는 지혜와 용기 면에서 아버지를 능가하고도 남아요. 헥토르를 쓰러뜨린 아킬레우스도, 지옥에서 돌아온 테세우스[53]도, 심지어 지상에서 그토록 많은 괴물을 물리친 그 위대한 헤라클레스마저도 그대만큼 힘과 미덕을 보여주지는 못했어요. 오늘은 밤이 짧게 느껴질 정도로 깊은 잠을 자도록 해요. 하지만 슬퍼요! 나에게는 이 밤이 너무도 길 것 같으니까요! 어서 내일이 되어 그대를 다시 보고, 그대의 목소리를 듣고 싶어요! 내가 이미 알고 있는 이야기일지라도 그대의 목소리로 다시 듣고 싶어요. 아직 모르는 이야기는 많이 묻고 싶어요! 그렇지만 어서 가요. 신들께서 그대에게 보내주신 현명한 멘토르와 함께. 조금 전의 그 동굴로 가요. 휴식할 수 있도록 모든 준비가 되어 있을 거예요. 모르페우스 여신[54]에게 그대의 무거운 눈썹에 달콤한 마력을 뿌려달라고 부탁해놓겠어요. 그대의 곤한 몸에 기분 좋은 기운이 감돌게 하고, 유쾌한 꿈이 당신 주위를 날며 아주 아름다운 영상으로 당신의 오감을 자극하도록 부탁할게요. 당신의 단잠을 깨울 만한 것은 무엇이든 당신 가까이 가지 못하게 해달라고 부탁하겠어요."

그녀는 텔레마코스를 손수 자신의 동굴에서 조금 떨어진 동굴로 데려다주었다. 그 동굴 또한 그녀의 동굴 못지않게 쾌적했다. 동굴 구석의 샘물에서 흘러나오는 기분 좋은 물소리가 잠을 불렀다. 요정들이 포근한 풀 침대 두 개를 준비해놓았는데, 하나에는 텔레마코스를 위해 사자 가죽을 깔아놓았고, 다른 하나에는 멘토르를 위해 곰 가죽을 깔아놓았다.

잠자리에 누운 멘토르가 텔레마코스에게 이렇게 말했다.

"너는 이야기하는 재미에 빠졌더구나. 용기와 재치로 위험을 극복한 너의 무용담이 그 여신을 매료시킨 건 분명하구나. 그러나 그것은 그녀의 애만 더 태울 뿐이야. 너는 자신을 더 위험한 상황으로 몰아넣었어. 네 모험담에 매료된 그녀가 너를 이 섬에서 빠져나가게 내버려둘 것 같으니? 허영심이 너를 경솔하게 만들었구나. 그녀는 네 아버지의 운명이 어땠는지 말해주겠다고 약속하고는 결국 그에 대해서는 한마디도 해주지 않았잖니. 너 혼자만 오랫동안 떠들게 하고 말이다. 그녀는 자신이 알고자 하는 모든 것을 너 스스로 털어놓게 만든 거야. 그게 바로 사랑에 빠진 간교한 여인들의 술수란다. 오, 텔레마코스! 넌 언제쯤 허영심으로 말을 하면 안 된다는 걸 알 만큼 현명해질까? 또 언제쯤 하지 말아야 할 말을 하면 네게 불이익이 생긴다는 걸 알게 될까? 다른 사람들은 네가 나이답지 않은 지혜를 지녔다고 감탄하기도 하지만 내가 보기에는 전혀 그렇지가 않구나. 어쨌든 나는 네 지혜롭지 못한 행동을 절대로 용서할 수 없구나. 너를 잘 아는 사람은 나뿐이며, 네 모든 잘못을 꾸짖을 만큼 너를 사랑하는 사람 또한 나뿐이기 때문이야. 네 아버지의 지혜를 따라가려면 넌 아직도 멀었어!"

"뭐라고요!" 텔레마코스가 대답했다. "제가 칼립소에게 제 불행을 이야기하지 말았어야 했다고요?"

"아니." 멘토르가 말했다. "이야기해줄 필요는 있었어. 그렇지만 그녀가 네 이야기에 동정심을 가질 정도로만 이야기했어야 했단 말이야. 때로는 이리저리 떠돌아다녔으며 때로는 시칠리아와 이집트에서 포로 생활도 했다는 정도만 말이다. 그 정도면 충분했어. 그 밖의 이야기는 벌써부터 그녀의 마음을 불태우고 있는 독만 키울 뿐이야. 네 마음이 그 독으로부터 보호받으면 좋으련만!"

"그러면 앞으로 어떻게 해야 하지요?" 텔레마코스는 온화하고 유순한 목소리로 이렇게 다시 물었다.

"너의 나머지 모험담을 감추기에는 이미 너무 늦은 것 같구나." 멘토르가 다시 말했다. "그녀도 대충 이야기를 알고 있으니 속지 않을 거야. 네가 이야기를 해주지 않으면 그녀는 당연히 화를 내겠지. 그러니 내일 신들께서 너를 어떻게 도우셨는지 다 이야기해주어라. 그리고 앞으로는 네 자랑이 될 만한 것을 이야기할 때는 더 간단하게 말하는 법을 배워야 할 것 같구나."

텔레마코스는 멘토르의 유익한 조언을 고맙게 받아들였고 그들은 곧 잠이 들었다.

포이보스[55]가 대지에 최초의 빛을 비추자 숲 속의 요정들을 부르는 여신의 목소리가 들렸다. 이 소리를 들은 멘토르는 곧바로 텔레마코스를 깨우면서 이렇게 말했다.

"일어날 시간이다. 어서 일어나 칼립소에게 가자. 그렇지만 그녀의 달콤한 말을 경계해라. 절대로 그녀에게 마음을 열지 마라. 그녀의 칭찬이 주는 독을 두려워해라. 어제 그녀가 너를 네 현명한 아버지보다, 무적의 아킬레우스와 테세우스보다 그리고 신이 된 헤라클레스보다 더 대단한 것처럼 치켜세우더구나. 그것이 얼마나 지나친 칭찬인지 너도 느꼈겠지? 그 말을 믿었니? 그녀 자신도 절대 그렇게 생각하지 않는다는 것을 명심해. 그녀는 단지 네가 마음이 약하고 과도한 칭찬에 속아 넘어갈 정도로 허영심이 많다고 생각했기 때문에 그렇게 칭찬한 것뿐이란다."

대화를 마친 그들은 칼립소가 있는 곳으로 향했다. 그들을 기다리고 있던 칼립소는 미소를 보냈지만, 겉으로 보이는 기뿜 뒤에는 자신을 동요하게 하는 어떤 두려움과 불안을 감추고 있었다. 멘토르와 함께 걸어오는 텔레마코스도 그의 아버지처럼 자신에게서 도망갈 것을 예견하고 있었기 때문이다.

"사랑하는 텔레마코스, 어서 다시 이야기해줘요." 그녀가 말했다. "어제 저녁 내내 새로운 운명을 찾아 페니키아에서 키프로스로 향하는 그대의 모습을 떠올렸어요. 그 여행은 어땠나요. 어서 말해줘요."

그들 일행은 빽빽한 숲 그늘 아래 제비꽃이 여기저기 피어 있는 풀밭에 앉았다.

칼립소는 끊임없이 텔레마코스에게 다정하고 열렬한 눈빛을 보냈다. 동시에 그녀는 멘토르가 자신의 눈빛에서 아주 작은 변화까지 읽어내려 하는 것을 보면서 화가 났다. 요정들은 더 잘 듣고 잘 바라보기 위해서 둥글게 둘러앉아 조용히 텔레마코스의 이야기에 귀 기울였다. 모든 눈이 한 청년에게 쏠렸다. 텔레마코스는 부끄러워 얼굴을 붉히면서 시선을 떨어뜨렸는데, 오히려 그 모습이 더욱더 매력적이었다. 그는 이야기를 계속했다.

"순풍이 돛을 스치자 곧 페니키아 땅은 우리 시야에서 사라졌습니다. 저는 키프로스 인들의 풍속을 잘 몰라서 입을 다문채 주의 깊게 관찰했습니다. 그들에게 좋은 평을 얻으려면 신중하고 조심스럽게 행동해야겠다고 다짐했습니다. 그렇게 침묵을 지키며 조심하고 있는 사이, 참기 어려운 단잠이 쏟아지기 시작했습니다. 가물가물하던 의식이 마침내 끊기고 말았습니다. 저는 마음속 깊이 평화와 기쁨을 맛보았습니다.

꿈결에 저는 베누스를 보았습니다. 그 여신은 두 마리 비둘
기가 끄는 전차를 타고 구름을 가르며 날아갔습니다. 그녀는
눈부신 아름다움과 신선한 젊음 그리고 마음을 움직이는 매
력을 지니고 있었습니다. 바다의 포말에서 태어나는 그녀의
모습은 유피테르의 눈까지 현혹시켰습니다. 그녀는 순식간에
제 곁으로 날아왔습니다. 제 어깨를 어루만지며 미소를 짓던
그녀가 제 이름을 부르며 이렇게 말했습니다.

'그리스 청년, 그대는 곧 내 왕국으로 들어오게 될 거야. 내
걸음걸음마다 즐거움과 웃음, 재미난 유희들이 생겨나는 행
복한 섬에 곧 도착하게 될 거야. 그곳에 가면 내 제단에 향을
피우도록 해. 그러면 영원한 환희 속으로 빠져들게 해줄게. 아
주 달콤한 희망도 갖게 해줄게. 최고의 이 여신을 거스르지
마. 널 행복하게 해주고 싶어서 그러니까.'

저는 큐피드도 보았습니다. 그는 작은 날개를 펄럭이며 자
기 어머니 곁을 날아다녔습니다. 얼굴은 상냥함과 매력 그리
고 아이다운 명랑함을 지니고 있었지만 예리한 눈은 제게 알
수 없는 두려움을 주었습니다. 그는 저를 보며 미소를 지었는
데, 그 미소에는 장난기와 빈정거림과 심지어 냉혹함까지 서
려 있었습니다. 그는 가지고 있던 황금 화살집에서 가장 예리
한 화살을 꺼내어 저를 쏘려고 활시위를 잡아당겼습니다. 바
로 그때 미네르바 여신이 어딘가에서 나타나 방패로 저를 보
호해주었습니다. 그 여신에게서는 베누스의 얼굴과 자태에서

엿보이는 생기 없는 아름다움과 열정적이지만 나른한 모습은 전혀 찾아볼 수 없었습니다. 반대로 그 여신에게는 소박하고 수수하게 차려입은 옷차림에서 풍겨 나오는 순박한 아름다움이 있었습니다. 모든 언행이 진지하고 활력이 넘쳤으며, 고상함과 힘과 위엄으로 가득했습니다. 큐피드의 화살은 미네르바 여신의 방패를 뚫지 못하고 힘없이 땅바닥으로 떨어졌습니다. 큐피드는 화를 내며 비통하게 한숨지었습니다. 자신이 패한 것에 모욕감을 느꼈던 것입니다. 미네르바는 저에게 이렇게 소리쳤습니다.

'어서 피해라, 어서. 이 경솔한 아이야! 너는 지혜와 미덕과 영광보다, 수치스러운 쾌락을 더 좋아하는 비열한 영혼에 사로잡힐 거다.'

그 말을 들은 사랑의 신은 잔뜩 화가 나서 날아가버렸고, 베누스는 올림포스 산으로 다시 올라가버렸습니다. 저는 금빛과 쪽빛으로 빛나는 구름 사이로 두 마리 비둘기가 끌고 올라가는 그녀의 전차를 오랫동안 바라보았습니다. 그녀는 곧 모습을 감추었습니다. 제가 다시 지상으로 눈을 돌렸을 때는 이미 미네르바도 사라지고 없었습니다.

저는 엘리시온 평원[56]을 연상시키는 매력적인 정원에서 넋을 잃은 것 같았습니다. 그곳에서 저는 멘토르 선생님을 뵙게 되었는데, 선생님은 제게 이렇게 말씀하셨어요.

'어서 이 끔찍하고 타락한 섬에서 벗어나거라. 이곳에 있으면 영락없이 향락적 쾌락에 빠지고 말거야. 이곳에서는 가장

용기 있는 미덕도 흔들린단다. 그러니 그 미덕을 지키려면 도 망가는 수밖에 없어.'

저는 선생님을 보자마자 달려가 안아드리고 싶었습니다. 그렇지만 발이 떨어지지 않았습니다. 마치 무릎이 떨어져 나 간 듯한 느낌이었습니다. 멘토르 선생님을 붙잡으려 해보았 지만 계속해서 저를 피해 달아나는 그림자를 허망하게 쫓는 것 같았습니다.

그렇게 허둥대는 사이에 저는 잠에서 깨어났습니다. 저는 그 이상한 꿈이 신께서 제게 보내는 경고가 아닌가 생각했습 니다. 저는 키프로스 인들의 나태하고 무기력한 삶을 혐오하 면서, 환락에 저항하는 강한 용기와 저 자신에 대한 경계심이 가득 차오르는 것을 느꼈습니다. 그렇지만 멘토르 선생님이 돌아가셔서 스틱스 강[57]의 파도를 건너 의로운 영혼들이 모여 사는 지복의 땅에 살고 계시는 게 아닌가 하는 생각도 들었습 니다.

그 생각에, 제 눈에서는 눈물이 비 오듯 흘러내렸습니다. 왜 그렇게 눈물을 흘리느냐고 사람들이 묻기에 저는 이렇게 대 답했습니다.

'제 나라에 다시 돌아갈 희망도 없이 떠돌아야 하는 불행한 이방인으로서는 눈물밖에 흘릴 게 없습니다.'

그사이, 배에 타고 있던 키프로스 인들은 광란의 쾌락에 빠 져들었습니다. 노잡이들은 직무를 유기한 채 잠에 빠져 있었 습니다. 꽃 면류관을 쓴 키잡이는 키 대신 아주 큰 포도주 단지를 들고 거의 다 비우다시피 하고 있었습니다. 그를 비롯한 모든 사람이 박코스의 광란에 빠져 베누스와 큐피드의 영광을 기리는 시를 노래했습니다. 미덕을 사랑하는 사람에게는 영락없이 혐오감을 불러일으킬 시였지요. 그들이 그렇게 바다의 위험을 까맣게 잊고 있는 사이에 갑작스럽게 폭풍이 하늘과 바다를 뒤흔들었습니다. 맹위를 떨치는 바람이 사정없이 돛을 찢어버렸습니다. 검은 파도가 뱃전을 후려치자 배가 삐거덕거리기 시작했습니다. 치솟는 파도 꼭대기로 배가 솟구쳐 올랐습니다. 배 밑으로 바다가 푹 꺼질 때에는 심연 속으로 파묻혀 버릴 것 같았습니다. 거대한 암벽 아래를 지나갈 때엔 성난 파도가 무시무시한 소리를 내며 암벽을 후려쳤습니다.

그때 저는 멘토르 선생님이 제게 수시로 해주신 말씀, 즉 쾌락에 빠진 안이한 인간은 위험에 처했을 때 용기를 잃는다는 말씀이 무슨 뜻인지 비로소 이해하게 되었습니다. 절망한 키프로스 인들은 하나같이 여인네들처럼 울어댔습니다. 가련한 울부짖음과 환락에 빠진 것에 대한 후회 그리고 항구에 무사히 도착하게만 해준다면 신들께 꼭 희생물을 바치겠다는 거짓 약속만 들렸습니다. 아무도 정신을 차리지 못해 항해를 지휘할 사람이 없었습니다. 저는 제 목숨뿐 아니라 그들의 목숨까지 구해야 한다고 생각했습니다. 키잡이가 박코스 신의 여사제관처럼 술에 취해 배가 어떤 위험에 처해 있는지 전혀 분간하지 못했기에 제가 대신 키를 잡았습니다. 저는 두려움에 떠는 선원들에게 용기를 북돋아주면서 먼저 돛을 내리게 했습니다. 그러자 그들은 힘차게 다시 노를 저었습니다. 우리는 암초를 통과하는 도중에 갖가지 죽음의 공포를 경험했습니다.

제가 구해준 그들에게 그 모험은 마치 꿈 같았습니다. 그들은 저를 경이로운 눈빛으로 바라보았습니다. 우리는 베누스에게 바쳐진 봄의 계절에 키프로스 섬에 도착했습니다. 키프로스 인들의 말에 따르면, 봄은 베누스 여신에게 어울리는 계절입니다. 왜냐하면 그녀는 자연에 새 생명을 주고 쾌락을 꽃처럼 피어나게 하는 것 같기 때문입니다.

섬에 도착한 저는, 나른함과 나태에 빠지게 하면서 또한 명랑하고 활기찬 분위기를 자아내기도 하는 야릇한 기운을 느꼈습니다. 기름지고 경치 좋은 시골은 거의 경작이 되지 않은 상태였습니다. 그만큼 주민들은 노동을 싫어했습니다. 저는 가는 곳마다 부인과 처녀들이 쓸데없이 치장만 하는 것을 보았습니다. 그들은 베누스를 칭송하는 노래를 부르며 그녀의 신전에 희생 제물을 바쳤습니다. 그들의 얼굴에는 그 여신처럼 아름다움과 매력, 기쁨과 환락이 피어올랐습니다. 그러나 그 매력은 부자연스러웠습니다. 그들의 얼굴에서는 아름다움을 최상의 매력으로 만들어주는 고상하고 소박하며 상냥한 수줍음은 보이지 않았습니다. 결국 제가 그 여자들에게서 본 것은, 생기 없는 모습과 외양을 꾸미는 기술, 쓸데없는 치장, 나른한 거동, 남자의 눈을 끌려고 애쓰는 듯한 시선, 서로를 향한 질투 등, 가치 없고 멸시할 만한 것들뿐이었습니다. 저는 제 마음에 들려고 애쓰는 그녀들이 지겨웠습니다.

저는 그 여신의 신전으로 안내되었습니다. 섬에는 그녀의 신전이 여러 개 있었습니다. 베누스는 키테라[58]와 이달리온[59] 그리고 파포스[60]에서 각별한 숭배를 받기 때문입니다. 제가 안내된 곳은 바로 키테라였습니다. 그곳 신전은 모두 대리석 으로 건축되어 있었습니다. 열주(列柱)는 완벽했고 거대하고 웅장한 원주는 신전에 장중함을 더했습니다. 각 기둥의 평방 (平枋)과 프리즈 정면에는 큰 박공들이 보였는데, 거기에는 여신이 가장 흡족해하는 모험담이 모두 저부조로 새겨져 있 었습니다. 신전 문에는 많은 무리가 끊임없이 봉헌을 바치고 있었으며, 신전 안에서는 어떠한 희생 제물도 살생되지 않았 습니다. 다른 신전과 달리 그 신전에서는 암송아지와 황소 기 름을 태우지 않았을 뿐 아니라 그것들의 피도 뿌리지 않았습 니다. 사람들이 가지고 온 짐승을 산 채로 제단에 바쳤으며, 어리고 흠이 없는 흰 짐승 외에는 절대 제물로 바칠 수 없었습 니다. 그 제물들은 황금으로 장식한 주홍빛 작은 끈으로 감겨 있었고, 뿔은 가장 향기로운 꽃다발과 금박으로 장식되었습 니다. 그것들은 제단에 올려졌다가 외진 곳에서 목을 조여 죽 여진 뒤 여신의 신관들을 위한 향연에 사용되었습니다.

사람들은 온갖 향료를 넣어 넥타[61]보다 더 맛있는 술과 포 도주를 바쳤습니다. 신관들은 흰 드레스에 금빛 허리띠를 두 르고 있었으며, 드레스 밑 부분에는 금술을 달고 있었습니다. 밤낮으로 타오르는 동양의 아주 그윽한 향이 구름처럼 피어 올랐습니다. 신전의 모든 기둥에는 꽃 줄 장식이 늘어져 있었으며, 희생물을 바치는 데 사용하는 항아리는 모두 금으로 만든 것이었습니다. 신전 주위는 신성한 도금양 숲이 에워싸고 있었습니다. 신관들에게 희생 제물을 가져다주고 제단에 향을 피우는 것은 절세의 미를 자랑하는 미소년, 미소녀들의 몫이었습니다. 그러나 그토록 멋진 신전을 무절제와 퇴폐, 문란 등이 더럽혔습니다.

처음에는 눈에 보이는 모든 것에 혐오감을 느꼈습니다. 하지만 조금씩 저도 모르게 그것들에 익숙해지기 시작했습니다. 악덕에 빠지지 않을까 하는 두려움이 더 이상 생기지 않았습니다. 동행했던 사람들 모두가 제가 부지불식간에 타락에 빠져들도록 유인했습니다. 그들은 저의 순결함을 비웃었습니다. 저의 절제와 수줍음은 후안무치의 인간들에게 노리개가 되었습니다. 그들은 제게 갖가지 정념을 불러일으키고 올가미를 치며, 쾌락의 욕망을 자극하려 어떤 짓도 마다하지 않았습니다. 저는 하루하루 제가 조금씩 허물어지는 것을 느꼈습니다. 제가 받은 훌륭한 교육조차 더 이상 저를 지탱해주지 못할 것 같았습니다. 저의 결심이 모두 허물어졌습니다. 저는 전방위로 압박하는 악덕에 더 이상 저항할 힘이 없었습니다. 그리고 어느덧 미덕을 부끄러워하기에 이르렀습니다. 저는 깊고 물살이 빠른 강물을 헤엄쳐 건너는 사람 같았습니다. 처음에는 물결을 잘 헤치고 나아가지요. 그러나 강가가 가팔라서 땅 위로 쉽게 올라가지 못하면 마침내 조금씩 지치기 시작합니다. 힘이 빠지기 시작하지요. 그렇게 사지에 힘이 다 빠지면 강물에 휩쓸려 가고 맙니다. 그처럼 제 눈은 빛을 잃어가기 시작했습니다. 제 마음도 지쳐갔습니다. 저는 이제 제 이성도, 아버님의 미덕도 떠올리지 못했습니다. 결정적으로 엘리시온 평원에서 멘토르 선생님을 만나는 꿈이 저의 용기를 앗아가 버렸습니다. 은밀하고 달콤한 무기력증이 저를 사로잡았습니다. 저는 이미 제 핏줄을 타고 들어와 골수까지 침투한 독을, 다시 말해 헛된 환상을 품게 하는 독을 즐기고 있었던 것입니다.

그러나 저는 다시 깊은 회한의 한숨을 내쉬었습니다. 통한의 눈물을 흘렸습니다. 광란하듯이, 마치 사자처럼 이렇게 울부짖었습니다.

'오, 불행한 젊은이여! 오, 신들이시여! 잔인하게 인간을 노리개처럼 가지고 노는 신들이시여, 왜 당신들은 이런 격정과 뜨거운 열정의 시기를 겪게 하십니까? 오, 저는 언제쯤 제 할아버지 라에르테스 왕처럼 하얗게 센 머리카락으로 뒤덮이고 허리가 굽어 무덤으로 들어갈 수 있습니까? 제 안에 숨겨진 이런 수치스러운 나약함을 보느니 차라리 죽는 편이 낫겠습니다.'

그렇게 말하고 나니 제 괴로움은 좀 가라앉았지만, 어리석은 광란에 빠져 있던 제 마음은 여전히 온갖 수치심에 어찌할 바를 몰랐습니다. 저는 다시 회한의 심연 속으로 빠져드는 것을 느꼈습니다. 괴로운 마음에 저는 총 맞은 사슴처럼 그 빌어먹을 숲 속을 헤매고 다녔습니다. 괴로움을 달래기 위해 짐승처럼 숲 속을 정처 없이 떠돌았던 것입니다. 그러나 아무리 헤매도 옆구리에 박힌 치명적인 화살은 빠지지 않았습니다. 저 자신을 잊기 위해 그렇게 숲 속을 헤맸으나 헛일이었습니다. 그 어떤 것도 제 마음의 상처를 달래주지 못했던 것입니다.

그때 저는 저 멀리 빽빽한 숲 그늘에서 멘토르 선생님을 발견했습니다. 그런데 선생님의 얼굴이 너무 창백하고 우울하고 엄한 모습이어서, 뜻밖의 만남이었음에도 저는 전혀 기쁘지 않았습니다.

'아, 선생님!' 저는 크게 소리쳤습니다. '제 유일한 희망이신 선생님 맞으시지요? 정말, 선생님 맞으시지요? 헛것을 보는 것은 아니겠지요? 멘토르 선생님이시지요? 언제나 저의 부도덕에 촉각을 세우고 계신 제 선생님의 환영은 아니겠지요? 덕행에 대한 보상으로 엘리시온 평원의 끝없는 평화 속에서 순결한 즐거움을 향유하며 행복한 망자의 영혼들 가운데 계시는 것은 아니겠지요? 말씀 좀 해보세요, 선생님. 아직 살아 계신 거지요? 선생님을 다시 뵈어 즐거워해도 되는 거지요? 정말 환영은 아니겠지요?'

그렇게 말하면서 저는 기뻐 어쩔 줄 몰라 하며 숨이 막힐 정도로 굽히 달려갔습니다. 선생님께서는 한 걸음도 다가오지 않고 서서 조용히 저를 기다리셨습니다. 신들이시여, 당신들은 아시지요. 선생님을 안았을 때 제가 얼마나 기뻐했을지!

'아, 환영이 아니에요. 잡히는걸요. 안아져요. 정말, 존경하는 멘토르 선생님이세요!'

그렇게 저는 외치듯 말했습니다. 빗물처럼 흐르는 제 눈물이 선생님의 얼굴을 적셨습니다. 말문이 막힌 저는 한동안 선생님을 가만히 껴안고만 있었습니다. 선생님께서는 저를 다정하고 동정 어린 눈길로 바라보셨습니다.

이윽고 저는 이렇게 말할 수 있었습니다.

'선생님, 그동안 어디 계셨어요? 선생님이 제 곁에 안 계신 동안 제가 어떤 위험에 빠졌는지 모르시죠! 이제 선생님이 안 계시면 어떻게 살지 모르겠어요.'

'떠나거라.' 그분은 제게 무서운 목소리로 말씀하기 시작하셨어요. '떠나. 어서 이곳을 떠나도록 해! 이 땅은 과일 대신 독만 열리게 해. 들이마시는 공기는 악취로 가득하고, 이곳 사람들은 서로 이야기를 나눌 때마다 죽음을 부르는 전염성 강한 독을 퍼트린단다. 판도라 상자에서 나온 악덕 가운데 가장 끔찍하고 비열하고 혐오스러운 향락적 쾌락이 이곳 사람들의 마음을 나약하게 만들어, 그들은 어떠한 미덕도 지켜내지 못한단다. 어서 떠나거라! 왜 그렇게 주저하는 거지? 뒤도 돌아보지 말고 떠나라. 이 혐오스러운 섬을 조금도 기억 속에 남기지 마라. 모두 지워버려.'

선생님의 말씀을 들으니 마치 시커먼 구름이 사라지고 밝은 햇빛이 강렬하게 비치는 것 같았어요. 확고한 용기에 기초한 감미로운 기쁨이 제 마음속에서 다시 샘솟았던 거예요. 그 기쁨은 그동안 제 오감을 중독시킨 관능적인 쾌락과는 전혀 다른 것이었습니다. 하나는 격렬한 열정과 쓰라린 회한이 교차하는 몽롱하고 불안한 기쁨이고, 다른 하나는 신의 축복을 받는 천복(天福)의 이성적인 기쁨입니다. 그것은 변함이 없으며 순결했습니다. 어떤 것도 그 기쁨을 고갈시킬 수 없어요. 그 속으로 빠져들면 빠져들수록 더욱더 행복합니다. 그것은 제 영혼을 황홀하게 할 뿐 불안하게 하지 않습니다. 저는 기쁨의 눈물을 흘렸습니다. 그 눈물보다 더 달콤한 것은 없다는 생각이 들었습니다. 저는 이렇게 말했습니다. '아름다움에 미덕까지 깃든 사람은 얼마나 행복할까! 어느 누가 미덕을 알고도 사랑하지 않을 수 있을까? 미덕을 사랑하는데 행복하지 않을 수 있을까?'

멘토르 선생님은 그때 제게 이렇게 말씀하셨습니다.

'가야겠다. 갈 때가 되었어. 더 머물 수 없구나.'

'도대체 어디로 가신다는 거예요? 설령 인간이 살 수 없는 곳일지라도 선생님을 따라가겠어요. 저를 떼어놓고 가실 생각은 마세요. 만일 그러시면 차라리 선생님 앞에서 목숨을 끊고 말겠어요.'

그렇게 말하면서 저는 선생님을 힘껏 껴안았습니다. 그러나 선생님은 이렇게 말씀하셨어요.

'나를 잡고 싶겠지만 그래서 될 일이 아니란다. 냉혹한 메토피스가, 에티오피아 인인지 아랍 인인지 정확히는 모르겠다만 아무튼 그들에게 나를 팔아버렸단다. 그들은 시리아 다마스에 물건을 팔러 갔다가 하사엘이라는 사람에게 큰돈을 받고 다시 나를 되팔았어. 그는 그리스 풍속과 학문을 배우기 위해 그리스 인 노예를 한 사람 찾고 있던 중이었어. 내게 그리스 풍속을 배우며 호기심이 생긴 그는, 미노스의 지혜로운 법을 공부하러 크레테 섬으로 떠나게 되었단다. 항해 도중에 우리는 풍랑 때문에 키프로스에 기항해야 했어. 태풍이 멎기를 기다리며 그가 베누스 신전에 봉헌하러 온 거란다. 아, 저기 그 사람이 나오는구나. 순풍이 부니 떠나려는 모양이다. 벌써 돛을 올리고 있구나. 잘 있어라, 사랑하는 텔레마코스. 신을 두려워하는 노예는 주인을 충실히 따라야 하는 법이지. 신들께서는 더 이상 내게 자유를 허락지 않으신단다. 신들께서도 아시다시피 만일 내가 자유롭다면 당연히 너를 도울 텐데. 안타깝구나. 잘 있어라. 네 아버지의 고난과 네 어머니의 눈물을 기억해라. 정의로운 신들을 기억해라. 신들이시여, 무고한 사람들의 보호자들이시여, 이런 땅에 이렇게 제가 텔레마코스를 남기고 떠나야 합니까!'

'아닙니다. 선생님.' 저는 선생님께 말씀드렸어요. '저를 두고 떠나시는 것은 선생님 잘못이 아니에요. 그렇지만 선생님께서 저를 두고 떠나시는 것을 보니 차라리 죽어버리겠어요. 그 주인이라는 시리아 사람, 냉혹한 사람이에요? 제게서 선생님을 빼앗아갈 수 있는 사람이에요? 저를 죽이든지 아니면 제가 선생님을 따라가게 놔두든지 둘 중 하나를 택하게 할거예요. 저보고 이곳을 떠나라고 독려하시는 것을 보니 선생님께서는 제가 선생님을 따라가는 것을 원치 않으시는 것 같아요. 하사엘에게 말하겠어요. 그 사람은 어쩌면 제가 어리다는 것과 제가 흘리는 눈물에 저를 동정할지도 몰라요. 지혜를 사랑하여 그렇게 먼 곳까지 찾아가는 것을 보면 인정머리 없는 냉혹한 사람은 아닐 거예요. 그의 발아래 엎드려 두 발을 움켜잡고 선생님을 따라갈 수 있게 허락해주지 않으면 놓아주지 않을 거예요. 선생님, 저도 선생님과 함께 노예가 되겠어요. 저를 노예로 부리라고 하겠어요. 만일 거절하면 그것으로 제 인생은 끝이니 목숨을 끊어버리고 말겠어요.'

마침 그때 하사엘이 멘토르 선생님을 불렀습니다. 저는 그 사람에게 다가가 무릎을 꿇었습니다. 처음 보는 사람이 자기에게 그렇게 무릎을 꿇는 것을 보고 그는 깜짝 놀랐습니다.

'젊은이, 내게 무엇을 원하시오?'

그가 제게 물었습니다.

'목숨입니다.' 제가 대답했습니다. '당신의 노예인 멘토르 선생님을 따라가고 싶은데 당신이 거절하시면 저는 살 수 없기 때문입니다. 저는 아시아의 유명한 도시 트로이아를 정복한 그리스 왕들 가운데 가장 지혜롭고 위대한 오디세우스의 아들입니다. 자랑하려고 저의 출신을 말씀드리는 것이 아닙니다. 단지 제 불행을 동정해주십사 부탁드리기 위해서 그러는 것뿐입니다. 저는 아버지나 다름없는 선생님과 함께 제 아버님을 찾아 바다 곳곳을 돌아다니고 있습니다. 설상가상으로 불행은 제게서 선생님마저 앗아갔습니다. 선생님은 이렇게 당신의 노예가 되어버리셨네요. 저도 당신의 노예가 되겠어요. 정의를 사랑하여 미노스의 훌륭한 법을 배우러 크레테에 가시는 것이 사실이라면 제 한숨과 눈물에 무심하지 않으시겠지요. 난관을 극복하기 위해 노예를 자청할 수밖에 없게 된 왕의 아들을 도와주세요. 옛날에 시칠리아에서는 노예 신분을 벗어나기 위해 죽음을 불사하기까지 했습니다. 지금까지의 불행은 불운이 제게 가한 모욕의 서설에 불과해요. 지금 저는 혹시 당신이 저를 노예로 받아들이지 않으시면 어쩌나 두려워하고 있어요. 신들이시여, 제 불행을 굽어살펴주십시오. 하사엘, 미노스를 잊지 마세요. 당신은 그의 지혜를 사랑하시지요. 그런 그가 플루톤[62]의 왕국에서 당신과 저를 심판하실 테니까요.'

온화하고 인간적인 얼굴의 하사엘은 저를 바라보더니 손을 내밀어 저를 일으켜 세웠습니다. 그는 이렇게 말했어요.

'오디세우스의 지혜와 덕성을 모르는 바가 아니네. 그가 그리스 사람들에게서 얻은 명성이 어떠했는지 멘토르가 자주 이야기해주었다네. 아시아 곳곳에 그의 이름이 널리 알려져 있다는 것도 말일세. 나와 함께 가세. 자네가 아버지를 찾을 때까지 내가 대신 아버지가 되어주겠네. 자네 아버지의 명성이나 불행에, 또는 자네의 불행에 마음이 움직인 것은 아니네만, 멘토르에 대한 내 우정을 생각하면 자네를 보호해주지 않을 수 없네. 그를 노예로 산 것은 사실이지만 나는 그를 신뢰할 수 있는 변함없는 친구로 생각한다네. 돈으로 그를 샀네만 그 돈은 내게 세상에서 가장 귀하고 소중한 친구를 얻게 해주었어. 나는 그에게서 많은 지혜를 배우고 있네. 지금 내가 미덕을 사랑하게 된 것도 모두가 그의 덕분이네. 지금부터 그는

자유인이네. 자네도 마찬가지야. 이제부터 나는 자네와 자네 선생에게 우정만을 구하겠네.'

한순간에 저는 인간이 느낄 수 있는 가장 쓰라린 고통이 가장 강렬한 기쁨으로 변하는 것을 느꼈습니다. 끔찍한 위험에서 구원받는 순간이었습니다. 저는 제 나라로 다가가면서 그곳으로 돌아가기 위해 도움의 손길을 찾고 있었습니다. 저는 미덕에 대한 순수한 사랑으로 저를 사랑해주는 사람이 제 곁에 있다는 데 위안을 얻었습니다. 하지만 저는 무엇보다 이제 멘토르 선생님 곁을 떠나지 않아도 된다는 사실이 기뻤습니다.

우리는 하사엘과 함께 강변의 모래밭을 걸어 그의 배에 올랐습니다. 노잡이들이 조용히 물결을 가르며 노를 젓기 시작했습니다. 상쾌한 산들바람이 순항을 도왔습니다. 점점 키프로스 섬이 시야에서 멀어졌습니다. 제 생각을 알고 싶어 안달하던 하사엘은 그 섬의 풍속을 어떻게 생각하는지 물었습니다. 저는 그에게 혈기에 날뛰는 젊음 때문에 제가 어떤 위험에 처했는지, 그리고 어떻게 저 자신과 싸웠는지를 진솔하게 이야기해주었습니다. 그는 악덕을 혐오하는 제게 감동받아 이렇게 말했습니다.

'베누스 신이여, 저는 당신과 당신 아들의 힘을 인정합니다. 그래서 당신의 제단에 봉헌했습니다. 그렇지만 당신의 섬 주민들의 경멸할 만한 나태와, 당신을 위해 그들이 거행하는 축제의 야만적이고 노골적인 후안무치를 혐오하는 것을 용서하십시오.'

그 뒤 그는 멘토르 선생님과 이야기를 나누었습니다. 천지를 창조한 최고의 힘과, 모두에게 자신을 변함없이 비추는 소박하고 무한한 빛과, 태양이 모든 것을 밝혀주듯 인간의 정신을 밝혀주는 최고의 보편적 진리 등에 관해 이야기했지요. 그는 이렇게 덧붙였습니다. '그 순수한 빛을 보지 못한 사람은 선천성 소경과 같은 사람입니다. 그는 깊은 어둠 속에서 살아갑니다. 마치 몇 달 동안 빛이 없는 어둠 속에서 사는 사람들처럼 말입니다. 그는 자신이 현명하다고 믿지만 전혀 그렇지 않습니다. 그는 자신이 모든 것을 본다고 믿지만 실은 아무것도 보지 못합니다. 그렇게 아무것도 보지 못한 채 죽습니다. 기껏해야 빛 비슷한 어스름을, 진실과는 동떨어진 허깨비를 볼 뿐이지요. 오감의 쾌락과 상상력의 마법에 걸려든 사람들은 모두가 그런 식입니다. 지상에서는 진실한 인간은 전혀 찾아볼 수 없습니다. 영원한 이성을 사랑하고 따르며 그것에 자문을 구하는 사람을 제외하면 말이에요. 이성은 우리가 선한 생각을 하면 영감을 주지만 악한 생각을 하면 나무랍니다. 우리는 이성을 목숨 못지않게 중시합니다. 그것은 빛의 대양(大洋)과 같습니다. 우리의 정신은 그 빛의 대양에서 흘러나왔다가 다시 그곳으로 돌아가 사라지는 시냇물 같습니다.'

비록 그 말 속에 담긴 심오한 지혜를 아직 완전히 이해하지는 못했지만 저는 알 수 없는 어떤 순결함과 숭고함을 맛보았습니다. 제 마음은 속속들이 진실이 반짝이는 것 같은 그 말에 자극을 받았습니다. 두 분은 계속해서 말씀을 나눴습니다. 신의 기원(起源)과 영웅, 시인, 황금기, 망자의 영혼들이 건너는 망각의 강[63], 불경한 인간들이 보내지는 타르타로스[64]의 심연 속에서 행해지는 영원한 징벌, 그리고 정의로운 사람들이 가는 엘리시온 평원에서 향유하는 영원한 평화 등 이야깃거리가 끊이지 않았습니다.

하사엘과 멘토르 선생님이 그렇게 말씀을 나누는 동안 황금빛과 쪽빛 비늘이 난 돌고래들이 나타났습니다. 녀석들은 물결을 솟구치게 하며 하얀 물보라를 일으켰습니다. 그 뒤를 이어 나타난 트리톤[65]은 굽은 소라 모양의 조개껍질로 된 나팔을 불었습니다. 그들은 바다 말들이 끄는 눈보다 더 하얀 암피트리테의 전차를 에워싸고 있었습니다. 파도를 가르며 달려가는 바다 말들이 지나간 자리에는 아주 기다란 자국이 남아 있었습니다. 그 말들은 눈이 벌겋게 불타오르는 듯했으며, 입에서는 하얀 입김이 피어오르고 있었습니다. 여신의 전차는 멋진 고둥 모양으로, 전체적으로 상아보다 더 희게 반짝였고 바퀴는 황금빛이었습니다. 전차는 잔잔한 바다 표면 위를 나는 듯했고 화관을 쓴 요정들이 그 뒤를 무리 지어 헤엄쳐 갔습니다. 어깨 뒤로 늘어뜨린 요정들의 아름다운 머리카락이 가끔씩 바람에 흩날렸습니다. 여신의 한 손에는 파도를 다스리기 위한 황금 홀이 들려 있었으며, 다른 한 손에는 그녀의 무릎 위에 앉아 젖을 빠는 어린 신 팔레몬이 안겨 있었습니다. 그녀의 얼굴은 차분해 보였으며 무서운 폭풍과 큰 풍랑을 잠재우는 온화한 위엄을 갖고 있었습니다. 트리톤들은 황금빛

고삐를 쥐고 말을 몰고 있었습니다. 전차 위에는, 커다란 주홍빛 돛 하나가 수많은 어린 제피로스[66]들의 숨결에 의해 펄럭이고 있었습니다. 하늘에는 격렬하고 조급하고 격정적인 아이올로스[67]가 있었습니다. 그의 주름진 얼굴은 우울하게 보였고 목소리는 위협적이었고 눈썹은 두터웠습니다. 그의 어둡고 우울한 눈빛은 아무도 모르게 사나운 북풍을 일으켜 온갖 구름을 밀쳐내고 있었습니다. 거대한 고래와 온갖 바다 괴물들은 콧김으로 산더미 같은 물결을 일으키면서, 그 여신을 보기 위해 깊은 동굴에서 서둘러 빠져나오고 있었습니다."

제5장

텔레마코스의 이야기는 계속된다. 크레테 섬의 풍요와 그 섬 주민들의 풍속, 그리고 미노스의 지혜로운 법치 아래 누리는 번영에 대해 이야기한다. 섬에 도착한 텔레마코스는 왕이던 이도메네우스가 무분별한 맹세를 지키기 위해 자기 외아들을 제물로 바쳤다는 것, 크레테 인들이 그 아들의 복수를 위해 아버지를 추방했다는 것, 그리고 오랜 혼란 끝에 마침내 새 왕을 선출하기 위해 집회를 가지고 있는 중이라는 것 등을 듣게 된다. 집회 참여를 허락받은 텔레마코스는 여러 시합에서 상을 휩쓸고, 섬의 재판관인 원로들이 후보자들에게 내는 여러 윤리적·정치적인 문제를 비범한 지혜로 풀어낸다. 원로 가운데 최고 원로는 이 젊은 외국인의 지혜에 감동을 받아 그를 왕으로 추대하자고 제안한다. 그 제안에 참석자 모두 큰 환호 속에서 환영한다. 그렇지만 텔레마코스는 제안을 거절한다. 크레테 인들을 통치하는 영광과 그 왕국의 풍요보다 가난한 이타케를 더 사랑하기 때문이다. 그는 멘토르를 왕으로 선출할 것을 제안하지만 그 역시 왕위를 거절한다. 집회에 참석한 사람들이 멘토르에게 그 나라를 위해 왕위를 수락해줄 것을 강요하자 그는 얼마 전 확인한 아리스토데모스의 덕망을 떠올리면서 그를 왕으로 추대하도록 권한다. 곧이어 멘토르와 텔레마코스는 이타케로 돌아가기 위해 크레테 배에 오른다. 그러자 넵투누스는 화난 베누스를 달래려고 무시무시한 폭풍우를 일으켜 그들의 배를 전복시킨다. 부서진 돛대에 매달려 가까스로 위험에서 벗어난 그들은 파도에 떠밀려 칼립소의 섬에 다다른다.

"그 광경에 감탄한 우리의 눈에 멀리 크레테의 산들이 보이기 시작했습니다. 그러나 파도와 낮은 구름 때문에 식별하기가 쉽지 않았습니다. 이어서 그 섬에서 가장 높다는 이데 산꼭대기가 눈에 들어왔습니다. 그것은 마치 새끼들 틈에서 우뚝 솟은 어미 사슴의 곁가지 뿔 같았습니다. 계단식 원형 극장 모양의 구릉들이 점점 더 선명하게 보이기 시작했습니다. 키프로스의 땅은 돌보지 않아 황폐해 보이는 데 반해, 크레테 섬의 땅은 비옥한데다 주민들이 경작을 한 덕에 온갖 과일이 열려서 풍요로워 보였습니다. 시선을 돌릴 때마다 가옥들이 보기 좋게 늘어선 마을과 도시에 버금가는 큰 부락, 그리고 훌륭한 도시들이 한눈에 들어왔습니다. 근면한 농부의 손길이 닿지 않은 경작지는 한 군데도 없었습니다. 사방에서 쟁기질이 잘 된 밭고랑이 눈에 띄었습니다. 섬에는 가시덤불이나 가시나무 등 쓸데없이 땅을 차지하는 식물은 전혀 보이지 않았습니다. 우리는 소 떼가 시냇물을 따라 푸른 초원에서 풀을 뜯고 있는 깊은 계곡들도 즐거운 마음으로 바라보았습니다. 구릉의 산등성이 위에서는 염소 떼가 한가롭게 풀을 뜯고 있었고, 넓은 들판에는 다산의 여신 케레스[68]의 선물인 황금빛 밀이 풍성했으며, 산에는 포도나무와 잘 익은 포도송이들이 넘쳐났습니다. 그것은 인간의 근심거리들을 달래주려고 박코스가 포도 농부들에게 주는 달콤한 선물이었습니다.

멘토르 선생님께서는 예전에 한 번 크레테에 머문 적이 있다며 우리에게 그 섬에 대해 아는 것을 말씀해주셨습니다.

'모든 외국인이 감탄하는 이 섬에는 많은 도시가 있는데, 아무리 인구가 많아도 먹고사는 데 지장이 없습니다. 대지가 근면하게 경작하는 사람들에게 충분한 보상을 해주기 때문입니다. 다산의 젖가슴은 마르는 일이 없습니다. 한 국가에 주민이 많으면 많을수록——물론 그 주민들이 근면하다는 가정하에——그들은 풍요를 누릴 수 있습니다. 서로를 질투할 필요가 조금도 없습니다. 그 선량한 어머니인 대지는 자기 자식들에게 그들의 노력에 합당한 보상을 해줍니다. 야심과 탐욕이야말로 불행의 근원입니다. 인간은 모든 것을 가지고 싶어 합니다. 그런데 바로 그 지나친 욕망 때문에 불행해집니다. 반대로 소박하게 살기를 원하며, 꼭 필요한 것만 가지는 것에 만족하면 어디에 있든 풍성함과 기쁨과 평화와 화합이 함께한다는 사실을 알게 될 것입니다.

왕들 가운데서 가장 지혜롭고 훌륭했던 미노스 왕도 바로 그 점을 이해했던 것입니다. 이 섬에서 보는 가장 경이로운 것들은 모두 그가 만든 법치의 결실입니다. 그가 아이들에게 행한 교육은 그들의 육체를 건강하고 강건하게 만듭니다. 또한 아이들을 소박하고 검소하며 근면한 생활에 익숙해지게 만듭니다. 또한 어떤 것이 됐든 향락은 육체와 정신을 타락시킨다고 생각하여, 미덕으로써 제어할 수 있는 것이나 영광을 안겨주는 것 이외의 쾌락과 기쁨은 아이들에게 전혀 가르치지 않습니다. 전쟁에서 죽음을 겁내지 않는 용기와, 과도한 부와 수치스러운 쾌락을 경멸하는 용기를 가르치며, 다른 나라에서는 죄가 되지 않는 세 가지 악덕, 즉 배은망덕과 위선과 탐욕을 가차 없이 벌합니다.

사치와 나태에 대한 벌은 필요가 없습니다. 왜냐하면 그런 악덕은 크레테 섬에는 존재하지 않기 때문입니다. 모두가 열심히 일하며 아무도 부자가 될 생각을 하지 않습니다. 그들은 자신의 노동에 대한 정당한 대가는, 즐겁고 안락하고 견실한 생활이면 충분하다고 생각합니다. 그들은 삶에 꼭 필요한 모든 것을 풍성하고 평화롭게 누립니다. 이곳에서는 비싼 가구도, 화려한 옷도, 진귀한 진수성찬도, 황금 궁전도 허락되지 않습니다. 옷은 색이 고운 고급 모직으로 만들지만 수를 놓지 않고 장식도 전혀 하지 않습니다. 식사는 간소하며 술은 거의 하지 않습니다. 주식인 빵에다 나무에서 자연적으로 나는 맛있는 과일과 우유를 곁들입니다. 잘 먹어야 자극적인 것을 가미하지 않은 두툼하게 썬 고기가 전부입니다. 그들은 농업을 번창시키기 위해 우량종의 황소를 보존하는 데 신경을 씁니다. 가옥은 청결하고 안락하며 아름답지만 장식은 전혀 하지 않습니다. 멋진 건물을 지을 줄 몰라서가 아닙니다. 다만 그런 기술은 신전을 짓기 위해 아껴둘 뿐이고, 인간이 신전을 닮은 집을 짓는다는 건 감히 생각도 하지 않습니다. 크레테 인들은 건강과 힘, 용기, 평화, 가정의 화목, 화합, 시민 모두에게 부여된 자유, 꼭 필요한 것을 풍족하게 갖는 것, 필요 이상의 것을 경멸하는 것, 노동하는 습관, 무위도식에 대한 혐오, 선행과 미덕의 경쟁적인 실천, 법의 준수 그리고 정의로운 신들에 대한 두려움 등을 가장 큰 재산이자 덕행으로 생각합니다.'

제가 왕의 권력은 어떤지 묻자 선생님께서 이렇게 대답하셨습니다.

'왕은 자기 백성에게 무엇이든지 할 수 있단다. 하지만 또 법은 왕에게 무엇이든지 할 수 있어. 그는 선행을 할 수 있는 절대적인 힘을 가지고 있단다. 그렇지만 악을 행하려 하면 곧바로 행동에 제재를 받는단다. 법이 그에게 맡긴 모든 기탁물 가운데 백성은 가장 존귀한 존재란다. 그가 백성의 아버지가 되리라는 가정하에서 말이야. 법은 왕이 지혜와 절제로써 백성의 행복을 위해 봉사하기를 바라지, 백성이 비참하고 비겁한 노예 상태에서 왕의 교만과 나태에 비위를 맞추기를 원하지 않는단다. 왕은 다른 사람들 이상으로 어떠한 권한을 가져서는 안 되지. 자신의 고된 직무에 필요한 것이나 그 직무 수행 때 짐을 덜기 위한 것, 혹은 백성들에게 법을 유지하는 사

텔레마코스의 모험 1

람에 대한 존경심을 각인시키는 데 필요한 것 이외에는 말이
야. 그뿐만 아니라 왕은 누구보다도 검소하고 나태를 경계해
야 하며, 호사와 교만에 사로잡히지 않도록 조심해야 돼. 그가
다른 사람들보다 더 많이 가져야 하는 것이 있다면 그것은 부
와 쾌락이 아닌 지혜와 미덕과 명예란다. 밖으로는 군대를 지
휘하여 나라를 보호해야 하고, 안으로는 백성들의 재판관이
되어 그들을 선하고 지혜롭고 행복하게 해주어야 해. 신들이
그가 왕이 되게 한 것은 절대로 그 자신을 위해서가 아니야.
그가 백성의 종이 될 때에 그는 비로소 왕이 되는 거야. 따라
서 그는 모든 정성과 시간과 애정을 자신의 백성에게 바쳐야
해. 그는 국익을 위해 자신을 희생해야 왕위를 지킬 자격이 있
단다. 미노스는 자신이 죽은 뒤에도 오로지 이러한 원칙에 따
라 다스린다는 조건하에서 자식들에게 왕위를 물려주었어. 그
는 자신의 가족보다 백성을 훨씬 더 사랑했어. 크레테 섬을 이
렇게 부강하고 행복하게 만든 것은 바로 그와 같은 지혜였단
다. 또한 그는 절제를 통해, 자신들의 영화, 즉 자신들의 허영
을 위해 백성들이 봉사하기를 바라는 모든 정복자들의 영광을
퇴색시켰지. 마지막으로, 그가 지옥에서 망자들의 최고 심판
자가 될 수 있었던 것은 바로 그의 공평성 때문이었단다.'

멘토르 선생님의 그 말씀을 듣는 동안 우리는 섬에 도착했
습니다. 우리는 솜씨 좋은 다이달로스[69]가 만든 유명한 미로
를 보았습니다. 이집트에서 본 그 큰 미로를 모방한 것이었습
니다. 그 신기한 건조물을 구경하는 동안 우리는 사람들이 무

리를 지어 해변으로 몰려드는 것을 보았습니다. 우리는 그들에게 그렇게 모여드는 이유를 물었습니다. 나우시크라테라는 크레테 사람이 그 이유를 이렇게 설명해주었습니다.

'데우칼리온의 아들이자 미노스의 손자인 이도메네우스는 그리스의 다른 왕들과 같이 트로이아 전쟁에 참가했습니다. 그는 그 도시를 함락한 뒤 크레테로 돌아오려 귀국길에 올랐습니다. 그렇지만 너무 강한 풍랑이 일자, 선장과 항해 경험이 풍부한 장군들은 난파되는 것이 불가피하다고 판단했습니다. 그들 모두는 눈앞에 다가오는 죽음과 자신들을 집어삼키려고 아가리를 벌리는 심연을 보았습니다. 그들은 장례를 치른 뒤 스틱스 강을 건너는 망령들의 우울한 휴식조차 기대하지 못한 채 자신들의 불행을 탄식했습니다. 그러자 이도메네우스가 하늘을 향해 넵투누스에게 간청했습니다. *전능하신 신이여, 바다의 제국을 지배하시는 분이시여, 이 불행한 자의 말을 들어주소서! 이 폭풍우를 이겨내고 무사히 크레테로 돌아가게 해주신다면 제가 맨 처음 보는 사람을 당신께 바치겠습니다.*

그런데 아버지가 보고 싶어 안달이 난 아들이 아버지를 마중하러 서둘러 해안으로 달려갔습니다. 그 불행한 아들은 그것이 자신의 무덤을 파는 일이라는 것을 까맣게 몰랐습니다! 이윽고 아버지는 폭풍우를 이겨내고 아들이 기다리는 항구에 무사히 도착했습니다. 그는 자신의 맹세를 들어준 넵투누스에게 감사했습니다. 그러나 그는 그 맹세가 얼마나 치명적인 것인지 곧 알게 되었습니다. 그는 불행을 예감하면서 자신의 경박한 서원을 쓰라리게 후회했습니다. 신하들 가운데 서 있는 그는 항구에 도착하는 것이 두려웠습니다. 자신이 세상에서 가장 소중히 여기는 것을 맨 먼저 보게 되지 않을까 두려웠던 것입니다. 그렇지만 너무 행복한 인간들, 특히 교만한 왕들을 벌하기 위해 감시 중이던, 비정하고 냉혹한 네메시스 여신이 보이지 않는 운명의 손으로 이도메네우스를 항구로 떠밀었습니다. 그가 마침내 고향 땅을 밟았습니다. 그가 용기를 내어 가까스로 눈을 들자, 맨 먼저 그의 시야에 들어온 것은 바로 그의 아들이었습니다. 그는 두려움에 사로잡혀 뒤로 물러섰습니다. 그는 아들을 대신해 희생물로 삼을 만한 사람을 찾았으나 실패했습니다.

그러는 사이에 아버지의 품속으로 뛰어든 아들은 자신의 다정한 포옹에 아버지가 그렇게 불편하게 응하는 것을 보고 놀랐습니다. 그는 아버지가 눈물을 흘리는 것을 보고 이렇게 말했습니다. *아버지, 왜 그렇게 슬퍼하세요? 아들이 너무 오랫동안 뵙지 못한 아버지께서 돌아오셔서 이토록 기뻐하는 것이 언짢으세요? 제가 뭐 잘못한 것이라도 있습니까? 마치 저를 보는 것이 두려운 것처럼 얼굴을 돌리시니 말입니다!* 너무도 고통스러운 아버지는 아무 대답도 하지 못했습니다. 마침내 긴 한숨을 내쉬면서 그는 이렇게 말했습니다. *넵투누스 신이시여, 저는 당신께 약속드렸습니다! 그런데 이렇게 값진 대가를 요구하시다니요! 저를 파도치는 섬의 암벽 사이로 돌려보내시어 제 슬픈 인생을 산산조각 내주십시오. 그러나 제 아들*

110

은 살려주십시오! 오, 잔인한 신이시여! 어서요. 제 목숨을 가
지시고, 대신 제 아들을 살려주십시오! 그렇게 말하면서 그는
자신의 칼을 빼 자살을 기도했습니다. 그러나 곁에 있던 신하
들이 그의 손을 붙잡았습니다.

신들의 의중을 대변해주는 소프로니메 노인은 아들을 바치
지 않는 방향으로 자신이 넵투누스를 설득해보겠노라고 약속
하면서 이렇게 말했습니다. 당신의 약속은 사려 깊지 못했소.
신들은 잔인한 행위를 통해 숭배받고 싶어 하지 않아요. 신께
약속드릴 때에는 자연의 순리를 어기면서 이행하는 약속은
하지 않도록 각별히 조심하시오. 넵투누스에게 눈보다 더 흰
황소 백 마리를 희생 제물로 바치시오. 제단을 화관으로 장식
하고 제단 주변에 그 황소들의 피를 뿌리시오. 그윽한 향을 피
워 신께 경배를 표하시오.

이도메네우스는 머리를 숙이고 이야기를 경청했습니다. 하
지만 아무 대답도 하지 않았습니다. 그의 눈에는 분노가 일었
습니다. 창백한 얼굴이 뒤틀리면서 끊임없이 안색이 변했습
니다. 사지가 떨리는 것이 보였습니다. 그러자 그의 아들이 이
렇게 말했습니다. 아버지, 당신의 아들은 신을 달래기 위해 죽
을 각오가 되어 있습니다. 신을 화나게 하지 마세요. 제가 기
꺼이 죽겠어요. 제 죽음이 아버지의 목숨을 구해드릴 테니까
요. 제 목을 치세요, 아버지. 죽는 것 두렵지 않아요. 아버지께
자랑스러운 아들이 되고 싶어요.

그러자 흥분 상태에서 마치 지옥의 푸리아이들[70]에게 갈가

리 찢기듯 괴로워하던 이도메네우스가 순간적으로 곁에서 그를 바라보고 있던 사람들을 깜짝 놀라게 만들었습니다. 칼로 아들의 가슴을 찔렀던 것입니다. 그는 피로 흥건히 젖어 김이 나는 칼로 다시 자신의 배를 찌르려 했습니다. 그러자 이번에도 역시 곁에 있던 신하들이 그의 기도를 저지했습니다. 아들은 피를 흘리며 쓰러졌습니다. 그의 눈빛은 죽음의 그림자로 뒤덮였습니다. 그는 눈을 반쯤 떠보았지만 햇빛에 더 이상 버티지 못했습니다. 그렇게 들녘의 아름다운 백합 한 그루는 쟁기 날에 뿌리를 잘려 더 이상 살아나지 못하게 되었습니다. 그 꽃은 선명한 흰빛과 눈을 매료시키는 찬란함을 아직 완전히 잃지는 않았습니다. 그렇지만 대지는 그것에 더 이상 양분을 공급할 수 없었습니다. 백합의 생명은 그렇게 끝이 났습니다. 이도메네우스의 아들은 부드러운 한 송이 어린 백합처럼 다 피기도 전에 잔인하게 사라져야 했어요. 괴로움을 이기지 못한 아버지도 정신이 나가버렸어요. 그는 이제 자신이 어디에 있고, 무슨 짓을 했으며, 무엇을 어떻게 해야 할지 몰랐습니다. 그는 비틀거리며 궁정으로 걸어 들어가 그곳에서 자신의 아들을 찾았습니다.

그렇지만 아들에 대한 동정심과 아버지의 야만스러운 행위에 충격을 받은 국민들은, 정의로운 신들에게 그를 지옥의 푸리아이들에게 넘기라고 소리쳤습니다. 그들은 분노를 참지 못하고 몽둥이와 돌멩이 등 무기를 들었습니다. 불화의 신이 모든 백성의 가슴에 치명적인 독을 불어넣었습니다. 크레테 인들, 그 지혜로운 크레테 인들은 자신들이 그렇게 사랑해 마지않던 지혜를 망각해버렸습니다. 그들은 그 지혜로운 미노스의 손자를 더 이상 인정하지 않았습니다. 이도메네우스의 신하들은 그를 구하기 위해 멀리 도망가는 수밖에 없었습니다. 배에 오른 그들 일행은 몰아치는 파도에 몸을 맡겼습니다. 정신이 들자 이도메네우스는 그들에게 감사했습니다. 아들의 피를 뿌려 더 이상 살지 못할 땅에서 자기를 빼내준 것을 말입니다. 바람은 그들을 헤스페리아 쪽으로 몰아갔습니다. 그들은 마침내 살렌티니에 도착해 새 왕국을 건설하게 되었습니다.

그러는 사이, 다스리는 왕이 없어진 크레테 인들은 현재의 법을 가장 순수한 형태로 보존할 사람을 왕으로 선출하기로 결정했습니다. 바로 그 선출을 위해 지금 이렇게 모이는 것입니다. 백 개 도시에서 주요 인물들이 모두 다 모였습니다. 이미 희생 제물을 바치면서 집회가 시작되었습니다. 다스릴 만한 자격이 있어 보이는 사람들의 지혜를 시험해보기 위해 이웃 나라들의 이름난 현자들도 모두 불렀습니다. 왕이 되고 싶은 경쟁자들을 위한 몇 가지 공개 시합이 준비되어 있습니다. 정신적·육체적으로 경쟁자들 가운데 가장 뛰어난 사람을 왕으로 추대하고 싶기 때문입니다. 우리는 육체가 강건하고 무예에 뛰어나며 지혜와 덕망이 높은 왕을 원합니다. 이방인도 시합에 참여할 수 있습니다.'

이 놀라운 이야기를 해준 나우시크라테가 몇 마디 덧붙였습니다.

'이방인들이여, 집회에 함께 갑시다. 여러분도 참여해서 겨룰 수 있어요. 신들께서 만일 당신들 가운데 누구에게라도 승리를 주신다면 그 사람이 이 나라를 다스릴 수 있습니다.'

우리는 그를 따라갔습니다. 그렇지만 승리자가 되고 싶은 욕심은 추호도 없었습니다. 그저 아주 특별한 사건 하나를 구경한다는 호기심에서 따라갔을 뿐입니다.

우리는 주위를 빽빽한 숲이 에워싸고 있는 아주 큰 원형 경기장에 도착했습니다. 경기장 가운데에는 경기자들을 위한 투기장 같은 것이 준비되어 있었으며, 그 둘레에는 푸른 잔디를 깐 아주 큰 계단식 좌석이 마련되어 있었습니다. 그 좌석에는 이미 수많은 참석자들이 앉아 있었습니다. 우리가 도착하자 그들은 예를 갖추어 맞아주었습니다. 크레테 인들은 세상에서 가장 공손하고, 세심하게 배려하며 손님을 환대하는 국민입니다. 그들은 우리에게 자리를 마련해주고 우리를 시합에도 초대했습니다. 멘토르 선생님께서는 연세를 내세워 고사했고 하사엘은 건강이 좋지 않다며 사양했습니다. 그렇지만 젊고 건강한 저는 어떠한 변명도 할 수 없었습니다. 그래서 멘토르 선생님을 힐끗 쳐다보았습니다. 선생님의 의중을 알고 싶었기 때문이었어요. 저는 선생님의 얼굴에서 긍정적인 반응을 읽을 수 있었습니다. 그렇게 시합 초대에 응한 저는 옷을 벗었습니다. 그러자 사람들이 제 몸 구석구석에 미끌미끌하고 번쩍거리는 기름을 듬뿍 발라주었습니다. 여기저기에서 오디세우스의 아들이 상을 타려고 왔다며 웅성거리는 소리가 들렸습니다. 제가 어릴 때 이타케에 함께 살았던 많은 크레테인들이 저를 알아보았던 것입니다.

첫 시합은 격투였습니다. 서른다섯 살가량의 로디엔이라는 사람은 자신에게 대항하는 도전자들을 모두 쓰러뜨렸습니다. 그런 뒤에도 여전히 그는 힘이 넘쳤습니다. 그의 팔은 강건했으며 몸은 근육이 아주 잘 발달되어 있었습니다. 조금만 움직여도 선명하게 근육이 드러났습니다. 유연성도 대단했습니다. 그는 저 같은 인간 정도는 아주 쉽게 이길 수 있으리라 생각한 것 같았습니다. 저의 연약한 모습에 동정 어린 눈빛을 던지면서 격투를 그만두고자 했으니까요. 그렇지만 저는 그에게 다가갔습니다. 격투가 시작되었습니다. 숨이 끊길 정도로 서로의 목을 조였습니다. 우리는 신경을 곤두세우고 어깨와 발로 최선을 다해 공격했습니다. 두 사람은 마치 뱀처럼 서로 팔이 얽혔으며, 상대방을 꺼꾸러뜨리기 위해 사력을 다했습니다. 그는 때로는 갑작스럽게 오른쪽으로 밀어붙이면서 공격을 시도하다가, 때로는 왼쪽으로 밀어붙이면서 저를 넘어뜨리려고 애를 썼습니다. 그가 그렇게 저를 넘어뜨리기 위해 탐색전을 벌이는 사이에 저는 그를 거칠게 밀어붙였습니다. 제가 강하게 밀어붙이자 그의 허리가 뒤로 젖혀졌고, 그가 넘어지면서 저를 끄는 바람에 함께 우리는 모래사장에 나뒹굴었습니다. 그는 저를 덮쳐누르며 승기를 잡아보려 했으나 뜻대로 되지 않았습니다. 마침내 저는 그의 몸 위에 걸터앉아 꼼짝 못 하게 하는 데 성공했습니다. 관중들의 환호가 터져 나왔습니다.

'오디세우스의 아들이 이겼다!'

저는 당황해하는 로디엔에게 손을 내밀어 그를 일으켜 세워주었습니다.

쇠를 박은 가죽 끈을 주먹에 감고 싸우는 격투는 더 힘들었습니다. 사모스 섬[71]의 한 부유한 시민의 아들이 그 격투에 가장 능하다는 평이 있었는데, 역시 그에게 모두 무릎을 꿇었습니다. 이번에도 승리를 기대할 만한 사람은 저밖에 남지 않았습니다. 그가 먼저 제 머리를 한 대 갈기더니 다시 복부를 쳤습니다. 그렇게 몇 대를 맞은 저는 피를 토하면서 정신을 잃었습니다. 저는 휘청거렸습니다. 그가 저를 다시 거칠게 공격했습니다. 저는 더 이상 숨도 쉴 수 없었습니다. 그렇지만 멘토르 선생님의 목소리에 저는 다시 정신을 차렸습니다. 그분은 제게 '넌 오디세우스의 아들이야, 그렇게 무릎을 꿇고 말 테냐!' 라고 소리치셨습니다.

분노는 새 힘이 솟구치게 해주었습니다. 저는 맞았으면 아마도 크게 타격을 받았을 주먹을 여러 번 피했습니다. 그러다가 그 사모스 인의 주먹이 빗나가 허공을 가르는 사이에 저는 균형을 잃은 그에게 기습적인 공격을 가했습니다. 그가 주춤 뒤로 물러서자 저는 더 강하게 주먹을 날려 그를 쓰러뜨렸습니다. 그는 제 주먹을 피하려고 했지만 이미 균형을 잃은 상태여서 어쩔 수 없이 나가떨어졌습니다.

모래사장에 쓰러진 그를 일으켜 세우려고 저는 그에게 손을 내밀었습니다. 그러나 그는 제 손을 뿌리치며 혼자 일어섰습니다. 그의 몸은 모래먼지와 땀과 피로 뒤범벅이 되어 있었습니다. 그의 수치심은 극에 달했지만 감히 다시 싸움을 걸어오지는 못했습니다.

이어서 우리는 추첨을 통해 배정된 마차 경주를 시작했습니다. 제 마차는 바퀴가 가장 둔하고 무거운데다가 말들도 가장 힘이 약했습니다. 어쨌든 우리는 출발했습니다. 먼지가 자욱이 피어올랐습니다. 초반에는 제가 맨 꼴찌로 달렸고 크란토르라는 스파르타 청년이 선두를 달렸습니다. 폴리크레테라는 크레테 인이 그 뒤를 바짝 뒤따랐습니다. 이도메네우스의 뒤를 이어 왕위에 오르기를 열망하는 그의 친척 히포마케는 땀과 먼지로 뒤범벅이 된 말고삐를 놓아버리고 나부끼는 말갈기 쪽으로 한껏 몸을 낮추었습니다. 그러자 그의 마차 바퀴의 움직임이 너무도 빨라져, 마치 하늘을 가르는 독수리의 날개처럼 움직이지 않는 듯이 보였습니다. 제 말들은 활기를 되찾고 점차 숨이 끊어질 정도로 달렸습니다. 저는 그토록 힘차게 출발했던 마차들을 거의 다 따돌렸습니다. 이도메네우스의 친척인 히포마케는 말을 너무 몰아붙여서 결국 그의 말들 가운데 가장 힘센 말이 넘어져버렸습니다. 당연히 말 주인은 승리의 희망을 포기해야 했습니다. 폴리크레테는 말들 쪽으로 너무 몸을 수그린 탓에 마차가 한 번 삐끗하자 몸이 중심을 잃고 나동그라졌습니다. 그는 운 좋게 죽음은 면할 수 있었습니다. 크란토르는 제가 자기 뒤를 바짝 따라붙는 것을 불쾌하게 쳐다보더니 말에 더욱 채찍질을 했습니다. 그는 때로는 신들께 승리를 간청하며 풍성한 희생 제물을 약속하기도 하고, 때로는 말에게 말을 걸어 독려하기도 했습니다. 경계 벽을 끼고 달리던 그는 제가 그 사이로 비집고 들어오지 않을까 걱정했습니다. 제가 그를 앞지르려는 참이었기 때문입니다. 그리하여 그는 제 앞길을 가로막는 것밖에는 다른 방도가 없었습니다. 그러기 위해 그는 위험을 무릅쓰고 경계 벽에 더 가까이 붙었습니다. 그러자 결국 그의 마차 바퀴가 경계 벽에 부딪히고 말았습니다. 저는 신속히 그의 곁에서 빠져나와야겠다는 생각밖에 없었습니다. 그 사고에 말려들지 않기 위해서 말입니다. 저는 잠시 후 마차 경기장의 결승점에 다다르게 되었습니다. 관중들이 다시 한번 환호했습니다.

'오디세우스의 아들이 이겼다! 신들께서 그를 우리의 왕으로 결정하셨다!'

이어서 원형 경기장에 모인 크레테 인들 가운데 가장 현명하고 명망 높은 사람들이 우리를 아주 오래된 신성한 숲으로 데리고 갔습니다. 그 숲은 세인들은 볼 수 없는 외진 곳에 있었습니다. 미노스가 백성의 재판관과 법의 비호자로 정한 원로들이 우리를 그곳으로 모이게 했던 것입니다. 시합에 참가한 우리 외에는 아무도 그곳에 입장할 수 없었습니다. 원로들이 미노스의 법이 낱낱이 기록된 법전을 펼쳤습니다. 그들은 연륜만으로도 존경심을 불러일으키기에 충분했지만 정신적으로도 전혀 총기를 잃지 않고 있었습니다. 그들 곁에 다가간 저는 존경심과 수치심에 사로잡혔습니다. 그들은 자리에서 미동도 하지 않은 채 질서 있게 앉아 있었습니다. 머리카락은 허연 백발이었는데, 그들 중 여럿은 머리카락이 거의 없었습니다. 그들의 근엄한 얼굴에서 온화하고 평온한 지혜가 반짝이는 듯했습니다. 그들은 조금도 서두르지 않았습니다. 자신이 말하고 싶은 것만 천천히 말했습니다. 서로 의견이 다를 때조차도 자신들의 생각을 지극히 절도 있게 주장해서, 마치 그들 모두 같은 의견을 가진 것처럼 여겨질 정도였습니다. 오랜 경험과 일하는 습관은 그들이 매사에 훌륭한 안목을 갖게 해주었습니다. 그렇지만 그들의 이성을 더할 나위 없이 완벽하게 다듬어준 것은, 젊음의 변덕과 무모한 열정에서 벗어난 정신의 평안이었습니다. 그들의 내면에서는 오로지 지혜만이 작용했습니다. 오랜 세월 미덕을 실천한 결과 그들은 자신들의 마음을 아주 잘 다스려서, 이성에 귀 기울일 수 있는 달콤하고 고상한 즐거움을 쉽게 맛볼 수 있었습니다. 저는 그들에게 감탄하면서 어서 저렇게 존경받는 노인이 될 수 있게 인생이 짧아졌으면 하고 바랐습니다. 저는 지나치게 혈기 넘치는 젊은이는, 또한 그토록 양식 있고 평온한 미덕과 아주 거리가 먼 젊은이는 불행하다고 생각했습니다.

그들 가운데 최고 원로가 미노스의 법전을 펼쳤습니다. 그것은 평상시에는 향과 함께 황금 궤짝에 넣어 보관하는 중요한 책이었습니다. 원로들은 모두 경외하는 마음으로 그 책에 입을 맞추었습니다. 그들은 신들 외에는 법만큼 성스러운 것이 없다고 주장합니다. 법은 인간을 선량하고 지혜롭고 행복하게 만들어주기 때문입니다. 자신의 손으로 백성을 다스리기 위해 법전을 들고 있는 사람은 언제나 같은 법으로 자신을 다스려야 합니다. 인간이 아닌 법이 다스려야 합니다. 이상은 그 현자들의 말입니다. 뒤이어 행사를 주재하는 사람이 세 가지 질문을 던졌습니다. 그것이 미노스의 원칙에 바탕을 둔 것임은 두말할 나위 없습니다.

첫 번째 질문은 세상에서 가장 자유로운 사람은 누구인가 하는 것이었습니다. 어떤 사람은 자신의 백성에게 절대적인 권력을 행사하며 모든 적을 정복한 왕이라고 대답했습니다. 어떤 이는 모든 욕망을 채울 수 있는 부자들이라고 답했고, 어떤 이는 결혼을 하지 않은 채 어떠한 나라의 법에도 구속받지 않고 평생 많은 나라를 자유롭게 여행하면서 사는 사람이라고 답했습니다. 또 숲 속에서 사냥을 하며 그 어떤 통치나 결핍에서도 자유로운 자연인이라고 말하는 사람도 있었고, 예속의 끔찍함에서 벗어나면 누구보다도 달콤한 자유를 향유할 수 있으니 최근에 노예에서 해방된 사람이라고 답하는 사람도 있었습니다. 마지막으로, 죽음은 모든 것에서 자유롭게 해주며 누구도 죽어가는 사람에게는 더 이상 아무런 권력도 행사할 수 없으니 죽어가는 사람이 가장 자유롭다고 말하는 사람도 있었습니다. 이윽고 제 차례가 되었습니다. 저는 조금도 머뭇거림이 없이 일사천리로 대답했습니다. 왜냐하면 멘토르 선생님이 제게 말씀해주신 것을 잊지 않고 있었기 때문입니다. 저는 이렇게 답했습니다.

'세상에서 가장 자유로운 사람은 예속 상태에서도 스스로 자유로울 수 있는 사람입니다. 어떤 나라, 어떤 상황에 있더라도 신들을 두려워한다면, 아니 신들을 두려워할 줄 안다면 그 사람은 지극히 자유롭습니다. 요컨대, 진정으로 자유로운 사람은 모든 두려움과 욕망으로부터 벗어난 사람으로, 오로지 신들과 이성에만 순종하는 사람입니다.'

원로들은 미소를 지으며 서로 바라보았습니다. 저는 저의 답변이 미노스의 답변과 정확히 같다는 것을 알고 놀랐습니다.

이어서 그들은 '세상에서 가장 불행한 인간은 누구인가?' 하는 두 번째 질문을 던졌습니다.

다시 저마다 자신의 생각을 말했습니다. 한 사람은 이렇게 대답했습니다.

'재산과 건강, 명예를 모두 잃은 사람입니다.'

또 다른 사람은 이렇게 말했습니다.

'친구가 하나도 없는 사람입니다.'

어떤 사람은 배은망덕하고 부모의 얼굴에 먹칠하는 자녀를 둔 사람이라고 주장했습니다. 레스보스 섬[72]에서 온 현자는 이렇게 말했습니다. '세상에서 가장 불행한 사람은 스스로 가장 불행하다고 생각하는 사람입니다. 왜냐하면 불행이란 인간에게 고통을 주는 어떤 사건에 좌우된다기보다 자신의 불행을 부풀리는 조바심에 더 좌우되기 때문입니다!'

그 말에 모든 사람이 탄성을 터트렸습니다. 모두 박수를 치면서 이번 문제에 관해서는 그 현명한 레스보스 인이 이길 것으로 생각했습니다. 하지만 다시 제 생각을 말할 차례가 왔습니다. 저는 그때도 또한 멘토르 선생님의 가르침에 따라 이렇게 말했습니다.

'세상에서 가장 불행한 사람은, 백성은 불행에 빠지게 해놓고서 자신은 행복하다고 생각하는 왕입니다. 그는 판단력이 마비되어 이중으로 불행합니다. 자신의 불행을 알지 못하니 그 불행에서 벗어날 수도 없기 때문입니다. 그는 오히려 그 불행을 알게 될까 봐 두려워합니다. 진실은 아첨꾼들의 장벽을 뚫지 못해 그에게까지 이르지 못합니다. 그는 자신의 욕망과 강한 집착으로 괴롭습니다. 그는 자신의 의무를 전혀 모릅니다. 그는 선행을 행하는 기쁨을 경험해본 적이 없으며 순결한 미덕의 매력도 맛본 적이 없습니다. 그는 불행한 사람이며 그럴 수밖에 없습니다. 그의 불행은 날이 갈수록 커갑니다. 그는 스스로 무덤을 팝니다. 신들께서는 그에게 영벌을 내릴 준비가 되어 있습니다.'

좌중은 제 대답이 현명한 레스보스 인의 것보다 더 훌륭함을 인정했습니다. 원로들은 제가 미노스 정신의 정수를 이해하고 있다는 데 의견을 같이했습니다.

세 번째 질문은 전쟁을 좋아하는 무적의 왕과, 전쟁 경험은 없지만 평화 속에서 백성을 지혜롭게 다스리는 능력이 있는 왕 중 어느 쪽이 더 바람직한가 하는 것이었습니다.

대부분은 전쟁을 좋아하는 무적의 왕이 더 바람직하다고 입을 모았습니다. 그들은 대체로 이렇게 말했습니다.

'전쟁이 일어났을 때 나라를 방어하지 못하면 평화시 잘 다스릴 수 있다 한들 무슨 소용이 있습니까? 적이 왕을 정복하여 그의 백성을 노예로 삼을 것인데 말입니다.'

일부는 평화를 애호하는 왕이 더 훌륭하다고 주장했습니다. 그는 전쟁을 두려워하니까 세심하게 주의를 기울여 전쟁을 피할 것이기 때문이라는 게 그 이유였습니다. 이렇게 대답하는 사람도 있었습니다. 전쟁에서 항상 승리를 거두는 왕은 자신의 영광뿐 아니라 백성의 영광을 위해서도 노력할 것이고, 자신의 백성이 다른 나라 국민들의 주인이 되게 해줄 것이라고 말입니다. 평화를 사랑한답시고 자신의 백성을 모욕적이고 비굴한 상황 속으로 몰아넣는 왕과는 다르다는 것입니다.

원로들은 다시 저의 견해를 듣고자 했습니다. 저는 이렇게 대답했습니다.

'평화시나 전쟁시에만 나라를 다스릴 줄 알 뿐, 이 두 상황에서 백성을 이끌 줄 모르는 왕은 반쪽짜리 왕일 뿐입니다. 그런데 만일 전쟁만 아는 왕과, 전쟁은 잘 모르지만 유사시에 자신의 장수들을 잘 이끌어 전쟁에서 승리할 수 있는 왕을 비교한다면 저는 후자가 전자보다 더 바람직하다고 생각합니다. 전쟁에 총력을 기울이는 왕은 항상 전쟁만 하려 할 것입니다. 오로지 자신의 지배 영역을 확대하고 영광을 드높이려 함으로써 자신의 백성들을 피폐하게 만들 것입니다. 이웃 국가들을 정복한들 그 왕의 지배 아래서 백성들이 불행하면 무슨 소용이 있겠습니까? 그뿐 아닙니다. 긴 전쟁은 언제나 전쟁이 끝난 뒤에도 엄청난 혼란과 무질서를 초래합니다. 그 혼란기에는 정복자들조차 무질서해지기 쉽습니다. 트로이아를 함락하기 위해 그리스가 어떤 대가를 치렀는지 보십시오. 그리스인들은 십 년 이상 왕을 잃었습니다. 전쟁으로 모든 것이 어수선할 때는 법과 농업, 예술, 학문 등 모든 것이 쇠퇴하게 마련입니다. 또한 전쟁을 치르는 동안에는 가장 어진 왕들조차 가장 해로운 행위인 방종을 용인하고 악인들을 이용하는 행위를 할 수밖에 없습니다. 전쟁으로 혼란할 때에는, 평화시에는 벌을 받아 마땅한 흉악한 인간들의 범죄적인 대담함을 이용해야 할 경우가 얼마나 많습니까! 전쟁을 좋아하는 왕을 둔 백성들은 그의 야심으로 인해 고통받을 수밖에 없습니다. 이기적인 영광에 도취한 정복자는 자신의 나라와 정복한 나라를 거의 동시에 파멸로 이끕니다. 평화를 유지하는 데 필요한 자질과 능력을 갖추지 못한 왕은, 승리로 끝난 전쟁의 열매를 자신의 백성들에게 맛보이지 못합니다. 그는 이웃에게서 자신의 땅을 지키거나 빼앗아놓고도 수확을 위해 밭을 갈 줄도, 씨를 뿌릴 줄도 모르는 사람과 같습니다. 그런 왕은 세상을 파괴하고 유린하며 전복하기 위해 태어난 사람이지, 지혜롭게 다스려 자신의 백성을 행복하게 해주기 위해 태어난 사람은 아닐 것입니다.

이번에는 평화를 사랑하는 왕에 대해 말씀드리겠습니다. 그가 위대한 정복에 적합하지 않은 것은 사실입니다. 다시 말해 그는 정의롭지 못한 방법으로 다른 나라를 정복함으로써 자신의 백성의 행복을 방해하기 위해 태어나지 않은 것이 사실입니다. 그러나 그가 진정으로 평화시 적합한 왕이라면 적으로부터 백성의 안전을 지키는 데 필요한 자질을 모두 갖추고 있는 셈입니다. 백성의 안전을 지키기 위한 방법들이란 이렇습니다. 그는 이웃 나라들에 공평하고 중용을 지키며 타협적입니다. 그들을 적대시해 자기 백성의 평화에 위협이 될 수 있는 일은 절대로 감행하지 않습니다. 그가 자신이 맺은 동맹에 충실하기 때문에 동맹국들은 그를 사랑합니다. 그를 전혀 두려워하지 않고 전적으로 신뢰합니다. 만일 주변국에 불안을 주는 교만하고 야심에 찬 왕이 있으면 이웃 나라 왕들은 불안감을 조성하는 그를 두려워할 것입니다. 하지만 평화를 애호하는 왕은 아무에게도 질투를 유발하지 않기 때문에 모두들 그가 위험에 처하지 않도록 도울 것입니다. 그는 정직과 선의와 중용으로 이웃 나라들 사이에서 중재자가 될 것입니다. 공격적인 왕은 동맹을 맺은 왕들에게 불쾌감을 주며 끊임없이 동맹을 위협하는 데 반해, 선량한 왕은 모든 동맹국 왕의 아버지 혹은 보호자로서 영예를 누릴 것입니다. 이것이 그가 대외적으로 누리는 유리한 지위입니다. 국내에서 누리는 유리한 지위는 훨씬 더 확실합니다. 그는 평화롭게 다스리는 능력이 있기 때문에 분명 아주 지혜로운 법으로 다스릴 것입니다. 그는 호사와 안일과 악덕을 부추기는 데 이용될 뿐인 모든 계략을 멀리합니다. 그는 다른 기술들, 즉 삶에 꼭 필요한 것을 확보하는 유익한 기술을 진보시킵니다. 특히 그는 자기 백성들로 하여금 농업에 전념케 하여 그들이 풍족하게 먹고살 수 있도록 합니다. 욕심을 부리지 않는 습관이 몸에 배어 있고, 자기 땅을 경작하여 먹을 것을 풍족하게 수확하는 근면하고 순박한 풍속을 가진 국민은 무한히 수가 늘어날 것입니다. 그런 왕국은 인구가 아무리 늘어나도 건전하고 활력이 넘치며 건강합니다. 국민들은 관능적인 향락에 빠지지 않으며 미덕을 좇습니다. 무기력하고 안이한 환락적인 삶에 집착하지 않습니다. 그들은 죽음을 대수롭지 않게 여기기 때문에, 이성적인 통치에 전념하는 왕 아래서 누리는 자유를 잃느니 차라리 죽음을 택할 것입니다. 그 나라를 호시탐탐 노리는 이웃 국가의 정복자는 그 나라 국민들이 야영과 전투, 공격 전술 등에 그다지 능하지 않을 것이라고 생각할지 모릅니다. 그렇지만 정복하기 힘든 국민이라고 생각할 것입니다. 인구가 많은데다가 용기, 인내력, 가난을 참고 견디는 습관, 전투에서의 결연함, 설령 정복해도 무너뜨릴 수 없는 미덕을 지닌 국민이니까요. 그뿐 아닙니다. 왕은 비록 군대를 지휘해본 경험이 충분치 않더라도, 능력 있는 장수들에게 지휘를 맡김으로써 자신의 권위를 잃지 않고 그들을 활용할 수 있을 것입니다. 그는 또 동맹국들의 도움도 이끌어낼 것입니다. 그의 백성들은 난폭하고 부당한 왕의 지배 아래 사느니 차라리 죽음을 택할 것입니다. 신들마저 왕의 편에서 싸워주실 것입니다. 그가 아주 큰 위험에 빠졌을 때 어떤 도움을 얻어내는지 보십시오. 결론적으로 저는 전쟁을 모르는 왕은 아주 불완전한 왕이라고 생각합니다. 왜냐하면 그는 자신의 가장 큰 임무 가운데 하나인 적을 이기는 일을 수행할 수 없기 때문입니다. 다만 제 말은 그가 평화시 필요한 자질은 부족하면서 오로지 전쟁에만 적합한, 정복을 좋아하는 왕보다는 훨씬 더 낫다는 것입니다.'

저는 사람들이 제 견해를 잘 이해하지 못하고 있다는 것을 알아챘습니다. 왜냐하면 대부분의 사람들은 평화나 덕치 같은 소박하고 조용하며 변함없는 일보다는 승리나 정복 같은 눈부신 일에 더 현혹되기 때문입니다. 하지만 원로들은 모두 제가 미노스처럼 생각하고 말했다며 환영했습니다.

원로들 중 최고 원로가 이렇게 말했습니다.

'나는 우리 섬의 사람들이 다 알고 있는 아폴론의 신탁이 실현되었다고 생각하오. 미노스는 그의 자손이 언제까지 자신이 만든 법에 따라 다스릴 것인지 알기 위해 아폴론에게 조언을 구했었지요. 아폴론은 그에게 이렇게 대답했소. *그대의 후손들의 통치가 끝날 때쯤 한 이방인이 들어와 그대의 법에 따라 다스리게 될 것이다.* 우리는 그 이방인이 크레테 섬을 정복하러 오는 것은 아닐까 걱정했소. 그런데 이도메네우스의 불행과, 미노스의 법을 세상의 누구보다 잘 이해하는 오디세우스의 아들의 지혜가 우리에게 그 신탁의 의미를 풀어주고 있소. 운명적으로 우리의 왕이 되어야 할 사람에게 왕위를 이양하는 일을 어찌 한시라도 지체할 수 있겠소.'

원로들은 곧바로 그 신성한 숲에서 나왔습니다. 최고 원로가 제 손을 잡고는, 결정을 초조하게 기다리는 국민들에게 저의 승리를 공표했습니다. 그의 공표가 끝나기가 무섭게 웅성 거리는 소리가 들리더니 모두들 큰 소리로 환호했습니다. 해안과 근처 모든 산에 그 환호 소리가 울려 퍼졌습니다.

'미노스를 닮은 오디세우스의 아들이 우리 크레테를 다스린다!'

저는 잠시 기다렸다가 제 말을 들어달라는 손짓을 했습니다. 그사이에 멘토르 선생님께서 저의 귀에 대고 이렇게 속삭이셨습니다.

'너는 네 나라를 포기할 테냐? 왕이 되고 싶은 야심 때문에 너와 네 아버지를 기다리는 어머니를 잊었느냐? 신들께서 네가 다시 볼 수 있게 하기로 결심하신 그 위대한 아버지를 최후의 희망처럼 기다리고 있는 네 어머니를?'

그 말씀은 제 가슴에 깊이 파고들어 왕이 되고자 하는 헛된 욕망을 버리도록 도와주었습니다.

환호성이 잠시 멈추어 고요해진 틈을 타 저는 이렇게 말할 수 있었습니다.

'존경하는 크레테 인들이여, 저는 여러분을 다스릴 만한 자격이 없습니다. 방금 언급한 그 신탁은 미노스의 후예들의 통치가 끝날 무렵 이방인 한 명이 섬으로 들어와 지혜로운 왕의 법을 잘 유지하면서 번영을 이룰 것이라고 예언하고 있습니다. 그러나 반드시 그 이방인이 다스릴 것이라는 말은 아닐 것입니다. 제가 그 신탁에서 예언한 이방인이라고 믿고 싶습니다. 저는 그 예언을 실현했으니까요. 이 섬에 들어와 그 법의 진정한 의미를 알아냈으니까요. 저는 제 지식이 여러분이 선출할 왕을 도와 법을 잘 유지하는 데 쓰이기를 바랍니다. 저는 이 아름다운 왕국을 이루고 있는 많은 도시의 풍요와 영광보다 비록 가난하고 작지만 제 조국 이타케를 더 사랑합니다. 제가 운명을 따르는 것을 양해해주십시오. 제가 여러 시합에서 승리를 거둔 것은 이곳을 다스리기 위해서가 아니었습니다. 여러분의 마음과 동정을 사 하루속히 고향으로 돌아갈 수 있게 도움을 받기 위해서였습니다. 설령 제게 세상을 다스릴 기회가 주어진다 해도 저는 제 아버님 오디세우스와 어머님 페넬로페를 만나는 쪽을 택할 것입니다. 크레테 인들이여, 여러분은 제 마음을 이해해주실 것입니다. 저는 여러분을 두고 떠나야 합니다. 그렇지만 저는 여러분에 대한 고마움을 잊지 않을 것입니다. 당연히 이 텔레마코스는 목숨이 다할 때까지 크레테 인들을 사랑할 것이며 크레테 인들의 영광을 저 자신의 영광처럼 여길 것입니다.'

제 이야기가 끝나자 마치 폭풍우 속에서 파도가 서로 부딪치는 소리처럼 큰 소리가 일었습니다. 어떤 사람들은 이렇게 외쳤습니다. '저 사람은 인간으로 변신한 신이 아닐까?' 또 어떤 사람들은 저를 다른 나라에서 본 적이 있어 잘 안다고 소리쳤습니다. 어떤 사람들은 또 이렇게 외쳤습니다. '저 사람으로 하여금 억지로라도 우리를 다스리게 해야 합니다.'

저는 다시 말을 이었습니다. 그러자 모두 쥐 죽은 듯 입을 다물었습니다. 제가 처음에는 거절했지만 이제는 수락하지 않을까 기대하면서 말입니다. 저는 그들에게 이렇게 말해주었습니다.

'크레테 인들이여, 제 생각을 말씀드릴 테니 들어주십시오. 여러분은 세상에서 가장 지혜로운 국민입니다. 그런데 제 생각에 지혜는, 여러분이 이해하지 못하는 어떤 신중함을 필요로 합니다. 여러분은 법에 따라 잘잘못을 가장 잘 따지는 사람이 아니라, 변함없이 법을 잘 준수하는 덕망 높은 사람을 왕으로 선출해야 합니다. 그런데 저는 젊습니다. 그러니 당연히 경험이 없으며 격한 혈기에 휘둘리기 쉽습니다. 따라서 저는 지금 당장보다 순종하는 법을 배운 뒤에 다스려야 마땅할 것입니다. 그러니 시합에서 정신적·육체적으로 경쟁자들을 이긴 사람이 아닌, 자기 자신을 이긴 사람을 찾으십시오. 여러분의 법을 마음속 깊이 새겨 삶 전체가 곧 그 법인 사람을 찾으십시오. 말보다는 행동을 고려해 왕을 택하십시오.'

제 연설에 매료된 원로들은 사람들의 박수갈채가 점점 더 커가는 것을 보면서 제게 일제히 이렇게 말했습니다.

'신들께서 그대가 우리를 다스려주리라는 희망을 앗아가셨으니 적어도 우리의 법에 따라 잘 다스릴 만한 왕을 찾도록 도와주시오. 혹시 그와 같은 절제의 미덕을 가지고 다스릴 만한 사람을 알고 계시오?'

저는 먼저 그들에게 이렇게 말했습니다.

'여러분이 훌륭하다고 평가한 제 모든 생각을 조언해준 분이 계십니다. 제 생각은 모두 그분의 지혜이지 제 지혜가 아닙

니다. 여러분이 지금까지 들은 제 생각은 모두가 그분이 가르쳐주신 것입니다.'

그렇게 말한 뒤 제가 멘토르 선생님의 손을 잡으면서 이분이 바로 그분이라고 말하자 그곳에 모인 사람들이 일제히 선생님께로 시선을 돌렸습니다. 저는 어린 시절부터 선생님이 제게 쏟으신 정성에 대해 이야기해주었습니다. 저를 위험에서 구해주신 이야기, 선생님의 조언을 듣지 않았을 때 곧바로 제게 닥친 불행들에 관한 이야기들을 말입니다.

물론 처음에는 아무도 선생님께 관심을 갖지 않았습니다. 선생님은 별로 신경 쓰지 않은 수수한 옷차림에 몸가짐도 보잘것없는데다 태도 또한 냉정하고 신중했으니까요. 그러나 선생님을 다시 본 그들은 선생님의 용모에서 어떤 의연함과 고결함을 발견했습니다. 눈에서 민첩함이 엿보이고, 아주 작은 움직임에도 활기가 넘치는 것을 발견했습니다. 그들은 선생님께 여러 가지 질문을 했습니다. 그들은 선생님의 답변에 감탄하며 마침내 선생님을 왕으로 모시기로 결심했습니다.

그렇지만 선생님께서는 차분하게 그 제안을 거절하셨습니다. 그분은 왕위의 화려함보다 개인적인 생활의 평화로움을 더 좋아한다고 말씀하셨습니다. 그러면서 선생님께서는 왕이라면 누구나 덕치를 하려고 하지만 아주 훌륭한 왕들조차 자신들이 하고자 한 선행을 하지 못했으며, 수시로 아첨꾼들의 술수에 넘어가 어쩔 수 없이 원하지 않은 악행을 함으로써 불행했다고 말씀하셨습니다. 또한 선생님께서는 노예 상태가 비참하다는 것은 누구나 잘 아는 사실인데, 사실 왕 노릇 하는 것 역시 그에 못지않다고 말씀하셨습니다. 왕위라는 것이 노예 상태를 눈속임한 것이기 때문이라는 것이었습니다. 선생님은 이렇게 덧붙이셨습니다.

'왕은 복종하게 만들어야 하는 백성들에게 속박당합니다. 그러니 명령하지 않아도 되는 사람은 얼마나 행복하겠습니까! 국가가 권력을 맡기면 그만큼 공익을 위해 자유를 희생해야 합니다.'

그러자 크레테 인들은 놀라움을 금치 못하면서, 그러면 어떤 사람을 택해야 하느냐고 물었습니다. 선생님께서는 이렇게 대답해주셨습니다.

'여러분을 다스려야 하는 만큼, 여러분을 잘 알고 여러분을 다스리는 것을 두려워할 줄 아는 사람이어야 합니다. 왕위를 욕심내는 사람은 실제로 왕위가 어떠한지 잘 모릅니다. 그런데 왕위에 따르는 의무를 전혀 모르는 사람이 어떻게 그 의무를 이행할 수 있겠습니까? 그는 왕위를 자신의 이익을 위해 이용할 것입니다. 그러므로 여러분은 오로지 여러분을 사랑하는 마음으로 왕위를 수락하는 사람을 택해야 합니다.'

크레테 인들은 자신들이 그렇게 원하는데도 왕위를 거절하는 두 이방인을 보고 크게 놀랐습니다. 그들은 두 사람이 누구와 함께 왔는지 알고 싶어 했습니다. 항구에서 시합장까지 우리를 데리고 온 나우시크라테는 하사엘을 가리키며 그가 멘토르 선생님과 저를 키프로스 섬에서 데려왔다고 말해주었습니다. 그리고 멘토르 선생님이 하사엘의 노예였다는 것, 하사엘이 그 노예의 지혜와 미덕에 감동해 조언을 구했다는 것, 멘토르 선생님이 그의 가장 좋은 친구라는 것, 왕이 되기를 거절한 사람이 바로 그 해방된 노예라는 것, 마지막으로 하사엘이 미노스의 법을 배우기 위해 시리아 다마스에서 찾아왔다는 것, 그러니 그만큼 하사엘의 마음에 지혜에 대한 사랑이 가득하다는 것 등을 모두 이야기해주었습니다. 이야기를 다 들은 뒤 그들의 놀라움은 훨씬 더 커졌습니다.

원로들은 하사엘에게 이렇게 말했습니다.

'감히 당신에게 우리를 다스려달라고 간청하지 않겠습니다. 당신도 멘토르와 같은 생각을 갖고 계실 테니까요. 당신은 인간을 너무 경멸해서 그들을 다스리는 일을 맡고 싶어 하지 않는 것 같습니다. 왕위의 영화를 초월하셨으니 그 영화의 대가로 백성을 다스리는 고통을 얻고 싶지 않으시겠지요.'

하사엘이 이렇게 대답했습니다.

'크레테 인들이여, 제가 인간을 경멸한다고 생각하지 마십시오. 당치도 않습니다. 저는 인간을 선하고 행복하게 해주는 것이 얼마나 훌륭한 일인지 잘 알고 있습니다. 그렇지만 그 일에는 큰 노고와 위험이 따릅니다. 왕위에 따르는 화려함은 덧없는 것이어서 허영에 찬 영혼들만 현혹시킬 뿐입니다. 인생은 짧습니다. 영예는 욕망을 만족시키기보다 오히려 그 욕망을 부추깁니다. 제가 그토록 먼 곳에서 여기까지 온 것은 그 헛된 것들에 빠지지 않고 살아가는 법을 배우기 위해서이지,

텔레마코스의 모험 1

그것들을 이루기 위해서가 아닙니다. 저는 평화롭고 조용한 삶으로 되돌아가고 싶은 생각밖에 없습니다. 그렇게 살면서 지혜를 키울 것입니다. 덕을 실천함으로써, 저세상에서의 보다 나은 어떤 삶에 대한 희망을 얻어 노년의 서글픔을 달래며 살 것입니다. 혹시라도 제가 원하는 것이 있다면, 그것은 왕이 되는 것이 아니라 여러분 앞의 이 두 사람과 다시는 헤어지지 않는 것입니다.'

크레테 인들이 마지막으로 멘토르 선생님께 큰 소리로 말했습니다.

'세상에서 가장 지혜롭고 위대한 분이여, 말해주시오. 우리가 누구를 왕으로 택해야 하는지 말이오. 누구를 선택해야 하는지 가르쳐주지 않으면 당신을 보내드리지 않겠소.'

그러자 멘토르 선생님께서 그들에게 말씀하셨어요.

'저는 여러분 사이에서 어떠한 열성도 드러내 보이지 않는 한 사람을 눈여겨보았습니다. 그분은 활력이 넘치는 노인입니다. 저는 사람들에게 그 노인이 누구인지 물었습니다. 그들은 제게 그 노인이 아리스토데모스라고 말해주었습니다. 그분의 두 아들이 조금 전의 시합에 참가했다는 말도 들었습니다. 그분은 아들들이 참가하는 것을 언짢아하는 것 같았습니다. 그분은 두 아들 가운데 한 명에 대해서는 왕위가 가져다주는 위험에 노출되지 않기를 빌었고, 다른 한 명과 관련해서는 자신이 나라를 지극히 사랑하기 때문에 그 아들이 나라를 다스리는 데 절대로 동의할 수 없다고 말했습니다. 저는 그 말을 듣고, 그분이 덕을 갖춘 아들에 대해서는 도리에 합당한 사랑을 품고 있으며, 다른 아들에 대해서는 그의 무절제함을 걱정하고 있다는 것을 알았습니다. 그 노인에 대한 호기심이 커진 저는 그분의 일생에 대해 물어보았습니다. 한 시민이 이렇게 대답해주었습니다. *저 노인은 오랫동안 군인으로 봉사했어요. 그래서 몸이 상처투성이지요. 이도메네우스는 아첨을 싫어하는 저분의 진실한 덕망을 거북스럽게 생각했어요. 그래서 저분을 트로이아 정복에 데리고 가지 않았어요. 왕은 자신에게 지혜로운 조언을 해주는 사람을 두려워했거든요. 조언을 듣고 따를 마음도 물론 없었고요. 왕은 저분을 트로이아 전쟁에 데려가면 저분이 분명 큰 명예를 얻게 되리라 믿으며 질투를 하기까지 했어요. 기어코 왕은 저분이 쌓은 전쟁의 업적을 모두 무시하고 저분을 기용하지 않았어요. 부귀영화만 추구하는 무지하고 비열한 인간들은 저분을 무시해요. 그렇지만 저분은 자신이 처한 지금의 가난한 삶에 만족해요. 외따로 즐겁게 살고 있어요. 아들 한 명과 함께 손수 밭을 일구면서 말이에요. 부자(父子)는 서로에게 큰 애정을 갖고 있어요. 둘은 행복합니다. 검소한 생활을 하며 노동을 통해 삶에 필요한 것을 충분히 얻고 있어요. 저 지혜로운 노인은 자신에게 꼭 필요한 것을 제외한 나머지는 이웃에 사는 가난하고 아픈 자들에게 모두 나누어 주고 있어요. 또한 젊은이들에게는 노동을 권해요. 그들을 격려하고 깨우치며 이웃의 온갖 갈등을 중재해줘요. 모두에게 아버지 같은 존재이지요. 저분 가정의 유일*

한 불행은 아들 중 한 명이 아버지의 조언을 전혀 듣지 않는다는 것이에요. 저분은 오랫동안 그 아들의 악덕을 고치기 위해 노력했지만, 결국 그를 쫓아내고 말았어요. 그는 무모한 야심과 온갖 쾌락에 빠진 거예요. 크레테 인들이여, 이상이 제가 들은 이야기입니다. 그 이야기가 사실인지 아닌지 알아보십시오. 그런데 만일 그분이 정말로 그런 분이라면, 왜 이 시합을 열었습니까? 왜 알지도 못하는 사람들을 그렇게 많이 불러 모았습니까? 이미 여러분 사이에 여러분을 잘 알고 또한 여러분이 잘 아는 사람이 있는데 말입니다. 그 노인은 전쟁을 잘 알기 때문에 화살과 투창에 대해 능통하고, 끔찍하게 궁핍해도 용기를 보여주며, 아첨으로 부귀영화를 얻는 것을 혐오할 뿐만 아니라 노동을 사랑하고, 농업이 한 나라 백성에게 얼마나 유익한지 잘 아는 분입니다. 또한 호사를 싫어하고 자신의 아이들을 맹목적으로 사랑하지 않으며, 한 아들의 덕행은 사랑하지만 다른 아들의 악덕은 단죄한 사람입니다. 요컨대 백성의 아버지 같은 사람입니다. 정말로 여러분의 나라가 지혜로운 미노스의 법에 따라 다스려지기를 바란다면 바로 그분이 여러분의 왕이 될 분입니다.'

모두가 외쳤습니다.

'맞습니다. 그 사람이 아리스토데모스가 맞습니다. 그 사람이라면 다스릴 만한 자격이 있어요.'

원로들이 그를 불러오게 했습니다. 사람들은 군중 사이에서 그를 찾았습니다. 그는 최하층민들 사이에 끼어 있었습니다. 그는 평온해 보였습니다. 원로들이 그에게 왕이 되어달라고 말하자 그는 이렇게 대답했습니다.

'세 가지 조건이 충족되면 그 제안을 받아들이겠습니다. 첫째, 만일 제가 여러분을 지금의 상태보다 더 낫게 해주지 못하거나 여러분이 법을 준수하지 않는다면 저는 이 년 후에 왕위에서 내려올 것입니다. 둘째, 소박하고 검소한 생활을 하는 것은 제 자유이니 이해해주시기 바랍니다. 셋째, 제 자식들은 어떤 직책도 갖지 않을 것이며, 제가 죽은 뒤에도 다른 시민들과 다름없이 자신들의 공덕에 따라 대우를 받아야 할 것입니다.'

그 말이 끝나자 한바탕 환호성이 울려 퍼졌습니다. 법의 수호자인 원로들 가운데 최고 원로가 아리스토데모스의 머리에 왕관을 씌워주었습니다. 그들은 유피테르와 그 밖의 여러 신들에게 희생 제물을 바쳤습니다. 아리스토데모스는 우리에게 몇 가지 선물을 주었습니다. 그것은 왕이 통상적으로 주는 값비싼 것이 아닌 아주 소박한 것이었습니다. 그는 하사엘에게는 미노스가 손수 쓴 법전과 사투르누스의 황금 시대 이후 크레테 섬의 전체 역사를 기록해놓은 크레테 역사 집록을 선물했습니다. 또한 시리아에서는 맛볼 수 없는 크레테 특산물인 온갖 종류의 맛있는 과일을 그의 배에 실어주었으며, 필요한 도움을 아낌없이 베풀었습니다.

출발을 서두르는 우리에게는 다수의 노련한 노잡이와 군인을 딸려 배 한 척을 마련해주었으며, 옷가지와 식량을 함께 실어주었습니다. 때마침 바람이 이타케 쪽으로 불기 시작했습니다. 그렇지만 우리와 반대 방향으로 가는 하사엘에게는 그 바람이 역풍이어서 그는 더 기다릴 수밖에 없었습니다. 아리스토데모스는 우리가 출발하는 것을 보기 원했습니다. 그는 다시는 못 볼 친구처럼 우리를 포옹하며 말했습니다.

'신들께서는 정의로우십니다. 오로지 덕행에 기초한 우정만 굽어살피시니까요. 신들께서 언젠가 우리를 다시 만나게 해주실 것입니다. 우리는 정의로운 사람이 죽은 뒤 영원한 평화를 누린다고 알려진 그 행복한 정원에서 다시 만나 영원히 헤어지지 않을 것입니다. 오, 내 영혼이 당신들의 영혼과 함께 그곳에서 살 수 있다면!'

그렇게 말하는 그의 눈에서는 눈물이 비 오듯 흘러내렸으며 한숨이 그의 말문을 막았습니다. 우리도 눈물을 흘리지 않을 수 없었습니다. 그는 우리를 배로 안내하며 말했습니다.

'나를 왕으로 만든 것은 바로 그대들이오. 그러니 그대들이 나를 어떤 위험에 빠뜨렸는지 잊지 마오. 신께 기도해주시오. 내게 진정한 지혜를 주시고, 내가 다른 사람들보다 더 많은 권한을 가지는 만큼 절제도 가질 수 있도록 말이오. 나도 그대들이 무사히 귀향하여 그 무례한 적들을 물리치고, 그대들의 친구이자 아버지인 오디세우스와 그분이 사랑하는 페넬로페가 평화롭게 그대들의 조국을 다스리는 것을 볼 수 있기를 기도하겠소. 텔레마코스, 당신에게 훌륭한 배 한 척을 드리겠소. 노잡이와 군인들을 충분히 딸려 보내겠소. 그들의 힘을 빌려 그대의 어머니를 괴롭히는 그 부정한 인간들을 물리치시오.

멘토르, 지혜로운 당신은 아무것도 필요하지 않을 테니 당신을 위해서 아무것도 기도하지 않겠소. 잘 가시오. 행복하시오. 아리스토데모스를 기억해주오. 만일 이타케 사람들이 우리 크레테 사람들을 필요로 하면 내 목숨이 다할 때까지 돕겠소.'

그는 우리를 포옹해주었습니다. 우리는 그에게 감사하면서 눈물을 참을 수 없었습니다.

그동안 순풍이 불어 우리는 순조롭게 항해할 수 있었습니다. 어느덧 이데 산이 아주 낮은 구릉으로밖에 보이지 않게 되었습니다. 해변도 시야에서 사라졌습니다. 펠로폰네소스의 해안이 우리를 앞질러 달려가는 것 같았습니다. 그런데 돌연 폭풍우가 시커멓게 하늘을 덮고 파도를 성나게 했습니다. 낮이 밤처럼 변해버리고, 죽음이 우리 앞에 모습을 드러냈습니다. 우리는 한숨 쉬며 소리쳤습니다.

'세상에! 넵투누스 당신이 또 그 끔찍한 삼지창으로 당신 왕국의 물을 흥분시켰군요!'

베누스 여신이 자신의 키테라 신전에서까지 우리가 자신을 무시한 데 대해 복수하려고 넵투누스를 찾아갔던 것입니다. 그녀는 넵투누스에게 비통한 목소리로 말했습니다. 그녀의 아름다운 두 눈에는 눈물이 가득 찼습니다. 신들에 대해 잘 아는 멘토르 선생님께서는 베누스 여신이 분명히 이렇게 말했을 것이라고 말씀하셨습니다.

'그토록 모욕적인 말로 저를 무시했는데 그냥 내버려둬서야 되겠어요? 신들조차 제게 꼼짝 못하고 조심해요. 그런데 그 무모한 인간들이 감히 제 섬에서 일어나는 일들을 비난했어요. 그들은 온갖 시련을 통해 지혜를 얻는다고 자부하고 있어요. 그러면서 사랑을 미친 짓으로 깎아내려요. 제가 당신의 왕국에서 태어난 것을 잊으셨어요? 제게 견딜 수 없는 모욕을 준 그 두 인간을 당장 당신 왕국의 깊은 심연 속으로 던져버리지 않으실 거예요?'

그녀가 그렇게 말하자 곧 넵투누스는 하늘을 찌를 듯한 무시무시한 파도를 일으켰습니다. 베누스는 미소 지으며 우리가 난파를 피하지 못하리라고 확신했습니다. 키잡이는 몹시 당황하며, 이렇게 난폭하게 배를 암벽 해안으로 몰아붙이는 풍랑에는 더 이상 저항할 수 없다고 소리쳤습니다. 강한 바람이 우리의 돛대를 산산조각 냈습니다. 잠시 후에는 배 밑창이 뾰쪽한 암벽에 부딪치는 소리가 들려왔습니다. 바닷물이 사방에서 쏟아져 들어왔습니다. 배가 가라앉기 시작했습니다. 노잡이들이 애처로운 비명을 질러댔습니다. 저는 멘토르 선생님을 껴안고 이렇게 말했습니다.

'이젠 정말 죽는 수밖에 없어요. 용기 있게 받아들여야 할 것 같습니다. 신들께서 바로 오늘 우리를 죽이시려고 그토록 여러 번 우리를 구해주셨나 봐요. 죽지요, 뭐. 용기 있게 죽겠습니다. 그나마 선생님과 함께 죽으니 위안이 되네요. 이런 풍랑에는 대항해봐야 아무 소용이 없을 거예요.'

그러자 멘토르 선생님께서 제게 이렇게 말씀하셨습니다.

'진정한 용기만 있으면 언제든 어떤 해결책이든 찾게 마련이지. 조용히 죽음을 받아들이기에는 아직 일러. 두려워하지 말고 죽음을 물리치기 위해 최선을 다해야 해. 이 노잡이의 긴 의자를 잡아라. 여기 득실대는 겁 많은 사람들처럼 허우적대기만 하면 안 돼. 살기 위한 방편도 찾아보지 않고 말이야. 어서 이 의자를 잡아.'

선생님께서는 기운 배 안에서 곧 도끼 하나를 찾아내어 부러진 돛대를 잘라낸 뒤 배 밖으로 던지셨습니다. 그러고는 격렬한 풍랑 위를 떠가는 돛대 위로 몸을 던지셨습니다. 선생님께서는 저를 부르시면서 용기를 내어 자기처럼 뛰어내리라고 소리치셨습니다. 거센 바람이 힘을 합쳐 공격하는데도 뿌리가 깊어 기껏해야 잎만 흔들리는 큰 나무처럼 멘토르 선생님께서는 그렇게 흔들리지 않으셨습니다. 용기와 단호함, 침착함과 온화함을 지닌 멘토르 선생님께서는 마치 명령으로 바람과 바다를 부리시는 것 같았습니다. 저는 선생님께서 하라시는 대로 따랐습니다. 그렇게 용기를 주시는데 따르지 못할 사람이 누가 있겠습니까?

우리는 부러진 돛대를 타고 나아갔습니다. 그것은 훌륭한 구조대였습니다. 그 위에 앉아 있을 수 있었거든요. 만일 그러지 않고 헤엄을 쳤다면 우리는 이내 기력이 동나고 말았을 것입니다. 풍랑이 수시로 부러진 돛대를 뒤집어 우리를 바다 속으로 처박아버리곤 했습니다. 그때마다 우리는 코와 입으로 지독하게 짠 바닷물을 들이마셔야 했고 다시 돛대 위로 올라가기 위해 풍랑과 싸워야 했습니다. 산더미 같은 파도가 덮쳤지만 우리는 그 유일한 희망을 놓치지 않기 위해 필사적으로 매달렸습니다.

그 끔찍한 상황에 처해 있는 동안에도 선생님께서는 잔디밭에 앉아 계시는 지금처럼 평온을 잃지 않으시며 이렇게 말씀하셨습니다.

'텔레마코스야, 고작 바람과 파도에 네 목숨을 맡길 테냐? 그것들이 신들의 명령도 없이 너를 죽일 수 있다고 생각하니? 절대로 아니야. 모든 것은 신들께서 결정하신단다. 그러니 바다를 두려워할 것이 아니라 신들을 두려워해야 해. 네가 설령 심연 속으로 추락할지라도 유피테르의 손은 너를 끌어낼 수 있을 거야. 올림포스 신전에 계실지라도 유피테르께서는 네 발밑의 천체들을 바라보며 너를 심연 속으로 던져버리실 수도 있고, 컴컴한 타르타로스의 불길 속으로 밀어버리실 수도 있지.'

저는 위안을 주는 말씀에 감동했습니다. 하지만 저는 그때까지도 선생님께 뭐라고 대답할 만큼 제정신이 아니었습니다. 선생님께서는 저를 보지 못하셨어요. 저도 선생님을 볼 수 없었습니다. 그렇게 어두운 밤을 추위에 떨면서, 또한 거친 풍랑이 우리를 어디로 내던질지 모른다는 죽음의 공포에 떨면서 보냈습니다. 이윽고 바람이 조금씩 잦아들기 시작했습니다. 바다의 모습은 마치 인간 같았습니다. 분노에 차 실컷 울부짖다가 제풀에 꺾여 그 감정의 찌꺼기만 남기는 그런 사람

말입니다. 마침내 으르렁거리는 소리는 거의 들려오지 않았으며 물결은 잘 경작된 밭의 고랑처럼 잔잔해졌습니다.

그러는 사이, 아우로라가 태양신에게 하늘의 문을 열어주어 우리에게 아름다운 새날이 밝았음을 알려주었습니다. 동쪽 하늘이 붉게 달아오르고 있었습니다. 그토록 오랫동안 숨어 있던 별들이 다시 나타났다가 포이보스가 다가오자 이내 도망쳐버렸습니다. 우리는 멀리 육지를 발견했습니다. 바람이 우리를 그곳으로 데려갔습니다. 저는 마음속에 다시 희망이 솟아오르는 것을 느꼈습니다. 그제야 문득 저는 우리 곁에 아무도 없다는 것을 알아차렸습니다. 필시 그들은 용기를 잃고 모두 배와 함께 바다 속에 묻혔을 것입니다. 육지 쪽으로 다가가자 바다는 우리를 부숴버릴 듯 뾰쪽한 암벽으로 몰아붙였습니다. 멘토르 선생님께서는 돛대를 키처럼 사용하셨습니다. 능숙한 키잡이가 최고로 쳐주는 키 말입니다. 그렇게 우리는 그 무시무시한 암벽들을 피하면서 마침내 평탄하고 안전한 해안에 이르렀고, 헤엄을 쳐서 어렵지 않게 모래사장 위로 올라왔습니다. 오, 이 섬에 사시는 위대한 여신이여! 바로 거기서 당신이 우리를 본 것입니다. 당신이 우리를 맞이해주신 곳이 바로 그곳이었습니다."

제6장

텔레마코스의 이야기에 감동한 칼립소가 그에게 열렬한 연정을 느낀
다. 그녀는 그가 자신과 같은 감정을 갖게 하려고 수단과 방법을 가리
지 않는다. 베누스 여신은 큐피드에게 텔레마코스의 가슴에 사랑의 화
살을 꽂으라고 명령해 칼립소를 돕는다. 자신도 모르게 화살을 맞은 텔
레마코스는 멘토르의 지혜로운 훈계에도 불구하고 섬에 계속 머물기
위해 이런저런 핑계를 찾는다. 그가 다시 유카리스 요정에게 미칠 듯한
연정을 품는 바람에 칼립소의 분노와 질투를 산다. 그녀는 스틱스에게
텔레마코스를 자신의 섬에서 떠나보내겠다고 맹세하고, 멘토르로 하여
금 그를 데리고 떠날 배를 건조하게 한다. 섬을 떠나려고 멘토르가 텔
레마코스를 배로 데리고 가는 사이, 큐피드는 칼립소를 위로하는 한편
요정들에게 배를 불태우라고 지시한다. 불길을 본 텔레마코스는 오히
려 은근히 기뻐한다. 그렇지만 텔레마코스의 진심을 알아챈 지혜로운
멘토르가 그를 바다로 밀어버린다. 멘토르 또한 바다로 몸을 던져, 마

침 칼립소의 섬 근처에 정박하고 있던 배에 헤엄쳐 오른다.

텔레마코스가 이야기를 마치자 조용히 듣고 있던 요정들이 서로를 물끄러미 바라보았다. 그녀들은 감탄하며 이렇게 서로에게 속삭였다.

"도대체 저렇게 신들의 사랑을 받는 저 두 분은 누구시지? 이런 엄청난 모험담을 들어본 사람이 있을까? 유창한 말솜씨와 지혜 그리고 용기까지, 아버지보다 더 나은 것 같아. 저 용모 좀 봐! 너무 미남이야! 사랑스럽고 상냥한 태도는 또 어떻고! 얼마나 겸손한지 몰라! 그런데도 기품과 위엄이 넘쳐! 만일 그가 인간의 아들인 줄 몰랐다면 우리는 아마 박코스나 메르쿠리우스[73], 아니 그 위대한 아폴론을 보고 있는 것이 아닌가 생각했을 거야. 그런데 저 사람은 도대체 누구야? 수수한 모습의 저 멘토르라는 사람 말이야. 그런데 눈여겨보면 뭔가 초인간적인 면모가 보이지 않아?"

칼립소 여신은 요정들의 이야기에 불안한 마음을 감출 수 없었다. 그녀의 시선은 멘토르에서 텔레마코스로, 다시 텔레마코스에서 멘토르로 끊임없이 옮겨 갔다. 때때로 그녀는 텔레마코스에게 그 기나긴 모험담을 다시 시작해주기를 요구했다. 그러다가 갑자기 말을 멈추더니, 벌떡 일어나 텔레마코스를 도금양 숲으로 데려갔다. 그곳에서 그녀는 수단과 방법을 가리지 않고, 멘토르가 신이면서 인간의 모습을 하고 있는 것이 아닌지 알아내려 애썼다. 텔레마코스는 그 점에 대해 아무 말도 해줄 수가 없었다. 왜냐하면 멘토르로 변신해 동행하는 미네르바는 텔레마코스가 젊다는 이유로 그에게 그것에 대해 아무 말도 해주지 않았기 때문이었다. 미네르바는 그에게 진실을 말해줄 경우 그가 비밀을 지키리라고 믿지 않았던 것이다. 게다가 아주 큰 위험들을 통해 그를 시험하고자 하는 마음이 있었다. 만일 그가 미네르바의 도움을 받을 수 있다는 사실을 알면 너무 의기양양해져서 아주 무시무시한 사건조차 하찮게 생각할 수 있었기 때문이다. 어쨌든 텔레마코스는 미네르바가 멘토르라는 것을 모르고 있었으니 온갖 계략도 그녀가 알고 싶은 것을 캐내는 데 아무 소용이 없었다.

한편, 요정들은 멘토르 곁에서 이것저것 물으며 즐거운 시간을 보내고 있었다. 한 요정은 그에게 에티오피아 여행이 어땠는지 물어보았고, 또 다른 요정은 다마스에서 뭘 봤는지 말해달라고 했다. 또 어떤 요정은 예전에 트로이아 함락이 있기 전에 오디세우스를 잘 알고 지냈는지 알고 싶어 했다. 그는 그 모든 물음에 아주 친절하게 대답해주었다. 그의 말은 간결했지만 매력이 흘러넘쳤다.

칼립소는 그들이 그렇게 오래 이야기를 나누게끔 내버려두지 않았다. 숲에서 돌아온 그녀는, 요정들이 텔레마코스를 기쁘게 해주려고 꽃을 꺾으며 노래를 부르기 시작하자, 이번에는 멘토르를 한적한 곳으로 데리고 가 이야기를 나누었다. 녹초가 된 인간의 피곤한 사지와 무거운 두 눈썹 위로 밀려드는 달콤한 졸음의 물결도, 멘토르의 마음을 유혹하기 위해 스며드는 여신의 아첨 섞인 말보다 달콤하지 못했다. 그러나 그녀는 매번 자신의 노력과 마법을 무력화시키는 어떤 힘——정확히 실체는 알 수 없었지만——을 감지했다. 멘토르는 칼립소의 유혹에도 전혀 흔들림이 없었다. 바람의 맹렬한 위세에도 꼼짝 않는 깎아지른 듯한 높은 바위산 같았다. 여신은 가끔씩 그가 자신의 질문에 당황하는 것을 보면서 그의 마음속 진실을 끌어낼 수 있으리라는 희망을 버리지 못했다. 그러나 거의 진실을 끌어냈다고 생각하는 순간, 그녀의 희망은 다시 사라지곤 했다. 그녀가 알아냈다고 생각한 것이 갑자기 모두 그녀에게서 멀어지는 것이었다. 멘토르의 짧은 답변은 다시 그녀에게 모호함만 남겼다.

칼립소는 때로는 텔레마코스의 비위를 맞추면서, 때로는 더 이상 말도 섞고 싶지 않은 멘토르를 그에게서 떼어낼 방도를 찾으려 애쓰면서 몇 날 며칠을 보냈다. 그녀는 텔레마코스의 마음에 사랑의 불씨를 지피려고 자신의 가장 아름다운 요정들을 이용하기도 하고, 자신보다 더 힘 있는 베누스에게 도움을 청하기도 했다.

베누스는 안 그래도 멘토르와 텔레마코스가 키프로스에서 자신에 대한 숭배를 멸시한 데 대해 원한을 품고 있었는데, 그 무모한 두 인간이 넵투누스가 일으킨 폭풍우를 피한 것을 보고 더욱 마음이 상했다. 그녀는 유피테르에게 하소연했다. 신들의 아버지 유피테르는 멘토르로 변신한 미네르바가 오디세우스의 아들을 구해주었다는 사실을 말해주고 싶지 않아서,

베누스에게 두 인간에게 복수할 방법을 찾아보도록 허락했다. 그녀는 올림포스를 떠났다. 파포스와 키테라 그리고 이달리온 신전에서 자신의 제단에 피우는 달콤한 향은 잊어버리고 두 마리 비둘기가 끄는 전차를 타고 날아갔다. 그녀는 아들을 불러 이렇게 말했는데, 그녀의 우아한 얼굴에는 고통이 번졌다.

"아들아, 너는 우리를 무시하는 두 인간을 알지? 그자들이 그러니 이제 누가 우리를 숭배하겠니? 어서 가서 그들의 무정한 가슴에 네 화살을 쏘렴. 나와 함께 그 섬으로 내려가자. 내가 칼립소에게 말할 테니."

그렇게 말한 뒤 그녀는 황금빛 구름을 헤치고 칼립소에게 날아갔다. 칼립소는 자신의 동굴에서 좀 떨어진 샘물가에 혼자 앉아 있었다. 베누스는 칼립소에게 이렇게 말했다.

"불쌍한 여신, 당신은 그 배은망덕한 오디세우스에게 무시당했지요. 그런데 이제 그보다 훨씬 더 냉혹한 그의 아들이 당신을 무시하려 하고 있어요. 그래서 이렇게 사랑의 신이 직접 당신의 복수를 해주려고 왔어요. 이 아이를 당신 곁에 두고 가겠어요. 옛날에 낙소스 섬[74]에서 어린 박코스가 요정들에 의해 키워졌듯, 이 아이를 당신의 요정들 사이에 남겨두겠어요. 텔레마코스는 이 아이를 다른 아이들과 다름없이 생각할 거예요. 따라서 이 아이를 의심하지 않을 거예요. 그렇지만 곧 이 아이의 힘을 실감하게 될 테지요."

그렇게 말한 뒤 그녀는 다시 황금빛 구름 위로 올라가버렸다. 그녀가 떠나면서 뿌린 암브로시아[75] 향이 칼립소 섬의 나무들에 속속들이 배어들었다.

사랑의 신은 칼립소 곁에 머물렀다. 여신임에도 불구하고 그녀의 가슴에는 이미 사랑의 불꽃이 타오르고 있었다. 그녀는 그 고통에서 벗어나기 위해 큐피드를 자신의 요정 유카리스에게 맡겼다. 그런데 이런! 그녀는 자신이 한 행동에 대해 앞으로 얼마나 많은 후회를 하게 될까!

언뜻 보면 큐피드보다 더 천진난만하고 상냥하고 사랑스러우며 매력적인 아이는 없는 것처럼 보였다. 언제나 즐겁고 경쾌하며 명랑한 이 아이를 보고 있노라면, 그 아이가 언제까지나 기쁨만 줄 것처럼 믿게 된다. 그렇지만 그 아이의 미소를 보는 순간 누구나 사랑에 빠지게 된다. 교활하고 약삭빠른 아이의 미소 뒤에는 언제나 배반이 도사리고 있었다. 그 아이는 자신이 주었거나 주고자 했던 그 끔찍한 사랑의 고통을 비웃었다. 그러나 그 아이도 감히 멘토르에게는 접근하지 못했다. 근엄한 모습에 두려움을 느꼈기 때문이다. 그 아이는 그를 잘 알지 못했지만, 그가 상처를 입지 않을 사람이어서 어떠한 화살로도 그를 꿰뚫을 수 없다는 것을 알아차렸다. 요정들 또한 곧, 그 교활한 아이가 사랑의 불꽃을 지피고 있음을 깨달았다. 하지만 요정들은 자신들 가슴속에서 악화되어가는 깊은 상처를 조심스럽게 감추었다.

그사이, 텔레마코스는 요정들과 함께 즐겁게 뛰노는 아이를 보며 그의 상냥함과 귀여움에 반했다. 그는 아이를 껴안아주기도 하고 무릎 위에 앉혀 함께 놀기도 했다. 그런데 그는 자신의 마음속에 원인을 알 수 없는 불안이 피어나는 것을 느꼈다. 별생각 없이 장난을 치고 놀면 놀수록 마음이 더 동요되고 약해졌다. 그는 멘토르에게 이렇게 말했다.

"저 요정들 좀 보세요. 키프로스 섬의 여인들과 얼마나 다른지 몰라요. 그곳 여자들의 아름다움은 정숙하지 못해서 불쾌했어요. 하지만 저 요정들의 아름다움에는 순결하고 정숙하며 매력적인 순수함이 있어요."

그는 그렇게 말하면서 괜스레 얼굴을 붉혔다. 말을 계속하고 싶었지만 말을 시작하면 이상하게도 곧 말문이 막혀버렸다. 그의 말은 자주 끊겨 무슨 말인지 잘 알아들 수 없었으며, 때로는 그 자신도 무슨 말을 하는지 몰랐다.

멘토르는 그에게 이렇게 말했다.

"텔레마코스야, 키프로스 섬에서 겪은 위험은 네가 지금 경계심을 풀고 부딪친 위험에 비하면 아무것도 아니란다. 비속한 악덕은 혐오감을 주고 야만적인 파렴치는 분노를 불러일으키지. 그런데 정숙한 아름다움은 그보다 훨씬 더 위험해. 아름다움을 사랑하면서 미덕을 사랑한다고 믿기 때문이지. 그래서 사람들은 자기도 모르게 열정이라는 거짓 매력에 사로잡히게 된단다. 그들이 마침내 그 사실을 알아차렸을 때에는 이미 그 열정의 불을 끄기에는 늦은 거란다. 사랑하는 텔레마코스, 그러니 저 요정들을 피해라. 저 요정들은 아주 용의주도해서 저들에겐 너 하나 속이는 건 아주 쉬운 일이야. 젊음의 정열이 가져오는 위험을 피해라. 특히 네가 잘 모르는 저 아이를 피해. 저 아이는 사랑의 신이란다. 저 아이의 어머니인 베누스가 이곳에 데려다놓았어. 키테라 신전에서 자신에게 보내는 숭배를 네가 경멸했다고 복수하려는 거란다. 저 아이는 칼립소의 마음에 상처를 입혔어. 그래서 그녀가 네게 큰 열정을 가지게 된 거란다. 저 아이는 함께 있는 요정들 모두의 가슴에 사랑의 불을 지폈어. 오, 불쌍한 젊은이여! 너도 그 사랑의 불을 태우고 있구나. 너 자신도 모르는 사이에……."

텔레마코스는 멘토르의 말을 끊으면서 이렇게 말했다.

"왜 이 섬에 머무르면 안 되지요? 아버님은 더 이상 살아 계시지 않을 거예요. 이미 오래전에 파도 속에 묻히셨을 거예요. 어머님 또한 남편과 아들이 돌아오지 않는 상황에서 그렇게 많은 청혼자를 뿌리칠 수 없으셨을 겁니다. 이카리오스 외할아버님도 어머님께 재혼을 독촉하셨을 거예요. 제가 새 남편을 얻은 어머님이나 만나자고 이타케로 돌아가야 하나요? 이타케 사람들은 벌써 아버지를 잊었을 거예요. 제가 돌아가면 죽음을 면치 못할 거예요. 어머님의 구혼자들이 우리를 죽이려고 항구 곳곳을 점거하고 있을 테니까요."

그 말에 멘토르는 이렇게 대답했다.

"이것이 바로 눈먼 사랑의 효과라는 것이지. 사람들은 사랑을 두둔하기 위해 온갖 교묘한 이유를 찾아내지. 사랑을 비난하는 말은 어떻게든 피하고. 사람들은 오로지 자신을 속이고 자신의 후회를 은폐하려고 기발한 생각을 해낸단다. 너를 네 나라로 데려다주려고 신들이 도와주신 것을 벌써 다 잊었니?

어떻게 네가 시칠리아를 빠져나올 수 있었겠니? 이집트에서는 돌연 불행이 행운으로 바뀌지 않았니? 티로스에서 네 목숨을 위협했던 온갖 위험에서 너를 구해준 그 보이지 않는 손이 도대체 뭐라고 생각하니? 그토록 많은 기적을 보고도 너는 아직도 운명이 너를 위해 무엇을 준비해놓았는지 깨닫지 못하는구나. 도대체 내가 지금 네게 무슨 말을 하고 있는지 모르겠구나. 네게 더 이상 말해줄 필요가 없을 것 같구나. 어쨌든 나는 떠나겠다. 나는 이 섬을 떠날 수 있어. 현명하고 관대하기 그지없는 아버지와 달리 아들은 비굴하기만 하구나. 여자들 틈에서 나태하고 불명예스럽게 살든 말든, 네 마음대로 해라. 그렇지만 그것은 신들의 뜻을 거스르는 일이며, 네 아버지가 절대로 자랑스럽게 생각하지 않을 짓이다."

그 모욕적인 말은 텔레마코스의 마음 깊숙이 파고들었다. 그는 멘토르에게 미안한 마음이 들었다. 그리고 수치심과 함께 괴로움을 느꼈다. 그는 자신이 그토록 큰 도움을 받고 있는 그 현명한 사람이 격노해서 떠날까 봐 두려웠다. 그렇지만 자신도 모르게 솟구치는 욕망으로 인해 그는 더 이상 예전의 그가 아니었다. 그는 눈물을 흘리며 멘토르에게 이렇게 소리쳤다.

"그럼 선생님께서는 저를 불사신이 되게 해주겠다는 여신의 제안이 아무 가치도 없다고 생각하시는 건가요?"

멘토르가 이렇게 대답했다.

"나는 미덕에 반하고 신들의 명령을 거스르는 행위는 무엇이든 무가치하다고 생각한단다. 미덕은 네게 조국으로 돌아가 다시 부모님을 만나라고 깨우쳐주고 있어. 미덕은 또 네가 어리석은 열정에 빠지지 않도록 보호해주고 있어. 수많은 위험에서 너를 구해준 신들께서 이 섬을 떠나라고 네게 명령하고 계신단다. 네가 네 아버지 못지않은 영광을 얻게 해주려고 그러시는 거지. 오직 불명예스러운 폭군인 그 사랑만이 너를 이곳에 묶어둘 수 있겠지. 그런데 그 불멸의 삶을 살아서 무엇을 할 작정이냐? 자유도, 미덕도 없고 명예롭지도 못한 그런 삶을 말이야. 그런 삶은 끝내고 싶어도 그럴 수 없어 더욱 불행할 거야."

텔레마코스는 그 이야기에 한숨만 내쉴 뿐이었다. 떠나기 싫었지만 그는 가끔 멘토르가 자신을 데리고 이 섬을 떠났으면 하는 생각도 해보았다. 하지만 때로는 자신의 나약함을 나무라는 엄한 선생님이 혼자 떠나서 더 이상 자신의 눈앞에 보이지 않았으면 하는 생각이 들 때도 있었다. 이처럼 상반된 생각이 번갈아가며 그의 마음속에서 요동쳤다. 생각은 변덕스럽기 짝이 없었다. 그의 마음은 사방에서 불어오는 바람에 희롱당하는 바다 같았다. 그는 수시로 해변이나 컴컴한 숲 속에서 꼼짝 않고 누워 슬피 울거나 포효하는 사자처럼 한숨만 지었다. 그는 수척해졌다. 쑥 들어간 눈은 불타는 사랑으로 가득했다. 창백하고 흉하게 변한 그의 모습을 보고 그가 텔레마코스라는 것을 알아차리는 사람은 아무도 없었을 것이다. 그만의 아름다움과 쾌활함, 기품도 더 이상 찾아볼 수 없었다, 그는 아침에 활짝 피어나 싱그러운 꽃향기를 뿌리다가 저녁 무렵 시드는 들녘의 야생화처럼 죽어가고 있었다. 싱싱한 빛깔을 잃었고, 생기를 잃고 말라갔다. 그리하여 더 이상 지탱하지 못하고 기울어갔다. 그렇게, 오디세우스의 아들은 시들어버린 한 송이 꽃처럼 죽음의 문턱에 다가서 있었다.

텔레마코스가 그 강렬한 열정에서 벗어날 수 없다는 것을 안 멘토르는 그를 위험에서 구해내려고 아주 꾀바른 생각을 해냈다. 그는 칼립소가 텔레마코스를 미친 듯이 사랑하고 있고, 텔레마코스는 어린 요정 유카리스에게 빠져 있다는 것을 알고 있었다. 잔인한 사랑의 신이 인간들을 괴롭히기 위해서 자기가 사랑하는 사람에게서 사랑을 받지 못하게 만들어놓았기 때문이었다. 멘토르는 칼립소의 질투심을 부추기기로 결심했다.

유카리스가 텔레마코스를 사냥에 데려가기로 되어 있었다. 멘토르가 칼립소에게 이렇게 말했다.

"텔레마코스가 이곳에 와서 사냥에 빠진 것 같습니다. 예전에는 전혀 그렇지 않았는데. 사냥의 즐거움에 빠져 다른 것은 모두 지겨워지기 시작한 것 같아요. 사람이 없는 숲과 산만 좋아해요. 여신이여, 그가 그렇게 사냥에 빠져들게 한 것은 바로 당신이지요?"

칼립소는 그 말에 분을 못 이겨 어찌할 바를 몰랐다. 그녀는 이렇게 대답했다. "키프로스 섬의 모든 쾌락을 경멸했던 바로 그 텔레마코스가 그렇고 그런 내 요정에게 빠졌어요. 그런 그가 감히 어떻게 그렇게 고상한 취미를 가졌다고 자랑하지요?

관능적인 쾌락에 빠져 무기력하고 나약하게 여자들 틈에서 형편없는 인생이나 살다 갈 것 같은 그런 사람이 말이에요."

질투심이 칼립소의 마음을 얼마나 크게 뒤흔들고 있는지 확인하고 기뻐진 멘토르는 그녀에게 의심을 사지 않을까 두려워 더 이상 아무 말도 하지 않았다. 그는 그녀에게 우울하고 낙심한 표정만 보여주었다. 여신은 그 텔레마코스와 유카리스가 어떤 행동을 하든 짜증을 내고 불평했다. 유카리스가 텔레마코스를 사냥에 데려가자, 끝내 그녀는 분노를 폭발시키고 말았다. 텔레마코스가 다른 요정들은 피하면서 유카리스만 가까이한 것을 알았기 때문이다. 그들은 벌써 다음번 사냥도 약속했는데, 칼립소는 그가 그때에도 똑같이 행동할 것이라고 예상하고 자신도 함께 가겠다고 말했다. 그렇지만 그녀는 분노를 억누르지 못하고 그에게 이렇게 말했다.

"경솔한 청년, 그대는 넵투누스가 신들의 원한을 갚아주려고 그대의 배를 난파시키는 바람에 이 섬에 오게 된 것 아니었나요? 누구에게도 허락한 적이 없는 이 섬에 들어와서 나와 내 사랑을 무시한다는 게 말이나 돼요? 올림포스와 스틱스 신들이여, 이 불행한 여신의 말을 들어보세요. 이 배신자, 이 배은망덕한 자, 이 불경한 자에게 속히 벌을 내려주세요. 그대는 아버지보다 훨씬 더 냉혹하고 부정한 사람이니, 훨씬 더 길고 가혹한 벌을 받을 거예요! 결코 당신을 그 불행한 나라로 돌려보내지 않겠어요. 당신이 먼 바다에서 자기 나라를 바라보면서 죽어가게 하겠어요. 당신의 육체가 파도의 노리개가 되어 해안의 모래밭에 나뒹굴게 하겠어요! 독수리들이 당신의 시체를 뜯어먹는 걸 이 두 눈으로 똑똑히 보겠어요! 당신이 사랑하는 요정도 그 모습을 보게 하겠어요. 그래요. 꼭 보게 할 거예요. 요정의 가슴이 찢어지겠지요. 그러나 그 요정의 절망은 곧 나의 행복이 될 거예요!"

그렇게 말하는 칼립소의 눈은 벌겋게 달아올랐다. 그녀의 시선은 사방으로 불안하게 움직였다. 불길하고 잔인한 눈빛이었다. 떨리는 두 뺨은 검고 푸르스름한 반점들로 뒤덮였고, 안색이 순간순간 변하면서 극도로 창백해지곤 했다. 칼립소는 예전에는 그렇게도 눈물이 많더니 이제 더 이상 눈물도 흘리지 않았다. 분노와 절망이 눈물샘을 마르게 한 것 같았다. 간간이 끊어지고 떨리는 그녀의 목소리는 쉬어 있었다. 멘토르는 그녀의 그 변화를 낱낱이 관찰했지만, 텔레마코스에게는 말하지 않았다. 그는 텔레마코스를 도저히 가망이 없어 포기한 환자처럼 대하고 있었다. 그저 수시로 그에게 연민의 눈길을 던질 뿐이었다.

텔레마코스는 자신이 얼마나 질책을 받아 마땅한지, 그리고 얼마나 멘토르의 우정을 받을 자격이 없는 인간인지 깨달았다. 그는 선생님과 눈이라도 마주칠까 두려워 감히 고개를 들지 못했다. 멘토르가 침묵하고 있었지만 오히려 그것이 더 자신을 책망하는 것처럼 느껴졌다. 텔레마코스는 때로는 그를 힘껏 껴안고 자신의 잘못을 고백하고 싶었지만 참았다. 때로는 심한 수치심에서 참았고, 때로는 그가 혹시 너무 빨리 자신을 위험에서 구해주지 않을까 하는 두려움에서 참았다. 왜냐하면 그에게는 그 위험이 감미롭게 느껴져서 여전히 그 격렬한 열정을 극복할 결심이 서지 않았기 때문이다.

올림포스 신전의 모든 신들은 무거운 침묵 속에서 미네르바와 사랑의 신 중 누가 이길지 예의 주시하며 칼립소의 섬에서 눈을 떼지 않았다. 사랑의 신은 요정들과 즐겁게 놀면서 섬 전체를 사랑의 도가니로 몰아넣었다. 한편 멘토르로 변신한 미네르바는 사랑과 떼려야 뗄 수 없는 질투심을 바로 사랑의 신에게까지 이용했다. 유피테르는 중립적인 태도를 취하며 그 싸움을 멀리서 구경만 하기로 마음먹었다.

한편 유카리스는 텔레마코스의 마음이 변하지나 않을까 두려워 그를 붙잡아두려고 여러 가지 책략을 썼다. 벌써 그녀는 텔레마코스와 두 번째 사냥을 떠나기로 했다. 그녀는 디아나[76]처럼 옷을 입었다. 베누스와 큐피드가 그날 그녀에게 부여한 사랑의 매력이 불러일으킨 그녀의 아름다움은 칼립소의 아름다움마저 무색하게 했다. 칼립소는 멀리서 그녀를 바라보면서 또한 가장 맑은 샘물에 비친 자신의 모습을 바라보았다. 그녀는 유카리스보다 아름답지 못한 자신의 모습이 부끄러웠다. 그리하여 그녀는 동굴 속으로 몸을 숨긴 뒤 혼자 이렇게 중얼거렸다.

"사냥에 함께 가서 저 두 연인을 방해하려고 했는데, 아무 소용이 없게 되었구나! 지금이라도 가볼까? 그렇게 했다가는 도리어 그녀에게 승리를 안겨줄지도 몰라. 내가 옆에 있음으로써 그녀의 아름다움이 더욱 빛나지 않을까? 나를 본 텔레마코스는 오히려 유카리스에게 훨씬 더 열정적이게 되겠지? 오, 불행한 여자여! 무슨 생각을 하고 있는 거니? 싫다. 가지 않겠어. 그러면 그들도 가지 못할 거야. 난 그들을 못 가게 할 수 있어. 멘토르를 보러 가야겠다. 그에게 텔레마코스를 이타케로 데려가라고 부탁해야겠어. 그는 기꺼이 그렇게 할 거야. 아니, 그래서는 안 돼. 텔레마코스가 가버리면 나는 어쩌라고? 나만 여기 남아서? 무슨 낙으로 살라고? 가혹한 베누스, 당신은 저를 속였어요! 당신은 제게 배신의 선물을 주었어요! 저위험한 아이, 타락한 사랑의 신, 나는 오로지 텔레마코스와 함께 행복하게 살 수 있다는 희망에서 그에게 마음을 열었는데. 그 마음에 이렇게 불안과 절망만 안겨주다니! 내 요정들은 내게 반항하고, 나의 신성은 오로지 내 불행을 끝없이 이어가는 데만 쓰이는구나. 오, 내 불행을 끝낼 수 있도록 자유롭게 죽을 수 있으면 좋으련만! 텔레마코스, 나는 죽을 수 없으니 당신이 죽어줘야겠어요! 나는 당신의 배신에 복수하고 말겠어요. 당신의 요정이 내가 어떻게 복수하는지 보게 하겠어요. 그녀가 보는 앞에서 당신을 죽이고 말 거예요. 그렇지만 괴롭구나. 오, 불쌍한 칼립소! 어떻게 하려는 거야? 죄 없는 사람을 죽여 그 불행의 심연 속으로 스스로 몸을 던지려는 거야? 순결한 텔레마코스의 마음에 치명적인 불을 지른 건 바로 나였어. 얼마나 순수한 청년인데! 얼마나 미덕을 갖춘 청년인데! 얼마나 악덕을 혐오하는 청년인데! 수치스러운 쾌락에 용기 있게 저항하는 청년이었어! 그런 청년을 타락시킬 필요가 있었을까? 떠나보냈어야 했는데! 그래, 지금이라도 떠나게 해야 돼. 그렇지 않으면 나를 완전히 멸시하면서 내 경쟁자만을 위해 사는 그를 봐야 할 테니까. 그래. 나는 내가 한 짓에 대한 응분의 대가를 받고 있는 것뿐이야! 텔레마코스, 떠나요. 바다 건너 먼 곳으로 가버려요. 살고 싶지 않지만 그렇다고 죽을 수도 없는 이 칼립소를 위로할 필요는 없어요. 그냥 내버려둬요! 잘난 체하는 당신의 유카리스와 나를 남겨두고 떠나요. 나를 수치와 절망에 빠진 상태로 그냥 내버려두세요."

동굴 속에서 혼자 중얼거리던 칼립소는 돌연 힘을 내어 동굴 밖으로 나왔다. 그녀는 멘토르를 불러 이렇게 말했다.

"오, 멘토르! 거기 있었군요. 텔레마코스에게 악덕에 저항하는 법을 겨우 그렇게밖에 못 가르쳤나요? 그렇게 쉽게 무릎을 꿇게 말이에요? 사랑의 신이 당신을 감시하는 동안 잠만 자고 있었군요. 당신의 그 지긋지긋한 무관심, 더 이상 참을 수 없어요. 오디세우스의 아들이 아버지의 명예를 훼손하고 자신의 훌륭한 미래를 망각하고 있는 것을 그렇게 계속 지켜만 보고 있을 거예요? 그의 부모가 그의 행실에 대한 책임을 제게 맡겼나요, 아니면 당신에게 맡겼나요? 그런데도 그의 마음을 치유해줄 방법을 찾고 있는 것은 오히려 저군요. 당신은 아무 행동도 취하지 않을 생각인가요? 이 숲 깊숙이 들어가보면 배를 만들기에 알맞은 큰 포플러나무들이 있어요. 오디세우스도 그곳에서 배를 만들어 타고 떠났어요. 그곳에 가면 동굴 하나가 있을 거예요. 그 안에 배 만드는 데 필요한 도구가 모두 남아 있을 거예요."

말을 마친 그녀는 이내 그렇게 말한 것에 대한 후회의 감정에 시달렸다. 멘토르는 조금도 지체하지 않고 그 동굴로 향했다. 도구를 찾아낸 그는 포플러나무들을 잘라 단 하루 만에 배한 척을 만들었다. 그 복잡한 작업에 그다지 많은 시간이 소요되지 않은 것은 미네르바의 힘과 기술 덕분이었다.

칼립소는 진퇴양난에 처했다. 한편으로는 멘토르의 작업이 얼마나 진행되었는지 보고 싶었으나, 다른 한편으로는 사냥을 그만둘 수가 없었던 것이다. 자신이 가지 않으면 유카리스와 텔레마코스에게만 좋은 일이 될 것이 뻔했다. 질투심은 그녀가 그 두 연인에게서 잠시도 눈을 떼지 못하게 만들었다. 그래서 그녀는 멘토르가 배를 만들고 있는 쪽으로 사냥의 진로를 돌리려고 신경을 썼다. 멀리서 도끼와 망치 소리가 들려왔다. 그녀는 귀를 기울였다. 소리가 들릴 때마다 그녀는 몸을 떨었다. 그렇지만 그녀는 자신이 딴짓을 하는 동안 텔레마코스가 그 어린 요정에게 보내는 눈짓이나 몸짓을 놓칠까 봐 불안했다.

그러는 중에, 유카리스가 텔레마코스에게 빈정거리는 투로 이렇게 말했다.

"당신 혼자 사냥 왔다고 멘토르 선생님께 야단맞을까 봐 두렵지 않아요? 오, 그토록 엄한 스승 아래 있다니 얼마나 불쌍한지 모르겠군요! 그분의 엄함을 누그러뜨릴 수 있는 사람은 아무도 없겠지요? 그분은 쾌락이라면 모두 혐오하는 척하시더군요. 어떤 쾌락이든 당신이 맛보는 것을 용납지 않으실 거예요. 그분은 가장 순수한 것들까지도 죄악인 양 가르치셨어요. 당신 스스로 행동할 수 없는 상태에서는 그분에게 의지할수 있었겠지요. 그렇지만 이렇게 지혜로운 당신이 그처럼 어린애 취급을 받아서야 되겠어요?"

그 교활한 말은 텔레마코스의 가슴 깊숙이 박혀 멘토르에 대해 서운한 생각이 들게 했고, 스승의 속박에서 벗어나고 싶은 마음이 들게 했다. 그는 멘토르를 다시 만날까 두려워 유카리스에게 아무 대꾸도 하지 않았다. 그만큼 그는 불안했던 것이다. 사냥은 다소 거북한 분위기에서 계속되었고, 마침내 저녁 무렵 그들은 멘토르가 하루 종일 작업하고 있던 곳에서 가까운 숲 모퉁이에 이르렀다. 그리 멀지 않는 곳에서 완성된 배의 모습이 보이자, 칼립소의 눈은 곧 죽음의 구름과 같은 검은 구름으로 뒤덮였다. 다리가 떨리면서 힘이 쭉 빠져버렸고 온몸에 식은땀이 흘러내렸다. 그녀는 곁에 있는 요정들에게 기대지 않을 수 없었다. 그러자 유카리스가 손을 내밀며 부축하려 했지만 칼립소는 무서운 눈초리로 그녀를 노려보면서 밀쳐냈다.

멘토르가 이미 배를 다 만들어놓고 떠나버려서 누가 만들었는지 알지 못한 텔레마코스는 그 여신에게 그 배가 누구의 것이며 무엇 때문에 만든 것인지 물었다. 처음에는 대답을 하지 않던 칼립소가 마침내 이렇게 말했다.

"멘토르를 돌려보내기 위해 내가 그를 시켜 만든 거예요. 당

신의 행복을 가로막고 당신이 불멸의 존재가 되면 질투까지
할 그 엄격한 친구로부터 당신은 이제 자유로워진 거예요."

그러자 텔레마코스가 소리쳤다.

"멘토르 선생님이 혼자 떠나신다고요! 이제 저는 끝장이에
요! 오, 유카리스! 멘토르 선생님이 혼자 떠나시면 내게 남은
것이라고는 이제 당신밖에 없어요."

열정을 못 이겨 그 말을 내뱉은 텔레마코스는 곧 자신이 실
수했음을 알아차렸다. 그러나 그는 자신의 말이 어떤 의미를
지니는지 모를 만큼 제정신이 아니었다. 그 말에 모두들 놀라
한동안 침묵이 흘렀다. 유카리스는 얼굴이 발개진 채 고개를
숙이고 뒤쪽에 서 있었다. 그녀는 감히 얼굴을 들지 못했다.
물론 그녀의 얼굴에는 부끄러움이 가득했지만 마음 한편에서
는 기쁨이 솟았다. 텔레마코스는 자신이 왜 그런 행동을 했는
지 이해할 수 없었을 뿐 아니라 자신이 그토록 부주의하게 말
했다는 사실도 믿어지지 않았다. 그가 한 말이 마치 꿈처럼,
그것도 당황스럽고 불안한 꿈처럼 느껴졌다.

새끼를 빼앗긴 암사자보다 더 화가 난 칼립소는 자신이 어
디로 가는지도 모르고 발길 닿는 대로 숲 속을 헤맸다. 마침내
그녀 일행이 동굴 입구에 이르렀을 때 마침 멘토르가 그녀를
기다리고 있었다. 그녀는 그에게 이렇게 말했다.

"제 섬에서 나가세요. 당신들은 제 삶을 방해하러 온 사람
들이에요! 저 몰상식한 젊은이를 데리고 떠나세요. 그리고 당
신, 경솔한 노인! 만일 저 젊은이를 당장 데리고 가지 않으면

여신의 분노가 어떤 것인지 보여주겠어요. 더 이상 보고 싶지 않아요. 내 요정들 가운데 누군가 저 청년에게 말을 거는 걸 보는 것조차 참을 수 없어요. 스틱스 강의 파도를 걸고 신들까지도 떨게 만드는 맹세를 하겠어요. 그리고 당신 잘 들어요, 텔레마코스. 당신의 불행은 아직 끝나지 않았어요. 배은망덕한 당신은 이 섬을 떠나는 즉시 또 다른 불행을 겪게 될 거예요. 복수하겠어요. 당신은 오히려 칼립소를 그리워하겠지요. 그렇지만 이미 늦었어요. 넵투누스가 당신들에게 또다시 폭풍우를 몰아칠 거예요. 시칠리아에서 당신의 아버지에게 마음을 상해 아직도 화가 풀리지 않은데다가, 키프로스 섬에서 당신에게 업신여김을 당한 베누스의 요청까지 받았으니까요. 당신은 언젠가는 아버지를 보게 될 거예요. 아직 죽지 않았으니까요. 하지만 알아보지는 못할 거예요. 당신은 이타케에서 아버지와 재회하게 되겠지만 그 전에 아주 가혹한 운명의 노리개가 될 거예요. 가세요. 신들에게 맹세하건대, 복수할 거예요. 바다 한가운데 번개 치는 바위산 꼭대기에 매달려 칼립소에게 간청하겠지만 소용없을 거예요. 당신의 간청은 내게 오히려 무한한 기쁨이 될 테니까요!"

말은 그렇게 했지만 그녀의 흔들리는 마음은 벌써 정반대의 결심을 하고 있었다. 사랑이 텔레마코스를 잡아두고 싶은 욕망을 부채질했던 것이다. 그녀는 이미 이렇게 혼잣말을 하고 있었다.

"그를 이곳에 잡아두어야지! 그도 결국 그를 위해 내가 어떻게 했는지 알게 될 거야. 유카리스는 나처럼 그에게 불멸을 줄 수 없어. 오, 너무도 경솔한 칼립소! 너는 스스로 맹세를 어겼어. 네가 약속했었지. 네가 걸고 맹세한 스틱스 강이 더 이상 아무 희망도 되지 못할 거야."

아무도 이 말을 듣지 않았지만 그녀의 얼굴에서는 푸리아이들이 활동하는 모습이 보였고, 그녀의 가슴에서는 시커먼 코키토스 강의 지독한 악취를 풍기는 독이 흘러나오는 것 같았다.

텔레마코스는 그녀가 너무 두려웠다. 그녀도 그것을 알아차렸다. 질투심에 찬 사랑이 무엇인들 간파하지 못하겠는가? 텔레마코스의 두려움은 여신의 흥분을 돋우었다. 그녀는 대기를 온통 자신의 시끌벅적한 목소리로 채워 트라케의 높은 산들에 울려 퍼지게 하는 박코스 신의 한 여제사관을 상기시켰다. 그녀는 투창을 집어 들고 요정들에게 자신을 따르지 않으면 누구든지 찔러버리겠다고 위협하면서 숲을 가로질러 달렸다. 위협이 두려운 요정들은 모두 칼립소를 따랐다. 유카리스까지도 텔레마코스에게 더 이상 한마디 말도 못 건넨 채 그저 멀리서 바라보면서 칼립소를 뒤따라야 했다. 여신은 자기를 따라오는 그녀를 보고 몸을 떨었다. 여신은 그녀의 순종적인 모습에 마음이 가라앉기는커녕 우수에 찬 모습이 그녀를 더욱 아름답게 하는 것에 더욱더 분노가 치밀었다.

그동안 텔레마코스는 멘토르와 함께 있었다. 그는 멘토르의 무릎을 껴안았다. 그는 감히 다른 곳을 껴안을 수도, 그를 바라볼 수도 없었다. 그는 소나기 같은 눈물을 흘릴 뿐이었다.

말을 하고 싶어도 목소리가 나오지 않았다. 무슨 말을 해야 할지도 몰랐다. 그는 자신이 무엇을 해야 하는지, 무엇을 하고 있는지, 또 무엇을 원하는지도 몰랐다. 마침내 그는 큰 소리로 말했다.

"오, 아버지 같은 멘토르 선생님! 이 말할 수 없는 괴로움에서 저를 구해주세요! 저는 선생님과 헤어질 수도, 선생님을 따라갈 수도 없어요. 이 엄청난 고통을 없애주세요. 저를 저 자신에게서 자유롭게 해주세요. 저를 죽게 해주세요."

멘토르는 그를 껴안아주면서 위로해주고 용기를 북돋워주었다. 또한 열정을 부추기지 않고 자신을 극복하는 법을 가르쳐주면서 그에게 이렇게 말했다.

"현자 오디세우스의 아들아, 신들께서는 너를 무척 사랑하셨고, 지금도 물론 사랑하고 계신단다. 너는 바로 그 사랑을 믿고 아주 견디기 힘든 역경을 극복해야 해. 자신의 나약함과 열정의 폭력을 경험해보지 못한 사람은 절대 지혜로워질 수 없단다. 신들께서는 너를 심연의 가장자리까지 데려가서 그 깊은 곳을 모두 보여주셨지만 너를 그곳에 빠뜨리지는 않으셨어. 겪어보지 않았다면 결코 이해하지 못했을 텐데, 이제 경험해보았으니 잘 이해할 수 있게 되기를 바란다. 상대방에게 무릎을 꿇리기 위해 알랑거리고, 달콤한 허울 뒤에 가장 끔찍한 고통을 감추고 있는 사랑의 신, 바로 그 사랑의 신의 배반에 대해 너도 들어본 적이 있을 거야. 웃음과 유희와 애교와 매력이 가득한 그 아이가 왔어. 너도 그 아이를 보았잖니. 그 아이가 네 마음을 빼앗아가 버린 거야. 그런데도 너는 오히려 즐거워했어. 너는 네 마음의 상처를 모른 체하기 위한 핑계를 찾았어. 나를 속이고 너 자신을 속이려 하지 않았니. 너는 아무것도 두려워하지 않았단다. 네 경솔함이 어떤 결과를 초래했는지 보렴. 너는 지금 죽고 싶어 하고 있어. 그것이 네게 남은 유일한 희망인 것처럼 말이다. 절망한 여신은 지옥의 푸리아이처럼 행동하고 있고, 유카리스의 마음은 온갖 치명적인 고통보다 더 가혹한 사랑으로 불타고 있지. 저 요정들은 모두 질투심에 사로잡혀 서로 찢고 싸울 각오가 되어 있어. 이것이 바로 그토록 사랑스러워 보이는 배신자, 사랑의 신이 한 짓이란다! 용기를 되찾아야 해. 신들께서 너를 얼마나 사랑하시는지 몰라! 네가 사랑의 신을 피해 사랑하는 네 조국으로 되돌아갈 수 있게 그토록 평탄한 길을 열어주시는 것만 봐도 알잖니! 칼립소도 너를 쫓아내지 않을 수 없단다. 배는 다 준비되었어. 이제 미덕이 함께할 수 없는 이 섬을 떠나는 일을 네가 주저할 이유가 뭐니?"

그렇게 말하면서 멘토르는 텔레마코스를 해변으로 데려갔다. 그는 계속해서 뒤를 돌아보면서 마지못해 따라갔다. 그는 멀어지는 유카리스에게서 눈을 떼지 못했다. 이제 더 이상 그녀의 얼굴은 보이지 않았고, 그녀의 아름답게 묶은 머리와 바람에 흩날리는 드레스 그리고 고상한 자태만 그의 시야에 들어왔다. 그는 아마도 그녀의 발자국에까지 입맞춤을 보내고 싶었을 것이다. 그는 그녀가 더 이상 보이지 않게 되었을 때조차도 그녀의 목소리가 들리는 듯해 귀를 기울였다. 그녀는 보이지 않았지만 그는 여전히 그녀가 있던 쪽을 보고 있었다. 마치 눈앞에 있는 것처럼 그녀의 모습이 아른거렸기 때문이다. 그는 지금 자신이 어디에 있는지도 잊고, 그녀와 달콤한 밀어를 나누고 있는 듯한 착각에 빠지기도 했다. 멘토르의 말이 그의 귀에 들어올 리 없었다.

잠시 후 깊은 잠에서 깨어난 듯 정신을 차린 그가 멘토르에게 이렇게 말했다.

"저는 선생님을 따라가기로 결심했어요. 그런데 유카리스에게 아직 작별 인사를 하지 못했습니다. 이렇게 배신자처럼 그녀를 버리고 떠날 바에는 차라리 죽고 말겠어요. 그러니 마지막으로 그녀를 만나 영원한 작별 인사를 나누고 올 테니 기다려주세요. 그녀에게 이렇게 말하겠어요. '오, 요정이여! 내 행복을 질투하시는 잔인한 신들께서 나보고 떠나라고 명령하고 계세요. 나로 하여금 당신을 영원히 기억 속에서만 회상하고 살게 하느니 차라리 나를 죽여주셨으면 좋겠어요.' 오, 선생님! 제게 너무도 필요한 이 최후의 위안을 허락해주시든지 아니면 당장 제 목숨을 빼앗아주시든지 하세요. 선생님, 저는 이 섬에서 살고 싶지도 않고 사랑에 빠져들고 싶지도 않아요. 사랑은 제 마음속에 하나도 남아 있지 않아요. 유카리스에게 우정과 감사만 느낄 뿐이에요. 그녀에게 한 번만 더 작별 인사를 하는 것으로 충분해요. 그런 뒤 더 이상 지체하지 않고 선생님과 떠나겠어요!"

그러자 멘토르가 이렇게 대답했다.

"네가 얼마나 불쌍한지 모르겠다! 너의 열정은 너 자신이 느끼지도 못할 만큼 격렬하구나. 너는 네 열정이 진정되었다고 믿고 있어. 그러면서도 죽고 싶다고 말하고 있어! 너는 감히 사랑에 무릎 꿇지 않았다고 말하고 있어. 그러면서도 네가 사랑하는 그 요정에게서 헤어나지 못하고 있어! 네 눈앞에는 지금 그녀만 아른거리고, 네 귀에는 그녀의 말만 들리지. 너는 다른 것에 대해서는 장님이고 귀머거리야. 열로 인해 정신 착란에 빠진 사람도 '나는 환자가 아니야!' 라고 말하지. 오, 이성을 잃은 텔레마코스! 너는 너를 기다리는 어머니와 다시 만날 아버지를 포기하려 했어. 네가 다스려야 할 이타케와, 신들께서 많은 기적을 통해 네게 약속하신 영광과 고귀한 운명도 포기하려 했지. 너는 그 모든 소중한 것을 포기하고 유카리스 곁에서 불명예스러운 삶을 살려고 했어. 그래놓고 사랑 때문에 그녀 곁에 묶여 있는 게 아니라고 말하려는 게냐? 그렇다면 도대체 무엇이 네 마음을 그렇게 뒤흔드는 거냐? 왜 죽고 싶다는 거야? 여신 앞에서 그렇게 열정에 빠진 듯이 요정에게 말한 이유는 뭐냐? 나는 네 거짓말을 질책하는 것이 아니란다. 무분별한 경거망동을 개탄하는 거야. 도망쳐라, 텔레마코스. 사랑은 피해서 도망쳐야만 이길 수 있는 상대야. 그런 적에 대항하는 진정한 용기는 두려워하며 피하는 것이란다. 주저하지 말고, 뒤돌아볼 시간도 갖지 말고 도망쳐야 해. 어린 시절부터 내가 네게 쏟은 정성과, 네가 내 조언으로 극복할 수 있었던 위험들을 잊지 않았겠지. 나를 믿든지, 아니면 내가 너를 버리더라도 용서해라. 네가 스스로 무덤을 파는 것을 보는 것이 내게 얼마나 고통스러운 일인지 알아주었으면 좋겠구나! 너를 생각해서 말하지 않았지만 내가 어떤 고통을 참아냈는지 네가 알았으면 좋겠구나! 아마 너를 낳기 위해 산고를 겪은 네 어머니도 나보다는 덜 고통스러웠을 것이다. 그러나 나는 말하지 않았어. 고통을 삼켰지. 네가 내게로 돌아오기를 기다리며 한숨을 참았단다. 아들아, 내 사랑하는 아들아! 내 마음의 고통을 덜어다오. 내 목숨보다 더 소중한 것을 돌려다오. 내가 잃은 텔레마코스를 돌려다오. 원래의 너로 돌아와줘. 네 안의 지혜가 그 사랑을 이겨낸다면 얼마나 좋겠니. 그러나 지혜를 동원해도 네가 사랑에 끌려간다면 이 멘토르는 더 이상 살 수가 없구나."

멘토르는 그렇게 말하면서 바다를 향해 계속 걸었다. 그때까지 그를 따를 만큼 스스로 마음을 다잡지 못하고 있던 텔레마코스가 이제 저항 없이 그를 따를 만큼 마음을 굳혔다. 멘토르로 변신한 미네르바는 보이지 않는 자신의 방패로 텔레마코스를 보호하면서 주위에 신의 빛을 발산해 그가 이 섬에 온 뒤로 한 번도 경험하지 못한 용기를 느끼게 해주었다. 이윽고 그들은 가파른 해안의 한 암벽에 이르렀다. 파도가 흰 거품을 일으키며 끊임없이 암벽을 내려치고 있었다. 암벽 꼭대기에 오른 그들은 멘토르가 준비해놓은 배가 무사한지 살펴보았다. 그런데 그 순간 그들은 통탄할 만한 광경을 접하고야 말았다.

사랑의 신은 생면부지의 노인이 자신의 용모에 무관심할 뿐 아니라 자신에게서 텔레마코스를 빼앗아간 것에 화가 머리끝까지 치밀었다. 그리하여 분노의 눈물을 흘리며, 어두운 숲을 방황하고 있는 칼립소를 찾아갔다. 그녀는 그를 보자 터져 나오는 울음을 참을 수 없었다. 그녀는 그가 자신의 마음속 상처를 다시 헤집어놓는 것만 같았다. 사랑의 신은 그녀에게 이렇게 말했다.

"당신은 신입니다. 그런데도 나약한 한 인간에게 지고 있어요. 당신 섬에 갇힌 그 포로에게 말이에요! 왜 당신은 그가 빠져나가게 내버려두지요?"

"귀여운 사랑의 신이여." 그녀가 대답했다. "나는 더 이상 네 그 위험한 조언을 듣고 싶지 않구나. 네가 내 마음의 평화를 뒤흔들어 나를 다시 불행의 심연 속으로 빠뜨리고 있기 때문이야. 이미 다 끝났어. 나는 텔레마코스가 떠나게 놓아두겠다고 스틱스 강에 맹세했으니까. 신들의 아버지인 유피테르조차 감히 그 무서운 맹세를 어기지 못할 거야. 텔레마코스가 내 섬을 떠나니 너도 이제 떠나렴. 위험한 아이야, 너는 내게 텔레마코스보다 더 큰 고통을 주었어!"

사랑의 신은 그녀의 눈물을 닦아준 뒤 교활한 미소를 지으면서 이렇게 빈정댔다.

"정말 곤란하게 되셨군요! 그렇지만 제게 맡기세요. 당신은 맹세를 지키세요. 텔레마코스가 떠나는 걸 막지만 않으면 되잖아요. 당신의 요정들이나 저는 스틱스 강에 맹세하지 않았어요. 그러니 그녀들에게 그들이 탄 배에 불을 지르라고 하겠어요. 멘토르가 놀랍도록 빠른 속도로 만든 그 배에 말이에요. 배는 한순간에 무용지물이 되겠지요. 이번에는 그가 놀랄 차례예요. 그렇게 되면 이제 그가 당신에게서 텔레마코스를 빼앗아갈 방법이 없을 거예요."

아첨하는 그 말은 칼립소의 마음 깊숙한 곳까지 희망과 기쁨이 스며들게 했다. 물가에서 살랑거리는 신선한 바람이 여름의 열기에 지쳐 녹초가 된 가축들에게 시원한 휴식을 주듯, 그 말은 여신의 절망을 달래주었다. 그녀의 얼굴에는 다시 평온이 찾아왔고 그녀의 눈빛은 다시 부드러워졌다. 마음을 괴롭히던 절망적인 불안이 순식간에 그녀에게서 사라졌다. 그녀는 감정을 억제하고 미소를 지으며 익살스러운 사랑의 신의 비위를 맞추었다. 그 행위는 그녀에게 또 다른 고통을 준비하고 있었다.

그녀를 설득한 데 고무된 사랑의 신이 이번에는 요정들을 회유하러 갔다. 그녀들은 굶주림에 시달린 이리 떼의 공격을 피해 정신없이 양치기 곁을 떠난 양 떼처럼, 산속 이곳저곳을 방황하고 있었다. 사랑의 신은 그녀들을 불러 모아 이렇게 말했다.

"텔레마코스는 아직 당신들의 손아귀에 있어요. 그러니 그 무모한 멘토르가 도망가려고 만든 배를 어서 가서 태워버려요."

요정들은 당장 횃불을 들고 해변으로 달려갔다. 그녀들은 두려움에 떨면서 소리를 지르고 박코스의 여제사관들처럼 산발한 머리카락을 흔들어댔다. 이미 불길이 솟아오르고 있었다. 불길은 송진을 바른 나무로 건조한 배를 게걸스럽게 먹어치웠고 불꽃과 연기의 소용돌이가 구름 속으로 치솟았다.

텔레마코스와 멘토르가 그 광경을 목격한 것은 바로 그 암벽 꼭대기에서였다. 텔레마코스는 그 광경을 보고 기쁜 마음이 들었다. 그만큼 그의 마음이 아직도 완전히 치유되지 않던 것이다. 멘토르는 완전히 꺼지지 않고 있다가 가끔씩 다시 강렬한 불길을 일으키는 잿더미 속의 불씨처럼 텔레마코스의 열정이 아직 꺼지지 않았음을 알아차릴 수 있었다. 텔레마코스는 그에게 이렇게 말했다.

"다시 발이 묶여버렸네요! 이제 이 섬을 떠날 수 있다는 희망이 완전히 사라져버렸어요."

멘토르는 텔레마코스의 마음이 다시 극도로 약해진 것을 알아차리고 잠시도 시간을 허비해서는 안 된다는 것을 깨달았다. 그는 멀리 파도가 일렁이는 바다 가운데에 배 한 척이 멈춰 서 있는 것을 발견했다. 키잡이면 누구나 이 섬이 사람의 접근이 금지된 칼립소의 섬이란 걸 알고 있었기에 그 배 역시 감히 접근을 못하고 있었다. 지혜로운 멘토르는 즉각 암벽 끝에 앉아 있던 텔레마코스를 바다 속으로 떠민 뒤 자신도 함께 뛰어들었다. 갑작스럽게 떠밀려 곤두박질한 텔레마코스는 잠시 정신을 잃고 파도의 노리개가 되었다. 그러나 그가 정신을 되찾고 자신이 헤엄을 칠 수 있게 도와주려고 손을 내미는 멘토르를 보았을 때 그에게는 어서 이 치명적인 섬에서 멀리 도망쳐야겠다는 생각밖에 들지 않았다.

요정들은 그들을 다시 잡아둘 수 있게 되었다고 생각하면서 크게 기뻐했다. 그러나 칼립소는 이내 자신의 실패를 확인하고 절망에 빠져 동굴로 되돌아왔다. 그녀의 동굴은 한동안 울음바다가 되었다. 사랑의 신은 믿었던 승리가 수치스럽게 패배로 끝난 것을 보고, 날개를 흔들며 공중으로 날아올랐다. 냉혹한 어머니가 기다리고 있는 이달리온 산의 숲으로 가버린 것이다. 어머니보다 훨씬 더 냉혹한 그 아이는 어머니에게 자신이 저지른 모든 악행을 이야기하고 웃고 떠들며 마음의 위안을 얻었다.

텔레마코스는 섬에서 멀어질수록 마음에 미덕에 대한 용기와 사랑이 되살아나는 것을 느끼며 아주 기뻐했다. 그는 멘토르에게 큰 소리로 이렇게 말했다.

"선생님께서 말씀해주신 것, 지금까지는 경험이 없어서 잘 몰랐는데 이제야 이해할 수 있을 것 같아요. 악은 피해서 도망가야만 이길 수 있다는 말씀 말이에요. 오, 아버지 같은 선생님! 신들께서는 이렇게 선생님의 도움을 통해 저에 대한 사랑을 표현하셨던 것 같아요! 저는 선생님의 도움을 받을 만한 자격이 없었어요. 저는 그 모든 위험을 꼼짝없이 당했어야 마땅해요. 저는 이제 바다도 바람도 폭풍우도 두렵지 않아요. 제 열정 이외에는 두려운 것이 없어요. 난파보다 더 두려워해야 할 건 사랑밖에 없는 것 같아요."

제7장

멘토르와 텔레마코스는 칼립소의 섬 가까이 정박 중인 페니키아 인들의 배로 헤엄쳐 간다. 그들은 선장 아도암에게 호의적인 대접을 받는다. 나르발의 동생인 아도암 선장은 텔레마코스를 알아보고는 곧 그를 이타케로 데려다주겠다고 약속한다. 그는 텔레마코스에게 티로스의 왕 피그말리온과 그의 아내 아스타르베의 비극적인 죽음과, 아내에게 설득당한 폭군 아버지(피그말리온)에게 버림받았던 발레아자르가 왕위에 오른 이야기를 들려준다. 그러자 이번에는 텔레마코스가 티로스를 떠나면서 겪은 모험을 이야기한다. 아도암이 텔레마코스와 멘토르에게 식사를 대접하는 도중에 아키토아스가 자신의 목소리와 리라의 아름다운 화음으로 트리톤과 네레이데스를 비롯한 모든 바다 신과 바다 괴물들을 배 주위로 불러들인다. 멘토르 역시 리라를 아주 훌륭하게 연주해 내자 아키토아스는 질투심에 화를 내다가 자신의 리라를 떨어뜨린다. 아도암은 이어 베티카 지방[77]의 경이로움에 대해 들려준다. 그는 그 지방의 온화한 기후와 풍요에 대해 설명해준다. 그의 설명에 의하면, 그 지방 주민들은 완벽할 정도로 검소하게 가장 행복한 삶을 살고 있다.

그들은 헤엄을 쳐서 에페이로스[78)로 향하는 페니키아 인들의 배에 도착했다. 그들은 예전에 이집트 여행 때 텔레마코스와 만난 적이 있는 사람들이었다. 그렇지만 그들이 파도에 휩쓸린 그를 알아보기란 쉽지 않았다. 멘토르는 배에 목소리가 들릴 만큼 가까이 접근하자 머리를 들고 크게 고함을 쳤다.

"누구든지 잘 도와주기로 소문난 페니키아 인들이여, 당신들과 같은 인간애를 지닌 두 사람의 목숨을 구해주시오. 만약 신들에 대한 경외심이 당신들의 마음을 어루만진다면, 우리를 당신들의 배에 태워주시오. 당신들이 가는 곳이면 어디든지 따라가겠소."

그러자 선장이 이렇게 대답했다.

"알겠소. 기꺼이 구해주겠소. 모르는 사람들이지만 아주 불행해 보이는 사람들에게 어떻게 해주어야 하는지 우리는 잘 알고 있소."

그들은 곧 두 사람을 배로 끌어올려주었다.

배로 올라간 그들은 오랫동안 파도와 힘겹게 싸우며 헤엄을 치느라 호흡이 가빠진 탓에 한동안 조용히 휴식을 취해야 했다. 그들은 서서히 기력을 회복했다. 옷이 흠뻑 젖은 것을 본 선원들이 그들에게 갈아입을 옷을 가져다주었다.

그들이 말을 할 수 있는 정도가 되자 페니키아 선원들은 자초지종을 듣기 위해 몰려들었다. 선장이 멘토르와 텔레마코스에게 물었다.

"당신들 저 섬에서 탈출한 것 같은데, 도대체 거긴 어떻게 들어갈 수 있었소? 저 섬은 한 잔인한 여신의 소유지로, 접근하기가 쉽지 않은 걸로 알고 있는데. 끔찍한 바위들로 둘러싸여 있는데다가 파도까지 거칠어 난파를 당하지 않고는 들어가기가 힘들어요."

멘토르가 대답했다.

"난파를 당해 떠밀려 갔소. 우리는 그리스 사람이오. 당신들이 가는 에페이로스와 가까운 이타케에 산다오. 우리를 이타케에 내려주지 않아도 좋소. 에페이로스까지만 데려다줘도 좋소. 그곳에서 우리를 이타케로 데려다줄 친구들을 만날 수 있을 거요. 당신들은 우리에게 가장 소중한 것을 다시 볼 수 있는 기쁨을 주었소. 그 은혜 평생 잊지 않을 것이오."

그렇게 멘토르가 말하는 동안 텔레마코스는 아무 말 없이 듣고만 있었다. 그가 칼립소 섬에서 저지른 잘못이 그를 더 지혜롭게 만들었기 때문이다. 그는 자신을 믿지 못했다. 그래서 그는 앞으로도 계속 멘토르의 지혜로운 조언을 따라야겠다고 생각했다. 멘토르의 견해를 묻고 싶은데 직접 물어볼 수 없을 때는 그의 눈빛을 보면서 속내를 짐작했다.

텔레마코스를 바라보던 페니키아 선장은 그를 본 적이 있는 듯한 생각이 들었지만 정확히 기억이 나지 않았다. 그는 텔레마코스에게 이렇게 말했다.

"실례지만 혹시 예전에 나를 본 적이 있소? 당신을 본 적이 있는 것 같아서 그렇소. 당신의 얼굴이 전혀 낯설지가 않소. 기억이 날 듯도 한데 어디서 봤는지 모르겠소. 당신은 혹시 기억이 날지 모르겠소."

그러자 텔레마코스는 기쁘고 놀라워 이렇게 대답했다.

"저도 당신을 보면서 그런 생각을 했어요. 맞아요, 당신을 보았어요. 얼굴이 기억나요. 그런데 이집트에서였는지, 티로스에서였는지는 정확히 잘 모르겠어요."

그러자 선장은, 아침에 눈을 떠 전날 저녁에 꾼 어렴풋한 꿈을 기어코 기억해내는 사람처럼 이렇게 소리쳤다.

"당신, 텔레마코스 맞지. 이집트에서 돌아올 때 나르발과 깊은 우정을 맺은. 나는 그의 동생이오. 형이 아마도 나에 대해 종종 이야기했을 거요. 나는 이집트 원정 후 험난한 파도를 헤치고 지브롤터 해협의 산계 옆에 있는 그 유명한 베티카 지방으로 가야 했소. 그래서 잠깐 당신 얼굴만 보았을 거요. 그러니 당신을 곧바로 알아보지 못한 것, 서운하게 생각하지 마시오."

그러자 텔레마코스가 이렇게 대답했다

"그러고 보니 당신, 아도암이군요. 그때 아마 당신을 언뜻 보았을 거예요. 그렇지만 나르발이 이야기해주어서 당신에 대해서는 훤히 알지요. 오, 제게 너무도 소중한 분의 소식을 당신을 통해 들을 수 있다니 얼마나 기쁜지 모르겠어요! 나르발은 아직도 티로스에서 사시나요? 의심 많고 야만적인 그 피그말리온에게 가혹한 대접을 받고 있지는 않나요?"

아도암은 그의 말을 끊으면서 이렇게 대답했다.

"텔레마코스, 당신은 운이 좋군요. 이렇게 아는 사람을 만났으니 말입니다. 내가 최선을 다해 도와주겠소. 에페이로스에 가기 전에 이타케에 들러 내려주겠소. 나르발의 동생인 나도 형 못지않게 당신을 좋아하고 있소."

그는 그렇게 말할 때 기다리던 바람이 불어오기 시작하는 것을 느꼈다. 그리하여 닻을 올리고 돛을 달게 한 뒤 힘차게 노를 젓게 하여 바다를 가르고 나아갔다. 그는 곧 텔레마코스와 멘토르를 따로 불러 이야기를 나누었다. 그는 텔레마코스에게 이렇게 이야기해주었다.

"당신의 호기심을 풀어드리겠소. 피그말리온은 죽었어요. 정의로운 신들께서 그를 데려가셨소. 그는 세상의 누구도 믿지 않았소. 마찬가지로 그를 믿는 사람도 아무도 없었소. 선량한 사람들은 그의 악행에 맞설 결심을 못하고 그저 고통스러워하고 피하는 수밖에 없었소. 그러나 악인들은 왕의 목숨을 끊어놓아야만 자신들이 목숨을 부지할 수 있다고 생각했소. 그는 모든 사람을 불신해서 백성들을 매일매일 위협했소. 특히 그의 근위대원들은 오히려 다른 사람들보다 더 많은 위협을 당해야 했소. 그의 목숨이 그들 손아귀에 있으니 그가 그들을 더 두려워할 수밖에요. 피그말리온은 자신의 안전을 위해서라면 조금만 의심스러워도 다 죽였소. 그렇게 자신의 안전을 위해 노심초사했음에도 그는 안전하지 못했소. 그는 자신의 목숨을 지키는 근위대를 불신해서 끊임없이 그들을 위협했지. 그래서 그들은 그 폭군을 먼저 죽임으로써 그토록 끔찍한 공포에서 벗어날 수 있었소.

이미 잘 알다시피 그 부도덕한 아스타르베가 제일 먼저 왕을 죽일 결심을 했소. 그녀는 조아자르라는 아주 부유한 한 티로스 청년을 열렬히 사랑해서, 그를 왕위에 앉히고 싶어 했어요. 그녀는 그 계획을 성공시키려고 왕의 두 아들 가운데 장남 파다엘이 왕위 계승을 열망한 나머지 모반을 꾀했다고 왕에게 말했소. 그 모반을 증명하려고 거짓 증인까지 내세웠소. 그 불쌍한 왕은 무고한 아들을 사형에 처했소. 또 둘째아들 발레아자르를 그리스의 풍속과 학문을 배우라는 구실을 내세워 사모스섬으로 보냈소. 그런데 사실은 아스타르베가 왕에게, 둘째아들이 불평분자들과 결탁할지 모르니 그를 멀리 보내버려야 한다고 말했기 때문이었소. 그가 탄 배가 항구를 떠나자 곧 그 잔혹한 여자의 사주를 받은 선원들이 밤사이 그 배가 난파를 당한 것처럼 꾸몄소. 선원들은 기다리고 있던 몇 척의 작은 배로 헤엄쳐 가서 목숨을 구하고, 왕자는 바다 속으로 던져버렸다오.

그런데도 피그말리온은 아스타르베의 사랑을 눈치채지 못했소. 그는 그녀가 오로지 자기만 사랑한다고 생각했지. 그토록 의심이 많은 왕이 그 악한 여인에 대해서만은 맹목적인 믿음을 가지고 있었던 거요. 그를 그렇게까지 눈멀게 한 것은 사랑이었소. 동시에 탐욕은 그가, 아스타르베가 그토록 사랑한 조아자르를 살해할 구실을 찾게 만들었소. 그는 어떻게 하면

텔레마코스의 모험 1

179

그 청년의 재산을 빼앗을까에만 골몰했소.

피그말리온이 불신과 사랑과 탐욕에 사로잡혀 있는 동안 아스타르베는 그를 죽이기 위해 서둘렀소. 그 청년과의 비열한 사랑에 대해 그가 뭔가 낌새를 챘다고 생각했던 것 같소. 설령 그가 눈치를 못 챘더라도, 그는 그저 탐욕만으로도 조아르에게 그렇게 잔인한 행동을 하고도 남을 인간이라는 걸 그녀는 알았을 거요. 그녀는 한시도 지체하지 않고 그에게 그 사실을 알려야겠다고 결론을 내렸소. 그녀는 궁정의 주요 조신들이 왕을 살해할 각오가 되어 있다는 것도 알고 있었소. 매일 모반의 이야기가 들려왔으니 당연하지. 그렇지만 그녀는 누군가에게 자신의 계획을 이야기할 경우 배신당할지 모른다는 두려움을 가지고 있었소. 그래서 결국 그녀는 자신이 직접 피그말리온을 독살하는 편이 더 안전하다고 생각하게 됐소.

왕은 대체로 아스타르베하고만 식사하고 자기가 먹을 음식은 모두 손수 요리했다오. 자기 자신의 손밖에 믿을 수 없었던 거지요. 그는 자신의 불신을 더 잘 숨기고 자신이 식사 준비를 하는 모습을 아무에게도 보이지 않으려고 궁정의 가장 은밀한 곳에 틀어박혀 지냈다오. 그는 식탁의 즐거움을 찾는 것은 감히 생각도 하지 못했소. 자신이 준비하지 못하는 음식은 어떤 것도 먹을 엄두를 내지 못했기 때문이오. 그는 요리사들이 야채를 넣어 맛있게 조리한 스튜와 포도주, 빵, 소금, 우유 등등 일반 음식은 하나도 먹을 수 없었소. 그는 텃밭에서 직접 수확한 과일이나 야채들만 먹었소. 또한 물도 직접 열쇠로 잠

가놓은 궁정의 우물에서 손수 퍼 올린 것만 마셨소. 그는 아스타르베를 전적으로 신뢰하는 것처럼 보였지만 그녀에게도 경계심을 풀지 않았소. 모든 음식을 항상 그녀가 먼저 먹거나 마셔보게 했지. 혹시라도 자기만 혼자 독살되고 그녀는 자기보다 더 오래 살 수도 있다는 희망을 그녀가 갖지 못하게 하기 위해서였소. 그렇지만 그녀는 해독제를 구했소. 그녀가 자신의 사랑에 대한 비밀을 다 털어놓은 상대, 그녀보다 훨씬 더 악독한 한 노파가 구해주었소. 그녀는 이제 왕을 독살하는 데 거리낄 게 없었소.

그녀가 왕을 독살한 전모는 이래요. 그들이 막 식사를 시작하려는데 그 노파가 문 밖에서 갑자기 소란을 피웠소. 왕은 항상 그랬듯 누군가 자기를 암살하러 온 줄 알고 불안해하며 문 쪽으로 달려갔지. 문이 잘 닫혀 있는지 보기 위해서 말이오. 그런데 노파는 이미 달아나고 없었소. 왕은 그 소리에 당황한 기색이 역력했소. 하지만 확인하기 위해 감히 문을 열어보지는 못했소. 아스타르베는 그를 안심시킨 뒤 알랑거리면서 식사를 계속하도록 재촉했소. 그녀는 그가 문 쪽으로 달려갔을 때 이미 그의 황금 잔에 독약을 타놓았다오. 습관대로 피그말리온은 그녀로 하여금 먼저 마시게 했소. 그녀가 해독제를 믿고 아무 두려움 없이 마시자 피그말리온도 따라 마셨소. 잠시 후 그는 바닥에 쓰러지고 말았다오.

아주 작은 의심만 갖게 해도 그가 자기를 죽일 수 있다는 것을 알고 있던 아스타르베는 자신의 옷을 찢고 머리카락을 쥐어뜯으면서 비통한 소리를 질러대기 시작했다오. 그녀는 죽어가는 왕을 꼭 껴안고 소나기 같은 눈물을 흘렸소. 그 교활한 여자에게 눈물 흘리는 것쯤은 전혀 어려운 일이 아니었다오. 혹시 왕이 의식을 되찾아 함께 죽자고 하지나 않을까 두려움에 떨다가 마침내 그가 축 늘어져 거의 죽은 것을 확인하자, 그토록 애정 어린 모습으로 애무하면서 사랑의 증표를 보이던 그녀는 돌변하여 아주 끔찍한 분노를 표출했소. 그리하여 그를 덮쳐 목을 졸라 마지막 숨을 끊어버렸지. 그녀는 왕의 손가락에서 반지를 빼내고 왕관을 벗겼소. 이어 조아자르를 안으로 불러 반지를 끼워주고 왕관을 씌워주었지.

그녀는 자신에게 충성했던 사람은 모두 틀림없이 자신의 주장에 따라 자기 애인을 왕으로 추대할 거라고 생각했소. 그렇지만 그녀의 마음에 들기 위해 그렇게 열심이던 그들은 사실 진실한 마음 없이 돈으로만 좌우되는 비열한 사람들이었소. 그뿐만 아니라 그들은 용기가 없어서 아스타르베가 만든 적들을 두려워했소. 그렇지만 그 부도덕한 여인의 교만과 위선, 잔인함 등을 훨씬 더 두려워한 그 사람들은 자신들의 안전을 위해 그녀가 죽어 없어졌으면 하고 바랐다오.

그사이, 궁정에서는 끔찍한 소란이 벌어졌소. 사방에서 '왕이 죽었다!'라는 외침 소리가 들렸다오. 어떤 이들은 두려움에 떨고, 또 어떤 이들은 무기를 들었지요. 차후의 일을 염려했지만 어쨌든 모두가 그 소식에 말할 수 없이 기뻐했소. 소문은 입에서 입으로 전해져 그 큰 도시, 티로스에 순식간에 퍼졌소. 그렇지만 왕의 죽음을 안타까워하는 사람은 단 한 사람도 없었소. 그의 죽음은 백성 모두에게 해방이며 위안이었던 거요.

너무 큰 충격을 받은 나르발은 인간적으로 피그말리온의 불행을 애도해주었다오. 왕의 의무를 다하는 백성의 아버지이기보다는 끔찍하고 괴물 같은 폭군의 길을 택하고, 부도덕한 아스타르베에게 빠져 배반당한 왕이었지만 말이오. 그는 국가의 안녕을 생각하고 아스타르베를 저지하기 위해 서둘러 모든 의인들을 규합했어요. 아스타르베가 지배하는 것은, 그들이 종말을 지켜본 그 왕이 지배하는 것보다 훨씬 더 끔찍할 테니까 말이오.

나르발은 바다 속에 던져진 발레아자르가 죽지 않았다는 것을 알고 있었소. 아스타르베에게 그가 죽었다고 보고한 사람들은 실제로 그렇게 믿고 있었소. 그렇지만 그는 어둠의 도움을 받아 헤엄쳐 도망가다가 크레테 어부들의 도움으로 목숨을 구할 수 있었소. 물론 그는 감히 아버지의 왕국에 돌아오지 못하고 있었지요. 자신을 살해하려는 세력과 아스타르베의 계략, 그리고 피그말리온의 잔혹한 질투가 두려웠기 때문이오. 그는 크레테 어부들이 데려다준 시리아의 해변에서 변장을 하고 오랫동안 떠돌이 생활을 했다오. 먹고살기 위해 목동 일까지 해야 했지요. 그러다 그는 마침내 나르발에게 자신의 상황을 알릴 수 있었소. 그토록 확실한 미덕을 갖춘 사람에게라면 자신의 비밀과 삶을 털어놓을 수 있다고 생각했던 거

요. 나르발은 피그말리온에게 학대를 받았지만 그래도 그의 아
들을 사랑하지 않을 수 없어서 잘 돌보아주었소. 이전에 그의
아버지에게 빚진 것을 갚아야겠다는 생각에서 말이오. 그는 그
아들이 불운을 인내하고 잘 극복하도록 충고해주었어요.

　발레아자르는 나르발에게 이렇게 전했소.

　'제가 당신을 찾아뵈어도 좋다 싶으시면 제게 금반지를 보
내주십시오. 그러면 즉시 찾아가겠습니다.'

　하지만 나르발은 피그말리온이 살아 있는 동안에는 발레아
자르를 불러들이는 것이 적절치 않다고 판단했소. 왕자의 생
명뿐 아니라 자신의 생명도 매우 위험했기 때문이오. 피그말
리온의 추적으로부터 안전하기 어려웠던 거요. 그러던 중 그
불행한 왕이 죗값을 치르듯 독살을 당하자 나르발은 서둘러
발레아자르에게 금반지를 보냈소. 발레아자르는 그 즉시 출
발해 티로스의 성문에 다다랐소. 피그말리온을 이을 왕을 정
하는 일로 도시 전체가 들썩거리고 있었지요. 그러나 곧 티로
스의 주요 조신과 백성들은 발레아자르를 알아보았어요. 그
는 모든 백성에게서 사랑을 받았소. 물론 미움을 받다 죽은 아
버지 때문이 아니라 자기 자신의 온화함과 절도 때문에 사랑
을 받은 거지요. 거기에다 그가 오랫동안 겪은 불행이 그의 품
성을 더욱 훌륭하게 만들었으며, 모든 티로스 인들에게 측은
한 마음을 불러일으켰소.

　나르발은 지도자들, 국왕자문위원회 원로들, 페니키아 여
신을 모시는 제사장들을 소집했소. 그들은 발레아자르를 왕

으로 옹위하고 군사(軍使)를 통해 그 사실을 선포하게 했소. 백성들은 기쁨의 환호로 답했지요.

아스타르베는 비겁하고 비열한 조아자르와 함께 궁정 안에 틀어박혀 살다가 그 소식을 들었소. 피그말리온이 살아 있을 때 아첨하던 악인들은 모두 그녀를 버렸소. 왜냐하면 악인들은 같은 악인들을 두려워하고 믿지 못하기 때문이오. 타락한 사람들은 자신들처럼 타락한 인간들이 어떻게 권력을 이용하여 어떤 폭력을 휘두를지 잘 알거든. 반면 그들은 선한 사람들과는 잘 지낸다오. 최소한 그들에게는 중용과 용서를 기대할 수 있기 때문이오. 아스타르베 곁에는 형벌을 기다리는 것밖에 할 일이 없는 그 끔찍한 범죄의 공모자만 몇몇 남았소.

사람들은 궁정으로 침입해 들어갔소. 범죄자들은 감히 오래 저항하지 못하고 도망가기에 급급했소. 아스타르베는 목숨을 부지하기 위해 노예로 변장하고 군중 사이로 도망갔지만 곧 분노한 백성들에게 붙잡혀 고역을 치렀소. 나르발은 진창 속으로 끌려 다니는 아스타르베를 백성들의 손아귀에서 구해주었소.

그러자 그녀는 발레아자르와 이야기를 나누고 싶다고 했소. 자신의 매력으로 그를 유혹하고, 중요한 비밀을 털어놓을 것처럼 그를 현혹하려 했던 거요. 발레아자르는 그녀의 청을 거절할 수가 없었소. 그녀는 아름다움과 함께, 분노가 치민 사람들의 마음까지 누그러뜨릴 만한 상냥하고 겸손한 태도를 보여주었소. 아주 달콤하고 간사한 칭송으로 발레아자르의 비위를 맞추었지. 그녀는 피그말리온이 자신을 얼마나 사랑했는지 말하면서 동정을 베풀어줄 것을 간절히 청했소. 그녀는 마치 신들을 진정으로 숭앙하는 것처럼 신들을 들먹였소. 또 소나기처럼 눈물을 흘리면서 새 왕의 발치에 몸을 던졌다오. 그녀는 그가 가장 신뢰하는 모든 신하를 의혹의 눈초리로 바라보라고 속살대는 것도 잊지 않았소. 그녀는 나르발이 피그말리온에 대한 모반에 관여했으며, 발레아자르를 무시하고 자신이 왕이 되기 위해 사람들을 매수하려 했다고 비난했소. 그녀는 그가 그 왕자를 독살하려 했다고까지 말했소. 그녀는 미덕을 사랑하는 여러 티로스 인에 대해서도 똑같은 중상모략을 했소. 그녀는 발레아자르가 그의 아버지처럼 불신과 의심을 갖기를 바랐던 거요. 하지만 발레아자르는 그 여자의 사악함과 교활함을 더 이상 참을 수 없어 말을 중단시킨 뒤 근위병에게 그녀를 감옥에 처넣어버리라고 명령했소. 그리고 지혜로운 원로들에게 그녀의 행동을 낱낱이 조사하라고 지시했소.

그들은 그녀가 피그말리온을 독을 먹이고 목을 졸라 살해한 것을 밝혀내고 경악했소. 그녀의 삶은 흉악한 범죄로 점철된 것 같았소. 결국 그녀는 페니키아에서 중범죄자에게나 내려지는 형벌인 화형을 선고받았소. 더 이상 희망이 없음을 안 그녀는 지옥에서 나온 푸리아이처럼 변했소. 그녀는 고통받으면서 죽게 될 때를 대비해 오래전부터 몸에 지니고 다니던 독약을 마셨소. 감시하던 사람들이 극심한 고통에 시달리는 그녀를 보았소. 그들은 그녀를 살리려고 했지만 그녀는 완강히 거부했소. 더 이상 살고 싶지 않았던 거요.

　사람들은 그녀가 정의로운 신들을 진노하게 했다고 말했소. 그녀는 자신의 과오를 부끄러워하며 뉘우치기는커녕 멸시와 오만한 태도로 마치 신들에게 모욕을 가하려는 듯 하늘을 노려보았소. 죽어가는 그녀의 얼굴에는 격심한 고통과 신에 대한 불경이 아로새겨져 있었다오. 그토록 많은 남자를 불행에 빠지게 했던 아름다움은 더 이상 남아 있지 않았소. 매력은 모두 자취를 감추었고, 빛을 잃은 두 눈은 두개골 속으로 쑥 들어가 사나운 눈빛을 던졌소. 발작적인 움직임이 두 입술에서 요동치더니 입이 아주 추하게 크게 벌어졌소. 그러자 초췌하고 찡그린 얼굴이 온통 흉측하게 일그러졌소. 몸에는 이미 푸르스름한 창백함과 죽음의 냉기가 흐르고 있었소. 간혹 되살아나는 듯하기도 했지만 그것은 단지 울부짖기 위한 몸부림에 불과했소. 마침내 숨이 끊어졌는데, 보고 있던 사람들은 그 주검을 보면서 공포와 두려움으로 떨어야 했소. 그녀의 불경한 망령은 당연히 비참한 곳들로 내려갔소. 잔혹한 다나오스 왕의 딸들[79)]이 밑 빠진 항아리에 영원히 물을 길어 채우는 곳, 익시온이 불붙은 자신의 바퀴를 영원히 돌려야 하는 곳, 탄탈로스[80)]가 갈증에 시달리다 물을 마시려 하지만 물이 입술을 피해 달아나버리는 곳, 시시포스[81)]가 끊임없이 다시 굴러떨어지는 바위를 영원히 밀어 올리는 곳, 티티오스[82)]가 계속해서 다시 생겨나는 간을 독수리에게 파먹히며 고통을 받는 곳 말이오.

그 괴물 같은 여자에게서 해방된 발레아자르는 신들께 많은 희생 제물을 바치며 감사를 드렸소. 그는 피그말리온과는 정반대의 통치술로 나라를 다스리기 시작했소. 그는 나날이 쇠퇴해가던 상업을 부흥시키는 데 전념했으며 주요한 나랏일이 있으면 나르발의 조언을 구했소. 그렇지만 나르발이 직접 다스리지는 않았소. 왜냐하면 왕이 자신의 눈으로 모든 것을 직접 보고 싶어 했기 때문이오. 그는 모든 조언을 귀담아듣고 그 가운데 가장 좋은 것을 수렴했소. 그는 백성들에게 사랑을 받았다오. 백성들의 마음을 소유함으로써, 아버지가 무서운 탐욕으로 긁어모았던 것보다 더 많은 보석을 갖게 된 거요. 왕이 아주 긴급한 상황에 처할 때 백성들이 자신들의 재산을 모두 그에게 바칠 각오가 되어 있기 때문이오. 그처럼, 왕이 백성들에게 베푼 것은 그들에게서 빼앗은 것보다 더 온전한 그의 소유물이 된다오. 그는 자신의 안전을 위해 주의를 기울일 필요가 없었소. 곁에 항상 백성들의 사랑이라는 가장 안전한 근위대를 두고 있었으니 말이오. 신하들은 모두 그를 잃지 않을까 걱정했으며, 그토록 선하고 훌륭한 왕의 목숨을 구하기 위해서는 자신의 목숨도 기꺼이 내놓을 각오가 돼 있었소. 그는 행복했다오. 그의 백성들도 그와 함께 태평성대를 누렸소. 그는 자신이 백성들에게 세금을 너무 많이 부과하는 건 아닌지 항상 걱정했소. 또 백성들은 백성들대로 자신들이 왕에게 충분한 양을 세금으로 바치지 않은 건 아닌지 걱정했소. 그는 백성들이 풍요롭게 살도록 다스렸는데, 그 풍요가 그들을 불순종하거나 무례하게 만들지 않았소. 그들은 성실하고 상업에 전념했을 뿐만 아니라 순수한 옛 법규를 확고하게 유지하며 살았으니까. 페니키아는 다시 최고의 영예와 영광을 누리게 되었소. 그들이 그토록 번영할 수 있었던 것은 바로 그 젊은 왕 덕분이오.

나르발은 그 왕을 도왔소. 오, 텔레마코스! 형님이 지금 당신을 본다면 얼마나 즐거워할지! 선물도 듬뿍 드릴 텐데 말이오! 아주 기꺼이 당신을 당신의 나라로 데려다주었을 텐데! 형님이 있었다면 당연히 형님이 그렇게 했겠지만 없으니 내가 대신 데려다주겠소. 발레아자르가 티로스를 다스리는 것처럼 당신이 그 섬을 지혜롭게 다스릴 수 있도록 말이오."

아도암의 이야기도 이야기지만, 불행한 상황에 처한 자신에게 보여주는 그 우정에 훨씬 더 감격한 텔레마코스는 그를 다정하게 포옹했다. 이번에는 다시 아도암이 텔레마코스에게 어떻게 해서 칼립소 섬으로 들어가게 되었는지 물었다. 그러자 텔레마코스가 그동안 겪은 일을 이야기해주었다. 티로스로부터의 출발과 키프로스 섬 체류, 멘토르와의 재회, 크레테여행, 이도메네우스를 추방한 뒤 새 왕을 선출하기 위해 대중앞에서 벌인 시합, 베누스의 분노와 그녀의 복수로 인한 난파, 칼립소의 환대와 그로 인한 기쁨, 한 요정에 대한 그녀의 질투, 페니키아 인의 배를 보자 자신을 곧장 바다 속으로 밀어넣은 멘토르의 행동 등을 이야기해주었다.

이야기가 끝나자 아도암은 아주 융숭한 식사를 대접했으

며, 자신이 얼마나 기쁜지 보여주기 위해 즐길 수 있는 여흥거리를 총동원했다. 꽃으로 장식된 하얀 옷차림의 페니키아 인들이 시중을 드는 가운데 식사가 진행되었는데, 그동안 아주 그윽한 동양의 향이 피어올랐다. 노잡이들의 의자는 플루트 연주자들의 좌석으로 바뀌었다. 아키토아스는 때때로 자신의 목소리와 리라의 감미로운 화음으로 연주자들의 연주를 중단시키곤 했다. 그 화음은 신들의 식탁에서나 들을 법한 소리로 아폴론의 귀마저 매료시킬 만했다. 트리톤들과 네레이데스들을 비롯해 넵투누스에게 순종하는 모든 신들, 심지어는 바다의 괴물까지 그 노래에 매료되어 자신들의 어둡고 깊은 동굴에서 떼 지어 빠져나와 배 주위로 모여들었다. 눈보다 더 흰 고급 아마 옷을 입은, 한 무리의 보기 드문 페니키아 미남들이 그들의 전통 춤과 이집트 춤 그리고 그리스 춤을 번갈아가며 추었다. 때로는 트럼펫 소리가 파도에 부딪히며 먼 해변까지 울려 퍼졌다. 밤의 정적과 바다의 고요, 잔잔한 물결 위에 비치는 달빛, 수많은 별들이 반짝이는 하늘의 진한 쪽빛 등이 그 광경을 더욱더 아름답게 만들어주었다.

감수성이 예민한 텔레마코스는 그 모든 즐거움을 만끽했다. 그렇지만 감히 그 즐거움에 완전히 몰입할 수 없었다. 칼립소의 섬에서 젊음이 얼마나 빨리 불타오르는지 수치스럽게 경험한 뒤로는 즐거움들, 심지어는 가장 순수한 즐거움까지 그에게 두려움을 주었기 때문이다. 그는 그 모든 즐거움이 두려웠다. 그는 멘토르를 바라보며 눈빛에서 그가 그 모든 즐거움을 어떻게 생각하는지 읽어내려고 애썼다.

멘토르는 그가 그렇게 당황하는 것을 보고 아주 기분이 좋았지만 모른 척했다. 마침내 텔레마코스의 절제에 감동한 그가 웃으면서 이렇게 말했다.

"네가 왜 두려워하는지 알겠구나. 칭찬받을 만해. 그런데 너무 두려워하지 마라. 네가 즐거움을 누리는 것을 나보다 더 원하는 사람은 없을 거야. 하지만 그 즐거움에 빠져 나약해져서는 안 된다. 피로를 풀어주고 기분을 전환시켜주며, 감정을 자제하면서 적절하게 즐길 수 있는 즐거움은 필요해. 그렇지만 너를 탐닉에 빠지게 하는 즐거움은 좋지 않아. 나는 네가 네 이성을 잃게 하거나 너를 어리석음에 빠트리지 않는, 절제되고 기분 좋은 즐거움을 누렸으면 좋겠다. 지금은 기분을 전환할 때인 것 같구나. 아도암이 베풀어주는 여흥을 고맙게 생각하고 마음 편히 즐겨. 텔레마코스야, 오늘은 즐겨라. 편안한 마음으로 즐기도록 해. 지혜만 있으면 금욕도 겉치레도 전혀 필요 없단다. 진정한 즐거움을 주는 것은 바로 그 지혜야. 지혜만이 즐거움에 흥취를 돋워주고 순수성과 지속성을 부여할 수 있거든. 그것은 진지하고 중요한 활동에 유희와 웃음을 적절히 가져다줄 줄 안단다. 그것은 일을 하는 사이 즐거움을 준비하고, 그 즐거움을 통해 일로 생긴 피로를 풀어주지. 지혜는, 필요하다면 쾌활하게 보이는 것도 부끄러워하지 않는단다."

그렇게 말한 뒤 멘토르가 리라를 들어 아키토아스 못지않게 멋진 연주를 하자, 아키토아스는 질투심에 화가 치밀어 리라를 떨어뜨리고 말았다. 그의 눈에는 힘이 들어갔고, 그의 얼굴은 당혹스러움에 안색이 바뀌었다. 만일 멘토르의 리라 연주가 모든 사람의 마음을 빼앗지 않았더라면 그가 얼마나 괴로워하고 수치스러워하는지 모두에게 탄로 나고 말았을 것이다. 사람들은 정적을 깰까 봐, 그리고 그 숭고한 선율을 조금이라도 놓칠까 봐 감히 숨도 제대로 쉬지 못했다. 그들은 연주가 너무 빨리 끝날까 봐 마음 졸였다. 멘토르의 목소리는 여성스러운 부드러움은 전혀 없었지만 하찮은 미물까지 열광하지 않을 수 없을 만큼 유연하고 강했다.

그는 먼저 한 번의 눈빛으로 우주를 뒤흔드는, 신과 인간의 아버지 유피테르를 칭송하는 노래를 불렀다. 그런 다음 유피테르의 머리에서 태어난 미네르바를, 즉 미련한 인간들을 가르치기 위해 그 신이 스스로 창조해낸 지혜를 노래했다. 멘토르가 지극히 경건하고 숭고한 진리들을 노래했기 때문에 청중들은 모두 올림포스 산 정상에서 천둥보다 더 날카로운 눈빛의 유피테르 곁에 앉아 있는 듯한 느낌을 받았다. 그는 다시, 자신의 아름다움을 미치도록 사랑해 샘물에 비친 자신의 모습을 하염없이 들여다보다가 쇠약해져서, 결국 한 송이 꽃으로 변해버린 젊은 나르키소스의 불행을 노래했다. 마지막으로 그는 베누스가 하늘에 하소연해서도 되살리지 못한——멧돼지의 공격으로 죽은——그녀의 미남 애인 아도니스[83]의 비통한 죽음을 노래했다.

그의 노래에 빠져든 사람들은 하나같이 눈물을 억누르지

못했지만 알 수 없는 어떤 쾌감을 느꼈다. 노래가 끝나자 감동한 페니키아 인들은 서로 바라보며 소감을 나누었다. 어떤 사람은 이렇게 말했다. "저 사람은 오르페우스야. 리라로 사나운 짐승을 길들이고, 나무와 바위를 움직이고, 케르베로스[84]를 매료시키고, 익시온과 다나오스 왕의 딸들을 멈춰 서게 하고, 아름다운 에우리디케를 지옥에서 끌어내기 위해 그 냉혹한 플루톤을 감동시킨, 그 오르페우스 말이야." 또 어떤 사람은 이렇게 말했다. "아니야. 저 사람은 아폴론의 아들 리노스야." 그 말에 어떤 사람이 이렇게 대꾸했다. "아니야, 틀렸어. 아폴론이야." 텔레마코스도 그들 못지않게 놀랐다. 멘토르가 그렇게 완벽하게 노래하고 리라를 연주할 수 있으리라고는 생각해본 적이 없기 때문이다.

질투심을 감출 만한 여유를 되찾은 아키토아스는 멘토르에게 칭찬을 늘어놓기 시작했다. 하지만 그러면서도 얼굴을 붉히고 말을 다 끝마치지 못했다. 그의 마음의 동요를 읽은 멘토르가 그의 말을 끊듯이 재빨리 말을 이었다. 그는 아키토아스를 충분히 칭찬하면서 위로해주었다. 그러나 아키토아스에게는 위로가 되지 않았다. 왜냐하면 목소리도 목소리이지만 멘토르가 자기보다 훨씬 겸손하다고 느꼈기 때문이다.

그사이 텔레마코스가 아도암에게 다가가 이렇게 말했다.

"아까 베티카 지방에 갔었다고 하셨지요. 그 지방은 믿어지지 않을 정도로 경이롭다고 들었어요. 그것이 사실인지 좀 말씀해주세요."

그러자 아도암이 이렇게 대답했다.

"그 유명한 지방에 대해 이야기하는 것은 아주 즐거운 일이오. 그곳은 당신이 호기심을 가질 만해요. 그렇지만 실제로 보면 떠도는 명성을 능가하지요."

그러면서 그는 당장 이렇게 말하기 시작했다.

"맑은 하늘 아래 평화로운 그 비옥한 지방을 베티스 강[85]이 가로지르고 있소. 그 지방의 이름은 그 강의 이름에서 유래했고 그 강은 아주 가까운 대양으로 흘러들고 있소. 지브롤터 해협의 산계에 인접한, 오래전에 포효하는 바다로 말미암아 둑이 터지는 바람에 타르시스와 아프리카로 갈라진 곳에서 아주 가까운 그 대양으로 말이오. 그 지방은 황금기의 환희를 간직하고 있는 것 같았소. 겨울에도 포근하고 혹독한 북풍은 불지 않아요. 여름의 열기는, 점심 무렵에 불어와 대기를 식혀주는 시원한 산들바람으로 누그러들지요. 일 년 내내 봄과 가을이 서로 손을 맞잡고 사는 행복한 결혼 같아요. 계곡과 전원에서는 이모작이 가능하다오. 길가에는 월계수와 석류나무, 재스민 그리고 사계절 꽃이 피는 나무들이 늘어서 있소. 산 전체는 양 떼로 뒤덮여 있는데, 그것들은 많은 나라에서 인기 있는 아주 좋은 품질의 모직물을 공급해준다오. 그 아름다운 지방에는 많은 금·은광이 있어요. 그렇지만 소박하고 행복하게 사는 검소한 그곳 주민들은 금과 은이 부를 가져다준다고 여기지 않지요. 그들은 사람에게 진정으로 필요한 것만 중시할 뿐이라오. 그곳 주민과 처음 교역을 시작했을 때, 우리는 그들이 금과 은을 철처럼 쟁기의 날로 사용하고 있는 것을 목격했소. 그들은 밖으로 교역을 하지 않았기 때문에 돈이 전혀 필요하지 않지요. 그들은 거의 모두가 목동이거나 농부라오. 그 나라에는 장인이 거의 없소. 왜냐하면 그들은 인간에게 꼭 필요한 생산 기술만 배우고 싶어 하기 때문이오. 대부분 농업이나 목축에 전념하기 때문에 그들은 각자 간소하고 검소한 생활에 필요한 기술을 연마하지 않을 수 없다오.

여자들은 아름다운 모직을 짜서 아주 기막히게 흰 고급 직물을 만든다오. 물론 빵을 굽고 먹을 것도 준비하지요. 그런데 여자들에게 그 일은 전혀 힘든 일이 아니라오. 왜냐하면 그 지방에서는 과일이나 우유로 식사를 하고 고기는 거의 먹지 않기 때문이오. 여자들은 양가죽을 이용해 남편과 아이들을 위한 가벼운 신발을 짓소. 천막을 만들기도 하는데, 밀랍을 입힌 가죽으로 만들기도 하고 나무껍질로도 만든다오. 여자들은 가족이 입을 옷도 모두 손수 만들며, 빨래와 가사에 전념해 놀랍도록 청결을 유지한다오. 옷을 만드는 일은 그렇게 어렵지 않다오. 기후가 온화해서 얇고 가벼운 직물 하나만 걸치면 되니까. 재단을 하지 않고, 원하는 모양대로 만들어 얌전하게 길게 늘어뜨려 입는다오.

그들에게 땅을 경작하고 가축을 기르는 것 이외에 연마해야 할 기술이라고는 나무와 불을 사용하는 것밖에 없다오. 농사일에 쓰일 도구를 만드는 데 필요한 것을 제외하면 철을 사용할 일은 전혀 없소. 그들에게 건축과 관련된 기술은 쓸모가 없소. 집을 짓지 않기 때문이오. 그에 대해 그들은 이렇게 말하지. '우리의 생명보다 훨씬 더 오래가는 집을 짓는 것은 땅에 대한 지나친 집착입니다. 비바람을 피하는 것만으로 충분합니다.'

그들은 그리스와 이집트 그리고 모든 개화된 나라 국민들이 높이 평가하는 기술을 혐오하오. 허영과 안일의 발명품이라고 생각하기 때문이오.

멋진 건물과 황금 가구, 자수가 놓인 직물, 보석, 그윽한 향수, 맛있는 음식, 매혹적인 화음을 내는 악기 등의 제조 기술을 가진 국민들에 대해 이야기해주면 그들은 이렇게 대답한다오.

'자신을 타락시키는 데 그렇게 많은 능력과 솜씨를 발휘하는 국민은 정말 불행한 사람들이에요! 그런 쓸모없는 물건은 그것을 소유하는 사람들을 유약하게 만들고 욕망을 자극하며 마음을 더 괴롭힙니다. 또 그것을 갖지 못한 사람들에게 부정과 폭력으로 그것을 획득하도록 유혹합니다. 인간을 악하게 만드는 데 이용될 뿐이니 그것을 '쓸모없는 물건'이라고 부를 수 있지 않을까요? 그런 나라 사람들이 우리보다 더 건전하고 건강합니까? 우리보다 더 오래 삽니까? 우리보다 더 화합을 이루고 삽니까? 우리보다 더 자유롭고 평화로우며 즐겁습니까? 아마도 그 반대일 것입니다. 그들은 서로 질투하고 비열하고 음험한 시기심으로 괴로워하고, 야심과 공포와 탐욕으로 끊임없이 불안해하며, 순수하고 소박한 즐거움을 모를 것입니다. 왜냐하면 그들은 자신들의 행복을 전적으로 좌우한다고 생각하는 바로 그 수많은 허황된 물건들의 노예들이기 때문입니다.'"

아도암은 계속 말을 이었다.

"오로지 꾸밈이 없는 자연을 통해서만 지혜를 배우는 그 슬기로운 사람들은 바로 그런 식으로 말하오. 그들은 우리의 정중함을 혐오한다오. 그들 예의의 정수는 아주 친절하고 자연스러운 데 있소. 그들은 땅을 분배하지 않고 모두 함께 산다오. 각 가정은 그 가정의 진짜 왕인 가장이 다스리는데, 그는 아이들의 나쁜 행실을 벌할 권리를 가지요. 하지만 벌을 주기 전에 가족들의 의견을 먼저 수렴한다오. 벌을 주는 일은 좀처럼 없어요. 그 행복한 땅에는 순박한 행실, 선의와 순종 그리고 악에 대한 혐오만 존재하기 때문이오. 하늘로 올라가 살고 있다고 전해지는 아스트라이가 아직도 그들과 함께 살고 있는 것 같았소. 그들에게는 재판관이 없어요. 양심이 그들 스스로를 심판하기 때문이오. 재산은 모두 공유한다오. 과일, 채소, 우유는 풍족해서 아주 검소하고 절제하는 그 국민은 그것을 분배할 필요가 없소. 각 가족은 아름다운 지방을 떠돌아다니고, 자신들이 머무는 곳에서 따 먹을 과일과 방목장의 풀이 동이 나면 천막을 걷어 다른 곳으로 옮겨 가지요. 그렇게 그들은 서로 미워하는 일에는 전혀 관심이 없소. 그들은 말 그대로 형제애로 서로를 사랑한다오. 그들에게 평화와 단결 그리고 자유가 지속될 수 있는 것은 바로 그 무익한 부와 헛된 쾌락이 없기 때문이오. 그들은 모두 자유롭고 평등하다오. 그들 사이에 차별이 있다면, 현명한 노인들의 경험에서 나온 차별이나 덕망 높은 노인들에 버금가는 젊은이들의 특출한 지혜에서 나온 차별밖에 없다오. 신들의 사랑을 받는 그 지방에서는 사기와 폭력, 배반, 소송, 전쟁 등은 전혀 찾아볼 수가 없다오. 인간의 피가 그곳을 붉게 물들이는 일은 결코 있을 수 없는 일이지요. 희생 제물을 바치기 위해 양의 피를 흘리는 일도 거의 없소. 피비린내 나는 전쟁과 이웃 나라의 신속한 정복과 국가 전복에 관해 그곳 주민에게 이야기해주면 그들은 놀라면서 이렇게 말한다오.

'뭐라고요! 그렇게 서로 죽음을 재촉하지 않아도 인간은 꽤 빨리 죽게 되어 있지 않습니까? 인생은 너무 짧아요! 그런데 그들에게는 인생이 너무 길게 느껴지는 모양이군요! 그들은 서로를 괴롭혀 불행하게 만들려고 살고 있는 건가요?'

그뿐 아니라 베티카 지방 사람들은 대제국을 정복한 왕을 그토록 찬미하는 것을 도무지 이해하지 못한다오. 그들은 이렇게 이야기하지요.

'정의롭고 정당하게 다스려도 다스리는 것은 아주 수고스러운 일인데, 원하지도 않는 사람들을 다스리느라 자신의 행복을 놓치다니 얼마나 어리석은 짓인지 모르겠습니다! 도대체 그들은 어떻게 그렇게 원하지도 않는 사람들을 다스리는 것을 즐긴답니까? 신들에게 부여받은 국민, 아니면 스스로 자기들의 아버지 혹은 목자가 되어달라고 간청하는 국민을 다스리는 것은 오로지 지혜로운 인간만이 할 수 있는 일입니다. 그러니 원하지도 않는 국민들을 다스리는 일은, 그들을 노예 상태로 만드는 헛된 명예를 가지려다 자기 자신을 불행에 빠트리는 일입니다. 정복자란, 인간에게 노한 신들께서 왕국들을 유린하고 공포, 비참함, 절망을 퍼뜨리며 자유로운 인간을 최대한 많이 노예로 만들기 위해 지상에 보내신 인간입니다. 영광을 좇는 사람은 신들께서 그에게 맡기신 인간을 지혜롭게 다스리는 것만으로도 충분히 영광을 얻을 수 있습니다! 그런데 그는 모든 이웃 국가에 대해 폭력적이고 부당하고 거만하며 왕위를 찬탈하는 폭군이 되어야만 칭송을 받을 자격이 있다고 생각하는 모양입니다. 전쟁은 자신의 자유를 지키기 위해서만 고려되어야 합니다. 타인을 자신의 노예로 삼겠다는 어리석은 야심을 품지 않는 사람은, 타인의 노예가 되지 않는 사람과 마찬가지로 행복합니다! 사람들이 너무나도 자랑스럽게 이야기하는 그 위대한 정복자들은, 일면 장엄해 보이지만 실상은 관개가 필요한 기름진 평야에 관개를 해주기는커녕 오히려 큰 피해만 가져다주는 범람한 강과 같습니다.'"

아도암의 베티카 지방에 대한 이야기에 매료된 텔레마코스는 호기심에 끌려 그에게 많은 질문을 던졌다.

"그 사람들은 포도주를 마시나요?"

그러자 아도암이 이렇게 대답해주었다.

"그들은 포도주를 마시지 않아요. 만들고 싶지 않기 때문이지요. 포도가 없어서가 아니오. 그곳 포도보다 더 맛있는 포도는 아마 없을 거요. 그런데도 그들은 포도를 다른 과일들처럼 먹는 것으로 만족한다오. 그들은 포도주가 인간을 타락시킨다며 두려워한다오. 그들은 이렇게 말하지요. '포도주는 인간을 광란 상태로 몰아넣는 일종의 독입니다. 그것은 인간을 죽이지는 않지만 어리석게 만듭니다. 포도주 없이도 건강할 수 있고 힘을 낼 수 있습니다. 포도주를 마시면 건강을 해칠 위험이 있을 뿐만 아니라 미풍양속도 잃을 수 있습니다.'"

그러자 텔레마코스가 다시 이렇게 물었다.

"결혼 규범은 어떤 것이 있나요?"

아도암은 이렇게 대답해주었다.

"한 남자는 한 여자하고만 결혼할 수 있소. 아내가 살아 있는 한 버려서는 안 되오. 그 지방에서 남자의 명예는 자기 아내에 대한 충실도에 좌우된다오. 일반적으로 여자의 명예가 남편에 대한 충실도에 달려 있는 것과 달리 말이오. 그곳 주민보다 더 정직한 국민은 없으며, 그들만큼 청렴을 소중히 여기는 국민도 없소. 그곳 여자들은 아름답고 상냥하며 매력적이지만 소박하고 겸손하며 근면하다오. 결혼 생활은 평화롭고 자녀를 많이 낳으며 흠잡을 데가 없다오. 남편과 아내는 말 그대로 일심동체요. 부부는 가정의 일을 분담한다오. 남편은 가정 밖의 모든 일을 해결하고 아내는 전적으로 가사를 담당하지요. 아내는 남편을 위로하고 오로지 남편 마음에 들기 위해 노력하는 것 같소. 따라서 아내는 남편의 신뢰를 얻으며, 아름다움보다 미덕으로 남편을 매료시킨다오. 그들 사회의 그 참된 매력은 그들이 죽을 때까지 지속된다오. 검소함과 절제 그리고 흠잡을 데 없는 생활 덕분에 국민들은 병 없이 오래 살지요. 그곳에서는 여전히 쾌활하고 활력이 넘치는 백 살, 백이십 살 노인들을 볼 수 있소."

텔레마코스가 다시 물었다.

"그들은 이웃 국가들과의 전쟁을 어떻게 피하는지 알고 싶어요."

아도암은 이렇게 대답해주었다.

"바다와 산 등 자연이 그들을 갈라놓았소. 게다가 이웃 국민들은 유덕한 그 국민들을 존경한다오. 이웃 나라들 사이에 분쟁이 발생하면 분쟁국들은 그 지방 주민을 중재자로 내세워 그들에게 분쟁 중인 영토와 도시를 위탁하기도 하지요. 그 지혜로운 국민은 폭력을 휘두른 적이 없어서 누구에게도 불신을 받지 않아요. 그들은 어떤 왕들이 국경 문제를 해결하지 못하고 있다는 말을 들으면 웃으면서 이렇게 말한다오.

'어떻게 땅이 모자란다고 걱정할 수 있습니까? 항상 경작하지 못하는 땅이 더 많게 마련인데요. 경작하지 못하고 놀고 있는 땅이 남아 있는 한, 우리는 이웃 국민이 그 땅을 빼앗으러 오더라도 방어하지 않을 것입니다.'

베티카의 주민들에게서는 교만도, 오만도, 악의도, 영토 확장에 대한 욕망도 찾아볼 수 없소. 그렇기 때문에 그들의 이웃 나라 국민들은 그들을 두려워할 이유가 전혀 없지요. 그들은 애당초 이웃 나라 국민들에게 두려움을 줄 생각이 없었소. 그들은 그렇게 이웃 나라 국민들과 평화롭게 지내고 있어요. 그곳 주민들은 노예 상태를 받아들이느니 차라리 그곳을 떠나거나 침략을 막기 위해 몸을 바칠 거요. 그러니 그들이 다른 나라 사람들을 정복하는 것만큼이나 그들을 정복하는 일도 어렵다오. 그들은 그렇게 이웃 나라 국민들과 완벽하게 평화를 유지하며 살아가지요."

아도암은 이어서 페니키아 인들이 베티카 지방에서 어떻게 무역을 하는지 설명해주면서 이야기를 마쳤다.

"그곳 주민들은 바다 건너 그렇게 먼 곳에서 이방인들이 오는 것을 보고 놀랐소. 그들은 우리에게 가데스 만의 한 섬에 도시를 세우도록 허락해주었소. 그들은 우리를 친절하게 받아주었으며, 전혀 대가를 바라지 않고 자신들이 알고 있던 모든 것을 우리에게 가르쳐주었소. 그뿐만 아니라 자신들이 쓰다 남은 모직을 마음대로 쓸 수 있도록 허락해주었소. 그들은 남은 것을 이방인에게 주는 것을 큰 기쁨으로 생각했지요.

그들은 광산도 흔쾌히 넘겨주었소. 그들은 무엇을 찾으러 그렇게 힘들여서 땅속까지 파고 들어가는 것은 현명하지 못하다고 생각했소. 그런 일은 그들을 행복하게 해줄 수 없을 뿐만 아니라 진정한 욕망을 충족시켜주지도 못했지요. 그들은 우리에게 이렇게 말했소.

'땅속을 그렇게 깊이 파고 들어가지 마세요. 땅을 일구는 것으로 만족하세요. 땅은 당신들이 먹고살 것을 충분히 제공해줄 겁니다. 금이나 은보다 더 가치 있는 과일들을 줄 것입니다. 인간이 금과 은을 원하는 것은 그것들을 가지고 목숨을 유지하는 데 필요한 식량을 사려 할 때뿐이니까요.'

우리는 그 지방 젊은이들을 페니키아로 데려가 항해법을 가르쳐주고 싶었소. 하지만 그들은 자기 아이들에게 우리처럼 사는 법을 가르쳐주고 싶어 하지 않았소. 그들은 우리에게 이렇게 말했소.

'아이들은 당신들에게 필요한 것이 자기들도 필요하다고 생각하게 될 것입니다. 그리하여 그것을 가지고 싶어 하겠지요. 그들은 사악한 간계로 그것을 얻기 위해 미덕을 버릴 것입니다. 지금은 튼튼한 다리를 가지고 있지만 걸어 다니는 습관을 버리고 마침내 환자처럼 업혀 다니고 싶은 욕망에 길들 겁니다.'

그들도 항해법의 신묘한 기술에 대해서는 감탄해요. 그러면서도 그것을 파괴적인 기술이라고 생각하는 거요. 그들은 이렇게 말한다오.

'우리나라에 먹고살 것이 충분히 있는데 무엇을 찾으러 다른 나라에 간다는 말입니까? 자연이 주는 것에 만족하는 것만으로는 부족한가요? 그들은 난파를 당해도 쌉니다. 왜냐하면 그들은 상인들의 탐욕을 만족시키고 다른 사람들의 욕망을 채워주기 위해 풍랑 속으로 죽음을 찾아가니까요.'"

텔레마코스는 아도암의 이야기에 매료되었다. 이 세상에 곧은 본성을 따르면서 모두가 그토록 지혜롭고 행복한 국민들이 아직도 있다는 사실에 즐거웠다. 그는 아도암에게 이렇게 말했다.

"오, 그곳 사람들의 생활 태도는, 가장 현명하다고 알려진 국민들의 헛되고 야심 찬 생활 태도와 얼마나 동떨어져 있는지 모르겠군요! 우리는 너무도 타락해서 그토록 자연적인 순박함이 실제로 존재한다는 사실이 잘 믿어지지 않아요. 우리는 그 국민의 풍속을 아름다운 어떤 동화쯤으로나 생각하겠지요. 그 국민은 틀림없이 우리의 풍속을 끔찍스러운 백일몽이라고 생각할 테고요."

제8장

텔레마코스에 대해 여전히 분노를 삭이지 못하고 있는 베누스는 유피테르에게 그를 죽여달라고 조른다. 그러나 운명은 그의 죽음을 허락하지 않는다. 여신은 다시 넵투누스에게 아도암이 그를 이타케로 데려다주지 못하게 막아달라고 부탁한다. 넵투누스는 즉시 키잡이 아카마스에게 기만하는 신을 보내 마법을 건다. 키잡이가 이타케에 도착했다고 믿는 순간 그 기만하는 신이 그를 속여 살렌티나[86] 항구로 데려간다. 살렌티니의 왕 이도메네우스는 텔레마코스와 멘토르에게 최고의 환대를 베푼다. 왕은 멘토르 일행과 함께 유피테르 신전으로 가서, 만두리아 인들과 치를 전쟁에서 승리를 거둘 것을 기원하는 희생 제물을 바치라고 명령한다. 신관은 희생 제물의 내장으로 점을 치고 이도메네우스가 승리할 것이라며 큰 희망을 준다. 하지만 그 승리로 인해 그는 두 손님에게 큰 빚을 지게 될 것이라고 예언한다.

텔레마코스와 아도암이 잠을 잊은 채 이야기를 나누는 사이, 적의가 가득한 기만하는 신이 그들을 이타케로부터 멀리 데려가버리는 바람에 키잡이 아카마스가 이타케를 찾으려 노력했으나 소용이 없었다. 넵투누스는 페니키아 인들에게 호의적이었지만 자신이 일으킨 폭풍우 속에서도 텔레마코스가 무사한 것을 더 이상 참을 수 없었다. 베누스는 그녀대로 사랑의 신과 그의 모든 마력을 피한 청년을 보고 화가 머리끝까지 치밀었다. 괴로움을 못 견딘 여신은 키테라와 파포스, 이달리온 신전 등 키프로스 섬에서 자신에게 바쳐지는 봉헌을 모두 물리쳤다. 그녀는 텔레마코스가 자신의 지배력을 업신여긴 곳인 그 신전들을 더 이상 보고 싶지 않았던 것이다. 그녀는 신들이 유피테르의 옥좌 주위에 모여 있는 눈부신 올림포스 신전으로 올라갔다. 신들은 그곳에서 자신들 아래에서 돌고 있는 천체를 바라보고 있었다. 지구는 작은 진흙 덩어리 같았고 거대한 대양은 그 진흙 덩어리의 일부를 살짝 적시고 있는 물방울처럼 보였다. 가장 큰 왕국들이라고 해봐야 그 진흙 덩어리 표면을 덮고 있는 소량의 모래로밖에 보이지 않았다. 수많은 국민과 군대는 그 진흙 덩어리 위에 있는 작은 풀잎 조각 하나를 두고 다투는 개미들 같았다. 신들은 나약한 인간들에게 불안을 주는, 이른바 아주 심각하다는 것들을 일소에 부쳤다. 그들에게는 그 일들이 아이들의 장난처럼 보였던 것이다. 인간이 권세라고 부르는 것, 영광이라고 부르는 것, 또는 권력이네 통찰력 있는 정치네 하는 것이 최고신들에게는 미천하고 하찮은 것으로밖에 보이지 않았다.

유피테르가 앉아 있는 부동의 옥좌는 지구 위 아주 높은 곳에 자리 잡은 그 신전 안에 있었다. 그의 눈빛은 심연까지 꿰뚫고 사람들의 마음속 아주 깊은 곳까지 비추었으며, 그의 부드럽고 평온한 시선은 온 우주에 기쁨과 평화를 안겨주었다. 하지만 반대로 그가 머리카락을 흔들면 하늘과 땅이 요동쳤다. 그의 후광에 눈이 부셔 신들조차 그에게 다가갈 때면 두려움에 떨지 않을 수 없었다.

하늘의 모든 신이 유피테르 곁에 모여 있는 가운데 그의 가슴에서 태어난 베누스가 한껏 매력을 발산하며 나타났다. 그녀의 나부끼는 드레스는 아주 화려했다. 이리스[87]가 검은 구름 속을 헤치고 나와 두려움에 떠는 인간들에게 폭풍우의 종료를 약속하고 다시 화창한 날이 올 것임을 알리러 올 때 입은 그 오색찬란한 옷보다 더 화려했다. 그 드레스에는 그 유명한 멋진 무지갯빛 허리띠가 매어져 있었고, 황금 끈으로 땋은 그녀의 머리 타래는 등 뒤로 아무렇게나 늘어져 있었다. 신들은 마치 처음 본 것처럼, 그녀의 아름다움에 감탄했다. 마치 포이보스가 긴 밤이 지난 뒤 빛을 가지고 세상을 비추러 올 때 인간들이 눈부셔하는 것처럼 신들은 그녀의 아름다움에 눈이 부셨다. 그들은 놀라서 서로를 바라보다가 이내 베누스 쪽으로 다시 시선을 돌렸다. 그들은 여신의 눈이 눈물로 젖어 있고 얼굴에는 지독한 괴로움이 아로새겨져 있는 것을 발견했다.

그사이 그녀는 유피테르의 옥좌를 향해 걸어오고 있었다.

부드럽고 가벼운 발걸음이 마치 광활한 대기를 가르고 나는 새의 빠른 비상과 같았다. 유피테르는 그녀를 흐뭇하게 바라보았다. 그는 다정한 미소를 띠면서 옥좌에서 일어나 그녀를 포옹하며 이렇게 말했다.

"사랑하는 딸아, 왜 그렇게 괴로워하느냐? 네 눈물을 보니 마음이 몹시 아프구나. 걱정하지 말고 네 마음속 이야기를 털어놓아보렴. 내가 너를 얼마나 사랑하고 배려하는지 잘 알잖니."

베누스는 조용히 깊은 한숨을 내쉬며 간간이 끊어지는 목소리로 이렇게 말했다.

"오, 신들과 인간의 아버지! 전지하신 아버지, 제가 무엇 때문에 괴로워하는지 어찌 모르실 수 있어요? 미네르바는 제가 수호한 그 멋진 도시 트로이아를 밑바닥까지 완전히 전복시킨 것으로 부족해서, 그리고 또 그녀보다 제 아름다움에 더 매료되었던 파리스[88]에게 복수하는 것으로 부족해서 트로이아를 잔인하게 파괴한 오디세우스의 아들을 온 대양과 육지로 데리고 다니면서 보호해주고 있어요. 미네르바는 항상 텔레마코스와 함께 다니고 있어요. 그녀가 지금 여기에 오지 않은 것도 그 때문이에요. 그녀가 그 무모한 청년을 키프로스 섬에 데려갔었는데, 그곳에서 그 청년이 저를 모욕했어요. 저를 업신여겼어요. 제 제단 위의 향을 불태워버리는 것에 그치지 않고 저를 위한 제전들을 혐오하기까지 했어요. 그는 제 모든 쾌락을 경멸했어요. 제 간청을 듣고 넵투누스가 폭풍우를 일으켜 그에게 벌을 주려 했지만 그것도 실패했어요. 끔찍한 파선으로 칼립소 섬에 버려진 텔레마코스는 제가 그의 마음을 움직여보려고 보낸 사랑의 신까지 물리쳤어요. 사랑의 신의 열정적인 속삭임도, 칼립소와 요정들의 매력도 미네르바의 계교를 이겨내지 못했어요. 미네르바가 그를 그 섬에서 빼내가 버렸죠. 그러니 이렇게 황당할 수밖에요. 어린애가 저를 이긴 거잖아요!"

유피테르는 베누스를 달래기 위해 이렇게 말했다.

"딸아, 미네르바가 그 그리스 청년을 네 아들의 화살로부터 보호해주고, 그가 가질 자격이 없는 영광을 준비시키고 있는 것은 사실이란다. 네 제단을 모욕했다니 유감이구나. 그렇지만 나는 그가 네게 복종하게 만들 수는 없단다. 너를 사랑하니까, 그 청년이 바다와 육지를 좀 더 떠돌면서 온갖 고통과 위험에 처하게 만들어 그가 자기 나라에 돌아가지 못하게 하는 것에는 동의할 수 있어. 그런데 운명은 그의 파멸을 허락하지 않는단다. 물론 남자의 마음을 사려고 네가 사용하는 그 쾌락들 앞에 그의 미덕이 무릎을 꿇게 만드는 것도 허락하지 않아. 그러니 딸아, 마음을 풀어라. 그토록 많은 영웅과 인간에게 행사하는 권세에 만족해."

그렇게 말하면서 그는 베누스에게 자비와 위엄이 가득한 미소를 보냈다. 그의 눈에서는 가장 강력한 번개와 흡사한 빛이 흘러나왔다. 유피테르가 베누스에게 다정하게 키스하자 그의 입에서는 올림포스 신전 주위를 향기롭게 뒤덮은 그윽한 암브로시아 향기가 흘러나왔다. 여신은 최고신의 포옹에 예민하게 반응하지 않을 수 없었다. 그녀의 얼굴에 눈물과 괴로움 대신 환희가 밝게 퍼지는 것이 보였다. 그녀는 붉어진 뺨과 당혹스러움을 감추려고 고개를 숙였다. 모든 신이 유피테르의 말에 박수를 보내자 베누스는 한시도 지체하지 않고 넵투누스를 찾아가 텔레마코스에게 복수하는 방법을 함께 논의했다.

그녀는 유피테르가 말한 내용을 넵투누스에게 이야기했다. 그러자 그는 이렇게 대답했다.

"나는 이미 변하지 않는 그 운명의 명령을 알고 있었소. 비록 텔레마코스를 파도 속에 수장할 수는 없지만, 적어도 그에게 고통을 주고 그가 자기 나라로 돌아가는 것을 늦출 수 있으니 경계를 소홀히 하지 맙시다. 다만 나는 그가 탄 페니키아인들의 배를 파괴하는 것에 동의할 수 없소. 내가 페니키아 인들을 좋아하기 때문이오. 그들은 내 백성들이오. 세상의 어떤 국민도 그들만큼 내 제국에 관심을 쏟지 않아요. 바다가 세상의 모든 국민들을 잇는 교분의 끈이 된 것도 바로 그들 덕분이오. 그들은 끊임없이 내 제단에 희생물을 바치면서 나를 숭배하고 있소. 그들은 공정하고 지혜로우며 성실하게 상업을 하지요. 그들은 가는 곳마다 안락과 풍요를 주고 있소. 그러니 여신, 나는 그들의 배 가운데 단 한 척도 좌초시키는 것을 허락할 수 없소. 대신 키잡이가 길을 잃도록 해서 이타케로 돌아가지 못하게 하겠소."

그 약속에 만족한 베누스는 심술궂게 미소를 지으며 마차에 올라 이달리온의 꽃 만발한 초원으로 날아갔다. 미의 여신들과 쾌락의 신들은 그녀를 보자 그 매력적인 곳을 향기롭게 하는 온갖 꽃들 사이에서 환영의 춤을 추며 기쁨을 표시했다.

넵투누스는 즉각, 인간이 잠을 자는 동안만 속이지 않는, 꿈의 여신을 닮은, 기만하는 신(잠을 자지 않는 사람들의 감각에 마법을 거는 신)을 보냈다. 키잡이 아카마스는 달빛 속에서 별들의 운행을 살피면서 이미 아주 가까이 다가온 깎아지른 암벽의 이타케 해변을 바라보고 있었다. 바로 그때 그 악한 신이, 날개를 펄럭이며 어지럽게 나는 수많은 기만들에 둘러싸인 채 날아와 아카마스의 눈에 어떤 액체를 뿌렸다. 증발하면서 마법을 거는 그 액체가 뿌려지는 순간 그는 더 이상 실제 사물들을 볼 수가 없게 되었다.

가짜 하늘과 육지가 그의 앞에 나타났다. 별들은 마치 가는 길을 바꿔 제자리를 맴도는 듯 보였다. 올림포스 전체가 새로운 규칙에 따라 움직이는 것 같았다. 육지의 모습마저 변했다. 키잡이는 자기 앞에 더 가까이 보이는 가짜 이타케의 모습에 즐거워했다. 그러나 그는 실제로는 이타케로부터 점점 멀어지고 있었다. 가짜 섬의 해변을 향해 다가갈수록 그 해변은 더 멀어졌다. 섬은 계속해서 멀어졌고, 그는 그 상황을 어떻게 해석해야 할지 난감했다. 때때로 그는 항구에서 사람들의 목소리가 들려오는 것 같은 착각이 들기도 했다. 그는 지시받은 대로, 이타케 섬 근처의 한 작은 섬에 조심스럽게 상륙할 준비를 했다. 텔레마코스가 돌아오면 그에게 음모를 획책할 페넬로페의 구혼자들을 피하기 위해서였다. 그는 섬 연안에 보이는 암초가 두려웠다. 암초에 부딪치는 무시무시한 파도의 소리가 들려오는 것 같았다. 그러더니 다시 일순간 육지가 멀리 물러나 있었다. 산들이 너무 멀어져서, 해가 질 무렵 가끔씩 지평선을 어둡게 가리는 작은 구름처럼 보였다. 아카마스가 그렇게 놀라워하는 사이 그 기만하는 신은 이제까지 그가 겪어보지 못한 강렬한 감동을 맛보게 하는 경치를 보여주며 그의 눈을 매료시켰다. 그는 자신이 어떻게 할 수 없는 환상적인 꿈을 꾸고 있는 것이라고 믿고 싶을 지경이었다. 그사이 넵투누스는 동풍에게 배를 헤스페리아 연안으로 표류시키라고 명령했다. 넵투누스의 명령에 따라 바람이 무시무시한 강풍을 일으키자 배는 곧 헤스페리아 해안으로 밀려왔다.

이미 일출이 새날을 알리고 있었다. 태양빛을 두려워하고 질투하는 별들은 이미 자신들의 희미한 빛을 대양 속으로 감추고 있었다. 그때 키잡이의 외침이 들려왔다.

"드디어 도착했습니다. 확실해요. 이타케 섬에 다 왔습니다. 텔레마코스, 기뻐하세요. 한 시간 후면 당신의 어머님을 뵙게 되실 겁니다. 어쩌면 이미 돌아와 왕좌에 앉아 계신 당신의 아버님도 뵐 수 있을지 모르겠습니다."

잠에 빠져 있던 텔레마코스는 그 외침에 몸을 벌떡 일으켜 배 위로 올라가 키잡이를 껴안아주었다. 잠시 뒤, 잠결에 아직 반쯤 감긴 눈으로 가까이 보이는 해안을 뚫어지게 바라보던 그가 갑자기 절망 섞인 비명을 질렀다. 그의 조국이 아니었던 것이다. 그는 이렇게 말했다.

"이럴 수가! 여기가 지금 어디지요? 저곳은 내 사랑하는 나라 이타케가 아닌걸요. 아카마스, 당신 잘못 알았어요. 다른 해안이에요."

그러자 아카마스가 대답했다.

"아닙니다. 그럴 리 없어요. 지금 저렇게 섬이 보이는데. 저항구에 얼마나 많이 와보았는데요! 항구의 아주 작은 바위까지도 다 알아볼 수 있습니다. 제게는 오히려 티로스 해안이 더 낯설 정도지요. 저 산을 잘 보세요. 탑처럼 솟아 있는 저 바위도 그렇고. 바다를 위협하는 듯한 저 깎아지른 절벽도 보이지요. 위협에 대항하여 공격하는 파도 소리가 들리지 않나요? 구름 위로 솟은 저 미네르바 신전도 보이지요? 보세요, 당신아버지의 성과 성채도 보이잖아요."

그러자 텔레마코스가 대답했다.

"아카마스, 당신 뭔가 잘못 알고 있어요. 전혀 달라요. 아주 높지만 평평한 해안인데요. 이타케가 아니에요. 다른 섬이에요. 신들이시여, 당신들은 어찌 인간을 이다지도 골탕 먹이시는 건가요?"

그가 그렇게 이야기하는 중에 돌연 아카마스의 눈빛이 바뀌었다. 마법이 풀렸던 것이다. 해안의 진짜 모습이 시야에 들어오자 그는 마침내 자신의 실수를 깨달았다. 그는 이렇게 말했다.

"오, 텔레마코스! 적의를 품은 어떤 신이 내 눈에 마법을 걸었어요. 나는 이타케를 보았어요. 정말로 그 섬의 모습이 내 눈에 들어왔어요. 그런데 지금 보니 마치 꿈처럼 그 모습이 사라졌어요. 전혀 다른 섬이네요. 살렌티니일지도 모르겠습니다. 이도메네우스가 크레테에서 망명 와서 헤스페리아 연안에 세운 그 도시 말이에요. 아직 다 완성되지 않은 저 성벽 하며, 틀림없는 것 같아요. 아직 요새화가 덜 끝난 저 항구도 그렇고요."

아카마스가 한창 건설 중인 그 도시의 여러 공사를 알아보고, 텔레마코스가 자신의 불행을 한탄하고 있는 사이 넵투누스가 일으킨 바람이 강하게 배를 몰아치자 그들은 바람을 피해 항구 아주 가까운 곳에 정박할 수밖에 없었다.

넵투누스의 복수와 베누스의 잔혹한 계략을 다 알고 있던 멘토르는 아카마스의 실수에 그저 미소를 지을 뿐이었다. 그들의 배가 그곳에 정박하고 있을 때 멘토르가 텔레마코스에게 이렇게 말했다.

"유피테르가 네게 고통을 겪게 하고 있는 거야. 그렇지만 그는 네가 죽는 것은 원치 않아. 아니, 그 반대야. 네게 영광의 길을 열어주려고 시련을 주고 있을 뿐이지. 헤라클레스가 겪은 고생을 기억해라. 네 아버지가 겪은 고난도 잊어서는 안 된다. 고생을 해보지 않은 사람은 유덕한 마음을 가질 수 없단다. 너를 괴롭히면서 즐기는 그 가혹한 운명을 인내와 용기로 극복해야 돼. 나는 넵투누스가 네게 가한 아주 끔찍한 불행보다 너를 자기 섬에 붙잡아두었던 그 여신의 교활한 감언이설이 더 두렵단다. 우리가 지체할 필요가 뭐가 있겠니? 저 항구로 들어가자꾸나. 친구 같은 국민들이야. 저곳은 그리스 사람들의 땅이나 다름없어. 이도메네우스도 운명에게 끔찍한 학대를 받았으니 불행한 자들을 동정할 거야."

곧이어 그들은 살렌티니 항구로 들어갔다. 페니키아 인들의 배는 입항하는 데 문제가 없었다. 그들은 세상의 모든 국민과 평화롭게 교역을 하며 선린 관계를 유지하며 살기 때문이었다.

텔레마코스는 밤의 달콤한 이슬과 아침 햇살을 먹고 아름답게 자라는 어린 식물 같은 도시를 보며 감탄했다. 그 도시는 연한 싹과 녹색 잎을 펼치며 형형색색의 향기로운 꽃을 피우는 식물 같았다. 그 도시는 볼수록 더 찬란해졌다. 이도메네우스의 도시는 그 해안에서 그렇게 날로 번창하고 있었다. 하루가 다르게 화려하게 성장해, 항해하는 이방인들은 멀리서도 하늘 높이 치솟은 새로운 양식의 건축들을 볼 수 있었다. 곳곳에서 장인의 외침과 망치 소리가 들려왔다. 여기저기 기중기 밧줄에 바위들이 매달려 있었다. 지도자들은 해가 뜨자마자 국민들의 작업을 독려했는데, 이도메네우스 왕이 몸소 작업장을 돌며 격려하니 작업은 놀라운 속도로 진전되었다.

페니키아 인들의 배가 들어오자 크레테 인들은 텔레마코스와 멘토르에게 진실한 우정을 보여주었다. 그들은 오디세우스의 아들 일행이 도착했다는 사실을 서둘러 이도메네우스에게 알렸다. 그는 그 뜻밖의 소식에 이렇게 소리쳤다.

"오디세우스의 아들이라고! 트로이아를 함락하는 데 큰 도움을 준 그 지혜로운 친구 오디세우스의 아들이라고 했지! 어서 데려오도록 해라! 그의 아버지에 대한 내 지극한 우정을 보여주어야겠구나!"

곧 왕에게 안내된 텔레마코스는 자신을 소개하면서 숙식 제공을 요청했다.

이도메네우스는 친절하고 즐거운 어조로 그에게 이렇게 대답했다.

"네가 누구인지 밝히지 않았어도 너를 알아보았을 것 같구나. 오디세우스를 빼다 박았으니 말이야. 자신감이 넘치는 빛나는 눈동자 하며, 언뜻 보면 냉철하고 신중한 모습이지만 대단한 활기와 매력을 지닌 자세 등등 말이야. 그 상냥한 미소, 계산하지 않는 행동, 의심할 여지를 주지 않는 부드럽고 간략하며 설득력 있는 말투까지, 다 알아볼 수 있겠구나. 분명해. 너는 오디세우스의 아들이야. 그렇지만 내 아들이기도 하지. 아들아, 내 사랑하는 아들아, 네가 이 해안까지 오다니 어찌된 일이냐? 네 아버지를 찾으러 왔느냐? 슬픈 일이구나! 나 역시 아무 소식도 듣지 못하고 있으니, 원! 운명이 네 아버지와 나를 괴롭혔어. 네 아버지는 불행하게도 자기 나라로 돌아가지 못했고 나도 이처럼 신들의 노여움을 사 내 나라로 돌아갈 수가 없으니 말이야."

이도메네우스는 그렇게 말하면서 멘토르의 얼굴에서 눈을 떼지 않았다. 마치 얼굴은 아는데 이름이 생각나지 않는 사람이라는 듯이 말이다.

그사이, 텔레마코스는 눈물을 흘리며 왕에게 이렇게 대답했다.

"오, 왕이시여! 왕께서 주신 도움에 기뻐하며 고마워해야 하는 것이 도리인 줄 앎에도 불구하고 제 괴로움을 이렇게 감추지 못하니 용서해주십시오. 왕께서 아버지의 행방불명에 안타까움을 표하시니 다시 이렇게 슬픈 마음을 금할 길이 없습니다. 이미 오래전부터 온 바다를 떠돌아다니며 아버지를 찾고 있습니다. 노여움을 풀지 않는 신들께서 제가 아버지를 만나는 것을 허락지 않고, 아버님이 고향으로 돌아오실 수 있는지도 가르쳐주지 않으세요. 구혼자들의 괴롭힘에 못 이겨 여위어가는 어머님이 계신 그 고향으로 말이에요. 저는 왕께서 크레테 섬에 계신 줄 알았어요. 그곳에서 왕께서 겪으신 가혹한 운명에 대해 알았거든요. 저는 왕께서 이렇게 헤스페리아에 새 왕국을 세웠으리라고는 전혀 생각지 못했습니다. 인간을 골탕 먹이기 좋아해서 저를 이렇게 먼 바다로 떠돌게 만든 운명이 마침내 저를 이 해변에 던져놓았습니다. 저는 기꺼이 운명을 받아들이겠습니다. 운명이 저를 제 조국에서 멀리 떨어진 곳을 떠돌게 하고 있지만 세상에서 가장 자애로운 왕을 이렇게 뵐 수 있게 해주었네요."

이 말을 듣고 이도메네우스는 텔레마코스를 다정하게 포옹해준 뒤 궁정으로 데려가면서 이렇게 말했다.

"너와 함께 온 저 사려 깊은 노인은 누구시냐? 예전에 자주 뵌 것 같기도 하구나."

이에 텔레마코스는 이렇게 대답했다.

"아버님 친구 분이신 멘토르 선생님이세요. 아버님께서 선생님께 제 어린 시절 교육을 부탁하셨어요. 제가 선생님께 진 빚은 이루 헤아릴 수 없습니다."

이도메네우스는 즉시 멘토르에게 다가가 손을 내밀며 이렇게 말했다.

"예전에 뵌 적 있지요. 크레테로 여행 갔던 것과, 제게 유익한 조언을 해주셨던 것 기억하시지요? 젊음의 혈기와 헛된 쾌락의 맛에 휘둘리고 있던 시절이었지요. 불행은 제게 믿기 어려울 정도로 많은 것을 가르쳐주었습니다. 오, 지혜로운 노인이시여! 제가 그때 당신의 조언에 귀 기울였어야 했는데. 그런데 세월이 많이 흘렀는데도 거의 변하지 않으셔서 깜짝 놀랐습니다. 얼굴은 그때나 다름없이 생기 있고 활력과 바른 자세도 여전하십니다. 머리카락만 좀 셌을 뿐입니다."

그러자 멘토르가 이렇게 대답했다.

"위대한 왕이시여, 제가 아첨꾼이라면 왕께서도 트로이아 함락 이전에 왕의 용안에 서렸던 꽃다운 젊음을 여전히 간직하고 계신다고 말씀드렸겠습니다만, 그렇지 못하군요. 진실이 아닌 것을 말씀드리기보다는 왕의 마음에 들지 않는 쪽을 택하겠습니다. 그런데 왕께서 하시는 지혜로운 말씀을 들어보니, 왕께서는 아첨을 좋아하지 않으시고 누구나 두려움 없이 감히 왕께 진실을 말하는 것 같습니다. 왕께서 많이 변하시어 알아뵙기 매우 어려웠습니다. 그 이유는 물론 제가 잘 알고 있습니다. 어려움에 처해 고생을 많이 하셨기 때문이지요. 그러나 고생을 통해 얻으신 것도 많을 겁니다. 지혜를 얻으셨을 테니까요. 마음에 미덕을 쌓아 후덕해지면 얼굴에 주름이 생겨도 쉽게 위안을 받을 것입니다. 그렇지만 왕들은 항상 다른 사람들보다 더 빨리 쇠약해집니다. 역경 속에서 겪는 마음고생과 몸 고생은 노화를 촉진하지요. 또한 평안하고 태평한 때의 안일한 삶은, 전쟁시의 온갖 역경보다 훨씬 더 사람을 쇠약하게 만듭니다. 쾌락을 절제하지 못하는 것보다 더 건강에 좋지 않은 것은 없습니다. 따라서 평화시의 쾌락 때문이든 전쟁시의 고통 때문이든, 왕은 언제나 나이보다 더 빨리 늙는 법입니다. 소박하고 검소하며, 불안과 집착이 없이 견실하고 근면한 생활을 하는 현명한 사람은 몸에 젊음의 활력을 유지합니다. 그런 생활을 벗어나면 젊음의 활력은 당연히 시간의 날개를 타고 순식간에 날아가버리고 말 것입니다."

이도메네우스는 멘토르의 이야기에 완전히 매료되었다. 한 신하가 유피테르에게 바칠 봉헌에 대해 알려오지 않았더라면 그는 더 오랫동안 경청했을 터였다. 텔레마코스와 멘토르는 자신들을 호기심에 찬 눈으로 바라보는 사람들 무리에 둘러싸여 이도메네우스 왕의 뒤를 따랐다. 살렌티니 인들은 이런 말들을 주고받았다.

"저 두 사람은 뭔가 아주 달라. 젊은이는 생기가 있고 상냥해. 젊음의 아름다움과 매력이 그의 얼굴과 몸에 넘쳐흘러. 그럼에도 유약하거나 여성스럽지 않아. 사랑스러운 젊은이지만 활력이 있고 강건하며 힘든 일에 단련이 된 것처럼 보여. 그리고 저 노인은 저렇게 나이가 들었는데도 아직 활력을 잃지 않고 있어. 얼굴은 언뜻 보면 그렇게 고상하지도 매력적이지도 않아. 하지만 가까이에서 보면 소박함과 함께 사람들을 놀라게 하는 고귀함과 지혜와 높은 덕망을 느낄 수 있어. 신들이 인간과 소통하기 위해 땅 위에 내려오신다면 분명 저런 얼굴을 하고 계실 거야."

그사이, 일행은 이도메네우스가 아주 훌륭하게 꾸며놓은 유피테르 신전에 도착했다. 신전은 두 줄의 벽옥 무늬 대리석 기둥들로 에워싸여 있고 기둥머리들은 은으로 되어 있었으며, 전체적으로 저부조에 대리석으로 상감되어 있었다. 저부조에는 유피테르가 황소로 변신하여 에우로페를 유괴한 뒤 높은 파도를 헤치며 크레테로 돌아오는 그림이 새겨져 있었다. 비록 유피테르의 모습이 우스꽝스럽게 조각되어 있었지만 그들은 유피테르를 존경하고 있는 것 같았다. 일행은 다시 미노스의 탄생과 젊음을 묘사한 조각을 보았다. 훨씬 나이가 든 뒤 그 섬의 법을 제정하여 영원히 번영을 누리도록 해준 그 현명한 왕을 묘사한 것이다. 텔레마코스는 이도메네우스가 명장의 명성을 얻은 트로이아 함락의 주요 전투 장면들도 눈여겨보았다. 그는 그 전투를 묘사한 장면들 가운데서 자신의 아버지를 찾아보았다. 디오메데스[89]가 죽인 레소스[90]의 말들을 탈취하는 모습, 집결한 모든 그리스 장수들 앞에서 아킬레우스의 무기를 차지하기 위해 아이아스[91]와 결투하는 모습, 마지막으로 그 운명의 목마에서 나와 수많은 트로이아 군인을 무찌르는 모습 등 아버지의 모습을 확인할 수 있었다.

텔레마코스는 아버지에게 자주 들었고 네스토르[92]도 이야기해준 적이 있는 그 유명한 전투 장면 속에서 자기 아버지를 확인할 수 있었다. 그의 눈에서 눈물이 흘러내렸다. 그의 얼굴은 불안해 보였다. 그가 자신의 불안을 감추기 위해 얼굴을 돌렸지만 이도메네우스는 그것을 알아차리고 그에게 이렇게 말했다.

"네가 아버지의 영광과 불행을 생각하며 눈물 흘리는 모습을 우리에게 들켰다고 부끄러워하지 마라."

그사이, 신전의 큰 주랑 밑으로 사람들이 모여들었다. 소년 소녀 두 무리가 번개를 지배하는 신을 찬양하는 노래를 불렀다. 그들은 가장 상냥한 인상의 아이들로 구성되어 있었는데, 모두들 긴 머리를 어깨 위로 늘어뜨리고 있었다. 모두 하얀 옷을 입고 향수를 뿌린 그들은 머리에 장미 화환을 쓰고 있었다. 이도메네우스는 곧 벌어질 전쟁에서 승리하기를 기원하며 백마리의 황소를 유피테르에게 바쳤다. 사방에서 희생 제물의 피 냄새가 진동했다. 황금잔과 은잔들에서는 피가 흘러내리고 있었다.

신들의 친구이자 신전의 신관인 테오파네는 희생 의식을 치르는 동안 자신이 입고 있는 자줏빛 드레스의 아래쪽 부분을 머리에 둘러쓰고 있었다. 그는 아직도 팔딱거리고 있는 희생 제물의 내장으로 점을 쳤다. 그런 뒤 삼각의자에 앉아 이렇게 소리쳤다.

"오, 신들이시여! 하늘이 보낸 저 두 이방인은 도대체 누구입니까? 저들이 없으면 우리가 하려는 전쟁의 징조가 불길하며, 살렌티니는 건실한 토대 위에 건설하는 것을 채 마치기도 전에 파멸하고 말 것입니다. 저에게 지혜의 신이 데려온 한 젊은 영웅이 보입니다. 일개 인간에 불과한 저로서는 그에 대해 더 이상 할 말이 없습니다."

그렇게 말하는 그의 눈빛이 사나워지면서 눈에서 광채가 새어 나왔다. 마치 자기 앞에 있지도 않은 어떤 대상을 보고 있는 것 같았다. 그는 얼굴이 붉게 물들었고 흥분하여 제정신이 아니었다. 머리카락은 곤두섰으며 입에서는 거품이 뿜어져 나오고 있었다. 팔은 높이 들어 올려진 상태로 움직이지 않았으며, 흥분한 목소리는 인간의 다른 어떤 목소리보다 컸다. 그는 숨을 헐떡거렸고, 자신의 내부에서 요동치는 신령을 억누르지 못했다. 그는 다시 소리쳤다.

"오, 행복한 이도메네우스가 보이는구나! 수많은 불행이 그를 피해 가는구나! 나라 안은 달콤한 평화, 나라 밖은 치열한 전투! 놀라운 승리로다! 오, 텔레마코스! 네 전략은 네 아버지를 능가하는구나! 오만한 적들이 네 칼에 단숨에 쓰러져 진흙 속에서 신음하고 있구나! 흔들리지 않는 성문과 넘을 수 없는 성채가 네 발아래 무너져 내리는구나. 오, 위대한 여신이시여! 그의 아버지를⋯⋯. 오, 젊은이여! 너는 마침내 보게 될 것이니……."

그 부분에서 그는 입을 닫아버렸다. 그는 자신의 의지와는 상관없이 깜짝 놀라 침묵을 지키고 있었다.

지켜보던 사람들은 모두 공포로 얼어붙은 듯했다. 이도메네우스도 두려워서 감히 그에게 하던 말을 마저 하라고 재촉하지 못했다. 텔레마코스 또한 놀라서 방금 들은 말을 거의 이해하지 못했다. 그저 뭔가 심오한 예언을 들었다는 생각밖에 들지 않았다. 멘토르만이 그 신령에 놀라지 않았다. 그는 이도메네우스에게 이렇게 말했다.

"왕께서는 신들의 의도를 들으셨지요. 왕께서는 승리를 쟁취하실 것입니다. 그렇지만 절친한 친구의 아들에게 승리를 빚지게 될 것입니다. 그 아들에게 조금의 질투심도 갖지 마십시오. 단지 신들이 그를 통해 당신께 주고자 하는 것을 이용하기만 하십시오."

이도메네우스는 아직 놀라움에서 벗어나지 못했다. 무슨 말이든 하려고 해보았으나 입이 떨어지지 않았다. 텔레마코스가 그 틈을 타 멘토르에게 얼른 이렇게 말했다.

"약속된 그 큰 영광이 뭔지 저는 전혀 감이 잡히지 않네요. 그런데 그 마지막 말은 도대체 무슨 뜻이에요? '너는 마침내 보게 될 것이니……' 라는 부분 말이에요. 제 아버지를 보게 될 것이라는 건가요, 아니면 단지 이타케만 보게 될 것이라는 건가요? 하, 참! 그는 왜 말을 마치지 않았을까요? 궁금증만 더 커지네요. 오, 아버지! 제가 아버지를 보게 될 거라는 말이겠지요? 그게 정말일까요? 하지만 저는 기대를 가져보겠어요. 잔인한 신탁이여, 당신은 불행한 자를 괴롭히며 즐거워하는군요. 한마디만 더 해주세요. 저는 너무 행복했어요!"

멘토르가 그에게 이렇게 말했다.

"신들이 하는 대로 받아들이렴. 신들께서 감추고자 하시는 것을 드러내려 하지 마라. 경솔한 호기심은 벌을 받아 마땅하단다. 신들께서 나약한 인간들의 운명을 캄캄한 어둠 속에 감추는 것은 선의로 가득한 지혜에서 나온 행동이란다. 우리 힘으로 되는 것을 잘하려면, 예측해서 준비하는 것이 좋지. 그러나 우리 힘으로 되지 않는 것과 신들께서 우리를 어떻게 하실 것인지에 대해서는 모르는 편이 더 유익하단다."

그 말에 감동한 텔레마코스는 자제하느라 무진 애를 썼다.

놀라움에서 벗어난 이도메네우스는 전쟁에서 승리할 수 있도록 젊은 텔레마코스와 지혜로운 멘토르를 보내주신 위대한 유피테르께 감사하며 그를 찬양하기 시작했다. 봉헌이 끝나고 휴식을 취한 뒤 그는 그 두 이방인에게 따로 이렇게 말했다.

"고백하건대, 트로이아 전쟁을 마치고 크레테로 돌아갔을 때도 나는 다스리는 법을 제대로 알지 못했습니다. 친애하는 친구들이여, 내게서 그 훌륭한 섬을 다스릴 기회를 빼앗아간 불행에 대해 잘 알고 있을 겁니다. 내가 그곳을 떠난 뒤 당신들이 그곳에 갔던 것 같으니까요. 그 가혹한 운명이 나를 깨닫게 하여 절제력을 키워주었으니 얼마나 잘된 일인지! 나는 신과 인간들의 복수에 쫓기는 도망자처럼 바다를 떠돌아다녔습니다. 과거에 내가 누렸던 모든 영광은 단지 그러한 전락을 더수치스럽고 못 견디게 만들었을 뿐입니다. 나는 내 수호신들을 피해 이 황량한 해안으로 도망쳤습니다. 그런데 이곳에는가시덤불로 뒤덮인 땅과, 육지만큼 오래된 숲 그리고 거의 접근이 불가능한 암벽들밖에 없었습니다. 사나운 짐승들만 숨어 살고 있었습니다. 이제 더 이상 신들께서 내게 다스릴 것을 허락하신 혜택받은 섬으로 돌아갈 수 없었기에, 나는 불행한한 인간을 그래도 좋다고 따라온 몇몇 군인과 동료들과 더불어 이 황량한 땅을 내 나라로 만드는 데 만족해야 했습니다. 나는 이렇게 생각했습니다.

'이럴 수가! 이 무슨 천지개벽이냐! 이 세상의 모든 왕에게너는 얼마나 좋은 본보기가 되었는가! 세상의 모든 왕이 너를교훈으로 삼았으면 좋겠구나! 왕들은 자기가 백성보다 위에있으니 아무것도 두려워할 게 없다고 생각하지. 그런데 바로그 때문에 더욱더 백성을 두려워해야 해. 너는 적들을 두려움에 떨게 하고 백성들에게 사랑을 받았지. 너는 강하고 호전적인 한 나라의 국민을 호령했어. 네 명성은 아주 먼 나라에까지미쳤지. 너는 비옥하고 매력적인 한 섬을 다스렸어. 백 개의도시가 해마다 네게 많은 조공을 바쳤어. 그 백성들은 유피테르의 제물이 되는 것에 감사했어. 그들은 너를 그 현명한 미노스의 후손으로서 사랑해주었어. 그들을 그토록 강하고 행복하게 만들어준 법을 제정한 그 미노스 말이야. 그것을 절도 있게 향유하지 못한 것만 빼면 네 행복에 무엇이 부족했니? 그

런데 네 교만과, 네가 귀 기울인 아첨이 네 왕위를 전복시켰
어. 그처럼 자신의 욕망과 아첨꾼들에게 빠진 왕은 누구든 옥
좌에서 굴러떨어지고 말 거야.'

나는 낮에는 나를 따라온 사람들에게 용기를 북돋워주려고
희망에 찬 명랑한 얼굴을 보여주려 노력했습니다. 나는 그들
에게 이렇게 말하곤 했습니다.

'우리가 잃은 모든 것을 보상해줄 새 도시를 건설합시다.
우리 주위에는 그런 시도에 대해 아주 훌륭한 모범이 되어주
는 국민들이 많습니다. 아주 비근한 예로 타렌툼을 보세요. 팔
란토스는 스파르타 인들과 함께 새 왕국을 건설했습니다. 또
필록테테스는 그처럼 훌륭한 도시, 페텔리아를 건설했습니
다. 메타폰티온도 있습니다. 유랑하는 다른 이방인들보다 우
리가 못할 게 뭐가 있습니까? 운명이 우리에게만 유독 가혹하
지는 않습니다.'

이렇게 동료들의 고생을 위로하려고 애쓰면서도 나는 마음
속에서 일어나는 극심한 고통으로 괴로웠습니다. 그나마 낮
이 가고 밤이 찾아와 어둠이 나를 감싸면 비참한 내 운명을 자
유롭게 한탄할 수 있다는 데 위안을 얻었습니다. 통한의 눈물
이 빗물처럼 흘러내렸습니다. 내 두 눈은 달콤한 잠을 알지 못
했습니다. 다음 날이 되면 나는 다시 새로운 열정을 가지고 내
일을 시작하곤 했습니다."

이도메네우스는 이렇게 자신의 비애를 다 토로한 뒤 텔레
마코스와 멘토르에게 자신이 시작하려는 전쟁에 대해 도움을

청했다. 그는 이렇게 말했다.

"전쟁이 끝나는 즉시 이타케로 모셔다드리겠습니다. 그동안 내가 아주 먼 해안으로 배들을 보내 오디세우스의 소식을 알아보겠습니다. 폭풍우든 신들의 노여움이든 그것이 그를 어느 곳에 데려다놓았더라도 나는 그를 구해낼 수 있습니다. 그가 아직 살아 있기를 빕니다! 크레테 섬에서는 아직까지 만들지 못하는 가장 좋은 배로 당신들을 모셔다드리겠습니다. 그 배는 유피테르가 태어난 이데 산에서 베어온 나무들로 만들었습니다. 그 신성한 나무는 풍랑에도 끄떡없지요. 바람과 암벽이 그 나무를 두려워하고 경외하기 때문입니다. 넵투누스조차 제아무리 격노한 때라 해도 감히 그 신성한 나무에 파도를 일으키지 못할 것입니다. 그러니 어려움 없이 무사히 이타케로 돌아가리라는 것과, 당신들에게 적의를 품은 어떠한 신도 당신들이 풍랑으로 헤매게 만들지 못하리라는 것을 믿어주세요. 돌아가는 길은 빠르고 편안할 것입니다. 당신들을 여기까지 데려다준 페니키아 인들의 배를 돌려보내십시오. 이도메네우스가 새 왕국을 건설하여 자신의 모든 불행을 보상받는 영광을 얻는 일에만 집중해주세요. 오, 오디세우스의 아들아! 그렇게 해주면 네 아버지에게 그 대가가 돌아갈 거야. 가혹한 운명이 벌써 네 아버지를 어두운 플루톤의 왕국으로 내려보냈을지도 모르지만 그리스 인들은 모두 네게 매료되어 너를 네 아버지라고 생각하고 볼 거야."

그러자 텔레마코스가 이도메네우스에게 말했다.

"페니키아 인들의 배를 돌려보내시지요. 저희가 왕의 적을 공격하는 데 돕지 않을 이유가 무엇이 있으며, 지체할 이유가 무엇이 있겠습니까? 그들은 저희의 적도 되는걸요. 저희는 시칠리아에서 그리스의 적이자 트로이아 인인 아케스테스를 위해서도 싸워 승리를 거두었습니다. 그런데 하물며 프리아모스 왕의 도시[93]를 정복한 그리스의 영웅 가운데 한 분을 위해 싸우는데, 당연히 훨씬 더 용감하고 훨씬 더 신들의 가호를 받지 않겠습니까? 조금 전 들은 신탁이 그에 대한 일말의 의심도 허락하지 않는군요."

제9장

이도메네우스는 멘토르에게 만두리아 인들과 전쟁을 벌이게 된 동기와, 그들의 침략에 대항하여 자기가 취한 조처들에 대해 말해준다. 멘토르는 그에게 그 조처가 불충분하다고 조언한 뒤 더 효과적인 방안을 제시한다. 그렇게 대화를 나누는 사이, 만두리아 인들은 여러 이웃 국가와 동맹하여 수많은 군대를 살렌티니 성문 앞에 배치한다. 그 광경을 지켜본 멘토르는 신속히 살렌티니를 빠져나와 혼자 적진으로 들어가서 피를 흘리지 않고 전쟁을 끝내는 방법을 제안한다. 협상의 결과를 초조히 기다리던 텔레마코스는 곧 그의 뒤를 따라온다. 두 사람은 이도메네우스가 제안한 평화 협정의 조건을 보증하기 위해 자신들이 만두리아 인들의 볼모가 될 것을 자청한다. 만두리아 인들은 한동안 반대한 끝에 멘토르의 지혜로운 제안을 받아들이고, 멘토르는 즉시 이도메네우스를 불러 그로 하여금 직접 평화 조약을 체결하게 한다. 이도메네우스는 멘토르가 제안한 협상안을 무조건적으로 수락하고 서로 인질을 몇 명씩

교환한 뒤, 동맹을 확인하기 위해 공동으로 희생 제물을 바친다. 그런 다음 이도메네우스는 만두리아 인들의 동맹국 왕들과 주요 지휘관들과 함께 자신의 도시로 돌아간다.

벌써부터 전투에 대한 큰 기대와 열정에 들떠 있는 텔레마코스를 조용히 바라보던 멘토르가 이렇게 말을 꺼냈다.

"오디세우스의 아들아, 네가 명예에 대해 그토록 아름다운 열정을 보이니 내가 다 기분이 좋구나. 그런데 네 아버지는 트로이아 전투에서 그리스 인들 가운데 가장 지혜롭고 절도 있는 모습을 보여줌으로써 비로소 큰 영예를 얻었음을 기억해라. 아킬레우스는 어느 누구도 함부로 건드릴 수 없었으며 전장마다 공포와 죽음을 몰고 다녔지만, 트로이아를 함락할 수 없었단다. 그는 그 도시의 성벽 밑에서 최후를 맞고 말았지. 그 도시는 그렇게 헥토르를 죽인 자를 물리쳤단다. 그런데 용맹과 신중을 겸비한 오디세우스는 트로이아 인들 앞에서 용기와 냉정을 지켰어. 그리하여 그리스 전체를 십 년 동안이나 전쟁에 몰아넣은 그 트로이아의 높고 멋진 성채를 자기 손으로 무너뜨렸단다. 미네르바가 마르스보다 우위에 있는 이상, 언제나 사려 깊고 통찰력 있는 용맹이 격정적이고 사나운 용맹을 이긴단다. 그러니 수행해야 할 전쟁이 어떤 상황인지 파악하는 일부터 시작하자. 나는 어떠한 위험도 피하지 않아. 오, 이도메네우스! 저는 왕께서 먼저 이 전쟁이 정당한지, 누구와 싸우는 것인지 그리고 승리를 위해 보유한 군사력은 어느 정도인지를 설명해주실 필요가 있다고 생각합니다."

이도메네우스는 그에게 이렇게 대답했다.

"우리가 이 연안에 처음 도착했을 때 숲 속을 떠돌며 사냥을 하고 나무 열매를 따 먹고 사는 미개인들이 살고 있었습니다. 만두리아 인이라는 종족이었는데, 그들은 우리의 배와 무기를 보자 두려워하며 산 속으로 달아났습니다. 그런데 우리 군인이 차츰 이곳저곳을 돌아다니며 사냥을 하다가 도망간 그 원주민들과 부딪히게 되었습니다. 그때 그들의 추장이 이렇게 말했습니다.

'우리는 그 아름다운 해변을 당신들에게 양보했소. 이제 우리에게는 거의 접근이 불가능한 험한 산밖에 남지 않았소. 당신들은 최소한 우리가 이곳에서만큼은 평화롭고 자유롭게 살도록 내버려둬야 옳을 것이오. 흩어져서 돌아다니는 것을 보니 당신들은 우리보다 더 약한 것 같소. 그러니 마음만 먹으면 우리는 당신들의 목을 조일 수 있을 뿐 아니라, 심지어 당신들의 동료들을 쥐도 새도 모르게 감쪽같이 제거할 수도 있소. 그러나 우리는 같은 인간끼리 서로 피를 흘리고 싶지 않소. 그러니 가시오. 인도적인 차원에서 당신들을 살려주는 것이니, 잊지 마시오. 당신들이 야만스럽고 미개한 사람들이라고 부르는 바로 그 인간들에게서 절도와 관용이라는 교훈을 배웠다는 사실을.'

그렇게 원주민들에게서 풀려나 돌아온 군인 가운데 몇몇이 그 일을 주위 사람들에게 이야기했습니다. 그 이야기를 들은 우리 군인들은 충격을 받았어요. 크레테 인들이 원주민들, 어떻게 보면 인간보다 오히려 곰에 가까운 사람들에게 목숨을 빚졌다는 것에 수치심을 느꼈던 겁니다. 그 군인들은 이전보다 더 많은 무기를 준비하고 나가서 곧 원주민들과 부딪쳐 그들에게 공격을 가했습니다. 싸움은 잔혹했습니다. 폭풍우와 함께 내려치는 우박처럼 화살과 창이 사방으로 날아다녔습니다. 원주민들은 자신들이 사는 가파른 산 속으로 후퇴하지 않을 수 없었습니다. 우리 군인들은 감히 그곳까지 들어가지 못했습니다.

얼마 후 원주민들은 부족 가운데 가장 현명한 노인 두 명을 보내 평화를 제안했습니다. 선물도 딸려 보냈습니다. 그들이 사냥하여 잡은 맹수 가죽과 그들이 수확한 과일이었습니다. 내게 그 선물을 건네면서 두 노인은 이렇게 말했습니다.

'오, 왕이시여! 왕께서 보시다시피 우리는 한 손에는 검을, 그리고 다른 한 손에는 올리브 나뭇가지를 들고 있습니다.'

실제로 그들의 양손에는 그것들이 들려 있었습니다.

'이것들은 곧 전쟁과 평화를 뜻합니다. 우리는 평화를 더 사랑합니다. 우리가 이 해안을 당신들에게 양보한 것을 조금도 수치스럽게 생각하지 않는 것은 바로 우리가 평화를 사랑하기 때문입니다. 양광이 내리쬐어 비옥하고, 맛있는 과일을 풍요롭게 생산하는 이 해안을 말입니다. 그렇지만 평화는 그어떤 과일보다 더 달콤합니다. 우리가 저 높은 산, 봄철에 꽃도 피지 않고 가을에 풍성한 과일도 열리지 않고 일 년 내내 얼음과 눈으로 덮인 저 높은 산으로 물러가서 사는 것도 바로 그 평화를 위해서입니다. 우리는 야망과 영광이라는 멋진 말로 모두가 형제인 사람들을 터무니없이 유린하며 피를 흘리게 하는 잔인함을 혐오합니다. 그 헛된 영광이 왕의 마음을 감동시켜도 우리는 그것을 부러워하지 않겠습니다. 우리는 그것을 가엾이 여기며 그런 광란으로부터 우리를 보호해달라고 신들께 기도드릴 것입니다. 그리스 인들이 그토록 정성을 들여 가르치는 학문이, 그리고 그들이 자랑하는 예의가 그 가증스럽고 부당한 일만 부추긴다면 우리는 그런 것들을 모르고 지내는 것에 아주 행복해할 것입니다. 우리는 무지하고 미개하지만 정의롭고 인간적이며, 신의를 지키고 사리사욕이 없으며, 작은 것에 만족하고, 많은 것을 필요로 하게 만드는 백해무익의 세련됨을 경멸하는 데 익숙해진 것을 자랑스럽게 여길 것입니다. 우리가 가치 있게 생각하는 것은 건강과 검소, 자유, 그리고 정신과 육체의 활기입니다. 미덕에 대한 사랑, 신을 향한 두려움, 이웃에 대한 선행, 친구를 향한 깊은 우정, 모든 사람에 대한 친절, 번영 가운데 절제, 불행 가운데 의연함, 언제나 단호하게 진실을 말하는 용기, 아첨에 대한 혐오 등도 우리가 중요하게 여기는 가치들입니다. 왕께 이웃이자 친구가 되고자 하는 우리는 바로 그런 사람들입니다. 노여움을 타는 신들께서 왕의 눈을 멀게 하여 왕으로 하여금 끝까지 평화를 거절하게 할지 모르지만, 왕께서는 절제하며 평화를 사랑하는 사람들이 일단 전쟁이 일어나면 더 무섭다는 것을

알게 될 것입니다. 그런데 그때는 후회해봐야 이미 늦을 것입니다.'

그 노인들이 내게 그렇게 말하는 동안 나는 그들에게서 눈을 떼지 않았습니다. 그런데 그들이 싫지 않았습니다. 그들은 긴 수염을 덥수룩하게 기르고 있었으며, 머리카락은 수염보다 짧았지만 백발이었습니다. 진한 눈썹에 생기 있는 눈, 당당한 시선과 자세, 위엄에 찬 진중한 말씨, 소박하고 순박한 태도 등도 매우 인상적이었습니다. 그들은 옷 대신 모피를 어깨 위에 걸치고 있었는데, 우리 장수들보다 더 우람한 체격과 더 힘세 보이는 팔이 드러나 있었습니다. 나는 두 노인에게 나 역시 평화를 원한다고 대답했습니다. 우리는 여러 상황을 선의로 해결했습니다. 우리는 모든 신을 증인으로 삼았습니다. 그런 뒤 나는 풍성한 선물을 주어 그들을 돌려보냈습니다.

그런데 조상들의 왕국에서 나를 추방한 신들께서 나를 박대하는 일을 아직도 멈추지 않았습니다. 우리가 체결한 평화 조약에 관해 아직 모르던 우리 쪽 사냥꾼들이 하필이면 그날 원주민 무리를 만났습니다. 원주민들은 우리 진영에서 출발하여 두 노인과 함께 돌아가는 중이었습니다. 우리 편 사람들이 그들을 무섭게 공격했습니다. 그들 중 일부는 살해되었고 나머지는 그들이 사는 숲으로 도망갔습니다.

전쟁은 그렇게 다시 불붙었습니다. 원주민들은 당연히 우리의 약속도, 서약도 더 이상 믿을 수 없다고 생각했습니다.

우리에게 대항하기 위해 그들은 로크리스 인, 아풀리아 인,

루카니아 인, 브루티움 인, 크로토나[94] 인, 네리테 인, 브린데
스 인 등의 도움을 빌렸습니다. 루카니아 인들은 가짜 칼날이
달린 무기를 장착한 마차를 타고 왔습니다. 아풀리아 인들은
사냥한 짐승의 가죽으로 몸을 휘감고 있었습니다. 그들은 뾰
쪽한 철 못이 달리고 끝이 뭉툭한 몽둥이도 가지고 있었습니
다. 그들은 키가 거의 거인만 합니다. 힘겨운 운동으로 단련된
그들의 몸은 너무도 강건해서, 사람들이 그것을 보기만 해도
두려움에 떨 정도입니다. 그리스 혈통인 로크리스 인들은 아
직 핏줄이 당겨서 그런지 다른 국민들보다 인간적이었습니
다. 그들은 그리스 군대의 엄격한 규율에 미개인들의 활력과
거친 생활 습관이 더해져 무적의 군대가 되었습니다. 그들은
버드나무 조직에 가죽을 입힌 가벼운 방패와 아주 긴 칼을 지
니고 다닙니다. 브루티움 인들은 사슴처럼 가볍게 달려서, 그
들이 아주 연약한 풀을 밟아도 뭉개지지 않을 것처럼 보였습
니다. 그들은 백사장을 걸어도 발자국이 거의 남지 않을 정도
여서 아주 신속하게 적을 습격하고는 그만큼 빠르게 사라집
니다. 크로토나 인들은 활쏘기에 능합니다. 평범한 그리스 인
들은 크로토나 인들이 일반적으로 사용하는 활의 시위를 당
기는 것조차 힘듭니다. 아마 그들이 우리의 활 시합에 출전하
면 상을 모두 휩쓸 것입니다. 그들의 활촉에는 아베르네 강변
에서 가져왔다는 아주 치명적인 독초의 즙이 묻어 있습니다.
한편 네리테 인들과 브린데스 인들 그리고 메사피아 인들은
육체적 힘과 용맹성을 타고난 것 같습니다. 하늘이 무너져라

소리치는 그들의 고함 소리는 적들의 모골을 송연하게 만듭니다. 그들은 투석기를 아주 잘 사용해서 그들이 날린 돌들이 하늘을 새까맣게 수놓기도 합니다. 그러나 그들은 질서 없이 싸웁니다. 멘토르, 이상이 당신이 알고 싶어 한 것들입니다. 이제 이 전쟁의 원인이 무엇이고 우리의 상대가 어떤 사람들인지 알았으리라 믿습니다."

자세한 설명이 끝나자 텔레마코스에게는 신속히 무장을 하고 그들과 싸우고 싶은 생각밖에 들지 않았다. 멘토르는 다시 그를 만류하면서 이도메네우스에게 이렇게 말했다.

"그리스에서 온 로크리스 인들이 원주민과 연합하여 왕께 대항하는 이유가 뭡니까? 이 연안의 많은 나라가 당신처럼 전쟁을 하지 않고도 번영한 삶을 누리고 있는데, 그 이유가 무엇입니까? 왕께서는 신들이 당신을 괴롭히는 데 전혀 지칠 줄 모른다고 말씀하셨지요. 그것은 신들께서 아직 왕께 가르칠 게 많다는 뜻일 겁니다. 왕께서 겪은 수많은 역경도 전쟁을 막으려면 어떻게 해야 하는지는 아직 가르쳐주지 못한 것 같습니다. 왕께서 그들에게 선의를 가지고 말씀하기만 하셔도 그들과 평화롭게 살고 싶어 하는 마음을 충분히 전할 수 있습니다. 반면 오만과 교만은 가장 위험한 전쟁을 유발합니다. 그들과 인질을 주고받아도 좋았을 것입니다. 그 노인 특사들을 당신의 신하들과 함께 안전하게 돌려보냈더라면 아무 문제도 없었을 겁니다. 왕께서는 당신의 백성들이 평화 조약을 맺은 것을 미처 알지 못하고 공격한 것이라고 말씀하셔서 그들의 분노를 가라앉혔어야 했습니다. 그들이 요구하는 모든 안전 장치를 마련해주고, 왕의 백성이 동맹을 어길 경우 어떤 가혹한 형벌을 내릴지 규정해줄 필요가 있었습니다. 그런데 그 사건이 일어난 이후 왕께서는 어떤 조치를 취하셨습니까?"

이도메네우스는 이렇게 대답했다.

"나는 원주민을 야비하지 않게 방어할 수 있으리라 생각했습니다. 그런데 그들이 싸울 수 있는 인원을 서둘러 소집하고, 우리를 가리켜 믿을 수 없는 추악한 인간들이라고 이야기하며 이웃 국가에 원조를 청한 것입니다. 나는 싸움에서 이기는 가장 확실한 방법은 그들이 경계하지 않는 산의 협로를 신속하게 장악하는 것이라고 판단했습니다. 우리는 쉽게 그 협로를 장악해 원주민들을 난처하게 만들었습니다. 나는 협로를 통해 침입해 오는 적을 단숨에 제압할 수 있도록 망루를 여러 개 세우게 했습니다. 우리는 필요하면 언제든지 공격하여 그들의 주요 마을을 유린할 수 있습니다. 그런 방법을 쓰면 우리보다 훨씬 많은 병력으로 호시탐탐 우리를 노리는 적에게 대항할 수 있습니다. 그들과 우리 사이의 평화는 아주 멀어진 것 같습니다. 망루를 그들에게 빼앗기면 우리는 침략의 위험에 노출될 수밖에 없습니다. 그들은 망루를, 우리가 자기들을 노예로 만들려고 사용하는 성채인 양 여기고 있습니다."

멘토르는 이도메네우스에게 이렇게 말했다.

"왕께서는 지혜로운 분이십니다. 그런데 어떻게 먼저 화해안을 내놓지도 않으면서 그들이 당신의 진실을 알아주기를 바라십니까? 왕께서는 진실을 직시하는 게 두렵거나 일을 바로잡을 용기가 없어서, 혹은 자신이 저지른 잘못을 옹호하기 위해서 권력 따위나 이용하는 그런 나약한 왕들과는 전혀 다릅니다. 원주민들이 왕께 평화를 제안하러 와서 훌륭한 가르침을 주고 갔던 것을 기억하십시오. 그들이 나약해서 왕께 평화를 제안했습니까? 왕께 대항하기 위한 용기와 힘이 부족해서 그랬습니까? 그렇지 않다는 사실은 왕께서도 잘 알고 계십니다. 왜냐하면 그들은 전쟁에 아주 능숙한, 가공할 만한 힘을 가진 많은 이웃 국민들의 도움을 받고 있기 때문입니다. 어찌하여 왕께서는 그들의 절제를 배우지 않으십니까? 수치도 아닌 것을 수치로 생각하고 영광이 아닌 것을 영광으로 생각하시니 이런 불행에 빠지신 것입니다. 왕께서는 적을 너무 용감하게 만들까 봐 두려워했지, 왕의 거만하고 부당한 행위로 인해 여러 다른 나라의 국민들이 규합하여 왕께 대항할 정도로 강해지는 것은 두려워하지 않으셨습니다. 왕께서 그토록 자랑하시는 망루가 다 무슨 소용이 있습니까? 자신을 방어하려고 이웃을 모두 죽이거나 자기 자신을 죽이는 것 말고 말입니다. 왕께서는 오로지 이 나라 국민의 안전을 위해 망루를 세우셨습니다. 그런데 바로 그것 때문에 왕께서는 이토록 큰 위험에 처하시게 된 것입니다. 한 나라를 지키는 가장 안전한 성채는 공평과 절제, 선의, 그리고 이웃 나라 왕이 자기 나라 땅을 정복하지 않을 것이라는 확신입니다. 아무리 튼튼한 성벽도 예기치 못한 여러 가지 사고로 한순간에 무너질 수 있습니다.

전쟁에서 행운은 변덕스럽고 불안정합니다. 그렇지만 이웃에 대한 사랑과 상호 신뢰가 있는 한, 이웃이 왕께서 절제하는 분이라는 것을 믿는 한, 왕의 국가는 정복당하지 않는 것은 물론이고 공격을 받는 일조차 절대 없을 것입니다. 설령 부당한 한 이웃 국가가 왕의 국가를 공격하더라도 다른 국가들이 방어해주려고 즉각 무기를 들 것입니다. 왜냐하면 그것은 곧 자기 자신들을 방어하는 일이기도 하기 때문입니다. 왕의 군대를 도움으로써 자국의 이익을 챙기는 국민들의 원조(援助)가, 왕의 상처를 치유하지 못하는 망루보다 훨씬 더 왕을 강성하게 만들어줄 것입니다. 만일 왕께서 이웃들의 질투를 피하는 일만 유념하신다면, 지금 건설 중인 이 도시는 평화 공존 속에서 번영할 것이고 왕께서는 헤스페리아 연안 국가 전체의 중재자가 될 것입니다.

그러면 이제 어떻게 잘못된 과거를 미래의 동력으로 이용할 수 있을지 검토해보도록 하십시다. 왕께서는 처음에 이 연안에 그리스 인들이 세운 나라가 여럿 있다고 말씀하셨습니다. 그들의 도움을 받아야 합니다. 그들은 아직 유피테르의 아들 미노스의 위대한 이름을 기억하고, 그리스 왕들과 단결하여 트로이아를 함락한 왕의 업적도 잊지 않았습니다. 왜 그들을 왕의 편으로 만들 생각을 하지 않으셨습니까?"

이에 이도메네우스는 이렇게 대답했다.

"그들은 모두 중립을 지키기로 결정했습니다. 그들이 나를 도울 생각이 아주 없는 것은 아닙니다. 단지 이 도시가 너무 번영하는 것이 두려운 겁니다. 그들은 다른 나라 국민들처럼 우리가 자신들의 자유를 빼앗지 않을까 걱정하고 있습니다. 그들은 우리가 그 산 속의 원주민들을 정복한 뒤 자신들에게까지 야심을 드러낼 것으로 생각합니다. 요컨대, 모두가 우리를 두려워한다는 겁니다. 우리에게 공공연히 적의를 드러내지 않는 나라의 사람들조차 우리가 패배하기를 원합니다. 시기의 대상이 된 우리는 어떤 동맹국도 갖지 못하고 있습니다."

그러자 멘토르가 다시 말을 받았다.

"재미있는 아이러니지요! 너무 강하면 오히려 힘을 잃고 마니까요. 밖으로 이웃의 두려움과 증오의 대상이 되면 안으로는 전쟁 준비를 해야 하니까 결국 국력이 소진되고 맙니다. 오, 불행한 왕이시여! 두 번이나 불행에 처한 이도메네우스 왕이시여, 과거의 불행은 왕께 절반밖에 가르쳐주지 못했군요! 위대한 왕들까지 위협하는 그 불행들이 무엇인지 알기 위해 또 한 번의 파멸이 필요합니까? 도대체 어떤 그리스 인들이 그렇게 왕과 동맹을 맺는 것을 거절하는지 자세히 좀 말씀해주시겠습니까?"

이도메네우스가 그에게 말했다.

"가장 주도적인 국가는 타렌툼입니다. 삼 년 전 팔란토스가 세운 도시지요. 팔란토스는 스파르타에서, 트로이아 전쟁 때 남편들이 집을 비운 사이에 아내들이 다른 남자들과 관계를 맺어 낳은 젊은이들을 많이 데려왔습니다. 우여곡절 끝에 남편들이 전쟁에서 돌아오자 여인들은 자신들의 과오를 숨기느라 정신이 없었습니다. 그 많은 사생아들은 아버지와 어머니 모두에게 버림받고 방종하게 살 수밖에 없었습니다. 엄격한 왕은 그들의 방종을 통제했습니다. 그러자 그들은 대담하고 용감하며 야심 많은 팔란토스 밑으로 모여들었습니다. 그는 책략으로 젊은이들의 마음을 사로잡을 줄 알았던 것입니다. 그는 그 스파르타 젊은이들을 데리고 이 해안으로 왔습니다. 그리하여 타렌툼을 또 다른 스파르타로 만들었습니다. 한편 헤라클레스의 화살을 사용해 트로이아 전쟁에서 큰 영광을 거둔 필록테테스도 그 근처에 페텔리아를 건설했습니다. 그 도시는 타렌툼보다 덜 강하지만 더 지혜롭게 다스려지고 있습니다. 마지막으로 현명한 네스토르가 필로스 인들과 함께 세운 메타폰티온이 있습니다."

멘토르가 다시 말했다.

"아니, 헤스페리아 연안에 네스토르도 있습니까? 그런데 어째서 그의 도움을 받을 생각을 하지 않았단 말씀입니까? 네스토르는 왕께서 트로이아 전쟁 때 돈독한 우정을 쌓은 분이 아닙니까!"

그 말에 이도메네우스는 이렇게 대답했다.

"나는 그의 우정을 잃었습니다. 그의 백성들의 이간 때문입니다. 미개와는 거리가 먼 그들이 내가 헤스페리아 연안의 폭군이 되려 한다고 교묘하게 그를 설득했던 것입니다."

그러자 멘토르가 이렇게 말했다.

"그렇지 않다는 것을 이해시켜야 합니다. 텔레마코스는 그를 필로스에서 만났습니다. 우리가 오디세우스를 찾으러 떠나기 전이었습니다. 물론 그가 나라를 세우기 전이었지요. 그는 여전히 그 영웅도, 그 영웅의 아들 텔레마코스에 대한 애정도 잊지 않고 있을 겁니다. 그렇지만 중요한 것은 그의 신뢰를 회복하는 일입니다. 이 전쟁이 일어날 수밖에 없었던 것은 모든 이웃이 왕께 불신을 갖게 되었기 때문이니, 그 불씨를 죽이는 길은 그 근거 없는 불신을 제거하는 것밖에 없습니다. 제가 한번 해보겠습니다.”

그 말에 이도메네우스는 멘토르를 포옹하면서 감동에 젖어 말을 잇지 못했다. 마침내 그는 겨우 이렇게 말했다.

“오, 내 모든 과오를 바로잡으라고 신들께서 보내주신 지혜로운 노인이여! 만일 다른 사람이 내게 당신처럼 이렇게 거리낌 없이 말했다면 나는 분명 역정을 냈을 것입니다. 그렇지만 내가 평화의 길을 걷도록 해줄 수 있는 사람은 오로지 당신뿐임을 인정하지 않을 수 없습니다. 나는 마음속으로 모든 적을 격멸하든지 정복해야겠다고 굳게 결심하고 있었습니다. 그런데 내 욕심과 집착보다 당신의 조언을 따르는 편이 옳겠습니다. 텔레마코스, 너는 행운아구나! 네 곁에 이런 훌륭한 인도자가 있어 나처럼 길을 잃을 일은 절대 없을 테니 말이다. 멘토르, 당신은 지도자이십니다. 신들의 지혜를 모두 지니고 계시니 말입니다. 미네르바라고 해도 당신보다 더 유익한 조언을 해주지는 못했을 것입니다. 자, 어서 말씀해보세요. 말씀을 마저 끝내세요. 내게 어떤 조언을 해주실지 모두 말씀해주세요. 이 이도메네우스는 선생께서 판단하신 대로 모두 따르겠습니다."

그들이 그렇게 대화를 나누고 있을 때 돌연 마차 소리, 말 우는 소리, 사람들이 뱉어내는 끔찍한 신음 소리 그리고 싸움을 선동하며 하늘을 가득 메운 트럼펫 소리 등이 뒤섞여 들려왔다. 이어 다시 이런 고함 소리가 들렸다.

"적이다! 협로를 돌아 쳐들어왔다! 살렌티니를 공격해 왔다!"

노인과 여인들은 놀라서 어쩔 줄 모르는 것 같았다. 그들은 이렇게 소리쳤다.

"이럴 수가! 풍요로운 조국 크레테를 떠나 불운한 왕을 따라 수만 리 바닷길을 건너 이곳까지 왔는데, 겨우 트로이아처럼 잿더미로 변해버릴 도시를 세우기 위해 그랬단 말인가!"

넓은 들판에 최근에 세운 성채 위에서 적들의 투구와 갑옷, 방패 등이 햇빛에 번쩍이는 것이 보였는데, 그것들로 인해 그들은 눈이 부셨다. 대지를 덮은 뾰쪽뾰쪽한 창들, 그것들은 마치 케레스 여신이 농부들의 노고를 보상해주기 위해 시칠리아 엔나 평원의 여름 햇볕 속에서 준비하는 풍요로운 곡식 같았다. 가짜 칼날이 달린 무기로 무장한 마차들도 눈에 띄었다. 전쟁에 참여한 국민들은 언뜻 봐도 나라별로 쉽게 분간이 되었다.

멘토르는 그들을 더 잘 살펴보려고 높은 망루로 올라갔다. 이도메네우스와 텔레마코스가 그의 뒤를 바짝 따랐다. 망루에서 보니 한쪽에서는 필록테테스가, 다른 쪽에서는 네스토르와 그의 아들 피시스트라토스가 보였다. 네스토르는 연로한 모습 때문에 쉽게 눈에 띄었다. 멘토르가 이렇게 말했다.

"도대체 어떻게 이런 일이! 오, 왕께서는 필록테테스와 네스토르가 그저 왕을 도와주지 않은 것으로만 알고 계셨잖습니까. 그런데 저것 보세요. 그들이 저렇게 함께 왕께 대항하고 있지 않습니까. 제가 잘못 알고 있는 게 아니라면, 아주 천천히 정말 질서정연하게 행군하고 있는 저 군대는 팔란토스가 지휘하는 스파르타 군인들이 틀림없습니다. 모두가 왕께 등을 돌리고 있습니다. 이 연안에는 왕께서 적으로 만들지 않은 이웃이 하나도 없군요. 물론 의도하신 것은 아니겠지만 말입니다."

멘토르는 그렇게 말하면서 서둘러 망루에서 내려와, 적들이 전진해 오고 있는 쪽 성문으로 다가가 성문을 열었다. 이도메네우스는 멘토르가 그렇게 위엄 있게 성문을 여는 것에 놀랐지만, 그 의도가 무엇인지는 감히 물어보지 못했다. 멘토르는 아무도 따라오지 말라고 손짓한 뒤 적진을 향해 걸어갔다. 적들은 그가 혼자 그렇게 자신들에게 다가오는 것을 보고 놀랐다. 멘토르는 평화의 상징으로 올리브 나뭇가지를 그들에게 보여주며 걸었다. 목소리가 들릴 만한 위치에 다다르자 그는 적의 왕들에게 자신의 말에 귀 기울여줄 것을 부탁했다. 즉각 왕들이 그에게 다가왔다. 그러자 그는 그들에게 이렇게 말했다.

"오, 헤스페리아 여러 풍요로운 나라에서 오신 관대한 왕들이시여! 저는 당신들이 오직 자유라는 공동의 이익을 얻으려 여기에 온 것으로 압니다. 저는 당신들의 열의에 존경을 표합니다. 그런데 당신들이 피 한 방울 흘리지 않고 당신네 국민들의 자유와 명예를 지킬 수 있는 쉬운 방법을 알려드릴 테니 양해해주십시오. 오, 네스토르! 이렇게 응해주신 현명한 네스토르, 당신은 신들의 보호 아래 정당하게 전쟁을 치르는 사람들에게조차 전쟁이 얼마나 가혹한지 아실 것입니다. 전쟁은 신들이 인간에게 주는 고통 가운데 가장 큰 고통입니다. 당신은 그리스 인들이 그 불쌍한 트로이아 사람들과 십 년 동안 전쟁을 치르면서 어떤 고통을 겪었는지 잊지 않으셨을 것입니다. 왕들 사이에도 얼마나 많은 분열이 있었습니까! 얼마나 많은 운명이 교차했습니까! 헥토르의 손에 얼마나 많은 그리스 인들이 살육을 당했습니까! 강성했던 수많은 도시들이 전쟁으로 인해 왕을 잃은 사이에 얼마나 큰 불행을 겪어야 했습니까! 어떤 사람들은 귀향길에 카파레우스 곶에서 난파를 당했고, 또 어떤 사람들은 아내의 품속에서 비통한 죽음을 맞이해야 했습니다. 오, 신들이시여, 그 유명한 원정을 위해 그리스 인들이 무장하게 된 것은 바로 당신들의 노여움 때문이었습니다! 헤스페리아 연안 국민들이여, 저는 신들을 향해 당신들에게 그렇게 백해무익한 승리는 주지 마시라고 기도하겠습니다. 트로이아는 잿더미로 변했습니다. 누구도 그것을 부인하지 못합니다. 그런데 그리스 인들 입장에서 보면 차라리 트로이아가 아직도 큰 영광을 누리는 편이, 혹은 비겁한 파리스가 지금도 평화롭게 헬레네와 비열한 사랑을 즐기는 편이 더 유리할 것입니다. 그토록 오랫동안 불행하게 렘노스 섬[95]에 버려졌던 필록테테스, 당신은 이번 전쟁에서도 그때처럼 다시 불운을 겪을지 모르는데, 그것이 전혀 두렵지 않습니까? 저는 스파르타 인들도 트로이아 인들과 마찬가지로 전쟁 때문에 왕과 장수, 그리고 병사들이 나라를 비워두는 바람에 고통을 겪은 사실을 알고 있습니다. 오, 헤스페리아 연안에 살고 있는 그리스 인들이여! 당신들은 오로지 트로이아 전쟁이 초래한 불행의 결과로 이곳에 살고 있는 겁니다."

그렇게 말한 뒤 멘토르는 필로스 인들과 자신을 알아본 네스토르에게 다가갔다. 그러자 그 역시 다가와 멘토르에게 인사를 건네며 이렇게 말했다.

"오, 멘토르! 당신을 다시 만나니 반갑습니다. 포키스에서 당신을 처음 만났는데, 벌써 세월이 이렇게 많이 흘렀군요. 당시 당신은 겨우 열다섯 살이었지만 나는 이미 그때 당신이 지혜로운 사람이 될 것이라는 것을 알아보았습니다. 그런데 어떻게 이곳까지 오게 되었습니까? 도대체 어떤 방법으로 이 전쟁을 끝낼 수 있다는 겁니까? 이도메네우스는 우리가 공격하지 않을 수 없게 만들었습니다. 우리는 그동안 평화를 요구해 왔습니다. 평화를 정착시키는 것이 당연히 우리 모두에게 이로우니까요. 그런데 우리는 그와 절대 평화롭게 살 수 없었습니다. 그는 자신의 가장 가까운 이웃과 했던 약속을 모두 저버렸습니다. 그와 맺은 평화는 평화가 아닙니다. 그는 평화를 우리의 유일한 방어 수단인 동맹을 해체하는 데 이용할 뿐입니다. 그는 모든 이웃 국가의 국민들을 노예 상태로 만들려는 야심 찬 의도를 드러냈습니다. 결국 우리의 자유를 방어하려면 그의 새 왕국을 전복시키는 것 외에는 방법이 없음을 알려준 셈입니다. 그가 악의를 품음에 따라, 우리는 이처럼 그를 멸망시키거나 그의 속박의 멍에를 받아들이거나 둘 중 하나를 선택해야 하는 갈림길에 놓이게 된 것입니다. 만일 우리가 그를 믿고 진정한 평화를 확신할 수 있게끔 당신이 적절한 방도를 찾아준다면, 여기 있는 우리 모두 흔쾌히 무기를 거둘 것입니다. 또 지혜에 있어서 당신이 우리를 능가한다는 것을 기꺼이 인정하겠습니다."

이에 멘토르가 대답했다.

"현명한 네스토르, 당신도 아시다시피 오디세우스는 내게 자기 아들을 맡겼습니다. 아버지의 운명을 찾고 싶어 애가 탄 그 젊은이는 예전에 필로스에서 당신 집에 잠시 머문 적이 있지요. 당신은 그의 아버지의 절친한 친구로서 온갖 정성을 다해 그를 보살펴주었습니다. 당신은 심지어 아들로 하여금 그를 안내해주게 했습니다. 그 뒤 그는 긴 바다 여행길에 올랐습니다. 그는 시칠리아와 이집트, 키프로스 섬, 크레테 섬을 거쳐서 여기까지 왔습니다. 바람이, 아니 더 정확히 말하면 신들께서 이타케로 돌아가려는 그를 이 연안으로 데려오셨습니다. 마침 이곳에 온 우리가 이렇게 당신들을 끔찍한 전쟁의 공포에서 벗어나게 해드리려 하고 있습니다. 지금부터 당신에게 약속드리는 것은 모두 이도메네우스가 하는 것이 아니라 오디세우스의 아들과 제가 하는 것입니다."

동맹군 진영에서 멘토르가 네스토르에게 그렇게 말하는 동안, 이도메네우스와 텔레마코스는 무장한 크레테 군인들과 함께 살렌티니 성벽 위에서 그들을 바라보고 있었다. 그들은 적들이 멘토르의 말을 어떻게 받아들일지 아주 주의 깊게 살펴보았다. 그들은 두 노인의 현명한 대화를 듣고 싶었을 것이다. 네스토르는 그리스의 모든 왕들 가운데 경험이 가장 풍부하고 웅변술이 가장 뛰어난 왕으로 알려져 있었다. 트로이아 전쟁 때 아킬레우스의 노기등등함과 아가멤논[96]의 오만, 아이아스의 자만 그리고 디오메데스의 격렬한 용기를 누그러뜨린 것도 다름 아닌 그였다. 그의 입에서는 설득력 있고 감미로운 말이 꿀물처럼 흘러나왔다. 그는 목소리만으로도 그 모든 영웅을 설득해낼 수 있었다. 그가 입을 열면 모두가 입을 닫았다. 전쟁터에서 생긴 심한 불화를 잠재울 수 있는 것은 오직 그뿐이었다. 그는 매정한 세월의 흐름으로 인해 영육이 쇠약해지는 것을 느끼기 시작했다. 하지만 그의 말은 여전히 정력과 감미로움으로 가득 차 있었다. 그는 젊은이들에게 교훈을 주려고 과거의 경험에서 우러나온 이야기들을 들려주곤 했다. 그의 말은 좀 느리긴 했지만 여전히 매력적이었다. 그러나 모든 그리스 인들에게 찬탄을 받는 그 노인도 멘토르가 나타나면서부터 그 대단한 달변과 위엄을 잃어버린 것 같았다. 그의 노련함은, 세월이 흘러도 중용의 힘과 활력을 잃지 않은 멘토르의 노련함에 빛이 바랬다. 멘토르의 말은 진중하고 간략

했으며 네스토르에게서 사라지기 시작한 힘과 위엄을 지니고 있었다. 그의 말은 명료하고 힘이 있었다. 그는 절대로 불필요하게 말을 반복하지 않았다. 판정을 내릴 필요가 있는 일에 대해서는 필요한 요점만 간단히 말했다. 마음속에 새기게 하거나 설득하려고 같은 말을 반복할 때는 언제나 새로운 표현을 사용하거나 훌륭한 비유를 들었다. 다른 사람들의 요구에 응하여 어떤 진리를 주입하고자 할 때는 딱히 뭐라고 말하기 힘든 관대함과 쾌활함을 보였다. 너무도 존경스러운 두 노인의 모습은 그곳에 집합해 있는 병사들을 모두 감동시켰다.

살렌티니에 대항하려고 전쟁에 참여한 동맹군이 그 두 노인을 좀 더 가까이에서 보고 지혜로운 말을 듣기 위해 우르르 다가가자, 이도메네우스와 그의 군인들은 눈을 반짝이며 그들의 몸짓과 표정이 무엇을 의미하는지 알아내려 애썼다.

그동안 초조해진 텔레마코스는 자신을 에워싸고 있는 많은 군인들을 헤치고 멘토르가 나간 문 쪽으로 달려가서 강제로 문을 열게 했다. 이도메네우스는 방금 자기 곁에 있던 텔레마코스가 어느새 네스토르에게 다가가고 있는 것을 보고 놀랐다. 텔레마코스를 알아본 네스토르는 비록 걸음이 무겁고 느렸지만 그를 맞이하기 위해 황급히 걸어나갔다. 텔레마코스는 그를 꼭 껴안은 뒤 마침내 이렇게 소리쳤다.

"오, 아버지나 다름없는 분! 친아버지를 찾지 못하는 불행과, 뵐 때마다 당신에게서 느껴지는 포근함과 선량함이 제게 그런 마음이 들게 했어요. 아버지 같은 분, 사랑하는 아버지 같은 분, 다시 뵙게 되었네요! 이렇게 제 아버지도 뵈었으면 얼마나 좋을까요! 아버지를 잃은 저를 위로해줄 수 있는 게 있다면, 그것은 당신에게서 제 아버지의 모습을 보는 일입니다."

네스토르는 그 말에 눈물을 글썽였지만, 텔레마코스의 뺨에 아주 매혹적으로 흘러내리는 눈물을 보면서 내심 기쁨을 느꼈다. 동맹군들은 처음 보는 청년이 아무 두려움도 없이 자신들 쪽으로 달려오는 것을 보고, 그의 아름다움과 온화함, 의연함, 그리고 침착함에 놀라지 않을 수 없었다. 그들은 서로 이렇게 말했다.

"네스토르 곁의 저 청년은 저 노인의 아들이겠지? 각기 인생의 정반대 시기를 살고 있지만 지혜로움에는 별 차이가 없는 것 같아. 한쪽은 지혜로 꽃을 피우고 있고 다른 한쪽은 아주 잘 익은 열매 같아."

네스토르가 텔레마코스를 다정하게 맞아주는 것을 보고 흡족한 멘토르는 반가운 기분에 네스토르에게 이렇게 말했다.

"보세요. 모든 그리스 인에게 큰 사랑을 받고 있을 뿐 아니라 당신에게도 그토록 소중한 오디세우스의 아들을. 오, 지혜로운 네스토르! 이도메네우스의 약속을 신뢰할 수 있게 해줄 가장 값진 보증이자 인질로서 저 청년을 당신께 드리겠습니다. 제가 아버지에 이어 그 자식까지 죽기를 바라지 않는다는 것을 아실 겁니다. 또한 불행한 페넬로페에게서, 멘토르가 살렌티니의 새 왕의 야심을 채워주려고 그녀의 아들을 희생시켰다는 비난도 받고 싶지 않다는 것을 잘 아시겠지요. 오, 여러 나라에서 온 국민들이여! 영원한 평화를 확고히 하기 위해 자원한, 평화를 애호하는 신들께서 보내신 이 증표를 당신들에게 드리고자 합니다."

평화라는 말에 좌중이 웅성거리기 시작했다. 동맹군은 상대편의 입에서 나온 그 말이 전투를 지연시키기 위한 책략이라고 판단하고 분노했다. 그들은 단지 그가 자신들의 격한 감정을 누그러뜨리려고 그런 이야기를 한다고 생각했다. 특히 만두리아 인들은 이도메네우스가 또 자신들을 속이려 한다며 흥분했다. 그들은 수시로 멘토르의 이야기를 끊으려고 노력했다. 왜냐하면 지혜로 가득한 그의 이야기가 자신들의 동맹을 와해시키지 않을까 두려웠기 때문이다. 그들은 동맹 내부의 그리스 인들을 의심하기 시작했다. 그것을 알아차린 멘토르는 서둘러 의심을 더욱 증폭시킴으로써 동맹군의 마음을 분열시켰다. 그는 말했다.

"만두리아 인들이 불평하고 자신들이 입은 피해에 대해 배상을 요구하는 데는 그만한 이유가 충분히 있을 것으로 생각합니다. 그렇지만 이 연안에 각자 자신들의 나라를 세운 그리스 인들이 이미 오래전부터 이곳에 살고 있는 사람들의 의심의 대상이 되어 미움을 받는 것 또한 옳지 못합니다. 오히려 그리스 인들은 그리스 인들끼리 뭉쳐 다른 나라 사람들로부터 대접을 받아야 합니다. 절제해야지, 이웃 땅을 탈취하려 하면 안 됩니다. 저는 유감스럽게도 이도메네우스가 당신들에게 불신을 샀다는 것을 압니다. 그런데 그 모든 불신을 불식시키기는 쉽습니다. 텔레마코스와 제가 당신들에게 이도메네우스의 선의를 보장하는 볼모가 되겠습니다. 그가 당신들에게 약속한 것들이 충실히 이행될 때까지 저희가 인질로 남아 있겠습니다." 그는 크게 소리쳤다. "만두리아 인들이여, 당신들이 화가 난 것은, 크레테 인들이 당신들의 산악 지대 통로를 기습적으로 장악한 뒤, 당신들이 물러나 조용히 살고 있는 곳에 그들이 마음대로 침입할 수 있게 되었기 때문이지요. 그러니 크레테 인들이 높은 망루를 세워 요새화한 그 협로가 전쟁의 진짜 이유인 것입니다. 대답해보세요. 그것 외에 다른 이유가 있습니까?"

그러자 만두리아 인들의 왕이 앞으로 나오며 말했다.

"이 전쟁을 피하려고 우리가 무슨 일인들 하지 않았겠소! 신들이 우리의 증인이 되어줄 것이오. 불안감을 조성하는 크레테 인들의 야심과 그들의 서약에 대한 불신이 우리로 하여금 평화를 포기하게 했다는 것을 말이오. 우리는 절망적인 상황에서 어쩔 수 없이 저 무분별한 국민에게 대항할 수밖에 없었소. 저들이 망해야 우리가 살 수 있다는 생각밖에 없었소! 저들이 그 통로를 장악하고 있는 한, 우리는 저들이 우리 땅에 침입하여 우리를 노예로 만들려 한다고 생각할 수밖에 없을 것이오. 저들이 평화롭게 살 생각밖에 없다는 것이 사실이라면 저들은 우리가 기꺼이 양보한 땅으로 만족해야 하며, 어떤 야심 찬 의도를 가지고 억지로 한 나라의 입구를 틀어막는 일에 집착하지 말아야 할 것이오. 그런데 당신은 저들을 잘 알지 못하오. 오, 지혜로운 노인이여! 우리도 큰 불행을 겪은 뒤에야 저들이 어떤 사람들인지를 알았소. 오, 신들의 사랑을 받는 분이여! 정당하고 필요악인 전쟁을 지연시키지 마시오. 이 전쟁에서 우리가 승리하지 않는 한, 헤스페리아 연안의 평화는 기대할 수 없소. 오, 노여워하는 신들께서 우리의 평화를 깨뜨리고 우리의 잘못을 벌하기 위해 우리 곁으로 보내신 기만적이고 잔인하며 배은망덕한 국민이여! 신들이시여, 우리에게 벌을 주셨으니 이제 우리의 복수를 해주십시오! 우리에게 그랬던 것처럼 적들에게도 똑같이 돌려주셔야 합니다."

그 말에 모두들 감동한 듯했다. 멘토르가 꺼보려고 애쓴 전투의 불꽃을 마르스 신과 벨로나 신이 대열들 사이를 돌아다니면서 다시 부추기는 것 같았다. 멘토르는 다시 말문을 열었다.

"만일 제가 당신에게 약속하는 것으로 그친다면 당연히 당신은 저를 믿지 않을 수 있습니다. 그래서 당신에게 확실하게 눈에 보이는 것을 제안하겠습니다. 텔레마코스와 저를 인질로 삼는 데 만족하지 못하겠다면 크레테 인들 가운데 가장 용감하고 가장 훌륭한 군인 열두 명을 당신에게 보내드리겠습니다. 물론 당신 편에서도 인질을 보내는 것이 합당할 것입니다. 왜냐하면 진심으로 평화를 원하는 이도메네우스는 확실하고 정당한 평화를 원합니다. 그는 평화를 원합니다. 전쟁의 위험 앞에서 두렵고 나약해서가 아니라 지혜와 절제를 위해서 평화를 원합니다. 당신이 말한 것처럼 말입니다. 그는 죽음을 불사하며 정복할 각오가 되어 있습니다. 그러나 그는 가장 혁

혁한 전과보다 평화를 더 사랑합니다. 그는 정복당할까 두려워하는 것을 수치스러워합니다. 옳지 못하게 행동하는 것을 두려워합니다. 그렇지만 자신의 과오를 바로잡는 것에 대해서는 수치스러워하지 않습니다. 그는 손에 무기를 들고 당신에게 평화를 제안합니다. 하지만 평화의 조건을 거만하게 강요하고 싶은 마음은 조금도 없습니다. 왜냐하면 평화를 강요하고 싶은 마음이 조금도 없기 때문입니다. 그는 모두가 흡족해하고 모든 질서를 종식시키며, 모든 원한을 진정시키고 모든 불신을 치유하는 평화를 원합니다. 한마디로 이도메네우스는, 확신하건대, 당신과 똑같은 것을 원하고 있습니다. 이제 남은 것은 당신을 설득하는 일밖에 없습니다. 당신이 안심하고 열린 마음으로 제 말에 귀 기울여준다면 설득은 어렵지 않을 것입니다.

그러니 훌륭한 국민들이여! 그리고 너무 지혜롭고 단결돼 있는 왕들이시여, 제가 당신들에게 이도메네우스를 대신하여 제안하는 것을 들어보십시오. 그가 이웃의 땅을 침략하는 것은 옳지 못합니다. 물론 이웃이 그의 땅을 침략하는 것 또한 정당하지 않습니다. 그는 높은 망루로 요새를 쌓은 그 협로의 경비를 중립 군대가 맡는 것에 동의합니다. 네스토르와 필록테테스, 당신들은 그리스 출신입니다. 하지만 지금 당신들은 이도메네우스를 적대시하고 있습니다. 그러니 당신들은 지나치게 그의 이익에 호의적인 것 아니냐는 의심을 받지 않을 것입니다. 당신들에게 중요한 것은 헤스페리아 연안의 평화와 자유라는 공동의 이익입니다. 당신들이 이 분쟁의 원인인 그 통로의 관리인이자 수탁인이 되어주십시오. 이도메네우스가 이웃의 땅을 침탈하는 것을 막는 일이 당신들에게 득이 될 것입니다. 마찬가지로 기존의 헤스페리아 연안 국가들이 그리스 인들이 새로 세운 살렌티니를 파괴하지 못하게 막는 일도 그에 못지않게 당신들에게 이로울 것입니다. 양쪽을 공평하게 대하십시오. 당신들이 사랑해야 할 사람들이 사는 집에 칼과 불을 들고 가지 말고 심판자와 중재자가 되는 영광을 누리십시오. 이도메네우스가 이 조건들을 성실히 이행하리라는 확신이 서면 그것들을 훌륭한 조건으로 받아들이시겠지요. 제가 당신들을 만족시켜드리겠습니다.

그 통로가 당신들에게 위탁될 때까지 상호 안전을 위해 제가 말한 그 인질들은 남아 있을 것입니다. 헤스페리아 연안 전체와 살렌티니, 심지어 이도메네우스의 안녕까지 당신들의 처분에 달려 있다고 생각하면 만족스러우십니까? 그러면 이제 당신들이 믿지 못하시는 게 무엇입니까? 당신들 자신입니까? 당신들은 이도메네우스를 믿지 않으려 하시겠지요. 그렇지만 이도메네우스는 당신들을 믿고 싶어 합니다. 저를 믿어주세요. 그는 자신의 모든 백성뿐 아니라 자신의 평화와 자유 그리고 생명까지 당신들에게 맡기려고 합니다. 당신들이 진정 평화를 원하신다면, 이제 이렇게 그것이 당신들 앞에 있으니 감히 물러설 궁리를 하셔서는 안 될 것입니다. 다시 말씀드리지만, 이도메네우스가 이런 제안을 하는 것은 두려워서가 아닙니다. 그가 이런 제안을 하기로 결심한 것은 지혜와 정의 때문입니다. 그가 그렇게 결심한 것이 혹시 당신들을 두려워해서 어쩔 수 없이 한 일이라고 생각하실지 모르겠습니다. 하지만 그는 그런 문제에 전혀 신경 쓰지 않습니다. 그가 먼저 과오를 범한 것은 사실입니다. 그러나 그는 이번 제안을 통해 자신의 과오를 명예롭게 인정하고 있습니다. 오만하게도 자신의 과오를 방어하려 하며 그것을 감출 수 있으리라 기대하는 것은, 나약함과 자만 그리고 지독한 무지의 소치입니다. 자신의 과오를 적에게 고백하고 그것을 고치겠다고 제안하는 일은 더 이상 그런 과오를 범하지 않겠다는 약속입니다. 그런데 적이 제의를 받아들이지 않는다면, 그것은 아주 지혜롭고 당당한 그의 행동을 매우 두려워하고 있음을 방증하는 일입니다. 이번에는 반대로 그가 당신들에게 죄를 덮어씌우지 않도록 조심하세요. 만일 당신들에게 찾아온 이 평화와 정의를 거절한다면 그것들이 당신들에게 복수할 것입니다. 신들의 노여움을 두려워하는 이도메네우스가 신들이 당신들에게 노여워하도록 만들 것입니다. 텔레마코스와 저는 대의를 위해 싸울 것입니다. 저는 하늘과 지옥의 모든 신을, 지금 제가 내놓은 정당한 제안의 증인으로 삼을 것입니다."

말을 마친 멘토르는 손에 들고 있던 올리브 나뭇가지를 평화의 증표로 들어 올려 보였다. 가까이에서 그를 바라보던 왕들은 그의 시선에서 발산되는 신의 광채에 놀라워하며 경탄해 마지않았다. 그는 가장 위대한 인간들에게서 볼 수 있는 것

이상의 어떤 위엄과 권위를 지니고 있는 것 같았다. 그의 부드럽고 힘 있는 말의 매력이 사람들의 마음을 사로잡았다. 그것은 마치 깊은 밤의 정적이 흐르는 올림포스 신전에서 별안간 달과 별을 멈추게 하고 성난 바다를 침묵하게 하며, 무서운 급류를 정지시키는 마력을 가진 말〔言〕 같았다. 격앙된 사람들 사이에서 멘토르는 마치 호랑이에게 둘러싸인 박코스 같았다. 박코스의 부드러운 목소리가 지닌 힘에 매료되어 호전성을 잃고 그의 발을 핥아주고 그에게 몸을 비벼대며 순응하는 그런 호랑이들 말이다. 처음에는 동맹군 사이에서 깊은 침묵만이 흘렀다. 왕들은 그가 누구인지 몰랐지만 그렇다고 감히 저항할 수도 없어서 서로 멍하니 바라보기만 했다. 군인들은 조용히 그를 다시 주시했다. 혹시 그에게 할 말이 더 남아 있는데 그 말을 듣지 못할까 봐 감히 아무도 말을 꺼내지 못했다. 그들은 멘토르가 한 말에 덧붙일 말을 한마디도 찾지 못하고 그저 좀 더 그의 말을 들었으면 하고 바랄 뿐이었다. 그의 말은 모두의 마음에 깊이 새겨졌다. 그는 말을 통해 사랑과 신뢰를 얻었다. 모두가 그의 입에서 나오는 가장 하찮은 한마디라도 놓치지 않으려고 열심히 귀를 기울였다.

　꽤 긴 침묵이 흐른 뒤 이윽고 웅성거리는 소리가 점점 커지기 시작했다. 그것은 더 이상 분노에 떠는 사람들의 어수선한 웅성거림이 아니었다. 반대로 그것은 부드럽고 호의적인 속삭임에 가까웠다. 이미 그들의 얼굴에서는 딱히 표현하기 힘든 차분하고 진정된 기운이 느껴졌다. 그토록 노기등등하던 만두리아 인들은 자신들도 모르게 손에서 무기가 떨어지는 것을 느꼈다. 사나운 팔란토스와 그의 스파르타 인들은 자신들의 냉혹한 마음속에 일어나는 감격에 흠칫 놀라지 않을 수 없었다. 그 밖의 사람들도 자신들 앞에 다가온 행복한 평화를 염원하기 시작했다. 불행을 겪으면서 누구보다도 더 예민해진 필록테테스는 흐르는 눈물을 참을 수 없었다. 멘토르의 말에 감동한 네스토르는 아무 말도 하지 못하고 그저 다정하게 멘토르를 껴안아주었다. 동맹군은 마치 무슨 신호탄이라도 터진 양 동시에 큰 소리로 말하기 시작했다.

"오, 지혜로운 노인이여! 당신은 우리로 하여금 무기를 거두게 했소! 평화! 평화!"

잠시 후 네스토르가 이야기를 시작하려 했다. 그러자 군인들은 불안해하며 그가 난색을 표하려는 것이 아닌지 걱정했다. 그래서 그들은 다시 "평화! 평화!"를 연호했다. 그들은 자신들의 왕과 함께 "평화! 평화!"를 외쳐댄 후에야 겨우 조용해졌다.

네스토르는 더 길게 말하기 곤란한 상황임을 깨닫고 이렇게 간단히 말하는 것으로 그쳤다.

"오, 멘토르! 당신은 한 선인의 말이 얼마나 큰 힘을 발휘하는지 보셨습니다. 지혜와 미덕은 모든 격정을 진정시킵니다. 우리의 정당한 적개심도 우정과 지속적인 평화에 대한 갈망으로 바뀌었습니다. 당신의 제안을 모두 받아들이겠습니다."

그러자 모든 왕들이 동의의 표시로 동시에 손을 내밀었다.

멘토르는 성문 저편의 이도메네우스에게 달려가 화해의 소식을 알렸다.

그사이, 네스토르는 텔레마코스를 안아주며 이렇게 말했다.

"오, 모든 그리스 인들 가운데 가장 현명한 자의 아들아! 너는 네 아버지 못지않게 현명하지만 네 아버지보다 더 행복했으면 좋겠구나! 네 아버지에 대해 아직 아무 소식도 듣지 못했다고? 네 아버지에 대한 기억이 우리의 분노를 잠재우는 데 크게 일조했단다."

몰인정하고 사나운 팔란토스는 비록 한 번도 오디세우스를 보지 못했지만 그 부자(父子)의 불행에 마음이 흔들리지 않을 수 없었다.

멘토르가 이도메네우스와 그의 크레테 군인들을 데리고 동맹군이 있는 곳으로 돌아왔을 때, 텔레마코스는 자신의 모험담을 들려달라는 재촉을 받고 있었다.

이도메네우스를 본 동맹군은 다시 분노로 불붙는 것 같았지만 멘토르의 말이 다시 번지려는 불을 꺼주었다.

"신들께서 증인이자 수호자가 되어주시는 신성한 동맹을 체결하는데 뭘 망설이십니까? 만일 어떤 인간이 이 신성한 동맹을 깨뜨려 신들을 모독한다면 그는 신들께 보복을 당할 것입니다. 전쟁으로 인해 생긴 모든 가혹한 재난이, 동맹의 신성한 권리를 깔아뭉개는 야심 차고 비열하며 혐오스러운 한 인간의 머리 위로 떨어질 것입니다. 그렇게 그는 신과 인간들의 증오를 사고 말 것입니다. 그는 절대로 배신의 열매를 만끽하지 못할 것입니다. 아주 끔찍한 얼굴을 가진 지옥의 푸리아이들이 그의 극심한 고통과 절망을 부추기러 올 것입니다. 그는 죽더라도 묻어줄 사람이 아무도 없어 이리와 독수리의 먹이가 되고 말 것입니다. 타르타로스의 깊은 심연 속에서 탄탈로스와 익시온, 그리고 다나이데스보다 더 끔찍하게 영원한 고통에 시달려야 할 것입니다! 이 평화는 하늘의 궁륭을 떠받치고 있는 아틀라스[97]의 바위처럼 견고할 것입니다. 모든 나라의 국민들이 평화를 숭상하여 대대손손 그 과실을 향유할 것입니다. 평화를 맹세하는 사람들의 이름은 사랑과 존경으로 우리의 자손들에게 회자될 것입니다. 공평함과 선의에 바탕을 둔 이 평화는, 앞으로 세상에 존재하는 모든 국가들 사이에서 이루어질 모든 평화의 모범이 될 것입니다. 화합을 통해 행복해지기를 원하는 국민들은 모두 헤스페리아 연안의 국민들을 모방할 것입니다!"

그 말이 끝나자마자 이도메네우스와 왕들은 멘토르가 제시한 조건으로 평화 협정을 맺었다. 양측은 각기 열두 명씩의 인질을 교환했다. 텔레마코스는 이도메네우스가 보내는 인질들 가운데 들고 싶었다. 하지만 아무도 멘토르를 인질로 보내는 데 동의하지 않았다. 왜냐하면 동맹군은 협약이 모두 이행될 때까지 그가 이도메네우스 곁에 남아서 책임을 져주기 원했기 때문이다. 그 도시 사람들과 동맹군은 눈처럼 하얀 송아지 백 마리와 꽃 줄로 뿔을 두른 황금빛 황소 백 마리를 희생 제물로 바쳤다. 신성한 칼에 죽어가는 희생 제물들이 끔찍하게 우짖는 소리가 이웃 산에까지 메아리쳤고, 피가 사방으로 튀어 흘러내렸다. 헌주(獻酒)를 위해 그윽한 향의 포도주가 가득 따라졌다. 내장으로 점을 치는 예언가는 아직도 팔딱팔딱 뛰고 있는 내장을 보며 점괘를 읽었다. 희생 제물을 바치는 사제들이 피운 향이 두터운 구름처럼 제단 위로 피어오르며 온 평야를 향기롭게 물들였다.

그러는 동안 양측의 군인들은 적의에 찬 시선을 거두고 모험담으로 대화의 꽃을 피우기 시작했다. 그들은 이미 싸움에 대해서는 잊고 평화의 달콤함을 맛보았다. 트로이아 전쟁 때 이도메네우스를 따랐던 사람들 가운데 많은 이들이 그 전쟁에 참전했던 네스토르를 알아보았다. 그들은 풀밭에 누워 이 행복한 날을 축하하기 위해 가져온 포도주를 나눠 마셨다.

그때 갑자기 멘토르가 다시 일어나더니 그곳에 모인 왕과 장수들에게 말했다.

"이제부터 우리는 하나입니다. 신들께서는 자신들이 지은 인간을 사랑하셔서 인간들 사이의 완전한 화합을 위한 영원한 끈이 되어주기를 원하십니다. 인류는 이 대지 위에 흩어져 사는 한 가족입니다. 모든 나라의 국민들은 한 핏줄이므로 형제처럼 서로 사랑해야 합니다. 자신과 같은 핏줄인 형제의 피를 통해 잔인한 영광을 추구하는 불경한 자들은 불행할 것입니다! 때로는 전쟁이 불가피한 것이 사실입니다. 그러나 몇몇 경우를 제외하면 전쟁은 인간의 수치일 뿐입니다. 오, 왕들이시여! 영광을 얻으려면 전쟁을 해야 한다고 말씀하지 마십시오. 인간적이지 못한 것은 진정한 영광이 아닙니다. 박애적인 감정보다 자기 자신의 영광을 더 좋아하는 사람은 인간이 아니라 오만에 찬 괴물입니다. 그는 헛된 영광을 얻을 뿐입니다. 왜냐하면 진정한 영광은 절도와 선의 안에서만 존재하기 때문입니다. 사람들은 때로 그런 사람의 무분별한 자만심을 만족시키려고 아첨을 떨기도 합니다. 그러나 그에 대해 진심을 말할 때는 항상 이렇게 말할 것입니다. '그는 영광을 얻을 자격이 없어. 부정한 욕망으로 영광을 얻기를 원하니까. 그에게 존경을 표해서는 안 돼. 왜냐하면 그는 사람들을 존경하지 않는데다가 끔찍한 허영으로 인간의 피를 함부로 낭비했으니까.'

백성들을 사랑하고 그들에게 사랑받으며, 이웃 국가들을 신뢰하고 그들로부터 신뢰를 받는 왕은 행복할 것입니다! 이웃 국가들과 전쟁을 일으키기는커녕 오히려 그들을 전쟁으로부터 막아주는 왕, 그리고 그로 인해 행복해하며 다른 모든 이방 국민의 부러움을 사는 국민을 둔 왕은 행복할 것입니다! 그러니 종종 다시 모이도록 하십시오. 오, 헤스페리아의 강한 도시들을 다스리는 왕들이시여! 삼 년마다 모여 다시 새롭게 서약을 하여 동맹을 다지십시오. 약속한 우정을 더욱 공고히 하고 공공의 이익에 대해 토의하십시오. 당신들이 함께하는 이상 당신들은 이 아름다운 나라 안에서 평화와 영광 그리고 풍요를 누리게 될 것입니다. 누구도 당신들을 정복하지 못할 것입니다. 신들께서 당신들을 위해 준비하신 행복을 방해할 자는, 지옥에서 올라와 인간들에게 고통을 주는 불화의 신밖에 없습니다."

그러자 네스토르가 그에게 답변했다.

"이렇게 쉽게 평화 조약을 맺는 것을 보면 우리가 얼마나
전쟁을 싫어하는지 아실 겁니다. 헛된 영광이나, 이웃을 해치
면서 영토를 확장하려는 부당한 탐욕으로 촉발되는 전쟁 말
이에요. 그런데 자신의 이익밖에 모르고, 그래서 다른 나라를
침략할 기회를 절대로 놓치지 않는 난폭한 왕이 옆에 있을 때
에는 어떻게 해야 합니까? 이도메네우스를 염두에 두고 하는
말이라고는 생각하지 마십시오. 저는 이제 그를 그런 존재로
생각하지 않으니까요. 제가 말하는 사람은 우리가 아주 두려
워하는 다우니아 인들의 왕 아드라스토스입니다. 그는 신을
경멸하고, 지상의 모든 인간은 오로지 노예 상태로 자신의 영
광에 봉사해야 한다고 생각합니다. 그는 백성들이 자신을 왕
이자 아버지로 생각하는 것을 원하지 않습니다. 그는 자신의
백성이 오로지 노예이자 자신의 숭배자이길 원할 뿐입니다.
그는 신들이 받는 숭배를 받고 싶어 합니다. 어쨌든 지금까지
는 눈먼 운명이 그의 아주 부당한 기도를 들어주었습니다. 저
희는 이 연안에 정착한 지 얼마 안 되어 가장 약한 살렌티니를
먼저 공격한 뒤에 이어서 가장 강한 그들을 공격할 계획이었
습니다. 그들은 이미 우리의 동맹 가운데 여러 도시를 점령했
습니다. 크로토나 사람들은 그에게 두 번 패했습니다. 그는 야
심을 채우기 위해서라면 수단과 방법을 가리지 않습니다. 적
들을 괴롭힐 수만 있다면 힘이든 계략이든 가리지 않습니다.

그는 엄청난 부를 축적했습니다. 그의 군대는 잘 훈련되어 있으며 전쟁에 익숙해 있습니다. 그의 장수들은 전쟁 경험이 많습니다. 신하들은 그에게 충성하고, 그는 자신의 명령을 수행하는 장수들을 모두 직접 건사합니다. 그는 과오에 대해서는 하찮은 것까지 가혹하게 벌을 주지만, 자신이 받은 섬김에 대해서는 끝없이 보상해줍니다. 그의 용맹은 군인을 고무하고 격려합니다. 만약 정의와 선의가 그의 행위를 지배했다면 그는 모범적인 왕이 되었을 것입니다. 그러나 그는 신들도, 양심의 가책도 두려워하지 않습니다. 자신의 평판에 대해서도 전혀 신경 쓰지 않습니다. 그는 그것을 마치 나약한 자들을 붙잡는 쓸데없는 망령쯤으로 생각합니다. 그는 어마어마한 부를 소유하는 특권과 공포심을 자아내는 특권, 모든 인간을 발아래 짓밟는 특권만이 확실하고 실질적인 행복이라고 생각합니다. 머지않아 그의 군대가 우리 땅에 출몰할 것입니다. 만일 우리 동맹군이 그를 물리치지 못하면 우리는 자유에 대한 어떠한 희망도 버려야 할 것입니다. 이웃 나라 국민들에게 자유를 용납지 않는 국가에 대항하는 것은 이도메네우스에게도, 우리에게도 이로울 것입니다. 만일 우리가 정복당하면 살렌티니도 같은 위협으로부터 자유롭지 못할 것입니다. 그러니 우리 모두 그런 불상사를 막기 위해 힘을 합칩시다."

네스토르가 이렇게 이야기하고 있는 동안 군인들은 살렌티니 성문으로 향하고 있었다. 이도메네우스가 모든 왕과 장수에게 성내로 들어가 함께 저녁을 보내자고 초대했던 것이다.

제10장

동맹국들은 이도메네우스에게 다우니아 인들에게 대항하는 동맹에 가입할 것을 제안한다. 이도메네우스는 그 제안을 받아들여 군대 파견을 약속한다. 멘토르는 그가 너무 경솔하게 다시 전쟁에 말려드는 것에 반대한다. 건국 초기에 왕국을 지혜롭게 건설하여 토대를 공고히 하려면 장기간의 평화가 필요하기 때문이다. 이도메네우스는 멘토르의 조언을 받아들여 텔레마코스와 함께 군인 백 명을 파견하기로 동맹군과 합의한다. 출발에 앞서 멘토르에게 작별 인사를 하던 텔레마코스는 이도메네우스의 처신에 경악을 금치 못한다. 멘토르는 그 기회를 이용하여 텔레마코스에게 통치하는 사람들을 부당하게 비판하는 일이 얼마나 위험한지 훈계한다. 동맹국들이 떠난 뒤 멘토르는 살렌티니 왕국과 예하 도시들을 비롯해 왕국의 상업과 각 행정 부서 등을 자세히 둘러본다. 그는 이도메네우스에게 상업과 치안에 대한 지혜로운 법규를 만들 것을 제안한다. 그는 국민을 일곱 계급으로 나누어 각기 다른 의복으로 신분을 구분하게 하고, 백해무익한 사치와 예술을 당장 중단시키고, 장인들이 꼭 필요한 기술과 상업에 종사하게 한다. 특히 그가 높이 평가하는 농업에 전념하게 한다. 마침내 그는 모두를 검소하고 고상한 생활로 이끈다. 그 개혁의 만족스러운 결과들.

그사이, 동맹국의 군대는 천막을 쳤다. 평원은 이미 온갖 색상의 천막으로 뒤덮였으며, 피곤한 군인들은 잠을 청하고 있었다. 왕들은 신하들과 함께 성내로 들어오면서 짧은 기간에 훌륭한 건축물이 그렇게 많이 지어진 것을 보고, 아무리 큰 전쟁도 이 신생 국가의 건설과 성장을 그렇게 쉽게 막지는 못하리라 생각하며 놀라워하는 것 같았다.

그들은 너무도 아름다운 왕국을 건설한 이도메네우스의 지혜와 세심함에 감탄했다. 왕들은 그가 자신들의 동맹에 합세해 다우니아 인들을 경계하면서 평화롭게 살면 자기들도 아주 강성해질 것이라고 판단했다. 그래서 그들은 이도메네우스에게 자신들의 동맹에 가담할 것을 제안했다. 그는 정당한 제안을 거절할 수 없어 군대를 약속했다. 하지만 멘토르는 한 국가가 번영하는 데 무엇이 필요한지 모르지 않았기 때문에 이도메네우스의 군대가 겉으로 보이는 만큼 강하지 않다는 것을 간파했다. 그래서 그는 이도메네우스를 조용한 곳으로 데려가서 이렇게 말했다.

"왕께서는 저와 텔레마코스의 도움이 전혀 쓸모없지 않았다는 것을 아실 것입니다. 살렌티니는 지금까지 시달려온 위협으로부터 간신히 벗어났습니다. 이제 나라의 번영을 크게 도모하고 미노스 못지않은 지혜로 백성들을 다스리는 일은 전적으로 왕께 달렸습니다. 저는 항상 왕께 거리낌 없이 말씀 드리고 있습니다. 왕께서 그것을 원하시고 어떤 아첨도 싫어 하신다는 것을 잘 알고 있기 때문입니다. 동맹국 왕들의 칭찬에 왕께서 너무 경솔하게 처신하신 게 아닌가 싶습니다."

경솔하게 처신했다는 말에 이도메네우스는 안색이 변하고 시선을 어디에 둘지 몰라 하며 얼굴을 붉혔다. 하마터면 그는 유감을 표명하기 위해 멘토르의 말을 자를 뻔했다.

멘토르는 겸손하고 공손하면서도 자유롭고 대담한 어조로 이렇게 말했다.

"'경솔'이라는 말에 충격을 받으셨겠죠. 저도 이해합니다. 저니까 이런 말씀을 드릴 수 있는 것입니다. 왜냐하면 이런 말 씀을 드리려면 왕들을 존경하고 그들의 권위에 신경을 써야 하기 때문입니다. 왕을 책망할 때조차도 말입니다. 그런데 왕 들은 진실 그 자체만으로도 충분히 기분을 상합니다. 다른 어 떤 강한 표현을 덧붙이지 않아도 말입니다. 그런데 왕께서는 제가 왕의 잘못을 깨닫게 하려고 완곡한 표현을 쓰지 않아도 받아들일 수 있으시리라 믿습니다. 제가 이런 말씀을 드리는 것은, 왕께서 제가 사실을 있는 그대로 말씀드리는 것에 거부 감을 느끼시지 않게 하기 위해서입니다. 또 신하들이 왕께 조 언할 때 자신들이 생각하는 것을 감히 다 아뢰지 못한다는 것 을 이해시켜드리기 위해서입니다. 그런 착각을 하지 않으시려면 그들이 왕께 조언하는 것 이상의 뭔가를 숨기고 있다는 것을 항상 염두에 두셔야 합니다. 왕께서 바라시는데, 저인들 왜 완화해 말씀드리고 싶은 맘이 없겠습니까. 하지만 사심 없고 보잘것없는 한 인간이 남몰래 귀에 거슬리는 말을 해드리는 것이 왕께는 유익하답니다. 누구도 감히 왕께 저처럼 말씀드리지 못할 것입니다. 그러니 왕께서는 아름답게 포장된 반쪽짜리 진실만 보게 되실 것입니다."

그 말에 이미 처음의 충격에서 벗어난 이도메네우스는 너무 예민하게 반응한 것을 부끄러워하는 것 같았다. 그는 멘토르에게 말했다.

"아첨에 길든다는 게 어떤 건지 잘 아실 겁니다. 나는 왕국의 구원을 선생께 빚지고 있습니다. 그런 직언을 들을 때 즐겁다고 말한다면 아마 거짓말일 것입니다. 그렇지만 그동안 아첨에 중독되고, 어려움 속에서도 진실을 말해줄 만큼 용기 있는 사람을 찾지 못한 왕을 측은히 여겨주십시오. 사실입니다. 나는 온전하게 진실을 말하여 불쾌감을 줄 만큼 나를 사랑해주는 사람을 이제까지 만나보지 못했습니다."

그렇게 이야기하는 동안 그의 눈에서 눈물이 흘러내렸다. 그는 멘토르를 다정하게 안아주었다.

그러자 그 지혜로운 노인이 이렇게 말했다.

"가혹하게 말하지 않을 수 없어서 그렇게 말했지만 제 마음도 편치 못합니다. 그렇지만 왕께 진실을 감춤으로써 왕을 배신할 수는 없지 않겠습니까? 역으로 제 위치에 서보십시오.

만일 왕께서 지금까지 속기만 하셨다면 그것은 왕께서 진정 그러길 원하셨기 때문입니다. 왕께서 진실한 마음을 가진 조언자를 두려워하셨기 때문입니다. 왕께서는 왕의 말을 반박할 만큼 사욕이 없고 청렴결백한 사람을 찾아보려 하신 적이 있습니까? 왕께서는 왕의 마음에 드는 일에 별로 관심이 없는 사람, 행동에 사욕이 없는 사람, 왕의 집착과 부당한 생각을 가차 없이 비난할 수 있는 사람, 그런 사람들의 말을 들으려고 신경을 써보신 적이 있습니까? 아첨꾼들을 멀리하신 적이 있습니까? 그들의 말을 의심해보신 적이 있습니까? 아마 그런 적이 없을 것입니다. 왕께서는 진실을 사랑해서 진실을 알 자격이 있는 사람들이 하는 일에 전혀 관심을 기울이지 않았습니다. 왕을 책망하는 진실에 귀 기울이고 겸손해지는 용기를 가지고 계신지 두고 보겠습니다.

따라서 저는 왕께서 그토록 많은 칭찬을 받는 것은 오히려 해가 될 뿐임을 말씀드리고 있는 것입니다. 왕께서는 아직 기틀도 잡히지 않은 왕국을 위협하는 적들을 그토록 많이 만드는 줄도 모르고 그저 새 도시를 건설하는 데만 몰두하셨습니다. 바로 그 때문에 왕께서 스스로 고백하셨듯이 그토록 잠 못 이루는 밤을 보내신 것입니다. 왕께서는 나라의 부를 바닥내셨습니다. 백성을 늘리는 일에도, 땅을 경작하는 일에도 신경을 쓰지 않으셨습니다. 이 두 가지 일, 즉 선량한 백성을 늘리는 일과 그들을 풍요롭게 먹여 살릴 땅을 경작하는 일을 부강한 나라를 만드는 중요한 토대로 삼으십시오. 이렇게 건국 초기에는 백성을 늘리는 데 유리하도록 긴 평화가 필요합니다. 왕께서는 경작과 지혜로운 법치를 이룩하는 것에 전념하셔야 했습니다. 헛된 야망은 왕을 절벽 끝까지 밀어붙였습니다. 위대하게 보이고자 하는 야망이 너무 커서 하마터면 진정한 위대함을 크게 손상시킬 뻔했습니다. 서둘러 과오를 바로잡으십시오. 큰 공사를 모두 중지시키십시오. 왕의 도시를 파멸시킬지도 모를, 사치를 과시하는 일을 중단하십시오. 백성들이 평화롭게 숨쉬도록 내버려두십시오. 백성들이 풍요롭게 살게 하는 일에 전념하셔서 그들이 짝을 맺는 일에 어려움이 없도록 하십시오. 다스릴 백성이 있어야 비로소 왕이라는 사실을, 또한 국력은 왕께서 점령하신 땅이 아니라 그 땅에 살면서 왕께 충성하는 백성의 수에 따라 가늠된다는 사실을 잊지 마십시오. 설령 땅이 좁을지라도 비옥하게 가꾸십시오. 백성들이 근면하고 규율에 절대 복종하게 하십시오. 백성의 사랑을 받도록 처신하십시오. 그러면 왕께서는 수많은 왕국을 유린한 어떤 정복자보다 더 강하고, 더 행복하며, 더 영광스러울 것입니다."

그 조언에 이도메네우스는 이렇게 대답했다.

"그러면 그 왕들을 어떻게 대해야 합니까? 내 나약함을 보여주는 것 아닙니까? 내가 경작에 대해서, 심지어 이 연안에서 그토록 원활하게 이루어지는 무역에 대해서도 소홀했던 건 사실입니다. 나는 멋진 도시를 만드는 것밖에는 생각하지 않았으니까요. 존경하는 멘토르 선생, 그런데 그 많은 왕들 앞에서 꼭 내 명예를 떨어뜨려야 할 필요가 있습니까? 내 경솔함을 드러내야 합니까? 그럴 필요가 있다면 그렇게 하겠습니다. 어떤 대가를 치르더라도 그렇게 하겠습니다. 선생이 내게 가르쳐주지 않았습니까. 자신의 백성을 위해 존재하는, 그리하여 그 백성에게 전적으로 헌신할 의무가 있는 진정한 왕은, 자기 자신의 평판이나 명성보다 왕국의 안녕을 위해 더 노력을 기울여야 한다고 말입니다."

멘토르는 이렇게 대답했다.

"그런 생각은 백성들의 아버지에게 걸맞은 생각입니다. 제가 왕께서 진정한 왕의 성정을 갖추셨다고 확신하는 것은 바로 왕의 그 선한 마음 때문입니다. 이 도시의 쓸데없이 멋진 모습 때문이 아닙니다. 그렇지만 왕국의 이익을 위해 왕의 명예를 적절히 보살피실 필요도 있습니다. 제게 맡기십시오. 동맹국 왕들에게 왕께서 오디세우스가 아직 살아 있다면 그를, 그렇지 않다면 그의 아들을 이타케의 왕으로 앉힐 것을 약속하고 페넬로페의 구혼자들을 내쫓아주기로 하셨다고 말하겠습니다. 그들은 그 일에 대규모 군대가 필요하다는 것을 쉽게 이해할 것입니다. 상황이 그렇다 보니 왕께서 그들과 다우니아 인들 사이의 전쟁에 소규모의 병력밖에 파견할 수 없다는 사실에 동의할 것입니다."

그 말에 이도메네우스는 무거운 짐을 하나 벗어던진 것처럼 보였다. 그는 멘토르에게 말했다.

"존경하는 선생, 당신은 내 명예와 이 신생 도시의 평판을 구해주었습니다. 내 이웃 국가들에게 우리 도시의 취약점을 감추어줌으로써 말입니다. 그런데 텔레마코스는 다우니아 인들과의 전쟁에 참전하기로 되어 있습니다. 그런데 그런 그를 왕위에 앉히려고——물론 아버지가 죽었을 경우겠지만——이타케로 군대를 보내겠다고 말하는 것은 앞뒤가 맞지 않는 것 아닙니까?"

멘토르가 대답했다.

"난감해하지 마십시오. 저는 진실만 말하니까요. 왕께서는 무역선을 에페이로스 해안으로 보내십시오. 그 선박들은 두 가지 일을 동시에 수행할 것입니다. 하나는 너무 높은 관세 때문에 살렌티니를 찾지 않는 외국 상인들을 다시 부르는 일이고, 다른 하나는 오디세우스의 소식을 알아보는 일입니다. 만일 그가 아직 살아 있다면 이탈리아와 그리스를 가르는 이 바다에서 멀지 않은 곳에 있을 것입니다. 누군가 그를 파이아케스 족의 나라에서 보았다고 합니다. 비록 그가 살아 있을 가망성이 거의 없을지라도, 왕의 선박들은 그의 아들에게 각별한 도움을 줄 것입니다. 그 선박들은 이타케와 주변 모든 국가들에 젊은 텔레마코스라는 이름이 주는 두려움을 퍼뜨릴 것입니다. 사람들은 그 또한 그의 아버지처럼 죽었다고 믿고 있어요. 페넬로페의 구혼자들은 텔레마코스가 조만간 아주 강력한 동맹군과 함께 돌아오리라는 소식에 깜짝 놀랄 것입니다. 이타케 인들은 여전히 그들의 속박에서 벗어나지 못하고 있을 것입니다. 텔레마코스의 어머니는 위안이 되어 구혼을 계속 거절할 것입니다. 왕께서는 그렇게 함으로써, 왕을 대신해서 이 연안의 동맹들과 함께 다우니아 인들에 대항하여 싸우는 텔레마코스를 도울 수 있으실 것입니다."

그 말에 이도메네우스는 크게 기뻐했다.

"현명한 조언자의 도움을 받는 왕은 얼마나 행운아입니까! 왕에게는 현명하고 믿을 수 있는 친구 한 명이, 전쟁을 승리로 이끈 군대보다 더 소중합니다. 하지만 현명한 조언을 잘 사용해 행복을 누릴 줄 아는 왕은 훨씬 더 행복할 것입니다! 미덕을 두려워해서 현명하고 덕이 있는 사람을 멀리하고 배신을 아무렇지도 않게 생각하는 아첨꾼들에게 귀 기울이는 일은 비일비재합니다. 나 자신도 그런 잘못에 빠졌었습니다. 나의 욕망과 집착을 부추기는 거짓 친구 때문에 내가 어떤 불행을 당했는지는 적당한 때 이야기해드리겠습니다."

멘토르는 동맹국 왕들에게 텔레마코스가 그들과 동행하겠지만 이도메네우스가 그 일을 잘 처리할 것이라고 안심시켰다. 동맹국 왕들은 무엇보다 이도메네우스가 오디세우스의 아들을 군대와 함께 파견하는 것에 만족했다. 그 군인들은 이도메네우스의 백성들 중 최고의 젊은 귀족들이었기 때문이다. 물론 멘토르가 그렇게 파견하도록 조언한 것이었다.

그는 다시 이야기를 계속했다. "평화시에는 인구를 늘려야 합니다. 다만 백성들 모두가 해이해져 전쟁을 잊을 염려가 있으니 나라 밖에서 일어난 전쟁에 젊은 귀족들을 보낼 필요가 있습니다. 그런 전쟁들은 국민 모두가 명예에 대한 경쟁심과 군대에 대한 사랑, 곤고함과 죽음에 대응하는 의연함 등을 키우고 전술을 연마하는 데 아주 유익하기 때문입니다."

동맹국 왕들은 이도메네우스에게 흡족해하며 멘토르의 지혜에 매료되어 살렌티니를 떠났다. 그들은 무엇보다 텔레마코스와 함께 가는 것을 크게 기뻐했다.

텔레마코스는 스승과 헤어져야 하는 고통을 달랠 길이 없었다. 동맹국 왕들이 이도메네우스와 작별 인사를 하면서 영원한 동맹을 맹세하는 동안, 멘토르는 텔레마코스를 안아주며 눈시울을 붉혔다. 그러자 텔레마코스가 이렇게 말했다.

"저는 영광을 얻으러 가는 기쁨 따위에는 관심 없어요. 그저 선생님과 이별하는 고통만 크게 느껴져요. 이집트 인들이 저를 선생님 품에서 떼어내 선생님을 더 이상 뵙지 못하게 했던 그 불행한 시절이 다시 보이는 듯합니다."

멘토르는 그를 달래기 위해 그 말에 다정하게 이렇게 대답했다.

"이것은 일반적인 이별과는 아주 다르단다. 이번 이별은 원해서 하는 것이며, 오래가지 않을 거야. 승리를 찾아서 가는 거잖니. 그러니 아들아, 너는 덜 유약하고 더 용감한 애정을 내게 보여줘야 해. 내가 없는 것에 익숙해져야 해. 항상 내 곁에 있을 수는 없어. 네가 무엇을 해야 할지 가르쳐주는 것은 멘토르가 아니라 너 자신의 지혜와 미덕이어야 한단다."

그렇게 말한 뒤 멘토르로 변신한 여신은 자신의 아이기스[98]로 텔레마코스를 덮어주었다. 동시에 그녀는 겸비하기가 좀처럼 쉽지 않은 미덕들, 즉 지혜와 통찰력, 용맹, 적절한 절제 등을 텔레마코스의 마음속에 불어넣어주었다. 멘토르가 그에게 말했다.

"아주 위험한 곳일지라도 네가 가서 유익하다면 언제든 가거라. 왕이라면 전쟁터에 아예 안 나타나는 것보다 전투에서 위험을 피하는 것이 더 불명예롭단다. 지휘자는 용기를 의심받아서는 안 된단다. 백성들에게도 그들의 장수나 왕을 보호할 의무가 있을진대, 하물며 왕이 그러한 덕목에서 의심을 받아서는 안 되지. 지휘자는 모두의 모범이 되어야 한다는 것을 잊지 마라. 모범을 보여 군대의 사기를 북돋워야 한다. 그러니 어떠한 위험도 두려워하지 마라. 오, 텔레마코스! 네 용기를 의심받느니 차라리 전투에서 장렬히 전사해라. 아첨꾼들은 필요한 경우에도 네가 위험을 무릅쓰는 것을 극구 말려놓고는 뒤에 가서 네가 용기가 없다고 가장 먼저 고자질할 사람들이란다.

그렇지만 쓸데없이 위험을 무릅쓰지는 마라. 용맹이란 신중함으로 통제할 때에만 비로소 미덕일 수 있단다. 그렇지 않으면 그것은 생명에 대한 몰상식한 경멸이고 야만적인 열정에 불과해. 성마른 용맹은 절대 신뢰받을 수 없단다. 위험 앞에서 자신을 전혀 제어하지 못하는 사람은 용감하다기보다 격한 사람이라고 말할 수 있을 거야. 그런 사람이 두려움을 이겨내려면 극도의 흥분이 필요하지. 왜냐하면 맨 정신으로는 두려움을 이겨낼 수 없으니까. 그 상태에서는 도망을 치지는 않을지 몰라도, 적어도 마음이 동요되고 흔들려 정신적인 안정과 신체적인 유연성을 상실하고 말지. 정신의 안정과 신체의 유연성이야말로 올바른 명령을 내리고, 상황을 잘 파악하여 적을 쓰러뜨려 조국에 봉사하는 데 필수적인 요소들인데 말이다. 그런 사람은 군인으로서 필요한 불같은 열정과 격정을 지니고 있다고 이야기될 수 있을지는 몰라도, 지휘관으로서의 분별력은 전혀 갖지 못한 거지. 아니, 일개 병사들까지 가지고 있는 진정한 용기도 못 가진 거야. 군인은 전투에 임할 때 침착함과, 복종에 필요한 미덕인 절도를 지녀야 하거든. 무분별하게 행동하는 군인은 부대의 질서와 규율을 해칠 뿐 아니라 수시로 부대 전체를 아주 큰 위험에 빠뜨린단다. 공공의 안전보다 자신의 헛된 야심을 택하는 사람은 보상이 아닌 벌을 받아 마땅하지.

그러니 사랑하는 아들아, 성급하게 영광을 얻으려 하지 마라. 영광을 얻는 진정한 방법은 조용히 때를 기다리는 것이란다. 덕망은 소박하고 겸손할수록, 또 모든 호사를 멀리할수록 더 존경을 받는단다. 위험을 무릅쓸 필요가 커질수록 용기와 통찰력도 더 필요해. 누구에게도 질투를 유발하지 않도록 조심해야 한다. 너 또한 동료의 성공을 절대로 질투해서는 안 된다. 칭찬받을 만한 일을 한 사람은 항상 칭찬해라. 하지만 분별 있게 칭찬해야 한다. 기꺼이 칭찬해라. 그의 단점은 감춰주고 안타까워하는 것에서 그쳐라. 너보다 경험이 많은 장수들보다 먼저 판단을 내리지 마라. 그들의 말에 공손하게 귀 기울여라. 그들에게 조언을 구해라. 아주 능력 있는 사람들에게 배워라. 네가 성공적으로 해낸 일을 그들의 공으로 돌리는 데 부끄러워하지 마라. 사람들이 너의 불신과 질투심을 불러일으키려고 다른 장수들에 대해 하는 말을 절대로 듣지 마라. 그들을 믿음과 진실로 대해라. 만일 그들의 행동에서 너에 대한 배려가 부족하다 싶으면 마음을 열어 네 생각을 모두 그들에게 조심스럽게 말해라. 그들이 이성적인 사람이면 너는 기대한 만큼의 결과를 얻을 것이다. 반대로 그들이 네 생각에 동의할 만큼 이성적이지 못하면 너는 그들을 부당한 행동에 대한 타산지석으로 삼을 수 있을 거야. 전쟁이 끝날 때까지 네 평판에 금이 가지 않도록 조심해라. 그러면 너를 비난할 사람은 없을 것이다. 무엇보다 분열을 조장하는 아첨꾼들과 말하지 말고, 네가 속한 부대의 장수들에게 해가 될 말은 하지 마라."

멘토르는 말을 이어갔다.

"나는 이곳에 남아 백성의 행복을 위해 일하는 왕을 돕고, 그가 새 왕국을 건설하다가 나쁜 조언자와 아첨꾼의 말에 넘어가 잘못을 저지를 때 바로잡아주겠다."

그러자 텔레마코스는 멘토르에게 이도메네우스의 과거 행적에 대한 놀라움을 토로하고 아울러 심지어 경멸까지 늘어놓았다. 그러자 멘토르는 엄한 어조로 꾸짖으며 말했다.

"가장 존경받는 왕일지라도 그 또한 결국 일개 인간일 뿐이며, 따라서 왕위에 필연적인 수많은 곤경과 함정 속에서 약한 인간으로서의 흔적을 드러내게 마련이다. 이도메네우스가 사치와 오만한 생각에 젖어 있었던 것은 사실이야. 그러나 그런 입장에 처하면 철학자라 한들 그런 아첨에서 자신을 방어할 수 있겠니? 그가 자신이 신임하던 사람들의 말에 지나치게 경도되었던 것도 사실이지. 하지만 가장 현명한 왕조차도 나름대로 주의를 기울인다고 해도 수시로 잘못을 저지르게 마련이다. 왕은 자신의 일을 덜어주고 자신이 신임하는 집행자 없이 혼자서는 다스릴 수 없단다. 왜냐하면 혼자서 모든 일을 다할 수는 없기 때문이지. 그뿐 아니라 왕은 특정한 일에 대해서는 주위 사람들보다 훨씬 더 모른단다. 사람들이 곁에서 왕의 눈을 가리기 때문이야. 그들은 그를 속이려고 갖은 계략을 다 동원한단다. 사랑하는 텔레마코스, 너도 많이 경험하게 될 거야. 그런 인간들에게서는 미덕도 재능도 찾을 수 없지. 그들을 아무리 관찰하고 깊이 알아보아도 언제나 그들에게 실망만 할 뿐이야. 따라서 그들을 국익에 필요한 사람들로 만드는 일은 끝내 실패하고 말지. 그들은 저마다 고집과 화합하기 어려운 성격과 질투심을 가지고 있어. 우리는 그들을 설득하지도, 바로잡지도 못할 거야.

다스려야 할 백성이 많아질수록 왕은 자신을 대신해서 업무를 처리할 집행자도 더 많이 필요로 하게 되지. 또한 자신의 권력을 맡길 사람이 많이 필요할수록 그 사람을 선택함에 있어서 과오를 범할 위험도 그만큼 커진단다. 오늘 왕들을 그토록 사정없이 비판하는 사람이 만일 내일 그 권좌에 앉게 되면 그들보다 훨씬 더 못할지도 모르고 그들보다 더 큰 과오를 범할지도 몰라. 혼자 있을 때는 결점이 보이지 않고 눈부신 자질만 돋보여 모든 자리에 잘 어울리는 사람으로 보일 수 있어. 그러나 그가 권력을 가지면 그의 모든 자질이 혹독하게 시험을 받게 되어 마침내 결점이 모두 드러나게 마련이지.

높은 지위는 모든 물체를 크게 보이게 하는 확대경 같단다. 그래서 높은 지위에서는 모든 결점이 더 크게 보이고, 아주 하찮은 일이 중대한 결과를 초래하며, 가장 경미한 과오조차 아주 큰 여파를 가져오지. 모두들 오로지 단 한 사람, 즉 왕을 관찰하고 엄격하게 판단하는 일에 몰두한단다. 왕을 판단하는 그들은 왕의 자리에 앉아본 경험이 전혀 없어. 그러니 그들은 그 지위에 어떤 어려움이 따르는지 전혀 몰라. 그리고 그들은 왕이 인간이 아니기를 바라지. 그만큼 그들은 그에게 완벽을 요구한단다. 왕은 선하든 지혜롭든 여전히 한 인간에 불과한데 말이야. 그의 능력에는 한계가 있으며 미덕 또한 그렇단다. 그 또한 자신이 완전히 제어하지 못하는 성질과 욕심, 습관 등을 가지고 있단다. 이기적이고 간사한 사람들이 그의 곁을 떠나지 않지. 그렇다 보니 그는 자신이 바라는 도움을 전혀 받지 못한단다. 그는 자신의 강한 집착에 의해서든 아니면 집행자들의 강한 집착에 의해서든 매일 어떤 착오에 빠진단다. 그는 자신의 과오를 바로잡자마자 또 다른 과오에 빠지지. 최고의 식견과 덕망을 갖춘 왕들도 별로 상황이 다르지 않단다.

제아무리 치세가 훌륭하고 길어도 그가 집권 초기에 불가피하게 저지른 과오를 바로잡기에는 통치 기간이 너무 짧으며, 과오를 바로잡더라도 완전히 다 바로잡지는 못하지. 왕위에는 온갖 불운이 따라다녀. 인간은 나약하기 때문에 짐이 너무 무거우면 무릎을 꿇지 않을 수 없어. 그러니 왕을 동정하고 용서해야 한다. 끝없이 요구만 하는 사람들을 다스려야 하고, 성군을 바라는 사람들의 비위를 맞추는 그들이 불쌍하지 않니? 솔직히 말하면, 같은 인간에 불과할 뿐인 왕에게 다스림을 받아야 하는 인간들이 더 안됐지. 어쨌든 나약하고 불완전한 한 인간에 불과한 왕이 타락하고 기만하는 그 많은 사람들을 다스리는 것은 동정받을 만한 일이야."

텔레마코스는 격렬한 어조로 대꾸했다.

"이도메네우스는 자신의 과오로 자기 조상의 왕국인 크레테를 잃었어요. 선생님의 조언이 없었더라면 살렌티니 왕국도 잃었을 거예요."

멘토르가 대답했다.

"나도 그가 큰 과오를 범한 것은 인정해. 그러나 가장 잘 다스린다는 그리스를 비롯해 다른 모든 나라에서 용서할 수 없는 과오를 전혀 범하지 않은 왕이 있다면 찾아보아라. 아무리 훌륭한 사람들도 그들의 기질과 성격에 과오를 범하게 하는 결점을 가지고 있게 마련이야. 따라서 가장 칭찬받을 만한 사람은 자신이 범한 과오를 인정하고 바로잡을 줄 아는 용기를 가진 사람이란다. 그리스 왕의 모범인 그토록 위대한 네 아버지는 약점과 결점이 없다고 생각하니? 만일 미네르바가 그를 한 걸음씩 인도해주지 않았다면 그는 불운에 따른 위험과 곤경에 수없이 무릎을 꿇었을지도 몰라! 미네르바가 얼마나 여러 번 그를 붙잡아 다시 일으켜 세워, 미덕의 길을 통해 영광으로 인도해주었는지 몰라! 만약 네 아버지가 이타케를 다시 통치하는 것을 보게 되더라도 그에게 전혀 결점이 없을 거라고는 기대하지 마라. 분명히 네 아버지의 결함을 보게 될 테니까. 그리스와 아시아의 여러 나라 사람들은 그럼에도 불구하고 네 아버지를 찬미했지. 수많은 놀라운 장점이 그 결함들을 잊게 만들었기 때문이야. 너는 네 아버지를 찬미하는 동시에 언제나 네 인생의 모범으로 삼을 수 있으니 얼마나 행복하냐.

오, 텔레마코스. 그러니 아주 위대한 사람에게도 인간으로서 할 수 있는 것만 기대해라. 경험이 없는 젊은이들은 교만한 비판에 빠져서, 자신들이 따라야 할 모든 모범에 대해 혐오감을 품고 걷잡을 수 없을 정도로 불순종하는 경향이 있지. 네 아버지가 설령 완전하지 못할지라도 너는 네 아버지를 사랑하고 존경하며 본받아야 한다. 그리고 이도메네우스에게도, 비록 나 또한 그를 비난하기는 했지만, 깊은 존경심을 가져야 해. 그는 천성적으로는 정직하고 곧으며, 공정하고 도량이 넓고 자비롭단다. 그의 용기는 나무랄 데 없어. 그는 기만을 몹시 혐오하는데, 그것은 그의 원래 성품이 그렇기 때문이지. 그는 재능도 대단해서 왕위에 손색이 없어. 자신의 잘못을 시인하는 솔직함과 온화함, 아주 거친 나의 말투도 참아내는 인내심, 그리고 자신의 과오를 공개적으로 바로잡고 어떤 비판이든 달게 받아들이는 용기 등은 그가 진정 위대한 영혼을 가졌음을 방증한단다. 타인의 조언과 선의는 아주 평범한 사람의 과오는 막을 수 있지. 그러나 너무 오랫동안 아첨의 유혹을 받아온 왕의 과오를 바로잡기 위해서는 특별한 미덕이 아니면 힘들어. 전혀 넘어지지 않는 것보다 다시 일어서는 것이 훨씬 더 명예로운 일이란다. 거의 대부분의 왕이 저지르는 과오를 이도메네우스도 저질렀어. 하지만 어떠한 왕도 그처럼 자신의 과오를 바로잡으려 하지 않았단다. 나는 그를 책망하는 동안에도 그를 존경하지 않을 수 없었단다. 사랑하는 텔레마코스, 너도 그를 존경해라. 네게 이런 조언을 하는 것은 그의 평판을 위해서가 아니라 너의 유익을 위해서란다."

멘토르는 이렇게 이야기함으로써 타인에게, 특히 통치의 고단함과 어려움을 짊어지고 있는 사람에게 자칫 가하기 쉬운 가혹한 비판이 얼마나 위험한지 깨닫게 해주었다.

그런 다음 멘토르는 다시 텔레마코스에게 이렇게 말했다.

"떠날 때가 된 것 같구나. 잘 가거라. 기다리마. 오, 사랑하는 텔레마코스. 신을 두려워하는 사람은 인간에 대해서는 전혀 두려워할 것이 없다는 것을 항상 기억하렴. 너는 절체절명의 위기에 빠질 때도 있을 거야. 그렇지만 미네르바는 너를 절대로 버리지 않는다는 것을 잊지 마라."

그 말에 텔레마코스는 마치 미네르바 여신이 자기 곁에 있는 것 같다고 생각했다. 그래서 그는 자신에게 자신감을 주는 말을 하는 이 사람이 바로 그 여신이라고 단정할 뻔했다. 그 여신이 지금 말하고 있는 사람이 멘토르라는 사실을 환기해주려고 이렇게 말하지 않았더라면 말이다.

"내 아들아, 어린 시절 너를 네 아버지처럼 현명하고 용기 있는 사람으로 가르치려고 내가 얼마나 노력했는지 잊지 마라. 네 아버지의 모범이 되는 훌륭한 행동과 내가 네게 고취하려고 애쓴 그 미덕에 어긋나는 행동은 절대로 하지 마라."

왕들이 살렌티니의 성문을 나와 각자의 부대에 합류했을 때 떠오르는 태양은 이미 산 정상을 황금빛으로 물들이고 있었다. 그 도시 성문 밖에서 야영한 각 부대는 자신의 왕을 따라 행군을 시작했다. 삐쭉삐쭉 솟은 창이 사방에서 번쩍였다. 방패에서 나온 광채에 눈이 부셨으며, 구름 같은 먼지가 하늘로 피어올랐다. 이도메네우스는 멘토르와 함께 동맹국의 왕들을 평원까지 배웅했다. 그들은 진실한 우의를 다진 뒤 마침내 헤어졌다. 동맹국들은 이도메네우스의 선의를 확인하고 그가 그때까지와는 전혀 다른 태도를 보이자, 평화가 지속될 것을 믿어 의심치 않았다. 그가 그렇게 부정적인 평을 얻은 것은 본성은 그렇지 않은데 아첨 섞인 부정한 조언에 빠졌던 데 원인이 있었다.

동맹군이 떠난 뒤, 이도메네우스는 멘토르를 데리고 다니면서 도시 곳곳을 구경시켜주었다. 멘토르는 그에게 이렇게 말했다.

"이 도시와 도시 주변 농촌 지역 인구 중 농업 인구가 얼마나 되는지 조사해보십시오. 밀과 포도주, 기름 그리고 다른 유용한 곡식이 평년에 얼마나 수확되는지도 조사해보십시오. 그러면 백성들이 어떤 농산물을 재배하는지, 이웃 국가에 내다 팔 것이 남는지 등을 알 수 있을 것입니다. 선박과 선원 수가 얼마나 되는지도 조사해보십시오. 그렇게 해서 국력을 가늠해봐야 합니다."

그는 항구로 가서 선박을 구경했다. 그는 각 선박이 어느 나라와 교역하는지 알아보았다. 각 선박이 어떤 물건을 싣고 가서 어떤 물건을 싣고 돌아오는지, 항해 비용은 얼마가 드는지, 교역이 공정하고 신의 있게 이루어지는지 등도 알아보았다. 끝으로, 탐욕으로 힘에 겨운 사업을 시도하는 상인들이 파산하는 것을 예방하기 위해 난파의 위험과 또 다른 상업상의 재해에 대해서도 알아보았다.

그는 파산하는 자에게 가혹한 벌을 내리기를 원했다. 왜냐하면 파산은 악의나 무모함에 따르는 결과이기 때문이다. 동시에 그는 절대로 쉽게 파산할 수 없도록 법을 제정했다. 그는 상인들이 재산, 이득, 지출, 사업 등을 보고하는 행정 기관을 설치했다. 타인의 재산에 위해를 가하는 행위는 일절 허락지 않았고, 자기 재산의 절반 이상을 투자하는 것도 금했다. 혼자서 할 수 없는 사업은 여럿이서 함께 하게 했다. 상업 규정을 위반한 사람을 가혹하게 처벌함으로써 사업 공동체의 질서가 침해받지 않게 했다. 물론 상업에는 완전한 자유가 주어졌다. 그는 세금으로 방해하기는커녕 다른 나라의 상인들을 살렌티니로 끌어들이는 상인들에게는 보상을 약속했다.

그러자 머지않아 상인들이 각국에서 무리 지어 몰려들었다. 그 도시의 무역은 마치 바다의 조수간만 같았다. 재물이 파도처럼 차곡차곡 도시로 유입되었다. 모든 것이 자유롭게 들어오고 나갔다. 들어오는 것은 모두 유용한 것들이었으며, 나가는 것은 모두 그 자리에 또 다른 부를 남겨주었다. 항구에서는 그 많은 나라 사람들 사이에서도 공정함이 엄격하게 지켜졌다. 정직과 선의 그리고 순박함이 아주 먼 나라의 상인들까지 불러들이는 것 같았다. 태양이 떠오르는 동쪽 어느 나라에서 오든 아니면 태양이 움직이다가 지쳐 사라지는 서쪽 어느 나라에서 오든 상인들은 마치 자기 나라에 있는 것처럼 안전하고 평화로웠다.

멘토르는 그 도시의 가정과 가게 그리고 공공 장소 등을 두루 둘러보았다. 그는 사치와 나태를 들여올 수 있는 모든 외국 상인들의 출입을 금지했다.

그는 각 신분에 따라 그에 맞는 의복과 양식, 가구, 집의 규모, 장식을 정했으며 금·은 장식품은 모두 금했다. 그는 이도메네우스에게 말했다.

"제가 알기로, 백성들이 검소한 생활을 하게 하는 방법은 한 가지밖에 없습니다. 왕께서 솔선수범하여 모범을 보이시는 것입니다. 왕께서 위엄을 보이실 필요가 있기는 합니다. 그러나 그 위엄은 왕의 근위대와 주요 조신들을 통해 충분히 드러날 것입니다. 그러니 자주색 고급 양모로 지은 어의로 만족하십시오. 국가의 주요 조신들도 왕을 따라 양모로 지은 의복을 착용토록 하되 색상에 차이를 두고, 어의 가장자리에 금으로 자수를 놓아 표시하도록 하십시오. 이외의 다른 신분을 구분하는 데는 다른 색상들을 이용하고 금이나 은 자수를 놓지 못하게 하십시오.

출신에 따라 신분을 구분하십시오. 가장 먼저 명문 귀족 출신을 최고 신분으로 정하십시오. 아주 오래전부터 최고의 권세를 누려온 그 유서 깊은 명문 가문 다음 신분으로는, 공덕과 직무에 따라 권력을 갖는 사람들을 두십시오. 귀족 칭호를 갖지 못한 이 사람들은 자신의 위치에 기꺼이 만족할 것입니다. 그들을 고속으로 승진시켜서 서로 무시하지 못하게 하고, 지위가 올라가도 절도를 지키는 사람들에게 적당히 칭찬만 해주면 말입니다. 타인의 시기를 가장 덜 받는 명문가는 아주 오랜 전통을 지닌 가문입니다. 훌륭한 행동을 한 사람에게 포상함과 함께 그의 자식들에게 귀족 신분으로 올라가는 길을 열어주면 미덕은 충분히 고취될 것이며 백성들은 국가에 봉사하는 열정을 가질 것입니다.

최고 신분은 옷자락에 금술을 단 흰옷을 착용하게 하십시오. 손가락에는 금반지를 끼게 하고, 목에는 왕의 초상이 새겨진 금메달을 걸게 하십시오. 두 번째 신분은 하늘색 옷을 입고 옷자락에 은술을 달게 하며, 은반지를 끼게 하십시오. 다만 메달은 걸지 못하게 하십시오. 세 번째 신분은 초록색 옷을 입게 하고 반지는 끼지 못하게 하십시오. 옷자락에 술도 달지 못하게 하십시오. 그 대신 메달을 걸게 하십시오. 네 번째 신분은 연한 노란색의 옷을, 다섯 번째 신분은 연한 붉은색이나 장밋빛 옷을, 여섯 번째 신분은 아마 색 옷을, 그리고 최하 계급인 일곱 번째 계급은 노란색과 흰색이 혼합된 옷을 입게 하십시오. 이상은 일곱 단계 신분으로 나뉜 자유인들이 입는 의복의 색상이었습니다. 노예는 모두 회갈색 옷을 입게 하십시오. 그렇게 하면 큰 낭비 없이 각 신분을 구별할 수 있고, 사치에 이용되는 기술은 살렌티니에서 모두 축출될 것입니다. 그 해로운 기술에 종사하던 장인들은 모두 소수의 꼭 필요한 기술이나 상업, 혹은 농업으로 이직시키십시오. 옷감의 종류나 의복의 형태에는 절대로 변형을 인정하지 마십시오. 왜냐하면 단정하고 건실한 삶을 살아야 할 사람들이 쓸데없는 장식품을 고안하는 것도, 지나치게 그 장식품에 빠지는 것도 좋지 않기 때문입니다."

유실수의 쓸모없는 가지를 잘라내는 유능한 정원사처럼 멘토르는 그렇게 미풍양속을 해치는 백해무익한 사치를 제거하려고 노력했다. 그는 모든 것을 간소와 검소로 귀결시켰다. 그는 또 시민과 노예의 식습관에 관한 규정도 만들었다.

"가장 높은 신분의 사람들이, 영혼을 유약하게 만들고 육신의 건강을 서서히 파괴하는 짜릿하고 자극적인 행동으로 자신들의 우월감을 드러내려 한다면 얼마나 부끄러운 일입니까! 신분이 높은 사람은 자신의 행복이 절제와, 타인을 행복하게 해주라고 주어진 권한, 그리고 훌륭한 행위에 의해 보상받는 평판 등에 있다고 믿어야 합니다. 절제는 가장 간소한 유식도 아주 맛있게 만듭니다. 가장 활기찬 건강과 가장 순수하고 충만한 기쁨을 주는 것은 바로 그 절제입니다. 그러므로 식사는 가장 질 좋은 고기로 한정하되 식욕을 돋우기 위한 어떠한 것도 가미하지 못하게 해야 합니다. 필요 이상으로 입맛을 자극하는 것은 인간을 독살하는 행위입니다."

그제야 이도메네우스는 자신이 무슨 잘못을 저질렀는지 잘 이해하게 되었다. 백성들이 검소함을 규정한 미노스의 법을 어기고 나약해지도록 방치한 점, 미풍양속을 타락시킨 점 등이 모두 자신의 잘못이었음을 깨달은 것이다. 지혜로운 멘토르는 왕에게, 설령 법을 바꾸더라도 왕이 모범을 보이지 않으면 아무 소용이 없다고 말해주었다. 이도메네우스는 즉시 자신의 식탁부터 바꾸었다. 트로이아 전쟁에서 다른 그리스 인들과 함께 먹었던 것처럼 간단한 고기와 함께, 질 좋은 빵과 소량의 포도주로 검소하게 식탁을 차리게 했다. 왕 스스로 결정한 그 사항에 감히 누구도 불평할 수 없었다. 그래서 모두 왕을 따라 그동안의 과식과 진수성찬의 식습관을 고쳤다.

그 다음, 멘토르는 모든 젊은이들을 타락시키는 관능적이고 방종한 음악을 척결했다. 포도주 못지않게 취하게 하며, 흥분과 파렴치로 가득 찬 소행을 유발하는 권주가(勸酒歌) 역시 아주 엄격히 금했다. 음악은 탁월한 모범을 보여준 신과 영웅들을 찬양하는 내용으로 한정했다. 또한 원형 기둥, 박공, 회랑 같은 아주 화려한 건축 장식들은 신전에만 허용했다. 그는 평범한 공간에 유쾌하고 안락한 집을 짓도록 간소하고 우아한 건축 양식을 제시해주었다. 덕분에 주택은 외관이 건전해지고 사생활을 유지할 수 있게 되었다. 또한 청결을 유지하기도 쉬웠으며 유지·보수 비용도 거의 들지 않게 되었다. 고위 공직자의 집에는 거실 하나와 작은 회랑 하나 그리고 작은 방 몇 개를 허락했다. 그 이상의 화려함은 아주 엄격하게 금지했다. 거주자의 신분에 따라 달라지는 다양한 건축 양식은 적은 비용으로 도시를 아름답고 균형미 있게 만들었다. 이전에 각자의 욕심에 따라 사치스럽게 지은 집들은 화려하기는 해도 쾌적함과 안락함이 부족했다. 그 도시는 아주 단시간에 건설되었는데, 그것은 그리스에 인접한 덕분에 훌륭한 건축가들과 많은 석공들을 확보할 수 있었기 때문이다. 그들은, 건설이 끝나면 살렌티니 주변에 정착하여 땅을 개척하며 살 수 있도록 해준다는 조건을 걸고 에페이로스를 비롯해 여러 국가에서 데리고 온 기술자들이었다.

그러나 멘토르는 그림과 조각은 금해서는 안 되는 예술로 간주했다. 그렇지만 살렌티니에서는 소수만 이런 예술에 종사하도록 제한했다. 그는 학교를 세워 뛰어난 안목을 지닌 선생들에게 어린 학생의 교육을 맡겼다. 그는 왕에게 이렇게 말했다.

"꼭 필요하지도 않은 그 예술들에 저속하고 유약한 것이 스며들어서는 안 됩니다. 따라서 그 예술들을 전도유망하고 완벽을 지향하는 뛰어난 재능을 가진 젊은이들에게만 개방해야 합니다. 그렇지 못한 사람들은 그보다 낮은 단계의 예술에 적합하니 일상에서 쓰는 생활용품이나 만드는 편이 나을 것입니다. 조각가와 화가는 위인들과 위대한 행위를 기리는 데만 쓰여야 합니다. 나라에 충성하기 위해 대단한 미덕을 가지고 한 행위를 묘사하는 것은 공공 건물과 묘지에 한정해야 합니다."

그 외에도 멘토르는 큰 건물은 모두 경마와 마차 경주, 격투 등 육체를 단련하는 각종 운동에 사용하도록 해 백성들의 기량과 건강을 증진시켰다.

그는 먼 나라에서 들어온 무늬를 넣어 짠 옷감들과 고가의 자수, 신과 인간과 동물의 형상을 새긴 금·은 항아리, 주류, 향수 등의 판매를 금지했다. 가구는 간소하고 오래 쓸 수 있는 것들만 들이도록 함으로써 공공연히 가난을 불평하던 살렌티니 사람들로 하여금 자신들이 얼마나 필요 이상의 것을 가지고 있는지 깨닫게 했다. 그들이 가난하다고 느낀 것은 그처럼 쓸모없는 것을 소유하지 못한 데서 비롯되었다. 그들은 이제 그 불필요한 것의 소유를 단념함으로써 부자가 된 것같이 느끼게 되었다. 그들은 스스로 이렇게 말하곤 했다.

"나라의 물자를 고갈시키는 헛된 부를 멸시하는 것, 그리고 욕구를 꼭 본성이 원하는 것에만 국한하는 것이 곧 나를 부유하게 만드는 길이다."

멘토르는 서둘러 병기창과 무기고를 둘러보고 전쟁에 필요한 무기가 양호한 상태를 유지하고 있는지 알아보았다. 전쟁의 불행을 피하려면 언제든지 전쟁을 치를 수 있게 만반의 준비를 해놓아야 한다는 것이 평소 그의 지론이었다. 그는 아직

병기가 많이 부족하다고 생각하고 당장 칼과 창, 방패 등을 제조하기 위해 장인들을 불러 모았다. 화덕에서는 에트나 산의 화산이 내뿜는 화염과 같은 불꽃과 연기가 피어올랐다. 모루를 두드리는 망치 소리가 산과 해안에 쉼 없이 울려 퍼졌다. 마치 불카누스가 키클로페스 족을 부추겨 신들의 아버지를 위해 벼락을 만들어주던 바로 그 섬에 와 있는 것 같았다. 사려 깊고 통찰력을 가진 사람이라면 영구적인 평화 속에서도 언제나 전쟁에 대비해야 한다는 것을 알 것이다.

왕과 함께 도시를 빠져나온 멘토르는 경작하지 않고 버려져 있는 아주 넓고 비옥한 땅을 발견했다. 또 어떤 곳은 일손이 부족한데다가 농부들이 나약하고 나태해 일부만 경작되고 있었다.

멘토르는 그 황량한 시골을 바라보면서 왕에게 말했다.

"땅은 주민들을 부자로 만들어주기 원하는데 주민들은 그러한 땅의 소원을 저버리고 있습니다. 그러니 도시 내에서 풍속을 해치는 것 외에는 불필요한 장인들을 저 평원과 구릉으로 보내십시오. 물론 실내 생활을 요하는 기술을 가진 사람들이니 자연 속에서 노동하는 것에 익숙지 않을 것입니다. 그러나 그 문제를 해결할 방법이 있습니다. 그들에게 땅을 분배해주고, 열심히 일하는 이웃 나라 국민들에게 도움을 청하는 것입니다. 이웃 국민들에게 그들이 개간한 땅에서 얻은 수확 가운데 적정한 양을 보상하겠다고 약속하면 그들은 열심히 일을 할 것입니다. 그들은 점차적으로 자신들이 개간한 땅을 소유할 수 있게 될 것이고, 종국에 가서는 이곳 국민으로 통합될 것입니다. 그들이 근면하고 법을 잘 지키기만 하면 그보다 더 훌륭한 백성이 어디 있겠습니까. 그들은 왕의 국력을 신장시키는 데 기여할 것입니다. 농촌으로 이주한 도시 장인들은 농사일에 익숙해질 것이고, 그런 환경에서 태어나 자라나는 아이들은 전원을 사랑하게 될 것입니다. 도시 건설에 참여한 이방의 건축가와 석공들도 건설이 끝나면 모두 이곳 땅 일부를 개간하는 농부로 합류할 것입니다. 그렇게 되면 나라 전체가 경작에 전념하는 국민들로 가득 찰 것입니다.

인구 증가 문제에 대해서는 조금도 염려하지 않으셔도 됩니다. 결혼 절차를 까다롭게 만들지만 않으면 인구는 곧 크게 증가할 것입니다. 결혼을 쉽게 하게 하는 방법은 아주 간단합니다. 대체로 누구나 결혼은 하고 싶어 합니다. 그런데 결혼을 어렵게 만드는 것이 하나 있다면 그것은 가난입니다. 그러니 세금을 부과하지 않으면 사람들은 별 어려움 없이 결혼을 하여 자식을 낳고 잘 살 것입니다. 땅은 절대로 배은망덕하지 않아서 정성 들여 가꾸는 사람들에게 언제나 결실로 보답하기 때문입니다. 반대로 땅은 자신에게 노고를 바치기를 두려워하는 사람들에게는 결실로 보답하기를 거부합니다. 농부들은, 왕이 그들을 가난하게 만들지 않는 이상, 아이를 많이 가질수록 더 부자가 됩니다. 아이들이 어릴 적부터 농사일을 돕기 때문이지요. 아주 어린 아이까지도 양을 몹니다. 좀 더 큰 아이는 보다 많은 가축 떼를 몰 수 있으며, 그보다 더 나이가

든 자식은 아버지와 함께 밭을 갈 수 있습니다. 그사이, 어머니는 열심히 일하고 돌아오는 남편과 사랑하는 아이들을 위해 소박한 식사를 준비할 것입니다. 또 그녀는 소와 양의 젖을 짜서 신선하고 맛있는 우유를 충분히 받아놓을 것입니다. 밤이면 따뜻하게 불을 지펴, 순박하고 온유한 식구들이 모두 둘러앉아 달콤한 잠을 기다리면서 저녁 내내 노래를 부르며 즐길 수 있게 할 것입니다. 그녀는 치즈를 만들고 견과류와 과일을 금방 딴 것처럼 신선하게 보관할 것입니다. 양치기는 모인 가족들을 위해 피리로 이웃 마을에서 새로 배운 노래를 연주해줄 것입니다. 농부는 쟁기를 지고 피곤한 황소를 채찍으로 가볍게 두드려 재촉하며 집으로 돌아올 것입니다. 그렇지만 황소는 아랑곳하지 않고 느릿느릿 걷겠지요. 노동의 피로는 그날로 말끔히 풀릴 것입니다. 신의 명령으로 잠의 신이 세상에 퍼뜨리는 양귀비들은 우울한 근심 걱정을 모두 잠재우고 세상을 달콤한 마법 속에 빠지게 만들 것입니다. 그리하여 사람들은 다음 날의 걱정은 모두 잊고 오늘 행복하게 잠자리에 들 것입니다.

신들이 그들에게 그들의 순결한 환희를 깨뜨리지 않는 훌륭한 왕을 주시기만 한다면, 야심도 불신도 계교도 없는 그 사람들은 행복할 것입니다. 관대한 자연에서 땀 흘려 얻은 그들의 결실을 자신의 사치와 야심을 채우려고 빼앗아가는 것은 얼마나 끔찍하고 비인간적인 행위입니까! 자연은 자신의 풍성한 젖가슴에서 검소하고 근면한 사람에게 필요한 모든 것을 꺼내어줄 것입니다. 그런데 그런 사람을 끔찍한 가난에 시달리게 만드는 것은, 다름 아닌 몇몇 사람의 오만과 사치입니다."

그러자 이도메네우스가 물었다.

"이 기름진 땅으로 이주시킨 사람들이 만일 경작을 게을리하면 어떻게 해야 합니까?"

멘토르가 대답했다.

"다른 나라 왕들이 하는 것과 정반대로 하십시오. 탐욕스럽고 지혜롭지 못한 왕들은 자신의 땅을 이용해 더 많이 수확하는 데만 골몰하며, 열심히 일하는 농부들에게 세금을 부과할 생각만 합니다. 왜냐하면 그런 농부들이 세금을 더 잘 납부할 거라고 기대하기 때문입니다. 그러면서 왕들은 게을러서 더 가난해진 사람들에게는 오히려 세금을 덜 부과합니다. 근면한 사람들에게 더 부담을 주어 악덕을 부추기고, 나라 전체는 물론 왕 자신에게도 불행을 야기하는, 나태를 조장하는 잘못된 질서를 바로잡으십시오. 전쟁시 제 위치를 이탈하는 군인을 처벌하듯이 자신의 땅을 소홀히 하는 사람들에게 더 무거운 세금과 벌금을 내리시고, 필요하면 가혹한 처벌까지 내리십시오. 반대로 자식을 많이 낳아 경작지를 늘리는 가족에게는 세금을 면제해주십시오. 그렇게 하시면 머지않아 각 가정은 아이를 많이 낳고 노동에 심혈을 기울일 것입니다! 노동이 자랑스럽기까지 할 것입니다. 농부는 더 안락하고 부유해질 것이니 직업상으로 더 이상 업신여김을 당하지 않을 것입니다. 백성들은 전쟁을 승리로 이끈 강건한 팔로 쟁기를 부리는 농부들을 경의에 찬 눈빛으로 다시 보게 될 것입니다. 전쟁의 혼란기에 수고를 아끼지 않고 나라를 지킨 것 못지않게 평화의 시기에 선조의 유산을 잘 경작하는 것도 보기 좋은 일입니다. 전원에는 온갖 꽃이 만발할 것입니다. 케레스 여신은 황금빛 밀로 들판을 뒤덮을 것이고, 박코스는 산비탈의 맛있는 포도를 밟아 신주보다도 더 맛있는 포도주를 풍성하게 흘러내리게 할 것입니다. 양 떼가 이리를 두려워하지 않고 맑은 개울물을 따라 꽃 사이에서 풀을 뜯으며 뛰노는 동안, 깊은 계곡에는 목동들의 피리에 맞춰 부르는 노랫소리가 흥겹게 울려 퍼질 것입니다.

오, 이도메네우스! 왕께서 수많은 백성들을 기쁘게 하는 행복의 원천이 되시고, 수많은 백성들이 왕의 보호 아래 감미로운 휴식을 취한다면 정말 큰 즐거움이 아니겠습니까? 그러한 영광이, 이웃을 유린하고 정복하여 곳곳에 살육과 혼란, 공포, 경악, 끔찍한 기아 그리고 절망을 퍼뜨리는 영광보다 더 감동적이지 않습니까?

오, 그처럼 통치 기간 동안 이룬 매혹적인 광경을 자자손손 보여줄 만큼 훌륭한 업적을 많이 남긴 왕, 신들의 사랑을 듬뿍 받는 왕, 백성들의 기쁨이 되는 왕, 그런 왕들은 얼마나 행복하겠습니까! 온 세상 사람들은 그에게 대항하여 자신들을 방어하기는커녕 스스로 그에게 다가와 다스려달라고 애원할 것입니다."

이도메네우스가 그에게 이렇게 대답했다.

"그렇지만 백성들이 그렇게 평화와 풍요 속에서 살면서 얻는 환희는 그들을 타락시킬 겁니다. 그러면 그들은 제가 준 힘을 저에게 대항하는 데 쓰겠지요."

멘토르가 대답했다.

"그런 일은 두려워하지 마십시오. 그것은 백성들에게 무거운 세금을 부과하고 싶어 하는 낭비벽 심한 왕들에게 아첨하려고 아첨꾼들이 항상 내세우는 구실입니다. 해결 방법은 간단합니다. 앞서 농업을 장려하기 위해 마련한 장려책이 그들을 근면하게 만들 것입니다. 그리고 그들은 꼭 필요한 것만 풍족하게 가질 것입니다. 불필요한 것을 생산하는 기술은 모두 배척될 것이기 때문입니다. 결혼하기가 쉬워지고 가족 구성원이 크게 증가하면서 풍요로움은 차츰 줄어들 것입니다. 그처럼 식구는 많아지고 땅은 조금밖에 소유하지 못하니, 각 가정은 더욱 열심히 땅을 경작해야 할 것입니다. 백성들을 무례하고 반항적으로 만드는 것은 나태와 무위입니다. 그들은 확실히 빵과 과일을 넉넉히 갖겠지만 그것들은 그들이 열심히 땅을 경작할 때만 비로소 주어지는 대가입니다.

백성들이 절제하며 살게 하기 위해서는 지금부터 각 가정이 소유할 수 있는 땅의 한도를 정해야 합니다. 백성을 신분에 따라 일곱 단계의 계급으로 나누고 계급에 따라 각 가정이 가족이 먹고사는 데 꼭 필요한 땅만 소유하게 해야 합니다. 이 규정은 어길 수 없는 것이므로 귀족도 가난한 사람의 땅을 살 수 없습니다. 모두 자기 소유의 땅을 갖지만 아주 적은 면적이

어서 가족이 먹고살려면 경작에 열중하지 않을 수 없을 것입니다. 만일 오랫동안 땅이 모자라면 개척지를 확보하여 나라 땅을 넓혀야 할 것입니다.

저는 이 왕국에 포도주가 너무 퍼지도록 놔두면 안 된다고 생각합니다. 포도나무가 너무 많아지면 뽑아내야 합니다. 포도주는 가장 해로운 악덕의 원천이기 때문입니다. 그것은 병과 싸움, 폭동, 무위, 노동에 대한 혐오 그리고 가정의 무질서를 야기합니다. 그러므로 포도주를 일종의 치료제나 아주 구하기 힘든 주류로서 보관하고, 봉헌이나 특별한 축제에만 사용할 수 있게 해야 합니다. 그런데 왕께서 솔선수범하지 않는 이상, 제아무리 중요한 규정이라도 백성들에게 준수하기를 요구할 수 없습니다.

다른 한편으로는 아이들의 교육을 위해서도 미노스의 법을 준수하게 해야 합니다. 학교를 세워 신에 대한 두려움과 조국애 그리고 법에 대한 경외심을 가르치고, 쾌락과 목숨보다 명예를 중시해야 한다는 것을 알려주어야 합니다. 개인의 품행과 가족을 감시하는 사법관들이 필요합니다. 그 전에 왕께서 먼저 스스로를 감시하십시오. 불철주야 양 떼를 감시하는, 백성들의 목자이신 왕께서 말입니다. 그렇게 하면 왕께서는 무질서와 범죄를 예방할 수 있을 것입니다. 왕께서 예방할 수 없는 무질서와 범죄는 처음에는 일벌백계하십시오. 그렇지만 죄악과 타락의 행렬을 멈추게 하는 것은 관용 정신입니다. 적절한 때 흘리는 약간의 피는 이후 흘리게 될 많은 피를 절약해줍니다. 또 그렇게 하면 일일이 가혹한 처벌을 하지 않고도 사람들에게 두려움을 줄 수 있습니다.

백성을 탄압해야만 자신의 안전을 지킬 수 있다고 생각하는 것은 얼마나 역겨운 일입니까! 백성을 교육하지 않는 것, 미덕으로 인도하지 않는 것, 미덕을 사랑하지 않게 만드는 것, 공포로 그들을 절망 속으로 몰아넣는 것, 자유롭게 호흡하고자 하는 욕망과 왕의 폭정에서 벗어나고 싶은 마음을 끔찍한 것으로 느끼게 하는 것, 그런 것들이 올바른 통치 방법은 아니지 않습니까? 그것이 영광에 이르는 올바른 길은 아니지 않습니까?

군주의 권력이 절대적인 나라일수록 실제 군주의 권력은 더 약하다는 것을 기억하십시오. 그런 나라의 왕은 모든 것을 빼앗고 모든 것을 유린하며 혼자서 나라를 소유합니다. 그러니 당연히 나라 전체가 활기를 잃습니다. 농촌은 방치되어 거의 황무지 상태가 됩니다. 도시는 하루가 다르게 쇠퇴하며 상업은 피폐해집니다. 백성이 없는 왕은 있을 수 없으며 왕은 백성들에 의해서만 위대해질 수 있습니다. 따라서 왕의 부와 권력의 원천인 백성이 조금씩 사라지면 왕 자신도 멸망하게 됩니다. 그러면 그의 왕국은 부와 인간을 잃게 될 것인데, 무엇보다 인간을 잃는 것이 더 피해가 심각하며 회복이 어렵습니다. 그의 절대 권력은 백성을 모두 노예로 만듭니다. 백성들은 그에게 아첨하고 숭배하는 척하지만 그의 시선에 항상 두려워 떱니다. 그런데 극도의 폭력으로 치달은 끔찍한 권력은 오래 지속되지 못합니다. 그런 권력은 백성들의 마음속에서 우러나오는 지지를 절대 얻지 못할 뿐 아니라 국가의 모든 기관을 진저리치게 만들고 분노하게 만듭니다. 그리하여 각 기관의 구성원으로 하여금 왕의 교체를 갈망하게 합니다. 그 우상은 누군가 가하는 단 한 번의 공격에 전복되고 깨져 사람들에게 짓밟히고 말 것입니다. 멸시와 증오, 공포, 원한, 불신 등, 한마디로 온갖 감정이 그토록 추악한 권력에 대항하려고 총집결할 것입니다. 헛된 영광에 도취돼 자신에게 대담하게 진실을 말할 수 있는 사람을 단 한 명도 찾지 못한 왕은, 불행에 처했을 때 자신을 적에게서 방어해줄 사람 역시 한 명도 찾지 못할 것입니다."

멘토르의 조언을 받아들인 이도메네우스는 서둘러 경작되지 않은 땅을 장인들에게 나누어 주는 등 결심한 것을 실행에 옮겼다. 또 석공들에게 줄 땅을 남겨두어 그들이 도시의 건설을 끝내면 경작할 수 있도록 조처했다.

이도메네우스의 온후하고 절제된 통치에 대한 평판이, 벌써 그의 통치 아래서 행복을 누리고자 하는 사람들을 수없이 끌어들였다. 아주 오랫동안 가시덤불로 덮여 있던 농촌이 이제 풍성한 수확과 과일을 약속하고 있었다. 대지는 쟁기의 날에 가슴을 열어젖히고, 농부에게 보상할 준비를 했다. 가는 곳마다 희망의 불빛이 반짝였다. 계곡과 언덕에서는 양 떼가 뛰어놀고, 높은 산에서는 큰 황소와 암소 떼의 우는 소리가 메아리쳐 들려왔다. 그 가축 떼는 전답을 비옥하게 하는 역할도 함께했다. 그에 대해 조언한 것도 멘토르였다. 멘토르는 살렌티니에서 남아도는 것과 이웃 프세테스 인들에게 남아도는 것을 서로 교환하게 하면서, 살렌티니에 부족한 가축을 받아오도록 조언한 것이다.

도시와 주변 시골 마을에는 싱싱한 젊은이들이 넘쳐났다. 그들은 오랫동안 가난 속에서 힘들게 살아가고 있었는데, 후일 닥칠 더 큰 불행을 걱정하여 감히 결혼은 생각도 하지 못하고 있었다. 이도메네우스가 인정을 보이며 자신들의 아버지가 되고자 한다는 것을 알게 되자, 그들은 더 이상 기아(飢餓)와, 하늘이 자신들에게 내리는 재앙을 두려워하지 않게 되었다. 환호 소리, 목동들의 노랫소리, 결혼 축가가 곳곳에서 들려왔다. 목신이 한 무리의 사티로스를 비롯한 요정들과 함께 나무 그늘 아래서 플루트 연주에 맞춰 춤추는 것이 눈에 보이는 듯했다. 모든 것이 평화롭고 즐거웠다. 그렇지만 기쁨은 절제되었고, 즐거움은 오랜 노동으로 생긴 피로를 풀어주는 데만 이용되었다. 그런 만큼 즐거움은 더 강렬하고 순수했다.

노인들은 오래 살면서도 감히 기대하지 못했던 그 변화를 보고 감동과 기쁨이 뒤섞인 눈물을 흘렸다. 그들은 떨리는 손을 하늘로 추켜올리고 기도했다.

"오, 위대한 유피테르 신이시여! 당신을 닮은 왕, 당신이 우리에게 주신 가장 훌륭한 선물인 우리의 왕을 축복하소서. 그는 인간에게 행복을 주려고 태어났습니다. 그로 인해 우리가 누리는 행복을 그에게도 내려주십시오. 그가 장려한 결혼의 선물인 우리의 자손은 모두 그에게 감사합니다. 심지어 태어난 것까지도 말입니다. 그러니 그는 진정으로 모든 백성의 아버지입니다."

결혼한 젊은 남녀들은 기쁨에 겨워하며, 꿀 같은 기쁨을 준 사람을 찬양하는 노래를 불렀다. 그들은 입과 가슴 속에서 끊임없이 그의 이름을 되뇌고 상기했다. 그들은 그를 보는 것을 행복으로 생각했으며 그를 잃을까 봐 걱정했다. 그를 잃는다면 모든 가정이 큰 비탄에 잠길 것이다.

마침내 이도메네우스는 자신은 그 많은 백성에게 사랑을 받고 그들을 행복하게 해주는 것보다 더 큰 기쁨을 느껴본 적이 없다고 멘토르에게 고백하기에 이르렀다. 그는 이렇게 덧붙였다.

"내가 그럴 수 있으리라고는 전혀 생각하지 못했습니다. 왕은 두려움을 불러일으켜야 위대하며, 백성은 모두 나를 위해 존재한다고 생각했습니다. 어떤 왕이 자기 백성에게 사랑을 받았고 자기 백성의 기쁨이었다는 말을 들을 때면 순전히 꾸며낸 이야기가 아닌가 생각했습니다. 이제 그 이야기가 사실일 수 있음을 인정합니다. 그러니 내가 아주 어렸을 때부터 사람들이 왕의 권력에 대해 어떻게 잘못 가르쳐주었는지 이야기해드려야겠군요. 그 잘못된 가르침이 내 인생의 모든 불행을 초래했기 때문입니다."

그러면서 이도메네우스는 그 이야기를 시작했다.

제11장

이도메네우스는 멘토르에게 모든 불행의 원인과 프로테실라오스에 대한 자신의 맹목적인 신뢰에 대해 이야기한다. 또 현명하고 덕망이 높은 필로클레스에게 거부감을 갖도록 중간에서 프로테실라오스가 계략을 부렸던 일과, 자신이 필로클레스가 모반을 감행했다고 믿어서 자신의 명령을 받고 원정을 떠난 그를 살해하도록 비밀리에 티모크라테스를 보낸 일 등을 말해준다. 티모크라테스는 그를 살해하는 데 실패하고 그에게 체포되어 프로테실라오스의 사주로 한 일임을 폭로한다. 필로클레스는 이도메네우스의 명령에 따라 폴리메네스에게 함대 지휘권을 넘기고 사모스 섬에 은거한다. 왕은 마침내 프로테실라오스의 계략을 알게 된다. 그러나 왕은 그 신하에게 사형을 내릴 결심을 하지 못하고 오히려 그에게 더 맹목적인 신뢰를 보낸다. 반면 충신 필로클레스는 은둔처에서 가난과 불명예를 안고 살게 내버려둔다. 멘토르는 이도메네우스가 그 행동의 부당함에 대해 깨닫게 한다. 멘토르는 프로테실라오스와 티모크라테스를 사모스 섬으로 보내 필로클레스를 데리고 오게 한 뒤 그의 명예를 회복시켜준다. 헤게시포스는 그 명령을 즐겁게 수행한다. 그는 두 배신자와 함께 사모스 섬에 도착하여, 가난하고 고독한 삶에 자족하며 살고 있는 친구 필로클레스와 재회한다. 필로클레스는 고사 끝에 다시 돌아갈 것에 동의한다. 신들이 그렇게 하기를 원한다고 인정한 그는 헤게시포스와 함께 항해해서 살렌티니에 도착한다. 이도메네우스는 멘토르의 현명한 조언으로 완전히 다른 사람으로 거듭나, 아주 정중하게 그를 맞이한다. 이도메네우스는 필로클레스와 함께 자신의 통치의 기반을 다지는 방안을 논의한다.

"나보다 나이를 조금 더 먹은 프로테실라오스는 내가 가장 좋아하는 청년이었습니다. 경쾌하고 기민하며 대담한 그의 성격은 내 취향에 딱 맞았지요. 게다가 그는 내가 자기를 좋아하는 것을 잘 알아 내 열정과 욕망을 부추길 줄 알았습니다. 그는 마찬가지로 내가 좋아하는 다른 한 청년, 즉 필로클레스를 내가 의심하게 만들었습니다. 필로클레스는 신을 두려워했으며 절제된 훌륭한 영혼을 가지고 있습니다. 그가 훌륭한 이유는 자신을 높이거나 내세우지 않고, 극기하고, 비열한 짓을 삼가며 자제하는 데 있습니다. 그는 내 결함을 거리낌 없이 이야기해주었어요. 그래서 나는 그가 감히 내게 말하지 못하고 침묵하면서 얼굴에 침울함만 드러내도 그가 나를 나무라고 싶어 한다고 충분히 이해할 수 있을 정도였습니다.

처음에는 그 진실성이 마음에 들었습니다. 그래서 나는 수시로 그에게 아첨꾼들로부터 스스로를 보호하기 위해서 언제까지라도 그를 믿고 그의 말에 귀 기울이겠다고 말하곤 했어요. 그는 내가 할아버지 미노스의 발자취를 따라 내 왕국을 번창시키려면 어떻게 해야 하는지 말해주었습니다. 오, 멘토르 선생! 물론 그의 지혜가 선생에 필적할 정도는 아닙니다. 하지만 그의 조언은 유익하고 훌륭했고, 나는 지금도 그건 인정합니다. 시기심 많고 야심만만한 프로테실라오스의 계략이 조금씩 내가 필로클레스를 싫어하게끔 만들었어요. 필로클레스는 내 비위를 맞추는 데 전혀 관심이 없었으며 프로테실라오스가 더 뛰어나게 행동해도 아무 관심도 두지 않았습니다. 내가 진실을 듣고자 할 때마다 조언해주는 것으로 만족했습니다. 그는 자신의 행복이 아닌, 바로 나의 행복을 우선시했던 것입니다.

프로테실라오스는 나로 하여금, 필로클레스가 내 행동을 사사건건 비판하면서 아무것도 요구하지 않는 것은 그의 침울하고 교만한 성격 때문이라고 믿게 했습니다. 실제로 그는 내게 아무것도 원하지 않았으며, 모든 공명을 초월한 사람이라는 평판을 얻기만 바랐어요. 프로테실라오스는 또 이렇게 덧붙였습니다. 내 결점을 그렇게 대놓고 말하는 청년은 다른 사람들에게도 함부로 말해 내 위신을 떨어뜨리는 한편, 자신의 엄격한 미덕을 이용하여 왕위를 탐하는 것이라고 말입니다.

처음에 나는 그 말을 믿을 수가 없었어요. 진정한 미덕에는 누구도 가장할 수 없는, 주의만 좀 기울이면 바로 확인할 수 있는 어떤 순수함과 진솔함이 있거든요. 그렇다고 해도 내 결점을 스스럼없이 말해주는 필로클레스가 점점 싫어지기 시작했습니다. 내 환심을 사려는 프로테실라오스의 태도와, 내게 즐거움을 주려고 뭔가를 끊임없이 생각해내는 그의 재치와 솜씨가 필로클레스의 엄격함을 더욱 견딜 수 없게 했습니다.

그러는 사이에 프로테실라오스는 자신의 말을 내가 전적으로 믿지 않는 것에 화가 나서, 말보다 더 강력한 어떤 것으로 나를 설득하려고 결심했습니다. 그가 나를 속인 전모는 이렇습니다. 그는 내게, 필로클레스에게 군함을 주어 카르파토스 섬[99] 사람들을 공격하러 보내라고 했어요. 그는 나를 결심시키기 위해 이렇게 설득했습니다.

'왕께서도 아시다시피, 저 또한 그가 칭찬받아 마땅하다고 생각합니다. 그가 전쟁을 승리로 이끄는 데 필요한 용기와 재능을 지니고 있다는 사실을 인정합니다. 그는 누구보다 더 충성스럽게 왕께 봉사할 것입니다. 그러니 저는 그에 대한 좋지 않은 감정을 누르고 왕께 이익이 되는 쪽을 택하겠습니다.'

나는 내가 나라의 큰일들을 맡겨온 프로테실라오스의 정직성과 공평무사함을 보고 매우 기뻤습니다. 너무 기쁜 나머지 그를 포옹하면서, 모든 이익과 욕망을 초월한 듯한 청년에게 전적인 신뢰를 주었다는 것이 너무도 뿌듯했어요. 그런데 이럴 수가 있습니까! 왕들은 얼마나 동정을 받아 마땅한지! 그 사람은 나보다 더 나를 잘 알고 있었습니다. 그는 왕들이 일반적으로 의심이 많고 태만하다는 것을 잘 알고 있었어요. 왕들은 주위의 부패한 신하들의 계략을 끊임없이 겪기 때문에 의심이 많아지고, 쾌락에 사로잡혀 수고스럽게 자신이 직접 통치하지 않고 신하에게 나랏일을 맡기는 게 습관이 되어서 나태해집니다. 그는 알았던 것입니다. 언젠가 반드시 큰일을 할 사람에게 내가 의심과 질투를 갖게 만드는 것쯤은 어려운 일이 아니라는 것을 말입니다. 특히 그 큰일을 할 사람이 없는 사이에 그에게 올가미를 씌우는 일은 너무도 쉬웠습니다.

필로클레스는 떠나면서 자신에게 일어날 일을 예견했어요.

'잊지 마십시오. 저는 더 이상 스스로를 방어할 수 없으며, 왕께서는 제 적의 이야기만 들으시니, 제가 목숨을 아끼지 않고 봉사해도 저는 왕의 분노로밖에 보상받지 못할 것이라는 제 말씀을요.'

나는 그에게 이렇게 대답했습니다.

'그대가 뭔가 오해하고 있소. 프로테실라오스는 그대가 생각하는 것처럼 그렇게 그대에 대해 나쁘게 이야기하지 않소. 그는 그대를 칭찬하고 존경해요. 그는 그대가 아주 큰일들을 잘 해낼 수 있다고 믿고 있소. 만일 그가 그대에 대해 좋지 않게 말했다면 그는 내 신뢰를 잃었을 거요. 아무 걱정 말고 떠나시오. 오직 전쟁에서 이길 생각만 하시오.'

그가 떠나자, 나는 예사롭지 않은 상황에 처하게 되었습니다.

멘토르 선생, 그 상황을 말씀드려야겠군요. 나는 조언을 구할 상대를 여럿 갖는 것이 얼마나 필요한지를, 평판과 일에서 성공을 거두기 위해서 한 사람에게만 의존하는 것보다 더 나쁜 일은 없다는 것을 확실히 알고 있었습니다. 나는 필로클레스의 현명한 조언들이 나를 여러 위험한 과오로부터 보호해 주었다는 것도 나는 잘 알고 있었습니다. 아마도 프로테실라오스였다면 그렇게 하지 못했을 것입니다. 필로클레스가 프로테실라오스에게는 전혀 없는 정직과 공정한 언행을 갖추고 있다는 것도 나는 잘 알고 있었습니다. 반면 프로테실라오스는 도저히 저항할 수 없는 단호한 어조를 지니고 있었어요. 나는 내 힘으로는 화해시킬 수 없는 두 사람 사이에서 언제나 피곤했고, 그런 상태가 계속되자 마음이 약해져 다른 뭔가를 시도해서 자유롭고 싶었습니다. 그런 결정을 하게 된 동기가 너무 수치스러워 나는 그것을 생각하기조차 싫었습니다. 그러나 감히 진전시킨 그 부끄러운 동기가 내 마음속에서 은밀히 작용해 내가 하는 모든 행동의 진짜 동기처럼 되어버렸어요.

어쨌든 필로클레스는 적을 급습하여 완벽한 승리를 거두었습니다. 그는 자신이 걱정하던 일, 즉 프로테실라오스의 중상을 막으려고 귀환을 서둘렀습니다. 아직 나를 속일 여유가 없었던 프로테실라오스는 그에게 편지를 써 보냈습니다. 내가 승리의 여세를 몰아 카르파토스 섬까지 기습하기를 바란다고 말입니다. 실제로 그는 그 섬도 손쉽게 정복할 수 있을 거라고 나를 설득했어요. 그러면서 그는 다른 한편으로 필로클레스가 기습하는 데 필요한 여러 가지 물자의 공급을 중단시켰습니다. 덧붙여, 나로 하여금 그 섬을 정복하는 데 큰 지장을 초래할 만한 몇 가지 불리한 명령을 내리게 했어요.

그동안 그는 내 곁에 있는 아주 못된 하인 한 명을 매수해서 아주 세세한 일까지도 자신에게 보고하게 했습니다. 티모크라테스라는 이름의 그 하인은 어느 날 내게 와서 굉장히 위험한 일을 하나 발견했다며 아주 비밀스럽게 말했습니다.

'필로클레스가 카르파토스의 왕이 되기 위해 왕의 해군을 이용하려 합니다. 장군들은 그의 편입니다. 병사들은 모두 그의 후한 인심에, 아니 못 본 척 내버려두고자 하는 위험한 방종에 빠져 있습니다. 그는 자신의 승리로 거만해졌습니다. 여기 그가 자기 친구에게 왕이 되려는 계획을 적어 보낸 편지를 발견했습니다. 너무 명확한 증거여서 의심의 여지가 없습니다.'

나는 편지를 읽었어요. 필로클레스가 쓴 편지 같았습니다. 그러나 실제로는 프로테실라오스가 티모크라테스에게 시켜 필로클레스의 글씨체를 완벽하게 흉내 낸 것이었습니다.

그 편지는 나를 정말 심각한 상황으로 몰아넣었어요. 나는 여러 번 그 편지를 읽어보았습니다. 그렇지만 그 편지가 필로클레스가 쓴 것이라는 확신이 서지 않았어요. 내가 혼란스러웠을 때 그가 보여준 무사무욕과 선의를 향한 감동적인 사실들에 비춰보면 말입니다. 그렇지만 내가 뭘 할 수 있었겠습니까? 필로클레스의 글씨체임이 확실하다고 인정하는 마당에 내가 뭘 할 수 있었겠어요?

그 계략에 내가 더 이상 어떻게 할 수 없다는 것을 눈치챈 티모크라테스는 멈칫거리면서 내게 이렇게 덧붙였어요.

'편지 속의 한마디 말에 대해 제가 감히 설명을 드려도 될까요? 필로클레스는 함부로 말할 수 없는 사실을 프로테실라오스에게만은 안심하고 털어놓을 수 있다고 쓰고 있지 않습니까. 분명히 프로테실라오스도 필로클레스의 모의에 가담한 것입니다. 그 두 사람은 왕을 치기 위해 화해를 했습니다. 왕께서도 아시다시피, 필로클레스를 보내 카르파토스를 정복하도록 종용한 것은 프로테실라오스입니다. 얼마 전부터 그는 전과 달리 필로클레스에 대해 험담하지 않고 칭찬만 하고 있습니다. 어떤 경우에든 그를 변호해주었습니다. 그들은 얼마 전부터 극진한 예의를 갖추어 서로를 대하고 있습니다. 프로테실라오스는 카르파토스 정복으로 생긴 몫을 함께 나누기 위해 당연히 필로클레스와 모의를 했을 것입니다. 왕께서도 아시다시피, 그는 모든 규칙을 어기면서까지 그 정복을 밀어붙였습니다. 그는 자신의 야심을 채우기 위해 왕의 해군을 몰사의 위험에 빠트렸습니다. 왕께서는 그들이 여전히 사이가 좋지 않은데 어떻게 그런 일을 함께 모의할 수 있겠느냐고 말씀하시겠지요? 분명 그러실 것입니다. 그 두 사람이 함께 권력을 잡기 위해, 어쩌면 왕위를 전복하기 위해 연합했다는 것을 당연히 믿지 않으실 것입니다. 왕께 이렇게 말씀드린 것이 알려지면 제가 그들의 원한을 살지 모른다는 것도 잘 압니다. 제가 정직하게 말씀드렸는데도 왕께서 그들에게 여전히 권력을 주신다면 말입니다. 그렇지만 괜찮습니다. 저는 왕께 진실만을 말씀드리는 것이니까요.'

티모크라테스의 그 마지막 말이 내게 진한 여운을 남겼어요. 그리하여 나는 더 이상 필로클레스의 배반을 의심하지 않게 되었는데, 마침내는 필로클레스와 프로테실라오스 모두를 믿을 수 없게 되었어요.

그동안 티모크라테스는 계속해서 내게 말했어요.

'만일 왕께서 필로클레스가 카르파토스 섬을 정복할 때까지 기다리신다면 그 모의를 중단시키기에 너무 늦을 것입니다. 빨리 서두르셔서 그의 신병을 확보하십시오.'

나는 인간들의 엉큼하고 깊은 위선에 치를 떨었고 누구를 믿어야 할지 몰랐습니다. 필로클레스의 배신을 알고 난 뒤로는 더 이상 미덕과 정직으로 나를 안심시키는 사람을 만나지 못했습니다. 나는 가능한 한 빨리 그 배신자들을 처단해야겠다고 결심했지만 프로테실라오스가 두려워 어떻게 해야 할지 몰랐습니다. 그를 죄인으로 생각하는 것이 두려웠어요. 마찬가지로 그를 믿는 것도 두려웠어요. 그런 혼란스러운 상태에서 나는 결국 프로테실라오스에게 필로클레스가 나에게 반역했다고 말하지 않을 수 없었어요. 그는 깜짝 놀란 것 같았습니다. 그러면서 내게 필로클레스의 곧고 절제된 언행을 상기시키며 그의 충성심을 강조했습니다. 다시 말해 그는 자신이 필로클레스와 사이가 매우 좋다는 사실을 내게 확인시키기 위해 필요한 모든 조처를 다 취했습니다. 한편 티모크라테스는 때를 놓칠세라 그 공모를 지적하면서 필로클레스의 신병을 확보할 수 있을 때 그를 체포하여 처형하라고 종용했습니다.

존경하는 멘토르 선생, 왕들은 신하들이 자신들의 발아래서 두려워 떠는 것처럼 보일 때조차도 얼마나 불행하며, 얼마나 그들의 노리개가 될 위험이 큰지 보세요.

나는 조치를 취했습니다. 프로테실라오스의 모반을 좌절시키려고 필로클레스를 살해하도록 비밀리에 티모크라테스를 보냈습니다. 프로테실라오스는 끝까지 자신의 모반을 숨기고 나를 기만했습니다. 그는 나를 속이면서도 너무 자연스러워 보여 마치 자신이 속는 것처럼 보였습니다.

그렇게 출발한 티모크라테스는 필로클레스가 큰 곤경에 처해 있음을 알게 되었습니다. 그에게는 모든 물자가 부족했습니다. 왜냐하면 프로테실라오스는 내가 날조된 그 편지를 보고도 자신의 적을 처형하지 않을지도 모른다는 의심이 들자, 필로클레스에게 타격을 가할 또 다른 방법을 모색했기 때문입니다. 필로클레스는 용기와 능력을 갖추었고 부하들이 충성을 보이는데도 전쟁을 아주 어렵게 치르고 있었습니다. 부하들 모두 그 기습이 무모하고 크레테 인들에게 재앙이 될 것임을 인정하고 있었지만, 마치 자신들의 목숨과 행복이 전쟁의 성패에 달려 있는 양 오로지 승리를 위해 최선을 다했습니다. 모두들 그렇게 지혜롭고 존경받을 만한 지휘자 아래서 목숨을 걸고 싸우는 것에 행복해했어요.

티모크라테스는, 그토록 열렬히 충성하는 군인들 사이에 있는 지휘관을 죽인다는 것이 몹시 두려웠습니다. 그러나 지나친 야심은 눈을 멀게 합니다. 티모크라테스는 프로테실라오스를 만족시키기 위해서는 어떠한 어려움도 불사해야 한다고 생각했습니다. 필로클레스를 제거하고 나면 프로테실라오스와 함께 나를 완전히 장악할 것으로 생각했기 때문입니다. 프로테실라오스는 필로클레스를 그대로 두고 볼 수 없었습니다. 그는 자신의 그 범죄를 단번에 눈치채고 내게 몰래 고하여 자신의 계획을 와해시킬 수 있는 선량한 필로클레스를 그냥 둘 수가 없었던 것입니다.

티모크라테스는 필로클레스를 가까이에서 보필하는 장수 두 명을 매수했습니다. 그는 그들에게 내가 큰 보상을 내릴 거라고 약속했어요. 이어서 그는 필로클레스에게 자신이 왕의 비밀 전갈을 가지고 왔는데 그 두 장수의 입회하에서만 말할 수 있다고 했어요. 필로클레스는 전혀 의심하지 않고 그들과 함께 아무도 없는 밀실로 갔습니다. 마침내 그들만 있게 되자 티모크라테스는 칼로 필로클레스를 공격했습니다. 그러나 칼이 빗나가 정확히 찌르지 못했어요. 필로클레스가 침착하게 칼을 빼앗아 그들을 차례로 공격하면서 고함을 치자, 즉시 부하들이 달려왔습니다. 문을 따고 들어간 그들은 함께 엉켜 있는 필로클레스를 떼어냈습니다. 셋은 칼을 맞고 신음하면서도 필로클레스에게 미약하게나마 저항했어요. 그들은 곧 체포되었습니다. 아마 필로클레스가 말리지 않았더라면 분노에 불타는 그의 부하들에 의해 갈가리 찢겼을 것입니다. 필로클레스는 티모크라테스를 불러 그에게 그토록 끔찍한 짓을 저지른 이유가 무엇인지 조용히 물었습니다. 죽음이 두려웠던 티모크라테스는 내가 서면으로 필로클레스를 살해하라는 명령을 내렸다고 순순히 자백했어요. 비열한 반역자들이 언제나 그렇듯이 필로클레스에게 프로테실라오스의 배신을 폭로함으로써 자신의 목숨을 구할 생각만 했던 것입니다.

필로클레스는 부하들이 분노할까 두려워 아주 절도 있는 조치를 취했어요. 군인들에게 티모크라테스에게는 죄가 없다고 선포한 것입니다. 그는 티모크라테스를 안전하게 크레테로 돌려보낸 뒤 폴리메네스에게 지휘권을 넘겼습니다. 필로클레스가 살해될 거라고 확신하고 내가 그렇게 명령을 내렸기 때문이지요. 필로클레스는 나에게 충성하도록 부하들을 독려한 뒤 밤중에 작은 배로 사모스 섬으로 빠져나가 그곳에 묻혀 살았습니다. 그는 먹고살기 위해 열심히 조각상을 만들며 조용히 살았어요. 위선적이고 부정한 인간들의 이야기는 더 이상 듣고 싶지 않았기 때문입니다. 모든 인간 가운데 가장 불행하고 눈이 먼, 왕들에 대해서는 더욱 듣고 싶지 않았습니다."

그쯤에서 멘토르가 이도메네우스의 말을 가로막았다.

"그럴 수가요! 왕께서는 오랫동안 그 사실을 알아차리지 못했습니까?"

이도메네우스가 대답했다.

"아니에요. 나는 점차 프로테실라오스와 티모크라테스의 계략을 알게 되었습니다. 그들 사이에 불화가 생겼습니다. 악인들은 오래 협력하기가 매우 어렵기 때문이지요. 마침내 그 불화는 그들이 나를 던져 넣은 심연의 밑바닥을 보여주었습니다."

멘토르가 다시 말을 이었다.

"그러면 왕께서는 왜 그들을 내쫓지 않으셨습니까?"

이도메네우스가 다시 말했다.

"친애하는 멘토르 선생, 왕들이 얼마나 나약하고 곤경에 잘 빠지는지 아시지 않습니까? 왕들이 타락하고 무례한 인간에게 한번 빠지면 더 이상 어떠한 자유도 기대할 수 없습니다. 그런 인간은 자신을 필요한 인간으로 만드는 탁월한 기술을 가졌기 때문이지요. 그 왕들은 자신들이 가장 경멸하는 사람들을 가장 잘 대우해주고 그들에게 한껏 은혜를 베풀어주지요. 나는 프로테실라오스를 몹시 싫어했습니다. 그런데도 그에게 모든 권한을 넘겼던 것입니다. 이상한 착각이지요! 나는 그를 안다는 것을 감사하게 생각하기까지 했었습니다. 나는 그에게 준 권한을 돌려받을 수 없었습니다. 나는 그가 편안하고 관대하며 나의 욕망을 채워주는 데 일가견이 있을 뿐만 아니라 나의 이익을 대변하는 데 열성적이라고 생각했습니다. 결국 나는 내 나약함에 대해 한 가지 변명을 하고 있었던 것입니다. 그것은 바로 내가 진정한 미덕을 몰랐다는 것이었습니다. 나는 내가 하는 일을 잘 보필해줄 좋은 사람을 찾을 생각은 않고, 세상에는 그런 사람이 없으며 정직이라는 것은 한낱 환영에 불과하다고 생각했던 것입니다. 나는 이렇게 생각했습니다.

'타락한 한 인간의 손아귀에서 벗어난다 할지라도 그 사람보다 더 사욕이 많고 정직하지도 않은 또 다른 사람의 손아귀에 떨어지고 말 텐데, 그렇게 큰 소동을 일으켜서 무슨 소용이 있을까!'

그사이, 폴리메네스가 지휘하는 해군이 돌아왔습니다. 나는 카르파토스 섬의 정복에 대해서는 더 이상 생각하지 않기로 했습니다. 프로테실라오스는 애써 속내를 숨기지 않아서, 필로클레스가 사모스에서 안전하게 살아 있는 것에 대해 그가 얼마나 괴로워하는지 알 수 있었습니다."

멘토르는 다시 이도메네우스의 말을 끊고 그렇게 끔찍한 배반 뒤에도 프로테실라오스에게 변함없이 일을 모두 맡겼는지 물었다. 이도메네우스는 이렇게 대답했다.

"나는 일하는 걸 너무 싫어하는데다가 태만해서 그의 손아귀에서 빠져나올 수 없었습니다. 내 안위를 위해서 내 손으로 정착시킨 질서를 뒤집어 새로운 인물을 교육시킬 필요가 있었습니다. 그러나 내게는 그 일을 시도할 힘이 없었습니다. 나는 프로테실라오스의 계략을 모른 척하며 눈을 감아버리는 쪽을 택했습니다. 믿는 몇몇 사람에게 내가 그의 악의를 모르는 바가 아니라고 말하는 것으로 위안을 삼았어요. 나는 알면서도 적절히 그렇게 속아 넘어가주었어요. 그뿐 아니라 때때로 프로테실라오스로 하여금 내가 그의 속박을 견디기 어려워한다는 것을 느끼게 했어요. 나는 종종 그에게 반대 의견을 내기도 하고, 그가 한 일을 공개적으로 비난하기도 하고, 그의 견해와 정반대되는 결정을 내리면서 즐거움을 느끼기도 했습니다. 그러나 그는 내가 얼마나 교만하고 나태한지 잘 알고 있었기 때문에 나의 이 모든 괴로움에 전혀 당황하지 않았어요. 그는 끈질기게 국정 장악을 시도했어요. 때로는 종용하는 방법을, 때로는 온유하고 암시적인 방법을 사용했지요. 무엇보다 내가 자기처럼 고통스러워한다는 것을 눈치채면, 그는 내 마음을 누그러뜨릴 새로운 재밋거리를 선사하기 위해서 온갖 정성을 다 쏟았어요. 또 스스로 자신이 필요한 사람임을 각인시키는 동시에 자신에 대한 내 열정을 돋보이게 할 기회만 호시탐탐 노렸어요.

내가 그를 경계했음에도 불구하고 욕망과 정념을 부추기는 그의 태도는 항상 내 마음을 사로잡았습니다. 그는 내가 곤경에 처할 때마다 벗어나게 도와주었고 내 권위로 모든 사람을 떨게 만들었어요. 마침내 나는 그를 잃어서는 안 되겠다는 결론을 내리게 되었습니다. 결과적으로 그를 계속 등용함으로써 나는 모든 선인들이 진정한 이익이 무엇인지 내게 충고할 기회를 박탈해버렸지요. 그때부터 국정자문위원회의에서는 아무도 자유롭게 말을 하지 못했습니다. 진실은 내게서 멀어져 갔어요. 왕들을 파멸로 이끄는 오류가 프로테실라오스의 냉혹한 야심을 위해 필로클레스를 희생시킨 나를 벌했어요. 이후로는 국가와 나 개인에게 최고의 충성심을 보여주던 사람들조차 내게 잘못을 깨우쳐줄 필요가 없다고 생각했어요. 친애하는 멘토르 선생, 나 자신도 진실이 아첨꾼들의 방해 공작에도 불구하고 의혹을 헤치고 내게로 다가오지 않을까 두려워했어요. 진실을 따를 힘이 없다 보니 진실의 빛도 성가셨던 것입니다. 나는 그토록 해로운 상황에서 빠져나오지 못하면 진실이 쓰라린 후회를 만들 것이라고 생각했어요. 프로테실라오스가 내게 가하는 영향력과 나 자신의 유약함이 영원히 나를 속박하리라는, 절망 비슷한 감정에 빠졌습니다. 나는 그렇게 수치스러운 상황을 맞닥뜨리고 싶지 않았으며, 다른 사람에게 그런 모습을 보이고 싶지도 않았어요. 친애하는 멘토르 선생, 선생은 왕들이 쓸데없는 오만과 헛된 영광으로 자신을 드높이는 것을 아시잖습니까. 그들은 잘못을 범하는 것을 남에게 보여주고 싶어 하지 않아요. 그렇다 보니 하나의 오류를 덮으려다가 백 개의 오류를 범합니다. 그들은 자신의 오류를 인정하고 그것을 바로잡으려는 노력을 기울이기보다는 차라리 평생 오류를 범하는 쪽을 택할 것입니다. 그것이 바로 나약하고 태만한 왕들의 모습입니다. 트로이아를 정복하려고 출정할 때 내 상황이 정확히 그러했습니다.

떠날 때 나는 모든 정사(政事)를 프로테실라오스 재상에게 맡겼습니다. 그런데 내가 없는 동안 그는 교만하고 비인간적으로 나랏일들을 처리했어요. 크레테 왕국은 그의 폭정 아래서 신음했어요. 백성들이 그렇게 억압당하고 있는데도 그 사실을 감히 내게 알려주는 이가 단 한 사람도 없었습니다. 사람들은 내가 진실을 대하기 두려워한다는 것과, 프로테실라오스에 대해 나쁘게 말하는 사람은 누구나 바로 그의 잔혹함에 내던져진다는 것을 알고 있었던 것입니다. 그러나 대담하게 진실을 말하지 않을수록 고통은 더 커가게 마련입니다. 이후 그는 내게, 트로이아 정복 때 나를 따랐던 용감한 충신 메리오네스를 쫓아내기를 종용했어요. 그에게 질투를 느꼈던 것입니다. 내가 좋아하던 사람들과 덕망 높은 사람들에게 그랬던 것처럼 말입니다.

친애하는 멘토르 선생, 선생은 내 모든 불행이 거기에서 비롯되었음을 알아야 합니다. 내 불행에는 크레테 인들의 반란을 야기한 내 아들의 죽음도 한 원인이 되었지만, 그보다는 나의 나약함에 노한 신들의 복수와 백성들의 증오가 더 큰 원인이 되었습니다. 내가 내 아들을 죽였을 때 이미 프로테실라오스의 가혹한 통치에 질려 있던 크레테 인들의 인내심은 한계에 이르러 있었습니다. 자기 아들을 살해하는 행위에 대한 혐오감은, 오래전부터 그들의 마음속에 억눌려 있던 분노를 폭발시키는 기폭제에 불과했던 것입니다.

나를 따라 트로이아 전투에 참가한 티모크라테스는 프로테실라오스에게 편지로 모든 사실을 보고했어요. 나는 감시를 받고 있는 것을 알았습니다. 그러나 나는 필사적으로 대처하면서 그런 생각에서 벗어나려고 노력했어요. 내가 돌아오고 크레테 인들이 반란을 일으키자 가장 먼저 도망친 것은 프로테실라오스와 티모크라테스였습니다. 만일 내가 그들과 함께 도망쳐야 할 처지였다면 그들은 분명 나를 버렸을 것입니다. 친애하는 멘토르 선생, 좋은 시절에 오만에 떠는 사람들이 불행해지면 항상 나약하고 두려움에 어쩔 줄 모른다는 사실을 잊지 마세요. 절대적인 권력이 손아귀에서 사라지자마자 그들은 어찌할 바를 모릅니다. 오만했던 만큼 더 비굴한 모습을 보입니다. 그렇게 그들은 순식간에 극과 극의 모습을 보여줍니다."

그러자 멘토르가 이도메네우스에게 이렇게 말했다.

"그렇게 두 사람을 완벽하게 알면서도 계속 곁에 두셨던 이유가 도대체 뭡니까? 자신들의 이익을 위해 그보다 나은 일이 없을 테니 그들이 왕을 따른 것은 놀랄 게 전혀 없습니다. 왕께서 그들에게 왕 바로 곁에 새로운 보금자리와 피난처를 마련해주는 등 관대하게 대하신 것까지도 이해합니다. 그런데 그렇게 고통스러운 경험을 해놓고 또다시 그들에게 빠지신 이유는 대체 뭡니까?"

이도메네우스는 이렇게 대답했다.

"그 모든 경험이 성찰 없이 사는 나약하고 나태한 왕들에게는 얼마나 소용없는 것인지 모르시는군요. 그들은 매사에 불만스러워하고 아무것도 바로잡을 용기가 없어요. 여러 해 동안 쌓인 정이 철 사슬처럼 나를 그 두 사람에게 매어놓았어요. 그들은 내 곁을 떠나지 않았습니다. 선생도 보았듯이 내가 이곳에 온 이후로 그들은 나를 온갖 과도한 낭비에 빠트렸습니다. 그들은 아직 기틀이 잡히지 않은 이 나라를 고갈시켰어요. 선생이 없었더라면 그들은 내게 큰 고통을 가져다주었을 이 전쟁을 시작하게 만들었을 것입니다. 하마터면 내가 크레테에서 당한 것 같은 불행을 살렌티니에서도 당할 뻔했습니다.

그러나 선생은 결국 내 눈을 뜨게 하고 용기를 되찾게 하여 내가 노예 상태에서 벗어나게 해주었습니다. 선생이 내게 어떻게 해서 그리됐는지는 모르지만 어쨌든 선생이 이곳에 온 뒤로 나는 다른 사람이 된 것 같습니다."

상황이 바뀌었을 때 프로테실라오스가 어떻게 행동했는지, 멘토르는 이도메네우스에게 다시 물어보았다. 이도메네우스는 이렇게 대답했다.

"선생이 도착한 후 그의 교활한 행동은 극에 달했어요. 먼저 그는 내 마음에 어떤 불신이 생기지 않도록 치밀하게 행동했어요. 그는 선생에 대해 절대로 나쁘게 말하지 않았습니다. 대신에 여러 사람의 입이 선생과 텔레마코스를 극도로 경계해야 한다고 말하게 만들었습니다. 그들은 이렇게 말했어요.

'한 명은 위선자 오디세우스의 아들입니다. 그리고 다른 한 명은 뛰어난 통찰력을 가진 음흉한 인간입니다. 그들은 이 왕국 저 왕국으로 떠돌아다니는 데 익숙해 있습니다. 그들이 우리 왕국에서 모종의 음모를 꾸미고 있는지 누가 압니까? 그들은 자신들이 들른 모든 나라에서 언제나 큰 동요를 일으켰다고 스스로 말하곤 했습니다. 이 나라는 신생 국가이며 아직 기틀이 튼튼하지 못합니다.'

프로테실라오스는 침묵으로 일관했습니다. 그러나 은연중에 선생이 내게 시행하게 한 모든 개혁 조치의 위험성과 과도함을 느끼게 하려고 애썼어요. 그는 내 이익이 달린 문제라며 나를 구슬리려 했어요.

'만일 왕께서 백성들을 풍요롭게 만들어주면 그들은 더 이상 일을 하지 않을 것입니다. 오만해져서 순종하지 않을 것이고 언제든 거역하려 들 것입니다. 그들을 유순하게 만들어 권력에 저항하지 못하게 하는 방법은 오로지 그들에게 유약함과 가난을 주는 것뿐입니다.'

그는 나를 얽어매기 위해 수시로 예전의 권력을 되찾으려 애썼어요. 내게 충성하기 위해서라는 구실을 대면서 그 권력을 되돌려달라고 요구했습니다.

'왕께서 백성들의 어깨를 가볍게 해주면 왕의 힘은 약화됩니다. 그렇게 되면 백성들에게도 돌이킬 수 없는 잘못을 범하는 것이 됩니다. 왕은 왕의 안전을 위해 백성들을 천대할 필요가 있습니다.'

그 모든 말에 나는 이렇게 대답했습니다. 설령 내가 백성들의 어깨를 가볍게 해주더라도 나는 그들의 사랑을 받으면서 힘을 잃지 않을 것이라고 말입니다. 또 모든 죄수를 단호하게 처벌하고, 아이들에게 훌륭한 교육을 하고, 모든 백성에게 엄격한 규율을 적용해 그들이 소박하고 근면한 생활을 하면서 자신의 의무를 다할 수 있게 하겠다고 말입니다.

나는 이렇게 말했어요. '무슨 소리를 하는 겁니까! 백성을 굶어 죽을 지경까지 몰아가지 않으면 복종시킬 수 없다고요? 그 얼마나 비인간적인 일입니까! 얼마나 잔인한 정치입니까! 대우를 해주어도 왕에게 아주 충성스러운 백성이 얼마나 많습니까! 폭동을 불러일으키는 것은 그 나라 귀족들의 야심과 그들에 대한 체념입니다. 귀족들에게 지나친 방종을 허락하고 그들이 욕망을 끝없이 부풀리게 내버려두면 폭동이 나게 마련입니다. 나태함과 사치와 무위도식 속에서 사는 다수의 귀족과 하층민도 폭동을 야기하지요. 평화시 해야 할 의무는 모두 게을리하면서 전쟁에만 열중하는 부유한 귀족들 말입니다. 마지막으로 폭동을 야기하는 것은 학대받은 백성들의 절망과, 동요를 막기 위해 국가의 모든 구성원을 잘 돌보지 못하게 하는 왕들의 몰인정, 그리고 그들의 교만과 나태입니다. 폭동을 야기하는 것은 바로 그런 것들이지, 농부들이 땀 흘려 얻어 평화롭게 먹고 사는 빵이 아닙니다.'

프로테실라오스는 내가 이 원칙에 흔들리지 않는 것을 보고는 과거와 정반대로 행동하기로 맘먹었어요. 그는 거부할 수 없는 그 원칙들을 따르기 시작했습니다. 그는 그 원칙들을 인정하고 납득하며 내가 자기에게 그것을 가르쳐주어야 할 의무가 있는 양 행동했습니다. 그는 내가 가난한 자들의 부담을 덜어주기 위해 하고자 하는 일들을 모두 미리 알아서 잘 조처했어요. 그는 가난한 자들의 요구 사항을 내게 가장 먼저 전해주었으며, 과도한 지출을 꾸짖었어요. 그가 선생을 칭찬하고 선생에게 신뢰를 표하며, 선생의 마음에 들기 위해 세심하게 신경 쓴다는 것을 잘 아실 것입니다. 티모크라테스는 이제 프로테실라오스와 별로 가까이 지내지 않습니다. 그는 자유로워지고 싶어 했지요. 프로테실라오스는 당연히 티모크라테스의 그런 행동에 질투를 했습니다. 내가 그들의 배신을 알게 된 데는 그들의 갈등도 한 원인이 되었습니다."

멘토르는 웃으면서 이도메네우스에게 대답했다.

"아니, 그럴 수가! 그들의 배신을 알고도 두 배신자가 왕께 그토록 오랫동안 그렇게 큰 영향력을 행사하도록 내버려둘 만큼 나약하셨다는 말씀입니까?"

그러자 이도메네우스가 대답했다.

"아, 교활한 자들이 자신들에게 전적으로 의지하는 나약하고 나태한 왕에게 무슨 짓을 할 수 있는지 잘 모르시는군요. 게다가 프로테실라오스가 백성들의 이득을 대변하는 선생의 견해를 완벽하게 이해하고 있다는 것도 이미 말씀드렸잖아요."

멘토르는 근엄한 태도로 이렇게 말했다.

"저는 왕들이 선인보다 악인에게 얼마나 더 약한지 잘 몰랐습니다. 그런데 왕께서 좋은 예를 보여주시는군요. 그리고 제가 프로테실라오스를 바라보는 왕의 눈을 뜨게 해드렸다고 말씀하셨지요. 그런데 살려둘 가치도 없는 그 인간에게 국사를 맡겨두시는 것을 보면 왕께서는 아직 눈을 뜨지 못하고 계신 겁니다. 악인들은 절대로 선을 행할 수 없는 사람들이라는 것을 명심하세요. 그들은 자신들의 야심에 이용할 수 있다면 악행은 물론이고 선행도 거리낌 없이 합니다. 그들은 별스럽지 않게 악행을 저지릅니다. 왜냐하면 어떠한 선한 마음도, 또 어떠한 미덕의 원리도 그들을 제지하지 못하기 때문입니다. 그뿐만 아니라 그들은 선행도 쉽게 행합니다. 왜냐하면 자신들이 선한 사람으로 보이게 하고 다른 사람들을 속이기 위해 그들의 타락이 그렇게 하라고 교사하기 때문입니다. 정확히 말해, 그들은 미덕을 행하는 것처럼 보이지만 미덕을 행할 수 없습니다. 그들은 온갖 악덕에다가 악덕 가운데 가장 지독한 것인 위선을 더합니다. 왕께서 반드시 선행을 베풀겠다고 하시는 이상 프로테실라오스도 왕과 함께 선행을 베풀 각오가 되어 있을 것입니다. 권력을 유지하기 위해서 말입니다. 그러나 왕께서 조금이라도 느슨해지신다 싶으면 그는 주도면밀하게 왕을 미망에 빠뜨리고 자신의 기만적이고 잔인한 본성을 마음껏 드러낼 것입니다. 그런 인간이 계속 왕 곁에 머물러 있고 오히려 현명하고 충직한 필로클레스 같은 사람이 사모스 섬에서 가난하고 불명예스럽게 살고 있음을 알고 있는 한, 왕께서 떳떳하고 평화롭게 사실 수 있겠습니까?

오, 이도메네우스 왕이시여! 왕께서는 잘 알고 계십니다. 곁에 있는 기만적이고 파렴치한 인간들이 나약한 왕들의 마음을 사로잡는다는 것을 말입니다. 그런데 한 가지 더 왕께서 아셔야 할 게 있습니다. 왕들에게는 또 다른 불행이 있다는 것입니다. 멀리 떨어져 있는 사람의 충성과 미덕을 쉽게 잊는다는 것이 바로 그것인데, 그것은 절대로 작은 불행이 아닙니다. 왕들 곁에 들러붙어 있는 사람들이 워낙 많다 보니, 왕에게 깊은 인상을 주는 사람을 보지 못하는 것이지요. 왕들은 곁에 있으면서 아첨하는 사람들에게만 시선을 줍니다. 그 밖의 사람들은 모두 곧 그들의 눈에서 멀어지고 마음에서도 사라집니다. 특히 미덕은 그들의 주목을 거의 끌지 못합니다. 왜냐하면 미덕은 왕들에게 아첨하는 대신 비판하고, 그들의 나약함을 질책하기 때문입니다. 사랑을 받을 자격이 없고 권세와 쾌락만 좋아하기 때문에 사랑을 받지 못한다면 놀랄 일이 뭐가 있겠습니까?"

그렇게 말한 뒤 멘토르는 가능한 한 빨리 프로테실라오스와 티모크라테스를 쫓아내고 필로클레스를 불러들여야 한다고 이도메네우스를 설득했다. 왕의 결심을 가로막는 유일한 장애물은 필로클레스의 엄격함에 대한 두려움뿐이었다. 그는 이렇게 말했다.

"내가 그를 사랑하고 존경하는 것은 사실이지만 그가 돌아오는 것에 대한 두려움이 전혀 없는 건 아닙니다. 어린 시절부터 나는 칭찬 그리고 친절과 환심을 사려는 행동에 익숙해 있었어요. 그러나 그에게서는 그런 것을 기대할 수가 없어요. 그가 찬성하지 않는 어떤 일을 내가 하면 그는 이내 우울한 모습으로 나를 책망하고 있음을 여실히 드러냅니다. 나와 개인적으로 함께 있을 때 그는 존경할 만하고 절제된 모습을 보이지만 무뚝뚝하고 부드럽지 않습니다."

멘토르는 그에게 대답했다. "아첨으로 극진한 대우를 받는 왕들은 거침없고 진솔한 것은 모두 부드럽지 못하고 엄하다고 생각한다는 것을 모르십니까? 왕들은 비굴하지 않은 사람이나 자기들이 권력을 아주 부당하게 사용해도 아첨할 태세가 되어 있지 않은 사람에 대해서 충성심이 부족하다거나 심지어 자신들의 권위를 존중하지 않는다고 생각하기도 합니다. 거침없이 시원시원하게 하는 말은 전부 거만하고 비판적이며 반항적이라고 봅니다. 그들은 너무 예민해서 듣기 좋은 말이 아니면 모두 기분 나빠하고 화를 냅니다. 그러면 하던 이야기를 좀 더 해보겠습니다. 저 역시 필로클레스가 무뚝뚝하고 엄하다고 생각합니다. 그러나 그의 엄격함이 왕의 조언자들이 늘어놓는 해로운 아첨보다는 낫지 않습니까? 결점 없는 사람이 있습니까? 진실을 너무도 단호하게 말한다는 결점은 오히려 왕께서 가장 두려워하지 말아야 할 결점 아닙니까? 아니, 오히려 그 결점은 아첨으로 인해 생긴 진실에 대한 혐오감을 극복하고 왕의 결점들을 고치는 데 필요한 것 아닙니까? 왕께는 진실을 사랑하는 사람만 필요합니다. 왕 자신보다 더 왕을 사랑하고, 왕의 기분을 상하게 하면서까지 왕께 진실을 말하며, 매사에 왕께 절도를 강조하는 사람, 바로 그가 필로클레스입니다. 왕은 자신의 통치 아래 그런 용기를 가진 사람이 한 사람만 태어나도 아주 운이 좋은 것임을 기억하십시오. 그런 사람은 국가의 가장 소중한 보물입니다. 신이 왕에게 내리는 벌 가운데 가장 두려워해야 할 것이 바로 그런 사람을 이용할 줄 몰라 놓치는 것임을 잊지 마십시오.

선한 사람들의 결점을 인정하고 이용할 줄 알아야 합니다. 그들을 드높여주어야 합니다. 그들이 조심성 있게 헌신하지 못한다고 무조건 기분 상하지 마십시오. 그들의 말에 호의를 가지고 귀를 기울이십시오. 그들의 미덕을 공경하십시오. 백성들에게 왕께서 미덕을 분별할 줄 안다는 것을 보여주십시오. 무엇보다 더 이상 지금까지 해온 것처럼 해서는 안 됩니다. 지난날 왕께서 그랬던 것처럼, 떠받들어진 왕들은 부패한 인간들을 경멸하면서도 그들을 믿고 기용하여 한껏 은혜를 베풀어주지 않고는 못 배깁니다. 그러면서도 그 왕들은 덕망 있는 사람들을 알고 있다고 자랑합니다. 그러나 그 사람들에게는 일을 맡기지 않을 뿐 아니라 왕과의 친근한 교제를 허락하지도, 친절을 베풀지도 않으면서 거짓으로 그들을 칭송할 뿐입니다."

그러자 이도메네우스는 탄압받은 무고한 자를 이렇게 늦게 석방하고 자기를 속인 사람에게 벌을 주지 않은 것은 자신의 수치라고 토로했다. 상황이 그렇게 전개되자 이제 멘토르는 어렵지 않게 왕으로 하여금 총애하는 신하를 버릴 결심을 하게 했다. 아무리 총애하는 신하라고 해도 일단 그가 의심스럽고 귀찮은 존재라는 생각이 들면, 왕들은 싫증을 느끼고 거추장스러워하며 그를 내쫓을 궁리밖에 하지 않기 때문이다. 그들의 우정은 사라져버리고 그 신하가 섬겼던 일은 잊힌다. 총애를 받던 자들의 몰락은 왕들에게 아무 의미도 없다. 앞으로는 그들을 보지 않으면 되니까.

왕은 즉각 왕실의 중신 가운데 한 명인 헤게시포스에게 프로테실라오스와 티모크라테스를 체포해 사모스 섬에 유배시키고, 대신 그곳에 살고 있는 필로클레스를 데려오라고 명령했다. 헤게시포스는 그 명령에 놀라며 기쁨의 눈물을 흘리지 않을 수 없었다. 그는 왕에게 이렇게 말했다.

"이제 신하들이 아주 기뻐할 것입니다. 그 두 사람은 왕과 백성의 수많은 불행을 초래했습니다. 그들이 모든 선인을 신음하게 만들면서도 감히 신음 소리조차 내지 못하게 한 지 어언 이십 년이 되었습니다. 그만큼 그들의 폭정은 잔악했습니다. 그들은 자신들을 통하지 않고 왕께 접근하려는 사람들을 어김없이 괴롭혔습니다."

헤게시포스는 두 사람이 범한 수많은 배신 행위와 비인간적인 처사들을 하나하나 왕에게 폭로했다. 그동안은 감히 누구도 그들을 비난하지 못했기에 왕은 한 번도 들어보지 못한 이야기들이었다. 그는 멘토르를 제거하려던 그들의 은밀한 음모도 털어놓았다. 왕은 그 모든 이야기를 들으며 혐오감에 치를 떨었다.

헤게시포스는 프로테실라오스를 체포하러 서둘러 그의 집으로 달려갔다. 그의 집은 왕의 궁궐보다 작았지만 더 안락하고 근사했다. 건물은 최고의 세련미를 자랑했다. 프로테실라오스는 가난한 자들의 피 같은 돈으로 그 건물을 그렇게 장식했던 것이다. 그는 목욕탕 옆의 작은 살롱에서 금빛 자수를 놓은 자줏빛 침대에 아무렇게나 누워 있었다. 그는 자신의 일로 피곤하고 탈진한 것처럼 보였다. 눈과 눈썹은 알 수 없는 동요와 침울함으로 사나운 모습이었다. 그의 주위로는 조신들이 카펫 위에 정렬해 있었다. 그의 눈빛 하나까지 관찰하던 조신들은 프로테실라오스의 표정에 따라 얼굴 표정을 바꾸었다. 그가 힘겹게 입을 열자 곧 모두들 앞 다투어 그의 말을 찬미했다. 그 가운데 한 명은 우스꽝스럽게 과장하며 프로테실라오스가 왕을 대신해 한 말을 좌중에게 되뇌었다. 또 한 인물은 유피테르가 프로테실라오스의 어머니와 관계를 맺어 그를 낳았으니 그는 당연히 유피테르의 아들이라고 주장했다. 한 시인은 그에 대한 시를 낭송했는데, 프로테실라오스는 뮤즈들에게서 교육을 받았으니 모든 정신적 작업에서 아폴론에 필적하는 능력을 갖추었다고 주장하는 내용이었다. 훨씬 더 비굴하고 철면피인 또 다른 시인은 자신의 시에서 프로테실라오스가 조형 예술의 발명자요 백성들의 아버지로서 그들에게 행복을 주고 있다고 칭송했다. 그는 프로테실라오스를 풍요의 뿔을 손에 쥐고 있는 모습으로 묘사했다.

　프로테실라오스는 모든 칭송을 무뚝뚝하고 거만하게 건성으로 듣고 있었다. 자신은 더 큰 칭송을 받아야 할 사람인데 그 정도에 그치도록 내버려두는 것을 크나큰 자비로 알라는 듯이. 한 아첨꾼은 실례를 무릅쓰고 프로테실라오스의 귀에 대고 속삭였다. 그는 멘토르가 애써서 유지한 치안을 두고 비꼬는 우스갯소리를 했다. 프로테실라오스는 미소를 지었다. 모두가 그를 따라 미소를 짓기 시작했다. 대부분 그 아첨꾼이 무슨 말을 했는지 알지도 못하면서 말이다. 그러다가 프로테실라오스가 이내 예의 그 근엄하고 거만한 모습으로 되돌아오자 그들도 다시 공포와 침묵 속으로 되돌아갔다. 많은 조신들은 프로테실라오스가 시선을 돌려 자신들의 이야기를 들어줄 순간을 고대했다. 그들은 지나치게 흥분한 나머지 부자연스럽게 보였는데, 그것은 그의 호의를 기대하고 있었기 때문이다. 그들의 애원하는 듯한 태도가 그들이 하고 싶은 말을 대신하고 있었다. 그들은 외아들의 치유를 빌기 위해 신의 제단 아래 엎드린 어머니보다 더 순종적으로 보였다. 모두의 마음속에서 그를 향한 억제할 수 없는 분노가 들끓었지만 그들은 겉으로는 즐겁고 감동받아서 무한한 찬미를 보내는 것처럼 행동했다.

바로 그때 헤게시포스가 들어와 프로테실라오스의 무기를 빼앗고 그를 사모스 섬으로 귀양 보내라는 왕의 명령을 알렸다. 그 말에 그 총신의 모든 오만이, 가파른 산꼭대기에서 굴러떨어지는 바위처럼 무너져 내렸다. 그렇게 그는 불안에 떨며 헤게시포스의 발아래에 몸을 던졌다. 그는 눈물을 흘리면서 더듬거리며 말했다. 그는 떨면서, 불과 한 시간 전만 해도 자신이 전혀 존경 어린 시선을 보내지 않았던 그 사람의 무릎을 감싸 쥐었다. 그에게 아첨하던 사람들은 하나같이, 한순간에 파멸의 구렁텅이로 굴러떨어진 그를 보면서, 언제 그랬느냐는 듯 무자비하게 모욕을 가하기 시작했다.

헤게시포스는 그에게, 가족에게 작별 인사를 할 시간도, 어떤 비밀 서류를 챙길 시간도 주지 않았다. 그의 모든 것을 몰수해 왕에게 전했다. 같은 시간에 티모크라테스도 체포되었다. 그는 엄청나게 놀랐다. 자신은 이미 프로테실라오스와 사이가 나빠졌으니 무사하리라 믿고 있었기 때문이다. 그들은 준비해두었던 배로 곧 출발했다. 사모스 섬에 도착한 헤게시포스는 두 가련한 인간을 그곳에 남겨두어 극한의 불행에 빠지게 했다. 그들은 자신들이 행하고 자신들의 몰락을 야기한 그 범죄들의 책임을 서로에게 전가하며 서로를 맹렬히 비난했다. 그들은 자신들이 가족과 자식들로부터 멀리 떨어져 살아야 하고 다시 살렌티니에 돌아갈 희망이 없다는 것을 알았다. 친구로부터 멀리 떨어져 살아야 한다는 말을 하지 않은 것은 그들에게는 친구가 없었기 때문이다. 그들은 목숨을 부지하기 위한 노동 없이는 어떠한 먹을 것도 얻을 수 없는 낯선 땅에 유배되었다. 그들은 얼마나 오랫동안 호사를 즐기며 살았던가. 이제 그들에게는 사나운 짐승처럼 끊임없이 서로를 헐뜯으며 살아갈 일만 남았다.

그동안, 필로클레스가 그 섬 어디에서 살고 있는지 알아본 헤게시포스는 마침내 꽤 멀리 떨어진 산의 한 동굴에서 그가 살고 있음을 알아냈다. 섬사람들 모두가 그 이방인에 대해 감탄하며 그에게 말했다.

"그 사람은 이곳에 온 뒤로 누구에게도 거슬리는 행동을 하지 않았어요. 모두가 그 사람의 인내와 근면과 평온함에 감동을 받았지요. 가진 것은 아무것도 없었지만 그는 언제나 만족스러워 보였어요. 비록 재산도 권력도 없이 이곳에서 공무와는 상관없이 살고 있지만 자기가 도와주어야 할 사람들은 친절히 돌보아주고 있어요. 그 사람은 모든 이웃의 마음에 들기 위해 열심히 노력하고 있어요."

헤게시포스는 동굴로 향했다. 동굴 입구는 열려 있었지만 안에는 아무도 없었다. 필로클레스는 가난하고 검소해서 동굴 문을 닫을 필요가 없었다. 거친 등나무 줄기로 만든 거적때기가 침대였다. 불은 거의 피우지 않았다. 익혀 먹을 것이 거의 없었기 때문이다. 여름에는 방금 딴 과일로 끼니를 때웠으며, 겨울에는 말린 대추야자 열매와 무화과 열매를 양식으로 삼았다. 바위에서 흘러 떨어지는 물이 이루는 맑은 샘이 그의 갈증을 해소해주었다. 조각에 필요한 도구 몇 가지와, 책 몇 권이 그가 가지고 있는 전부였다. 그 책들은 정신을 윤택하게 하거나 호기심을 채우기 위해서가 아니라 오로지 기분을 전환하고 선량하게 사는 법을 배우기 위해서 읽은 것들이었다. 조각에 열중하는 것은 오로지 육체를 단련하고 무위를 피하며 타인이 아닌 스스로의 손으로 먹을 것을 얻기 위해서였다.

그 동굴 안으로 들어가면서 헤게시포스는 작업 중인 작품들을 보고 감탄했다. 제일 먼저 유피테르 상이 있었다. 얼굴이 너무도 평화롭고 위엄이 있어서 그것이 신과 인간의 아버지를 조각한 것임을 한눈에 알아볼 수 있었다. 옆에는 무섭고 위협적인 어떤 당당함을 가진 마르스 신의 조각이 있었다. 그러나 가장 감동적인 것은 예술을 고무하는 미네르바 신의 조각이었다. 그것은 고상하고 상냥한 얼굴과 길고 넉넉한 드레스 차림으로 표현돼 있었다. 그 모습이 너무도 생기 넘쳐서 금방이라도 걸어 다닐 것처럼 보였다.

조각들을 즐겁게 구경한 뒤 동굴을 빠져나온 헤게시포스는 멀리 큰 나무 밑 잔디 위에서 책을 읽고 있는 필로클레스를 발견했다. 헤게시포스는 그가 있는 쪽으로 걸어갔다. 그의 모습을 알아본 필로클레스는 도대체 무슨 영문인지 몰라 어리둥절했다. 그는 속으로 생각했다.

"저기 오는 사람이 헤게시포스 아니야? 크레테에서 그토록 오랫동안 함께 살았던……. 도대체 무슨 일로 이렇게 먼 섬엘 다 왔을까? 스틱스 강가에서 온 그의 망령은 아니겠지?"

그렇게 의심하고 있는 사이 벌써 헤게시포스가 성큼 다가와 있었다. 그는 헤게시포스를 포옹하며 말했다.

"내 사랑하는 친구 맞지? 어떤 우연이, 아니 어떤 폭풍우가 너를 이 섬으로 데려온 거야? 크레테 섬을 버린 거야? 나처럼 쫓겨난 것은 아니겠지?"

그러자 헤게시포스가 이렇게 대답했다.

"아니야. 그 반대야. 나를 이곳에 오게 한 것은 신들의 호의니까."

곧 그는 필로클레스에게 프로테실라오스의 오랜 폭정과 티모크라테스와 꾸민 모반, 그들이 이도메네우스를 불행에 빠뜨린 사정, 왕의 몰락과 이탈리아 연안으로의 도주, 살렌티니의 건국, 멘토르와 텔레마코스의 도착, 멘토르가 왕에게 조언한 지혜로운 원칙, 그리고 두 배신자의 실총 등에 대해 이야기해주었다. 그는 또, 그들이 필로클레스에게 안겨준 것과 똑같은 유배의 고통을 그들에게 돌려주려고 이번에는 그들을 이곳으로 데려왔다는 말도 덧붙였다. 마지막으로 그는 왕이 필로클레스의 무고함을 인정해 그를 살렌티니로 데려오라고 명

령했으며, 왕이 그에게 나랏일을 맡기고 큰 은혜를 내려줄 것
이라고 전해주었다. 그러자 필로클레스가 그에게 말했다.

"너도 보듯이 이 동굴은 인간보다는 사나운 짐승이 살기에
더 알맞은 곳이야. 그렇지만 나는 이곳에서 크레테 섬의 황금
궁정에서보다 더 큰 평화와 안락을 맛보고 있어. 나는 더 이상
인간에게 속지 않아. 이곳에는 인간이 없으니까. 아첨 어린 말
이나 독살스러운 말도 더 이상 듣지 않아. 여기에선 그런 말들
이 필요 없으니까. 노동으로 단련된 내 팔이 먹을 것을 어렵지
않게 제공해주지. 네가 보듯이 옷은 몸을 가릴 수 있는 간단한
천이면 충분해. 더 이상 필요한 것이 없어. 나는 책 속의 지혜
가 가르쳐준 대로 깊은 평온과 달콤한 자유를 향유하고 있어.
그런데 무엇 때문에 질투와 배신으로 점철된 절개 없는 인간
들 속으로 돌아가겠니? 싫다. 사랑하는 헤게시포스, 내 행복
을 빼앗지 마. 프로테실라오스는 왕을 배신하고 나를 망치려
다가 자신까지 배반하고 말았어. 그러나 그는 내게 아무 고통
도 가하지 못했어. 반대로 오히려 내게 세상에서 가장 좋은 일
을 해주었잖아. 공무의 소란과 예속에서 나를 해방시켜주었
어. 내가 이곳에서 소중한 고독과 완전한 기쁨을 맛볼 수 있는
것은 모두 그의 덕분이야.

헤게시포스, 돌아가줘. 왕께서 권세에서 비롯된 고통을 잘
감내하시도록 잘 보필해. 나 대신 네가 잘 해드려. 너무도 오
랜 세월 동안 진실에 대해 감겨 있던 왕의 눈이 마침내 그가
곁에 붙들어둔, 네가 말한 그 사람, 멘토르에 의해 열렸다니

까. 난파된 뒤 다행히 폭풍우 덕에 다다른 이 항구를 떠나 다시 바람에 내 몸을 맡기는 것도 별로 내키지 않아. 오, 왕들은 얼마나 불쌍한지 몰라! 왕들을 섬기는 사람들도 연민을 살 만해! 그들이 악한 경우에는 얼마나 많은 백성을 괴롭히고, 그들에게 얼마나 큰 고통을 주는지! 다행스럽게 그들이 선하다고 해도 극복해야 할 어려움이 얼마나 많니! 피해야 할 함정이 얼마나 많으며 당해야 할 고통이 또 얼마나 많니! 헤게시포스, 내가 이런 궁핍 속에서지만 행복하게 살게 내버려둬."

필로클레스가 격한 어조로 말하는 동안 헤게시포스는 놀란 얼굴로 그를 유심히 바라보았다. 예전에 크레테에서 굵직한 국사를 처리할 때의 그는 야위고 쇠약했으며 몹시 피곤한 모습이었다. 엄격하고 열정적인 그의 성격이 그를 일에 헌신하게 했기 때문이다. 그는 악덕이 벌을 받지 않으면 영락없이 분노를 터트렸다. 그는 누구보다도 일에서 정확성을 기하고 싶어 했다. 그렇다 보니 일이 그의 건강을 해쳤다. 그러나 헤게시포스가 사모스 섬에서 본 그의 얼굴은 살이 붙고 건강과 활력이 넘치고 있었다. 세월이 흘렀는데도 그의 얼굴에는 새롭게 젊음의 꽃이 피어나고 있었다. 간소한 식사와 평화롭고 근면한 삶이 체질을 바꾸어놓은 듯했다.

필로클레스는 웃으면서 다시 말을 이었다.

"내가 너무 변해서 놀라는 것 같구나. 이렇게 활력과 완벽한 건강을 가져다준 것은 바로 고독이야. 내 적들은 내가 가장 좋은 상황에서도 경험하지 못한 것을 주었어. 너는 내가 이런 진정한 행복을 버리고 다시 지난날의 불행 속으로 빠져들기를 원하는 건 아니겠지? 프로테실라오스보다 잔인해지지 마. 적어도 내가 그에게서 얻은 행복은 빼앗지 마."

헤게시포스는 그의 생각을 돌리기 위해 온갖 말을 다 해보았으나 헛일이었다. 그는 계속 말했다.

"너는 네 가족과 친구들을 만날 즐거움에는 별 관심이 없구나. 그들은 네가 돌아오기만을 손꼽아 기다리고, 너를 안아보는 것을 유일한 소망으로 삼고 기다리고 있는데……. 신을 두려워하고 의무에 철저하던 너인데, 왕을 섬기고 모든 선행에 동참해 백성을 행복하게 해주는 일조차 이제는 네게 하찮게 보이는 모양이구나. 자기 자신을 타인보다 더 중요시하는 야만적인 철학에 빠져서 백성의 행복보다 자신의 안락을 더 좋아하다니, 어떻게 그럴 수 있니? 사람들은 네가 왕을 보고 싶어 하지 않는 것이 다 원망 때문이라고 생각할 거야. 왕이 네게 고통을 준 것은 네 진심을 전혀 몰랐기 때문이야. 그가 고통을 준 대상은 선량하고 정의로운 진짜 필로클레스가 아니야. 그가 벌준 것은 네가 아닌 전혀 다른 사람이야. 그러나 그가 이제 네 진심을 알고 너를 단순히 한 사람의 타인으로만 여기지 않게 되면서 그는 예전에 너와 나누었던 우정이 마음속에서 되살아나는 것을 느끼고 있는 거야. 그는 이미 너를 포옹하기 위해 두 팔을 벌리고 있어. 너를 볼 날을 초조한 마음으로 학수고대하고 있지. 너, 왕과 다정한 친구들에게 이렇게 무정하게 대할 정도로 냉혹한 사람이니?"

처음에는 헤게시포스의 말을 인정하면서 감동하던 필로클레스가, 이야기가 다 끝날 즈음 다시 엄숙한 태도로 돌아갔다. 폭풍과 파도가 아무리 부딪쳐도 끄떡없는 해안의 바위처럼 그는 꼼짝도 하지 않았다. 어떠한 간청이나 설명도 그의 마음을 되돌릴 수 없었다. 헤게시포스가 설득을 단념하는 순간, 신들에게 기도하며 응답을 기다리던 필로클레스는 새들이 비상하는 모양과 희생 제물의 내장을 비롯한 여러 가지 전조들을 통해 친구를 따라가야 한다는 것을 깨달았다. 그는 더 이상 주저하지 않고 출발을 준비했다. 물론 그렇게 오랫동안 평온하게 지낸 그곳을 떠나자니 아쉬운 마음이 들지 않는 것은 아니었다. 그는 중얼거렸다.

"슬프구나! 너를 떠나야 하다니. 오, 사랑스러운 동굴이여! 너는 저녁이면 평화로운 잠을 주어 낮의 피곤을 말끔히 풀어주었는데! 비록 나는 가난했지만 파르카이[100]들이 금과 비단으로 이루어진 날들로 나의 운명의 실을 자아주었지."

그는 그렇게 오랜 세월을 자신의 맑은 물로 갈증을 풀어준 나이아스 요정과, 이웃 산에 사는 요정들에게 눈물을 흘리면서 엎드려 절을 했다. 아쉬워하는 그의 슬픈 목소리를 들은 에코 요정이 전원의 신들에게 그 소리를 반복해서 들려주었다.

필로클레스는 배를 타기 위해 항구로 나왔다. 그는 모욕과 원한으로 나날을 보내는 불쌍한 프로테실라오스가 절대로 자기를 보려 하지 않을 것으로 생각했다. 그러나 그가 잘못 생각한 것이었다. 왜냐하면 타락한 인간은 수치심도 전혀 없고 어떤 비열한 짓도 다 할 각오가 되어 있기 때문이다. 필로클레스는 그 불쌍한 사람의 눈에 띨까 두려워 조심스럽게 몸을 숨겼다. 자기가 파멸로 몰아넣으려 했던 적이 오히려 잘되는 것을 보면 프로테실라오스가 더 비참해하지 않을까 걱정스러웠다. 하지만 프로테실라오스는 오히려 필로클레스를 열심히 찾아다녔다. 그의 동정을 사서 자신이 살렌티니로 돌아갈 수 있도록 왕에게 청해달라고 부탁하고 싶었던 것이다. 필로클레스는 너무 솔직해서 그렇게 노력해보겠다고 약속할 수 없었다. 왜냐하면 그는 프로테실라오스가 돌아오는 것이 얼마나 끔찍한 일인지 누구보다 잘 알고 있었기 때문이다. 그렇지만 그는 그에게 동정심을 보이며 아주 부드럽게 그를 위로하려고 노력하면서, 깨끗한 마음과 인내로 신들의 마음을 누그러뜨릴 것을 권고했다. 그는 프로테실라오스가 그동안 부정한 방법으로 획득한 재산을 모두 압수당한 것을 알고 있었기에 다음의 두 가지를 약속했다. 하나는 백성들의 분노에 위험하게 방치된 채 살렌티니에서 아주 끔찍한 삶을 살고 있는 그의 처자식을 돌보아주겠다는 것이고, 다른 하나는 이렇게 멀리 떨어진 섬에 유배되어 있는 프로테실라오스에게 비참함을 덜어줄 수 있는 약간의 돈을 보내주겠다는 것이었다.

그동안 그들은 순풍에 돛을 올렸다. 초조한 헤게시포스는 출발을 서둘렀다. 프로테실라오스는 떠나가는 배를 바라보았다. 배가 파도를 가르며 사라져 더 이상 보이지 않는데도 그쪽에서 눈을 떼지 못했다. 더 이상 배가 보이지 않는데도 여전히 그 모습이 아른거렸기 때문이다. 마침내 분노와 절망에 무릎을 꿇은 그는 모래 위를 구르며 머리카락을 쥐어뜯었다. 신의 가혹함을 원망하면서 제발 죽게 해달라고 신에게 간청해보았으나 헛일이었다. 당연히 신은 그의 기도에 귀를 막았고 그를 고통에서 해방시켜주려 하지 않았다. 그렇다고 그 스스로 죽음을 맞이할 용기가 있는 것도 아니었다.

그동안 배는 넵투누스의 가호로 곧 살렌티니에 도착했다. 그가 도착했다는 소식이 곧바로 왕에게 전해졌다. 왕은 멘토르와 함께 항구로 필로클레스를 맞이하러 와서 그를 다정하게 포옹해주었다. 그는 자신이 그를 그렇게 부당하게 학대한 것에 깊은 유감을 표했다. 살렌티니 인들에게는 그 고백이 왕의 체면을 손상시키는 것으로 보이기는커녕 자신의 잘못을 용기 있게 고백하여 바로잡음으로써 더 이상 그런 잘못을 되풀이하지 않으려는 위대한 영혼의 노력으로 보였다. 모두들 백성을 사랑하는 선인을 다시 보게 된 것에, 그리고 왕이 그토록 지혜롭고 선량하게 말하는 것에 기쁨의 눈물을 흘리지 않을 수 없었다. 필로클레스는 왕의 포옹에 공손하고 겸손한 태도로 응했지만, 어서 백성들의 환호에서 벗어나고 싶은 마음이 간절했다. 그는 왕과 함께 궁정으로 향했다. 멘토르와 그는 서로 모르는 사이였지만 보자마자 마치 함께 인생을 살아온 사람들처럼 서로를 신뢰하게 되었다. 신들은 악한 사람들에게는 선한 사람을 알아보지 못하게 방해하는 무언가를 주지만, 선한 사람들에게는 서로를 알아볼 수 있는 무언가를 주기 때문이다. 미덕을 사랑하는 사람들은 자신들이 사랑하는 그 미덕이 없으면 서로 가까워질 수 없는 법이다.

필로클레스는 왕에게 사모스 섬에서처럼 변함없이 가난과 고독 속에서 살게 해달라고 부탁했다. 왕은 그를 보려고 멘토르와 함께 거의 매일 그가 사는 황량한 거처로 갔다. 바로 그곳에서 그들은 법을 확고히 하고 공공의 행복을 위해 튼튼한 형태의 정부를 수립하기 위한 방편을 검토했다.

그들은 두 가지 중요한 점을 검토했는데, 하나는 아이들의 교육 문제이고 다른 하나는 평화로운 시기의 삶의 태도였다.

아이들에 대해 멘토르는 이렇게 말했다.

"아이들은 그들의 부모보다 오히려 나라에 속합니다. 그들은 백성들의 아이들입니다. 그들은 백성들의 희망이며 힘입니다. 아이들이 일단 타락하면 고칠 시간이 없습니다. 일할 능력이 없는 아이들에게 일거리를 주지 않는 것으로 끝나지 않습니다. 잘못에 대해 벌을 주는 것보다 잘못을 원천봉쇄하는 것이 훨씬 낫습니다. 왕은 백성의 아버지, 그중에서도 특히 나라의 꽃인 젊은이들의 아버지입니다. 열매를 준비해야 하는 꽃의 상태인 젊은이들 말입니다. 그러므로 왕은 아이들의 교육을 직접 돌보고, 더 나아가 다른 이들로 하여금 돌보게 하는 것을 소홀히 해서는 안 됩니다. 왕은 아이들이 죽음과 고통으로부터 자유로울 것을 명령하는 미노스의 법을 반드시 지켜야 합니다. 부정과 거짓, 배은망덕 그리고 나태는 추악한 악덕으로 비난받게 해야 합니다. 신들의 사랑을 받은 영웅들과 조국을 위해 용감히 행동한 영웅들, 그리고 전투에서 용기를 불사른 영웅들을 칭송하는 노래를 어린 시절부터 가르쳐야 합니다. 음악의 매력이 영혼을 사로잡도록 해 아이들의 품행을 정결하고 유순하게 만들어야 합니다. 친구들에게 다정하게 대하고 동맹국들에 충실하며 모든 인간에게, 심지어는 가장 냉혹한 적들에게조차도 공정하게 대하는 법을 가르쳐야 합니다. 죽음과 고통보다 아주 적은 양심의 가책을 더 두려워하게 해야 합니다. 일찍부터 아이들에게 이런 규칙들을 교육하고, 부드러운 노래로 그것들을 아이들 마음속에 주입하면 대부분의 아이들이 영광과 미덕에 대한 사랑으로 불타오를 것입니다."

멘토르는, 젊은이들이 아주 혹독한 육체적 단련에 익숙해지고 선한 천성을 침해하는 나태와 무위를 멀리하게 하려면 공립학교를 설립하는 것이 무엇보다 중요하다고 덧붙였다. 그는 백성 모두에게 활력을 불어넣어주는 유희와 경기를 아주 다양하게 고안할 것을 제안했다. 특히 육체를 민첩하고 유연하며 원기왕성하게 만들기 위한 운동이 필요하다고 역설했다. 또 그는 좋은 풍속을 유지하려면 젊은이들이 일찍 결혼하는 것이 바람직하다고 주장했다. 부모들에게는 자신들의 이익과 전혀 상관없이 아이들에게 몸과 마음이 끌리는 여자를 스스로 선택하도록 맡기라고 권했다.

멘토르가 젊은이들을 맑고 순결하고 근면하고 유순하며 영광에 열정적이도록 교육할 방법을 모색하고 있는 동안, 전쟁을 좋아하는 필로클레스가 멘토르에게 말했다.

"젊은이들에게 그런 일련의 단련을 시킨다고 해도 평화가 지속되어 그들이 활기를 잃게 내버려둔다면 아무 소용이 없습니다. 평화 속에서는 전쟁 경험을 쌓을 수 없을 뿐만 아니라 자신의 능력을 시험해볼 욕심도 생기기 않기 때문입니다. 그렇게 되면 나라는 점점 약해질 것입니다. 용기는 녹슬 것이고 지나친 향락은 풍속을 타락시킬 것이며, 전쟁을 좋아하는 다른 나라 국민이 손쉽게 이 나라를 정복할 것입니다. 이 나라는 전쟁이 초래하는 재난과 불행을 피하려 하지만 결국 끔찍한 예속 상태로 떨어지고 말겠지요."

그러자 멘토르가 이렇게 응수했다.

"전쟁의 불행은 당신이 생각하는 것보다 훨씬 더 끔찍합니다. 전쟁은 한 나라를 황폐화하고 위험에 빠뜨립니다. 큰 승리를 거두었을 때조차 말입니다. 전쟁을 시작할 때 상대편에 비해 좀 우위에 있다 한들 아주 비극적인 반전의 위험에 처하지 않으리라고 누가 장담할 수 있겠습니까. 설령 전투에서 전력이 월등하더라도 아주 조그만 착오나 뜻밖의 강한 공포, 아니 때로는 너무도 하찮은 어떤 것이 이미 당신의 손안에 있는 승리를 빼앗아 적들의 손에 넘겨주기도 합니다. 승리의 여신을 자신의 진영에 사슬로 꼭꼭 묶어놓아 승리한들 적을 파괴하는 동안 자신이 파괴되는 것을 피할 수 없습니다. 사상자로 인해 인구가 줄고 땅은 황폐해지며 무역과 상업은 혼란을 겪습니다. 그런데 그보다 더 해로운 것은 법을 유린하고 풍속을 타락시키는 것입니다. 젊은이들은 더 이상 문예에 마음을 쏟지 않습니다. 집요한 욕망이 병영 내의 위험한 방종을 용인하게 만듭니다. 사법과 경찰 등 모든 조직이 그 무질서를 용납하게 됩니다. 미미한 영광을 얻기 위해, 그리고 자신의 왕국을 넓히기 위해 그토록 많은 사람으로 하여금 피를 흘리게 하고 큰 불행을 끌어들이는 왕은 자신이 원하는 영광을 얻을 자격이 없으며 자신이 소유한 것들을 잃어 마땅합니다.

평화로울 때 국민의 용기를 북돋우는 방법은 이렇습니다. 육체를 단련하기 위해 고안된 운동과, 경쟁을 부추기는 포상에 대해서는 익히 아실 것입니다. 영웅들의 위대한 업적을 노래하게 함으로써 요람에서부터 아이들의 영혼에 새겨질 영광과 미덕에 관한 원칙들도 아셨습니다. 거기에다가 검소하고 근면한 생활 원칙을 추가해야 합니다. 그런데 그것이 전부가 아닙니다. 왕께서는 동맹국이 침략을 당하면 즉각 나라에서 최고의 젊은이들을, 특히 전쟁 능력이 출중하고 전쟁 경험을 활용하는 데 탁월한 젊은이들을 파견해야 합니다. 그렇게 하면 동맹국들로부터 아주 좋은 평판을 얻을 것입니다. 많은 나라가 왕과 동맹을 맺으려 할 것이고 동맹 관계를 잃을까 봐 걱정할 것입니다. 그렇게 하면 왕께서는 왕의 나라 안에서 왕의 비용을 들여 전쟁을 치르지 않고도, 언제나 전쟁에 익숙하고 용감한 젊은이들을 확보할 수 있을 것입니다. 설령 왕의 나라에 평화가 유지되더라도 전쟁에 탁월한 사람은 아주 명예롭게 대우해야 합니다. 전쟁을 멀리하고 지속적인 평화를 유지하는 가장 좋은 방법은 군대를 양성하는 것입니다. 그러므로 군인 가운데 능력이 뛰어난 사람을 잘 대우하고 이방의 전쟁에서 전쟁 경험을 쌓게 해, 군대와 군사 훈련, 이웃 국민들의 전쟁 방식 등에 대해 정통하게 만들어야 합니다. 야심 때문에 전쟁을 해서는 안 되는 것처럼 전쟁에 대해 나약하거나 두려워해서도 안 됩니다. 그처럼 필요할 때 언제든 전쟁을 치를 수 있도록 준비해놓고 있으면 전쟁은 거의 일어나지 않을 것입니다.

동맹국들이 혹시 서로 전쟁을 하면 왕께서는 중재를 하셔야 합니다. 그렇게 하면 왕은 정복자들보다 더 확고하고 확실한 영예를 얻고 이방인들의 사랑과 존경을 받을 것입니다. 그들 모두 왕을 필요로 할 것이며, 그렇게 되면 왕께서는 왕의 백성을 다스리듯 그 나라들을 신의로 다스리는 셈이 됩니다. 왕께서는 평화와 조약의 중재자, 정신적인 지도자가 될 것입니다. 왕의 평판은 아주 먼 나라까지 퍼질 것입니다. 왕의 이름은 이 나라 저 나라를 거쳐 아주 먼 나라에서까지 향기처럼 피어오를 것입니다. 그런 상태에서는 설령 한 이웃 국가가 정의의 규범을 무시하고 왕의 나라를 침략하고자 해도, 왕께서 전쟁에 능하고 언제든 전쟁을 할 준비가 되어 있다는 것을 알기 때문에 행동으로 옮기기가 쉽지 않을 것입니다. 그런데 전쟁을 꺼리는 보다 큰 이유는, 그래야 왕께서 이웃 국가들의 사랑을 받아, 왕께서 필요로 할 때 지원군이 왕을 도우러 오리라는 데 있습니다. 그처럼 왕의 모든 이웃 국가들은 왕의 나라의 안전을 걱정하게 되고, 왕의 나라를 보호하는 것이 모두의 안전을 위하는 일임을 잘 알게 됩니다. 바로 그것이 가장 잘 완성된 도시의 성채와 요새보다 훨씬 더 안전한 방법입니다. 또한 바로 그것이 진정한 영광입니다. 그런데도 진정한 영광을 추구할 줄 아는 왕은 거의 없습니다! 왕들은 진정한 영광이 무엇인지도 모르고 그저 허황된 것만 좇으며 세월을 허비합니다."

멘토르가 이야기를 끝내자 필로클레스는 놀란 얼굴로 그를 바라보았다. 다시 왕을 힐끗 쳐다본 그는, 지혜의 강물처럼 그 이방인의 입에서 흘러나오는 말을 단 한 마디도 빠뜨리지 않고 새겨들으려 왕이 열심히 귀 기울이는 것을 보고 아주 기뻤다.

멘토르로 변신한 미네르바 여신은 그렇게 살렌티니에 최상의 법과 다스림의 원칙이 뿌리내리게 했다. 이는 이도메네우스의 왕국을 번영시키기 위해서라기보다, 텔레마코스가 돌아오면 어떤 것이 백성을 행복하게 해주고 훌륭한 왕에게 지속적인 영광을 가져다주는 지혜로운 다스림인지에 대한 아주 좋은 모범을 보여주기 위해서였다.

1) 그리스 신화의 아테나이와 동일시되는 여신으로, 예술과 문학을 주관하는 지혜의 여신, 이성의 여신.

2) 지중해 서쪽에 있다고 전해지는 오기기아 섬에 사는 요정으로, 난파당한 오디세우스를 구해준다. 미네르바의 간청에 못 이겨 유피테르가 칼립소에게 헤르메스를 보내 오디세우스를 보내주라고 명령하자, 이 요정은 마지못해 사랑하는 오디세우스를 떠나보낸다.

3) 펠로폰네소스 반도의 메세니아에 있는 도시.

4) 펠로폰네소스 반도의 라코니아 지방에 있는 도시. 라케다이몬이라고도 한다.

5) 프리기아의 도시. 메넬라오스가 트로이아의 파리스에게 납치된 아내 헬레네를 되찾기 위해 그리스에 원정을 요청하면서 시작된 전쟁, 즉 트로이아 전쟁에서 트로이아가 패했다. 오디세우스가 자신이 고안해낸 거대한 목마 속에 그리스 군을 숨겨두고 퇴각하자 승리에 취한 트로이아 군이 그 목마를 성 안으로 끌어들였고, 이후 그리스 군이 목마 속에서 나와 간단히 성을 함락해 역전승을 거두었다.

6) 트로이아 전쟁에 나간 남편을 이십 년 동안이나 기다린 지조로 이름이 높다. 트로이아 전쟁에 참가했던 용사들의 아내 중 유일하게 남편이 없는 동안 유혹에 넘어가지 않았다.

7) 로마 신화에서 으뜸가는 신으로, 그리스 신화의 제우스와 동일시된다.

8) 디오니소스. 포도와 포도주 그리고 신비적 광기의 신.

9) 아들만 원하는 아버지 때문에 태어나자마자 파르테니온 산에 버려져 사냥꾼 틈에서 자란다. 숲에서 사냥하는 것을 즐기며, 칼리돈의 멧돼지 사냥에 참여하여 큰 역할을 한다. 구혼자들을 멀리하기 위해 달리기 경주를 제안하고, 그 경주에서 자신을 이긴 사람과 결혼하겠으며 만일 자신이 이기면 구혼자를 죽이겠다고 공언한다. 이 시합에서 이긴 히포메

네스가 그녀와 결혼한다. 히포메네스가 헤스페리데스의 정원에서 가져온 황금 사과를 이용하여 승리했다고도 한다.

10) 반은 인간이고 반은 말인 괴물로, 유피테르가 헤라의 형상으로 만든 구름과 익시온(테살리아의 왕이자 라피타이 족의 왕) 사이에서 태어났다고 전해진다. 후에 페이리토오스와 테세우스가 이끄는 라피타이 족과 싸워서 지는 바람에 테살리아를 떠나야 했다.

11) 드리아데스(숲의 요정들) 중 한 명인 오르페우스의 아내. 풀숲의 뱀을 밟아서 물려 죽는다.

12) 그리스 신화에 등장하는 인물로, 하계의 괴물뿐 아니라 신들까지 감동시킨 뛰어난 음악가이자 시인. 죽은 아내를 지상으로 데려오기 위해 하계로 들어가 그에 대한 허락을 받아낸다. 단, 그러기 위해서는 한 가지 조건을 지켜야 하는데, 그것은 하계를 떠나기 전에는 절대로 뒤를 돌아보아서는 안 된다는 것이다. 하지만 지상의 빛이 보일 무렵 무서운 의심이 든 오르페우스는 결국 참지 못하고 뒤를 돌아본다. 그로 인해 아내는 다시 하계로 끌려가고 오르페우스는 혼자 인간 세상으로 돌아온다.

13) 이오니아 해에 있는 섬.

14) 넵투누스의 아들. 그가 포도주에 취해 잠든 사이 그의 동굴에 갇혀 있던 오디세우스가 그의 외눈을 말뚝으로 찔러 그를 소경으로 만든 뒤 동료들과 함께 동굴을 빠져나온다. 이때부터 넵투누스가 오디세우스를 미워하기 시작한다.

15) 이방인을 잡아먹는 식인 풍습을 가진 거인들. 그들의 나라는 라티움 남쪽, 캄파니아와 접해 있는 포르미아 지방이었을 것으로 추정된다. 오디세우스는 그들에게 잡혔다가 천신만고 끝에 빠져나왔다.

16) 태양.

17) 이탈리아에 있는 아이아이아 섬에 사는 마녀. 마법의 지팡이로 오디세우스의 부하들을 동물로 만들었다. 오디세우스에게도 음료수를 건네주었지만 그는 헤르메스가 준 '몰리'라는 식물을 타 먹은 덕분에 동물

로 변하지 않았고 칼로 키르케를 위협하여 부하들을 마법에서 풀어주도록 했다. 이후 오디세우스는 그녀의 곁에서 꿈같은 일 년을 보냈다.

18) 메시나 해협에 매복해 있는 바다 괴물. 오디세우스의 배가 이 괴물의 동굴 옆을 지날 때 여섯 명의 선원을 잡아먹었다.

19) 가이아(대지의 여신으로, 로마의 텔루스와 동일시됨)와 넵투누스(바다의 신으로, 로마의 포세이돈과 동일시됨)의 딸로, 스킬레의 맞은편에 살면서 항해자들의 목숨을 노렸다.

20) 바다의 신 포세이돈과 동일시되는 로마의 신.

21) 오디세우스가 이타케로 돌아가던 중 마지막으로 머물렀던 곳. 왕 알키노오스는 그를 환대하여 이타케로 돌아갈 배를 마련해주었다. 제18장 참조.

22) 이마 중앙에 눈이 하나만 있는 외눈 거인들로, 유피테르의 벼락을 만들어주는 대장장이.

23) 트로이아의 용사로, 앙키세스와 아프로디테(베누스)의 아들. 전쟁에 패하자 시칠리아를 거쳐 이탈리아로 달아나 로마를 건국한 전설적인 인물이다.

24) '서쪽 나라'라는 뜻으로, 이탈리아를 가리킨다.

25) 하계의 강 가운데 하나로, 아주 차가우며 '탄식의 강'이라고도 한다.

26) 아이네이아스의 아버지.

27) 시칠리아의 도시.

28) 지금의 수르 지방. 고대 지중해 동안(북쪽의 엘레우테로스 강에서 남쪽의 가르멜 산 부근에 이르는, 지중해 연안을 따라 있는 가늘고 긴 지대)에 있던 페니키아의 도시. 도시 동맹을 결성하여 일찍부터 해상 교역이 활발했다.

29) '세누스레'의 그리스식 표기.

30) 파로스는 트로이아 전쟁 후 헬레네와 메넬라오스를 스파르타로 싣고 돌아간 키잡이로, 나일 강 어귀의 한 섬에서 뱀에 물려 죽었다. 그가 죽은 섬을 그의 이름을 따서 파로스라고 불렀다.

31) 열두 가지 과업 등으로 고전 신화에서 가장 유명하고 인기 있는 영웅.

32) 트로이아 전쟁에서 친구 파트로클로스가 전사하자 복수의 화신이 되어 적진으로 달려가 적장 헥토르를 처단한다. 이후 파리스가 그의 유일한 약점인 발뒤꿈치에 활을 쏘아 그를 죽인다.

33) 학문의 신 헤르메스의 아들이라고도 하고, 오이아그로스의 아들(오르페우스의 형제)이라고도 한다. 리듬과 멜로디를 발명해낸 유명한 가수로 칭송된다.

34) 시칠리아 섬 동부 카타니아 시에 있는 화산.

35) 그리스의 헤파이스토스와 동일시되는 불의 신. 아벤티누스 언덕 동굴 속에 살고 있는 불의 신 카쿠스의 아버지로도 여겨진다. 테티스의 부탁을 받고 아킬레우스의 훌륭한 갑옷을 만들어주었다.

36) 유피테르와 레토의 아들로, 예언과 음악과 시의 신이자 전원의 신.

37) 테살리아 페라이의 왕. 키클로페스 족을 죽인 벌로 일 년 동안 유피테르의 목동이 되는 벌을 받았다.

38) 지중해 동부에 있는 나라. 기원전 15세기 무렵부터 미케네 문명의 영향을 받아 이집트와 왕래하는 교역지로 발전했다.

39) 그리스의 아레스 신과 동일시되는 전쟁의 신.

40) 인간이 태어나서 죽을 때까지의 생의 기간을 정하는 모이라이 중의 한 신. 클로토와 라케시스도 모이라이 신이다.

41) 티로스의 왕 무토의 아들. 자신의 여동생 엘리사(디도)가 이인자인 숙부 시카르바스와 결혼하자 숙부의 재산을 빼앗으려고 그를 죽인다. 이후 엘리사는 티로스의 귀족들과 함께 아프리카로 도망쳐서 그곳에 카르타고를 세운다.

42) 현재 에스파냐 카디스 만.

43) 아르고 선(船)의 첫 번째 키잡이로, 바람과 별의 운행에 통달한 인물이다.

44) 이아손이 통치권을 되찾기 위해서 용(龍)이 지키고 있는 황금 양털을 찾으러 떠날 때 탔던 배. 이때 함께 간 동료 오십여 명을 일컬어 '아르

고나우타이' 라고 한다.

45) 키프로스의 도시.

46) 소아시아(현재 터키령) 서부의 고대 지방. 북쪽은 미시아, 동쪽은 프리기아, 남쪽은 카리아 지방과 인접해 있었다.

47) 지중해 크레테 해에 있는 섬.

48) 그리스 신화의 아프로디테와 동일시되는 신.

49) 그리스 신화의 에로스와 동일시되는 사랑의 신으로, 아프로디테(베누스)의 아들.

50) 트로이아 전쟁보다 세 세대 전에 살았던 크레테의 왕이다. 맨 먼저 크레테 인들을 문명화하고 정의와 자비로 나라를 다스렸으며 훌륭한 법을 제정했다. 법이 너무 훌륭해서 유피테르에게 직접 계시를 받은 것으로 여겨지기도 한다. 하계에서는 죽은 자들의 영혼을 심판하는 자리에 앉아 있다.

51) 세계를 감싸고 있는 바다의 여왕으로, 네레이데스 가운데 한 명. 넵투누스(포세이돈)에게 납치되어 그와 결혼했다.

52) 새벽의 여신.

53) 헤라클레스와 쌍벽을 이루는 아티카의 대표적인 영웅으로, 트로이아 전쟁보다 한 세대 전에 살았던 것으로 여겨진다. 친구 페이리토오스와 함께 하데스의 아내 페르세포네를 납치하러 하계에 내려갔다가 헤라클레스의 도움으로 간신히 지상으로 돌아온다. 하지만 페이리토오스는 지상에 돌아오지 못하고 하계에 남았다.

54) 힙노스(잠의 신)의 자녀로, 잠든 이들의 꿈속에 나타난다. 아주 큰 날개를 소리 없이 퍼덕이면 순식간에 땅 끝까지 갈 수 있다.

55) '빛나는 자' 라는 뜻으로 아폴론의 별칭.

56) 복 받은 자들의 저승. 타르타로스와 반대의 의미다.

57) 하계에 흐르는 강.

58) 베누스는 바다 포말에서 나오자마자 제피로스들에 의해 차례로 키테라와 키프로스 해안으로 옮겨졌다. 베누스를 상징하는 동물은 비둘기,

식물은 장미와 도금양이다.

59) 키프로스 섬에 있는 산.

60) 키프로스의 도시.

61) 신주(神酒).

62) 하계의 신 하데스를 칭하는 제의적인 별칭.

63) 레테.

64) 하계보다도 더 아래에 있는 곳으로, 가장 중한 죄인들이 가는 곳으로 여겨진다.

65) 사람 얼굴에 물고기 몸을 한 바다의 신들로, 테레우스, 글라우코스, 포르키스와 비슷하다. 보통 조개껍질을 나팔처럼 부는 것으로 묘사된다.

66) 서풍.

67) 바람의 신.

68) 그리스 여신 데메테르('땅의 어머니'라는 뜻)의 로마식 이름. 대지와 농업의 여신, 특히 밀의 여신.

69) 아테나이 사람으로, 다방면에 재능이 있는 예술가이자 건축가이자 조각가. 미노스 왕에게 미로가 아주 복잡하게 얽혀 있는 라비린토스 궁정을 만들어주었다.

70) 하계의 징벌, 즉 복수를 관장하는 신들. 그리스의 에리니에스와 동일시된다.

71) 리디아 지방 앞쪽 해안에 있는 그리스의 섬.

72) 에게 해 동남쪽에 있는 그리스의 섬.

73) 그리스 신화의 헤르메스와 동일시되는 로마의 신. 상인들과 여행자를 보호하는 신.

74) 사모스 섬 남서쪽에 있는 섬. 유피테르의 외도로 태어난 박코스는 헤라의 질투로 이곳으로 옮겨 와 새끼 산양으로 변신한 후 요정들 틈에서 자란다.

75) 신들의 양식.

76) 사냥의 신. 아르테미스와 동일시된다. 마법과 마술을 관장하는 여신으

로, 죽음의 세상과 이어진 헤카테와 밀접한 연관이 있다.

77) 에스파냐 남부에 있는 과달키비르 강의 골짜기 남쪽에 남서와 북동 방향으로 이어져 있는 산계.

78) 그리스의 북서부 지방. 현대 그리스 어로는 이피로스라고 한다.

79) 다나오스 왕의 딸(다나이데스) 오십 명을 지칭한다. 그중 맏딸을 제외한 사십구 명의 딸이 아버지와의 약속을 지키기 위해 첫날밤에 각자의 남편(동생 아이깁토스의 아들 오십 명)을 목을 베어 살해했다. 그로 인해 죽은 뒤 하계에서 밑 빠진 항아리에 계속 물을 채우는 영벌을 받았다.

80) 인간으로서 신과 대등해지려 했다는 교만죄로 하계에서 목까지 물에 잠겨 있으면서도 입을 물에 가져다 대면 물이 저 멀리 물러나버려 전혀 물을 마실 수 없는 영벌을 받았다.

81) 가장 꾀바르면서 조심성 없는 인간으로, 불경죄로 하계에서 바위를 밀어 올리는 영벌을 받았다.

82) 유피테르와 헤라 사이에서 태어난 거인 아들. 연적 레토를 시기한 어머니 헤라의 사주를 받아 레토를 겁탈하려 했다가 유피테르의 벼락을 맞고 하계로 떨어졌다.

83) 베누스는 치명상을 입은 아도니스를 구하기 위해 돌아다니다가 가시에 발을 찔리는 바람에 많은 피와 눈물을 흘렸지만 끝내 그를 구하지 못했다. 그때 흘린 피가 그녀를 위해 바쳐진 꽃들(장미 또는 아네모네)을 붉게 물들였다고 한다.

84) 하데스의 개로, 살아 있는 자들이 들어오지 못하게 죽음의 세계를 지키는 괴물들 중의 하나. 에우리스테우스는 헤라클레스에게 이 괴물을 하계에서 끌고 오라는 임무를 내린다. 헤라클레스는 하데스와의 약속에 따라 완력으로 이 괴물을 질식시켜 지상으로 데려온다.

85) 지금의 과달키비르 강.

86) 신의 노여움을 달래기 위해 선출된 크레테의 왕 이도메네우스가 이탈리아 남부 연안에 세운 도시.

87) 신들의 명령이나 충고 등을 전달하는 사명을 받은 여신. 날개를 달고 얇은 베일을 쓰고 있는데, 이 베일은 햇빛을 받으면 무지갯빛을 띤다.

88) 미네르바, 헤라, 베누스가 황금 사과를 놓고 다투는 것을 본 불화의 여신 에리스가 그 사과는 가장 아름다운 여신의 것이라고 말한다. 그러자 세 여신은 트로이아의 왕 프리아모스의 둘째아들(첫째는 헥토르) 파리스 왕자로 하여금 누가 가장 아름다운지 판단하게 한다. 파리스는 가장 아름다운 여인 헬레네의 사랑을 받을 수 있게 해주겠다는 베누스의 계교에 넘어가 그녀의 편을 들어준다. 메넬라오스의 아내인 헬레네는 남편이 집을 비운 사이 파리스의 유혹에 넘어가 야반도주를 한다. 이에 격분한 메넬라오스가 자신의 아내를 찾는 일을 도와달라며 그리스에 도움을 요청하고, 이로써 트로이아 전쟁이 발발한다.

89) 트로이아 전쟁에 참가했던 아이톨리아의 용사.

90) 트라케의 왕으로, 트로이아 전쟁에서 트로이아 편에서 싸웠다. 눈처럼 희고 바람처럼 빠른 말들을 소유한 것으로 유명하다.

91) 아이아스는 아킬레우스의 무기를 차지하지 못하자 미친 듯이 날뛰다가 자신이 저지른 일을 보고 자살한다.

92) 필로스의 왕으로, 트로이아를 정복한 뒤 무사히 귀향한 몇 안 되는 용사들 중 한 명이다.

93) 트로이아를 지칭한다.

94) 이탈리아 남부의 도시. 여기에 열거된 나머지 도시들 역시 살렌티니와 인접해 있다.

95) 트로이아 서쪽 에게 해에 떠 있는 섬.

96) 트로이아 전쟁에서 만장일치로 최고 사령관으로 뽑혔으며 아킬레우스와 불화를 일으키는 바람에 전투에서 거듭 고전했다. 아킬레우스 없이도 이길 수 있다고 장담했지만 끝내 이기지 못해 그와 화해하고 만다.

97) 유피테르는 그에게 하늘의 궁륭을 어깨에 짊어지는 형벌을 내렸다.

98) 미네르바를 상징하는 물건들 중 하나로, 염소 가죽으로 만든 방패의 일종.

99) 크레테 섬 동북부에 있는 섬.

100) 그리스의 모이라이와 동일시되는 운명의 여신들. 모이라이와 마찬가
지로 세 명의 자매가 각각 출생, 결혼, 죽음을 주관한다.

옮긴이에 대하여

김중현은 프랑스 낭시2 대학교에서 프랑스 문학을 공부했다. 1993년 발자크에 대한 논문으로 박사 학위를 받았으며, 현재 건국대학교 인문과학연구소 연구교수로 재직하고 있다.

학위 논문(《발자크와 아시아》)의 연장선상에서 현재 19세기 프랑스 문학 속에 나타난 아시아의 모습을 연구 중인데, 이 연구는 위고와 고티에 부녀, 공쿠르 형제, 로티, 고비노 백작에 대한 연구까지 총망라하고 있다. 저서로는 《발자크—작가와 작품 세계》, 《서양 문학 속의 아시아—발자크 연구》, 《세기의 전설》, 《사드》, 《대중문학의 이해》(공저)가 있으며, 번역서로는 《에밀》, 《고독한 산책자의 몽상》, 《콩고 여행》, 《나폴레옹 어머니 레티치아》, 《향신료의 역사》, 《추리 소설의 논리》 등이 있다.

루소의 《에밀》을 번역하면서 언젠가 《텔레마코스의 모험》을 번역하리라 마음 먹었던 것을 실행에 옮겼다. 책을 싫어한 루소──하지만 역설적이게도 그는 얼마나 많은 책을 읽었는가!──는 《에밀》을 통해 청소년에게 딱 두 권의 책을 권하는데, 하나는 《로빈슨 크루소》이고 다른 하나는 바로 《텔레마코스의 모험》이다. 우리나라에서는 이 걸작이 번역되지 않아 청소년들이 쉽게 접하지 못하는 것을 안타까워하다가 기회가 닿아 번역에 임했다.

앞으로도 발자크 연구와 그의 작품의 번역을 게을리하지 않을 생각이며, 평소 관심이 많은 대중문학에 대한 연구도 계속해나갈 계획이다.

amikim8@hanmail.net

최병곤은 건국대학교 불어불문학과와 한국외국어대학교 대학원 불어과를 졸업한 뒤 프랑스 렌2 대학교에서 프랑수아 모리아크 연구로 불문학 박사 학위를 받았다.

지금은 정년퇴임하고 모리아크 작품의 번역에 힘쓰고 있다. 저서로는《프랑수아 모리아크》가 있으며, 번역서로는《위르윌 미루에》,《모리아크 I · II》,《골동품 진열실》(공역),《시골 의사》(공역) 등이 있다.

bgchoi17@kornet.net

책 세 상 문 고
세 계 문 학
0 3 9   **텔레마코스의 모험 1**

초판 1쇄 | 2007년 9월 28일
초판 2쇄 | 2017년 4월 25일

지은이 | 프랑수아 드 페늘롱
옮긴이 | 김중현 · 최병곤
펴낸이 | 김현태
펴낸곳 | 책세상

전화 | 704-1251(영업부) 3273-1333(편집부)
팩스 | 719-1258
주소 | 서울시 종로구 경희궁길 33 내자빌딩 3층(03176)
이메일 | bkworld11@gmail.com
홈페이지 | www.bkworld.co.kr

등록 1975. 5. 21 제1-517호
ISBN 978-89-7013-662-2 04860
    978-89-7013-373-7 (세트)

책값은 뒤표지에 있습니다.
잘못되거나 파손된 책은 구입하신 서점에서 교환해드립니다.

* 이 도서의 국립중앙도서관 출판시도서목록(CIP)은 서지정보유통지원시스템 홈페이지
(http://seoji.nl.go.kr)와 국가자료공동목록시스템(http://www.nl.go.kr/kolisnet)에서
이용하실 수 있습니다. (CIP제어번호: CIP2017008176)